您尽忠 我尽孝

李桂梅◎著

寻访老兵足迹　讲好英雄故事

華文出版社
SINO-CULTURE PRESS

图书在版编目（CIP）数据

您尽忠，我尽孝：寻访老兵足迹，讲好英雄故事 / 李桂梅著．—北京：华文出版社，2022.7

ISBN 978-7-5075-5596-7

Ⅰ．①您…　Ⅱ．①李…　Ⅲ．①纪实文学－中国－当代　Ⅳ．①I25

中国版本图书馆 CIP 数据核字（2022）第 028811 号

书　　名：您尽忠，我尽孝：寻访老兵足迹，讲好英雄故事
标准书号：ISBN 978-7-5075-5596-7
著　　者：李桂梅
责任编辑：雷　平
出版发行：华文出版社
地　　址：北京市西城区广外大街 305 号 8 区 2 号楼
邮政编码：100055
网　　址：http：//www. hwcbs. cn
投稿信箱：sinoculturepress@ yahoo. com
电　　话：总　编　室 010－58336239　发行部 010－58336270
　　　　　责任编辑 010－58336277
经　　销：新华书店
印　　刷：长春市华远印务有限公司
开　　本：710×1000　1/16
印　　张：27
字　　数：375 千字
版　　次：2022 年 7 月第 1 版
印　　次：2022 年 7 月第 1 次印刷
定　　价：70. 00 元

老兵不怕牺牲
就怕被人遗忘

寻访老兵足迹
讲好英雄故事

2020年寻访老兵足迹

中华志愿者协会柏合暖兵服务队成员名单

顾　问：曹保明　刘红尘　张靖栋

队　长：李桂梅（柏　合）

队　员：贾迎敏　王海令　段丽霞

　　　　王润霞　苏桂玲　丁雁明

校　对：李占宇

前言

在我的童年记忆里，妈妈经常让我去为村里的一位五保户王爷爷送饭，每次我都要等着王爷爷吃完饭把碗收好才回家。有一次，王爷爷吃完饭，像往常一样把碗洗刷干净，但他并没有把碗放到我手里，而是对我笑笑说：“娃，你过来，我给你看一样东西！”说着，他掀开木箱子，拿出一个小布包，小心翼翼地一层层打开，呈现在我眼前的是一枚锈迹斑斑的红五星！他告诉我，这是在抗美援朝战场上，一位战友牺牲前交给他这枚红五星，希望他回国后帮忙亲手交给自己的妈妈，并告诉妈妈：“你的儿子不是孬种！”可是，等王爷爷带伤回国费尽周折终于找到战友住的小山村时，战友的妈妈已经不在人世……

王爷爷把这枚带血红五星双手捧在我的面前，说：“娃呀，给你留个念想吧。我是从抗美援朝战场回来的，感谢你经常给我送饭！我活不了多久了。等你长大后遇到老兵，一定要帮助他们啊！”不久，王爷爷就去世了。在我15岁时，家里搬家弄丢了那枚珍贵的红五星，我哭了3天。从此，王爷爷的话和那枚红五星的故事深深地印在了我的心里。

长大后，我做了一名志愿者，组建“柏合暖兵服务队”，专注关爱老兵。2014年八一建军节当天，我带领“柏合暖兵服务队”来到吉林省第一荣复军人医院（公主岭市），为伤残老兵洗脚、剪指甲、按摩理疗、理发、联欢，开展“送亲情 送健康 送快乐”暖兵服务。老兵们高兴地说：“太贴心了，像亲生儿女一样啊！”从那时起，每月的26日“柏合暖兵服务队”风雨不误、雷打不动来到荣军院，为住在这里的伤残老兵开展暖兵服务。在暖兵志愿者服务老兵的过程中，老兵动情地给我们讲述了战场上英勇杀敌的故事……

2017年，我带领志愿者用100天时间，收集了99位老兵口述材料，整理编写出《荣军院里的老兵》故事书，献礼建军90周年。老兵们收到有自己故事和照片的书特别高兴，逢人便说："我出书了，你看这个照片就是我，这段故事写的就是抗美援朝时我参加的一次战斗，就算我走了，也有人会记得我了……"老兵们把书悄悄放在枕边，每天仔细阅读，爱不释手。《荣军院里的老兵》故事书被吉林省军区政治工作局定为"爱国主义教育读本"，并发放给官兵阅读。

2017年8月，我们组建"老兵故事宣讲团"，我担任团长，带领老兵和暖兵志愿者走进少管所、大学校园、国防教育基地、街道社区等宣讲老兵故事，传承红色基因。大学生听了老兵故事后，立志从军保家卫国。少年犯听了老兵故事后，惭愧地低下头说："老兵爷爷当年和我们一样大就去参军保家卫国，我们却打架犯罪进监狱……"企业家听了老兵故事后纷纷表示，一定要继承老兵一不怕苦、二不怕死的保家卫国精神，承担社会责任，回报老兵打江山！

2019年我们正式加入中华志愿者协会，并成立"中华志愿者协会柏合暖兵服务队"，面向全国开展暖兵志愿服务。

2020年，突如其来的新冠疫情阻碍了柏合暖兵服务队常态化活动。我们立即与长春市退役军人事务局爱心联盟，共同发起"寻访老兵足迹，讲好英雄故事"系列活动。2020年4月，柏合暖兵服务队带着凝聚社会爱心的"暖兵大礼包"，开启了"柏合暖兵行动"乡村行，关爱高龄伤残老兵生活，助力老兵圆梦的志愿服务项目。

中华志愿者协会柏合暖兵服务队在各市、县、区、乡镇退役军人事务部门的紧密配合下，走进100名高龄乡村老兵家里慰问，送去生活物资。为老兵洗脚按摩、修剪指甲、理疗老寒腿，记录老兵口述史，帮助老兵完成微心愿和梦想。

立下多次战功的94岁抗美援朝老兵姜振福瘫痪在床多年，一直梦想有一台"蜗牛家用洗澡机"，柏合暖兵服务队将姜爸爸的梦想发到志愿者群里，第二天志愿者王润霞就带头领梦，捐款帮姜振福爸爸圆了这个梦想。

抗战老兵99岁郭庆志爸爸因摔倒骨折躺在炕上两年了，梦想着到院子里晒太阳。我们把郭爸爸的梦想发到群里，当天晚上暖兵志愿者唐新春就认领了郭爸爸的梦想，带头捐款购买了一张移动医疗床，帮助老兵郭爸爸圆了到院子里晒太阳的梦想。

老兵张爸爸耳朵听不见、王爸爸家需要一台洗衣机、李爸爸想吃小时候的橘瓣糖……柏合暖兵服务队在前方寻访慰问，了解到老兵诸如此类的微心愿和梦想就马上传到后方，就像老兵当年打仗一样，前后方紧密配合，帮助老兵们一一圆梦。

还有一件我们最不想见到，但又必须面对的事——老兵的离去。

100名高龄老兵名单报上来后，当时因疫情原因柏合暖兵服务队没能按时出发，就在等待疫情缓解期间，我们陆续接到联络员电话，表示想更换名单，因为这期间先后就有4位老兵相继去世。

就在我们出发寻访到朝阳区乐山镇时，联络员无奈地对我说：“柏合队长，我们来晚了一步，刚刚得知一周前老兵赵连成已去世，我们还去他家慰问吗？”最后由老兵赵连成的儿子代表爸爸接受了我们的慰问，他流着泪向我们述说：“我爸爸是一位真正的英雄，他在抗美援朝时期立下多次战功。如果他活着肯定会给你们讲好多战场上的故事。”还有一次寻访慰问到一个村子，就在我们向一位抱着孩子的村民询问要去慰问的那位老兵家怎么走时，这位村民忽然拉着我们大哭，“你们为什么不早来几天啊，要是能早来几天也许我爸爸见到你们一高兴就不会死啊！”原来这位村民的爸爸刚刚去世不久，也曾是我们要寻访慰问的抗美援朝老兵……

柏合暖兵服务队在寻访慰问过程中还了解到老兵都有一个共同的梦想，希望能和老战友常聚一聚。可是大家都年近百岁，分散在各个地方，交通不便，行走不便，要相聚，谈何容易！

为了帮助老兵圆上这个梦想，在2020年10月25日“纪念中国人民志愿军抗美援朝出国作战70周年”之际，正值九九重阳节，中华志愿者协会柏合暖兵服务队与长春市退役军人事务局精心策划举办了“忠孝感恩话重阳·暖兵敬老饺子宴”。来自各个乡村的70位抗美援朝老兵，在家属的陪同下相聚在饺子宴上。老兵们见面非常亲切，手拉手唱起了“雄赳赳，气昂昂，跨过鸭绿江，保和平，卫祖国，就是保家乡……”歌声响起，老兵们仿佛又回到当年的激情岁月！饺子宴结束，老兵们纷纷表示，今天的饺子特别香，感谢孩子们帮助我们圆梦。

就在我整理完70名抗美援朝老兵故事后，拿起电话回访1号抗美援朝老兵雷荣先爸爸时，他的儿子告诉我：“我爸已经不在了，临走时还一直惦记着你给他写书的事，可惜他再也看不到了……”我拿着电话惊呆了，好久才大声喊道：“雷爸爸，您为什么不等等我啊？”当时，我一口气写下了800多字的散文——《憾！憾！憾！》。

敬爱的老兵爸爸妈妈，虽然这本书的出版有可能滞后于您生命的脚步，但你们的精神和音容笑貌，如同那枚锈迹斑斑的红五星，将永远留存在我们后辈的心中、共和国的史册！

儿时承诺，一生践行！

寻访老兵足迹，讲好英雄故事，我们一直在路上！

李桂梅

2021年6月18日

泪目！我们与老兵的生命赛跑！

憾！憾！憾！

紧赶慢赶，还是慢了一步。

老兵雷爸爸，您为什么不等等我啊！

我知道您给我的时间不多了，所以我把门关上，把电话也关上。

两耳不闻窗外事，一心只写老兵书。

每天我早早起床，查文字、看照片，反复斟酌。

您当时费尽力气讲的只言片语，加上您儿子的补充，

再查阅大量的历史资料，我才能连缀成一段文字。

我每天都要穿越时空，进入那战火纷飞的朝鲜战场，

碉堡、防空洞、轰炸机，炒面、压缩饼干，还有三八大盖枪，

冰雕连、尖刀连、炮兵连、步兵连，战地医院，

38军、39军、40军，

无名高地、温井战役、三八线、上甘岭、阻击战、遭遇战，

这些都是我每天笔下的词语。

为了把每一位老兵的故事完善，

我坐在电脑前，忘记了白天黑夜，忘记吃的是早餐还是晚餐，

忘记了腿痛腰酸。

我紧赶慢赶，终于在10月8日完成了70篇与你们有关的英雄故事！

当我把最后一位老兵故事整理完，

当我罗列出70位老兵的名单，累计文字20余万，

当我把文稿发给校对员，此时此刻就好像卸下了千斤重担。

我终于助力70位老兵完成了写书的心愿！
我想象着你们捧着故事书，露出开心的笑脸！
这书里有你们生死与共的战友，有你们保家卫国的血汗；
有你们热血沸腾的青春，有你们英勇杀敌的誓言；
有我们见面时温暖的照片，还有你们的梦想和微心愿！
我高兴地把这一消息，分享给每一位老兵家属。
可我最担心的事情还是发生了，我紧赶慢赶，还是晚了一步。
老兵雷爸爸，您为什么不多给我点时间？
我答应帮您理疗老寒腿，正在培训更多的爱心理疗队员。
您为什么不多给我留点时间 ？
您走了，我知道您带着遗憾走了 ！
没能看到有您故事的这本书——《您尽忠，我尽孝》。
您可是排在第一位呀！
故事书刚刚截稿，我就着手为你们老战友策划暖兵敬老饺子宴。
柏合暖兵服务队陪伴你们过九九重阳节，
还有抗美援朝70周年纪念！
到时您和老战友尽情把酒言欢。
我们还为您准备了一套军装，您穿上一定会更加威武庄严。
想象着我们再次见面的温暖时刻，
我把这一切规划好第一时间向您报喜请安。
没想到！ 没想到啊！ 真的没想到啊！
您已经走了好远好远！
等故事书正式出版后，我一定会给您寄去一本，
让您在那个世界慢慢地看 ……

李桂梅

2020年10月12日15点

注：

2020年6月，中华志愿者协会柏合暖兵服务队来到吉林省榆树市五棵树镇互助村，寻访慰问了亲身经历抗日战争、解放战争和抗美援朝战争的老兵——雷荣先。

10月12日，柏合队长整理完书稿回访时得知，老兵雷荣先已去世20多天，心里无比遗憾，她已拼尽全力赶时间，可最后还是慢了一步！

这段话是柏合队长得知老兵雷爸爸去世的消息时，眼含热泪一口气写下的肺腑感言！

就在这本书正式出版前，柏合暖兵服务队回访时得知书中的70位抗美援朝老兵已经有26位不在了！

老兵留给我们的时间真的不多了！

老兵的一封感谢信

首先感谢柏合暖兵行动组委会及柏合暖兵服务队李桂梅队长的盛情邀请，2020年10月25日，我有幸参加了“纪念中国人民志愿军入朝作战70周年暨忠孝感恩话重阳·暖兵敬老饺子宴”活动，心情无比激动。我是新中国成立初期参军入伍的一名志愿军老兵，军龄28年、党龄60年。在我生命里终生难忘的只有三件事：第一件是我弃教参军时，学校组织了500多名师生给我戴上大红花列队欢送的热烈情景；第二件是我被部队评为先进工作者出席总参系统在北京召开的先进模范代表大会期间，在人民大会堂受到党中央领导和三大总部领导的亲切接见并合影留念；第三件就是这次柏合暖兵活动令我十分感动。自1982年从部队转业到地方，从没有像柏合暖兵服务队这样对待老兵如同亲人、如同自己亲生父母一样发自心底的热情欢迎和招待，让我们这些老兵又找回了曾经的荣誉感和存在感，心里暖乎乎的。通过柏合暖兵活动，我深深感受到，党和政府没有忘记我们，祖国和人民没有忘记我们。

让我特别感动的是柏合暖兵服务队的李桂梅队长，为这次活动所作出的巨大贡献。李桂梅队长亲自带领柏合暖兵服务队的志愿者们历经千辛万苦、风雨不误，行程五六千千米，寻访、慰问了乡村上百个老兵家庭，把温暖和关怀送到每个老兵的家中、送到每位老兵的心中，并且组织筹划了这么大规模的“暖兵敬老饺子宴”，活动真不容易，在全省也是首创。通过柏合暖兵服务队的辛勤付出，用暖兵的实际行动把习近平总书记对抗美援朝退役老兵的关怀送到每一位老兵的心坎上，让我们老兵切实感受到了党和人民的关怀以及对美好生活的向往。

我是一名老兵，更是一名老党员，虽然退休了，但退休没退党，退休没褪色。因年岁已高不能为党的事业多作贡献了，但我一定要以党员的标准、军人的作风严格要求自己，听党的话，跟党走，拥护党中央的一切英明决策，维护党和国家利益，遵纪守法，不给组织、不给国家添麻烦，站好人生最后一班岗。最后，祝柏合暖兵服务队的全体志愿者身体健康、工作开心快乐！祝咱们柏合暖兵服务队在李桂梅队长的带领下，在“双拥”的道路上发展壮大，取得更大的优异成绩！

你们时常关爱的老兵——53号老兵宋恩波

2020年10月29日

目录

CONTENTS

第1位　93岁雷荣先

时间： 2020年6月16日 星期二 晴

地点： 吉林省榆树市五棵树镇互助村93岁抗美援朝老兵雷荣先的家里

陪同： 榆树市退役军人事务局局长魏玉琦、副局长孟宪秋、优抚科负责人吴秀平，五棵树镇党委书记王树申、镇长闫立成、武装部长常立国，五棵树镇互助村村书记姜云洲

◎这本书里也许会有您的战友啊

柏合暖兵服务队驱车一个多小时从榆树市来到了五棵树镇互助村93岁老兵雷荣先爸爸的家里。大家抬着“暖兵大礼包”一进屋，就看到老兵雷荣先正被儿子从炕上扶着坐起来。雷爸爸一只眼睛已经看不见了，耳朵也有些背，反应很慢。柏合队长赶快过去拉住老兵爸爸的手坐在炕沿上说：“老爸爸，我们是中华志愿者协会柏合暖兵服务队志愿者，代表省慈善总会、长春市退役军人事务局来看您来了，您今年高寿呀？”雷爸爸沉默了一会儿说：“93岁了！”柏合队长拉着老兵爸爸的手说：“您是寿星啊！雷爸爸，您能和我们讲讲当年战场上的故事吗？”雷爸爸沉默了一会儿，摇摇头，不说话了。柏合队长一看老兵不想说话，就指着“暖兵大礼包”说：“您看我们给您带什么礼物来了？”然后打开“暖兵大礼包”给雷爸爸介绍：“这是我们给您带来的礼物，里面有米、面、油、衣物等生活用品，还有书法字画、健康礼包。还有一个特殊的礼物

您一定会喜欢。”老兵雷爸爸听到柏合队长说还有一个特殊礼物时，眼睛一亮，但仍然是沉默不语。当柏合队长拿出《荣军院里的老兵》故事书时，雷爸爸伸手接过来看了看，就紧紧地握在手里不愿松开了。柏合队长说：“这本书里一共记录了99位老兵和伤残军人的故事，其中有69位是抗美援朝老兵，这本书里，也许会有您的战友啊！”听到这句话，雷爸爸有些呜咽了。

◎你还别说，这脚还真是有点热乎了

柏合队长看到雷荣先爸爸的脚由于经络堵塞、气血不通已变成紫黑色了，就马上用手托起来检查了一下说：“老爸爸，我学过扁鹊中医经络按摩法，您这是严重的老寒腿啊，我帮您疏通一下足底经络吧。好姐妹，快到车里把我用的中药精油拿来。”我赶紧跑到车里把柏合队长的“健康包”拿过来递给她。柏合队长把老兵雷爸爸的一只脚放在自己的腿上，把雷爸爸的裤脚挽起来后，就熟练地按摩起来。我们站在一旁都有点蒙了，柏合队长怎么不聊故事还按摩上了？不一会儿就见老兵雷爸爸的脚由黑紫色慢慢变成了粉红色，雷爸爸的眼睛一直盯着自己的脚看。这时，我看到雷爸爸的眼睛有些湿润了。

柏合队长按摩完之后，又为雷爸爸喷上中药精油，再用保鲜膜包上，然后笑着说：“雷爸爸，我帮您把经络和穴位都打开了，一会儿啊您这脚就能热乎点了。”雷爸爸盯着柏合队长说：“你这孩子也不嫌我这脚埋汰，拿过来就按，你还别说，这脚还真是有点热乎了。”老兵雷爸爸终于露出了一点笑容，我在一旁悬着的一颗心也放下了。

◎除掉黑心保长，走上抗日道路

柏合队长笑着问：“雷爸爸，您有没有军功章啊，拿给我看看呗。”不等老兵说话，他儿子雷友明就立刻说，都找不到了。老兵雷爸爸却用手指了指旁边的一个木箱子，让儿子打开箱子找一个小布包。他儿子找了半天，终于在箱子底部拿出了一个小手绢包，里面包着退役军人复员证和纪念章。柏合队长恭恭敬敬地拿起纪念章仔细地看了一遍说：“雷爸爸，您还记得当年的故事吗？”此时老兵雷爸爸的神情有点忧伤，摇摇头叹了一口气说：“记不得了。”老兵不愿提起当年的事，但我们这次暖兵行动主要就是“寻访老兵足迹，讲好英雄故事”。这寻访容易做到，可老兵不愿讲故事怎么办？这可是第一位老兵啊！柏合队长微笑着又说：“雷爸爸，我们是暖兵志愿者，不但要温暖老兵，还要传承老兵精神，要是没有你们当年的浴血奋战，哪来今天的幸福平安啊！所以，我们还要把您抗美援朝保家卫国的英雄故事写到书里，让后人永远记住为我们打江山的人。”老兵雷爸爸静静地听着，还是不说话，但脸上的表情却在变化。柏合队长继续说：“您再好好回忆一下，比方说哪一次战役，或是哪一个战友让您永远难忘。”

这时，雷爸爸的儿子雷友明在一旁说：“小时候我经常听爸爸讲解放战争和抗美援朝的故事，也都记住了一些，我就替爸爸讲几个故事吧。”老兵雷爸爸转头看着儿子，点点头表示同意。

“我爸爸是1944年入伍的，参加过抗日战争、解放战争、抗美援朝战争。听他说过部队番号是48军143师。1950年10月入朝参战，在朝鲜的部队番号是志愿军炮兵21师。我爸爸是汽车兵，1953年因病回国。”

“1944年我爸爸刚满16周岁，因抗议鬼子砍倒我家祖坟边上的树，被捆起来毒打。我奶奶为了救爸爸出来，被黑心的保长连骗带逼，最后把我家的土地都骗去了。爸爸出来后，得知这一情况就把保长打了一顿后逃离了村庄。后来爸爸领着八路军在一个夜里回到村子，除掉了作恶的保长，从此就走上了抗日的道路。”

◎黑夜端掉敌人炮楼

“记得爸爸和我讲过当年的日寇扫荡。根据上级指示，部队都以班为单位同鬼子周旋，常常在夜间袭击敌人。在一个叫大石窟的地方，地势险要，山口狭窄，里边住着几户人家。日军来到后不敢走进村子里边，害怕有埋伏，于是就在山口外建起一个炮楼。我爸爸的部队里有一个出身山区很有作战经验的战士，就提出把鬼子炮楼端掉。经过两天的侦察，爸爸领着几名战士，埋伏到敌人的炮楼附近。那个有经验的战士等到敌人换岗完毕，几个箭步蹿到鬼子身后，还没等鬼子反应过来，就迅速地解决了这个哨兵。随后又悄悄地跑进炮楼顶层，投出手榴弹炸死了两个鬼子，剩下的鬼子一看大势不好，纷纷逃跑了。因当时没有枪也没有子弹，就眼睁睁地看着敌人跑掉了。”

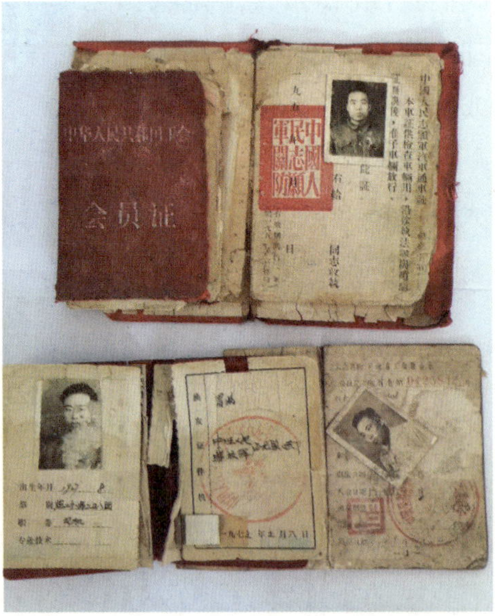

◎推倒墙抢机枪，被敌人尸体压住捡了一条命

雷友明继续讲了下去：

“还有一次，我爸爸带领几个战友到敌占区侦察，发现敌人在吃饭时把枪都架在一起，墙边还有一挺机枪，有十六七个鬼子驻守在那里。我爸爸当时是班长，就跟大家一起研究方案，决定夺下这挺机枪，因为当时部队太需要这挺机枪了。经过几天的侦察，摸透了鬼子作息、吃饭、换岗的规律，于是决定在鬼子吃饭时行动。方案确定后，第二天在鬼子吃饭的当口，他们来到墙下，大家一起使劲突然推倒了墙，把机枪埋到底下。这时战友们拿起鬼子的步枪向鬼子开火，有的当场毙命，有的四处逃窜。最后大家缴获了这挺机枪和十多支步枪、冲锋枪。回来后大家都很高兴，准备在老乡家烙饼改善一下伙食。刚要和面，就听到远处城墙下枪声大作，原来是我爸爸他们的连长何文祥被敌人追到墙角下了。形势危急，我爸爸命令班里的战士们抄家伙，迅速增援。连长何文祥听到鬼子背后又有一处枪声，以为是敌人的另一支部队来支援了，后来仔细一看原来是自己人。何连长得知我爸爸他们刚刚缴获了鬼子的机枪特别高兴，就快速跑过来替换了机枪手，熟练地‘1、3、5、7、9’地有序地射向鬼子，敌人是粘上死、挨上亡。就在这时一个鬼子偷偷瞄准我爸爸，被何连长发现，举枪就把那个鬼子击毙了。好险啊，再晚两秒钟我爸爸就没命了。那次战斗不但打退了敌人，还缴获了一批枪支弹药，上级表扬了我爸爸和全班战士。但是鬼子不甘心啊，没过几天就反扑回来，把阵地包围住。肉搏中爸爸的刺刀扎在了树上，离开了枪身，情急之下，爸爸便用枪托奋力砸敌人。后来爸爸受伤倒在了地上，被战友打死的两具敌人尸体压住，躲过了生死一劫。那次他们班仅剩下三个人，我爸爸是其中的一个。”

◎入朝参战保家卫国

“1949年解放战争结束后，上级选送爸爸到哈尔滨学习汽车驾驶技术，毕业后随部队送物资到新疆，在新疆待了一年。1950年10月，爸爸奉命到志愿军炮兵处报到，参加抗美援朝，保家卫国。当时爸爸开的是J45运输车，随部队进入朝鲜黄道新溪山里作战。在山洞里，听爸爸说当时他驾车把大炮拉出山洞，快速地转弯起车，停车发炮后马上撤回山洞，就怕敌机追来轰炸。我爸爸在朝鲜历时两年多，天天打仗，参加过多少次战斗他都记不清了。我就记得爸爸当年的军功章可多了，他拿出一个军功章就可以领到粮食，不用花钱，坐火车也不用花钱，到哪里吃饭也不要钱。所以亲戚朋友知道后都来我家借我爸爸的军功章，一来二去，那些军功章就都丢了。”

看着雷爸爸有点累了，但手里还是紧紧地攥着《荣军院里的老兵》故事书，我们让他躺在炕上休息一下，可他说什么都不肯。这时，我看到老兵雷爸爸眼里已是满含泪水，他一直在听儿子讲述他的故事，可能

是在想他的老连长和生死战友们吧。

我们要分手了，柏合队长拉着雷爸爸的手说：“您一定要多保重，我们回去后就把您的故事写到书里，下次有机会我们再来看您啊。”

老兵雷荣先的梦想：早日看到有自己故事的书，能下地走路，能见到老连长。

后记：我们离开了老兵雷爸爸的家，我的心情也很沉重，雷爸爸战场上一幕幕英勇杀敌的场景在我脑海里浮现。我默默地为雷爸爸的健康祈祷。

但我最担心的就是老兵雷爸爸还能否给我们下次见面的机会啊！

第2位 89岁邬荟芳

时间： 2020年6月16日 星期二 晴

地点： 吉林省榆树市环城乡胜利村抗美援朝老兵邬荟芳的家里

陪同： 榆树市退役军人事务局优抚科负责人吴秀平、工作人员沈清滨，榆树市环城乡退役军人服务站工作人员杨红波、盛长林

◎这让我说啥好呢

16日下午，柏合暖兵服务队顶着炎炎烈日，驱车赶往乡村去寻访第二位老兵——邬荟芳爸爸。我们走了近两个小时的路程，在下午3点30分来到了胜利村。刚到村口就看见老兵邬荟芳站在家门口等着我们。柏合队长急忙下车搀扶着老兵爸爸，大家把“暖兵大礼包”抬进屋里。老兵邬荟芳盘腿坐在炕上，高兴地看着柏合队长给他介绍“暖兵大礼包”里的物品，并指导他“健康礼包”里的东西怎么吃。老兵邬爸爸还特意叮嘱老伴都要记住了，并感动地说：“你们这想得也太周到了，这么多年来这是第一次收到这么多的礼物，你们是从哪里来的啊？”柏合队长微笑着回答：“我们是暖兵志愿者，代表政府和爱心人士来看您来了，感谢您为我们打江山。”老兵邬爸爸说：“感谢政府，感谢党，感谢你们志愿者，这大老远跑一趟，这么热的天，你们能来看看我就很高兴了，还带来这么多的礼物，这让我说啥好呢？”柏合队长拉着邬爸爸的手说：“您啥都不用说，应该说感谢的是我们。邬爸爸，您就给我们说说当年战场上的故事吧。”老兵邬荟芳虽然家境贫困，身体也不太好，只有一只

手，但可以从老人家的眼神里感觉到他坚强的意志。

邬爸爸介绍说："我是1947年3月8日在新立六区中队入伍，当年16岁，后期升级为东北民主联军吉北分区独立二团，1948年入党，1951年随部队入朝参战，被编入47军，成为一名战地兽医，在紧要关头也配合救治伤员。"邬爸爸说他还编写过《兽医杂志》《自家血疗法》《凝血疗法》等杂志及书籍。

◎如果能活着回国，一定为牺牲的战友给父母尽孝

邬爸爸说："解放战争、抗美援朝我都参加了。我还是党员，老党员了。"柏合队长笑着说："邬爸爸，那您还能记得当年入党时的情景吗？"邬爸爸郑重地说："当然能了，一辈子都不能忘啊。"说着老兵邬爸爸就激昂地背起了入党申请书。

柏合队长拉着邬爸爸的手说："老爸爸，您太棒啦，这么大年龄了，思维还这么清晰，您一定会健康长寿的。那您还记得战场上的故事吗？"老兵邬爸爸低下头稍稍沉默了一会儿说："哪能忘啊，刻骨铭心啊！一想起来就像过电影一样，想起那些在眼前牺牲的战友就伤心啊。

伤亡惨重的我就不说了，就说说我们打得最漂亮的一次胜仗吧。

“记得那是在1951年，抗美援朝时的秋季攻势阻击战，有两座山头，一座叫天德山，一座叫夜月山，是我军的重要阵地。山下不远处就是美军追过来时新驻扎的阵地。当年我军的武器没有美军的先进，敌人用的B29和B51轰炸机，老厉害了，轮番向我军阵地上轰炸。飞机炸完了又用大炮向山上轰炸。几乎都是灭绝性的轰炸，把山头都炸平了。有一天美军计划抢夺我们的这两个山头，他们用飞机和大炮轰炸完后，美军士兵在坦克的掩护之下，黑压压的一大片，慢慢地就向这两个山头杀了上来。当时我们部队的武器装备不好，不敢浪费子弹，上级有命令，让我们事先多准备些石头，近距离开战，必要时就展开肉搏战。这次一定要把敌人歼灭或击退，保住阵地。当时我们都做好了牺牲的准备，每个人都相互留下话，如果能活着回国，一定为牺牲的战友给父母尽孝。

“眼看着敌人离我们越来越近，100米不打，70米不打。这时，美国兵以为我们部队全都被他们炸死了，就放松了警惕，还哈哈大笑，叽里咕噜地说着外国话。就在鬼子离我们50米时，大家都把心提到了嗓子眼，怎么还不下命令开火啊？就在这时猛地响起冲锋号，大家一起开火、滚石头、打机枪，把美军打得鬼哭狼嚎，一片片地倒下去。有的转头就往回跑，可是来不及了。离我们近距离的鬼子都被我们消灭了，后上来的鬼子一看大事不好赶紧撒腿就跑。那一仗我军大获全胜，损失最少，缴获了很多物资，鼓舞了战士们的斗志，打击了敌人的嚣张气势。”

这时，柏合队长伸出大拇指，为老兵邬爸爸和当年的所有老兵们点赞，并说：“邬爸爸，你们太勇敢了，为你们点一万个赞，不，是一千万、千千万个赞。邬爸爸，你说当时敌人是不是以为胜利在握啊？”老兵邬爸爸说：“说实话，要是论战备武器，我们肯定不行，那是全世界最强的军队和最先进的飞机大炮，所以敌人在天上最牛了，飞机厉害呀；如果距离我们远也弄不过，他们的大炮厉害呀。但是近距离就不行了，咱们志愿军那都是不要命地保家卫国，他们的兵怕死啊。”柏合队长若有所思地说：“邬爸爸，我知道了，我们志愿军在那么艰苦的条件下，没有吃的、住的、穿的，也没有得心应手的武器，还能打败世界强悍的联合国军，就是因为我们志愿军有一不怕苦二不怕死的精神，对吗？”邬爸爸点点头又说：“还有首长、司令员指挥有方。”

老兵邬爸爸说还有好多战役都记不清了，等以后想起来再给我们讲。我们看到老人家有些累了，但还是一直坚持挺着胸坐在炕上，保持着军人“坐如钟”的状态。

◎我做梦都想啊！为了这一天，我还想出了“老兵五爱”发言稿呢

我们要说再见了，柏合队长说：“邬爸爸，您还有什么心愿和梦想吗？说出来看看我们能不能帮您实现？”老兵邬荟芳思考了一下说：“梦想啊谁都有，但是能不能实现就是另一回事了，这人老了都是空想，不说了，不说了。”柏合队长笑着说：“我们这次的任务是‘寻访老兵足迹，讲好英雄故事，助力老兵圆梦’，只要是我们努力能做到的，都会帮您完成的。”

老兵邬荟芳看着柏合队长说：“你这孩子，咋这么会说话呢？听你说话我这心里就舒坦，那我就告诉你吧，我一直想到北京天安门看看升国旗，向国旗敬个军礼，看看毛主席当年在天安门宣布‘中华人民共和国中央人民政府今天成立了’站着的那个地方，我做梦都想啊！为了这一天，我还想出了‘老兵五爱’发言稿呢。”柏合队长赶紧说：“快，老爸爸和我们说说‘老兵五爱’都有啥？”

老兵邬爸爸清了清嗓子大声说：“第一是爱党，中国共产党是中国人民的领导核心；第二是爱国，没有国哪有家呀；第三是爱民，要全心全意为人民服务；第四是爱军……第五是爱家……”

最后老兵邬荟芳说：“谢谢大家，不用惦记我，现在都挺好的，虽然我现在不能扛枪打仗了，但我不给国家添麻烦，能为政府减轻负担就是我这个老兵为国家做贡献了。”

我们向老兵致敬，他是永远值得我们学习的榜样！

老兵邬荟芳的梦想：向北京天安门广场上的国旗敬个军礼，看看毛主席当年在天安门宣布“中华人民共和国中央人民政府今天成立了”所站过的地方。

后记：从老兵邬爸爸家出来，天已经暗了下来，我在思考邬爸爸那句话：“能为政府减轻负担就是我这个老兵为国家做贡献了。”在慰问时，我们看到邬爸爸的手和脚都是浮肿的黑紫色，但他一句都不提。这是多么高尚的老兵境界呀！

第3位　91岁闻荣昌

时间： 2020年6月17日　星期三　晴

地点： 吉林省榆树市黑林镇黑林村抗美援朝老兵闻荣昌的家里

陪同： 榆树市退役军人事务局优抚科负责人吴秀平、退役军人服务中心主任陈伟，黑林镇民政助理于晓明

◎倒车镜都碍事了

天还没亮柏合队长就起床了，因为今天要寻访的老兵住得很远，我们和联络人定在7点出发。不到7点联络人就到了，我们赶紧上车一起去拉慰问物资，把物资装上车，我们又接着上路了。路上大家都想听听柏合新家10年志愿服务是怎么走过来的，因为我也是今年刚刚加入，所以很好奇。柏合队长一边开车一边给我们讲柏合新家10年的心路历程，最后告诉我们："感恩、相信和团结的力量会创造奇迹的，大家一定要怀着对老兵无比崇敬和感恩之心，团结一致，紧密配合，光荣地完成任务。"大家都表示请柏合队长放心，自己一定做好本职工作。今天走的乡道正在修路，路窄特难走，我们的车摇摇晃晃的，柏合队长全神贯注地开着车。这时，前面来了一辆大卡车，柏合队长赶紧把车慢慢地往路边靠，可那辆车还是过不去，柏合队长又把车往边上靠了一点，眼看都要掉沟里了，我们的心都提到嗓子眼了。柏合队长双手紧紧地握住方向盘，让那辆大车慢慢地开过去。这时，倒车镜又碍事了，柏合队长赶紧伸手把倒车镜扳了回来，那辆大卡车才缓缓地开了过去。

◎老兵用军礼迎接我们

8点10分，我们到了榆树市黑林镇黑林村，远远就看到一个穿着军装的老兵站在路边，看我们的车开过来就向我们行标准的军礼。他就是我们今天寻访的抗美援朝老兵闻荣昌爸爸。

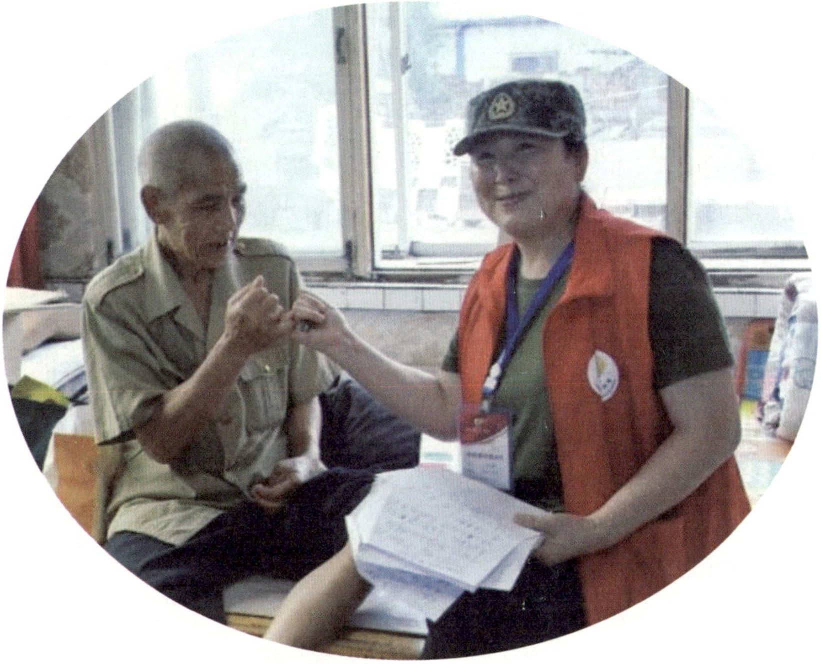

闻爸爸看起来很精神，大家一起把“暖兵大礼包”抬进屋。柏合队长打开大礼包拿出了棉袄、米、面、油等物资，老兵闻爸爸一个劲地说“谢谢”。当柏合队长介绍健康礼包里的人参含饮片时，闻爸爸特别高兴，反复问了几遍用法，就怕自己记不住。最后，柏合队长拿出《荣军院里的老兵》故事书时，闻爸爸又敬了一个军礼，并双手接过故事书，看了一眼就紧紧地贴在胸口。柏合队长立刻还了个军礼，拉着闻爸爸的手坐在炕沿上聊了起来。

老兵闻爸爸说：“我是1950年入伍的，当时在40军118师，是勤务兵，那时我才16岁，啥都不懂，领导让干啥我就干啥。1950年10月随部队入朝参战，个人荣立二等功一次、三等功一次，集体荣立三等功好几次，我都记不清了。我是1953年带病返乡的。”

◎我参加了志愿军出国第一战——温井遭遇战

“1950年10月19日晚，我们坐大闷罐车晚上秘密行动去了朝鲜。”闻爸爸说，“当时怕被联合国军发现，所有电台都不敢开，和其他部队都失联了。我们军长是温玉成，师长是邓岳。刚入朝鲜就听说温井被韩军和联合国军占领了。我们部队离温井最近，邓岳下令，让我们在行军时注意隐蔽，随时准备打仗。当我们部队走到两水洞、丰下洞地区时收到命令，就地找山头隐蔽，准备伏击韩军。”

闻爸爸继续说：“当时温井附近有韩军、美军、英军以拉网式向中朝边界线扑来。麦克阿瑟凭借丰富的作战经验，预测10月末就能结束战斗，肯定了联合国军纸面上的胜利。因为韩军有美军做后盾，武器也先进，又有王牌指挥官麦克阿瑟坐镇指挥，加上近日连打胜仗，所以气势特别嚣张。由于我们是秘密进入朝鲜，因此联合国军根本不知道中国志愿军已经走在他们的前面。”

柏合队长激动地说："闻爸爸，您这是参加志愿军入朝第一仗啊？"老兵闻爸爸笑着说："是的，在10月25日大约是10点左右，充当美韩军北犯'开路先锋'的南朝鲜军第6师和一个炮兵中队已进入我们的埋伏圈，我们团长马上向邓岳师长汇报，邓岳师长命令马上出击。这就是我入朝参加的第一仗，也是志愿军抗美援朝的第一仗。入朝后我们都换成北朝鲜军装，所以韩军和联合国军毫无防备，以我们118师为主攻的温井遭遇战，把敌军打得措手不及。战斗打得非常激烈，一直持续到第二天。当时我们师部驻地紧靠公路，指挥车就在路边树下停着，电台也设在公路桥的涵洞里（小桥为两水洞公路小桥），我们的主战场就在这里。当部队稍加停息清点人数时，发现话务员和电台都不见了。怎么办？电台可是部队与上级联系的重要通讯工具啊。团长马上说：'我们还不敢确定敌人有没有完全撤出阵地，还得用电台与上级联系听从指令，所以电台决不能落到敌人手里，部队也不能返回战场，现在只能是一人秘密返回战场，把电台找回来。'当时我第一个站出来表示要去。团长拍了拍我的肩膀说注意隐蔽，快去快回。我向团长敬了军礼说：'保证完成任务。'我卸下身上所有的物品，轻装上阵。因为我瘦小，匍匐在草丛里根本看不见，就这样我在大家的注视下爬到了小桥涵洞边，发现话务员抱着电台在离小桥不远的地方牺牲了。我赶紧爬过去，慢慢地剥开他的双手，轻轻地把电台拿在手里，趴着向牺牲的话务员行了个军礼，立刻又匍匐着往回赶。忽然几发子弹从我头上飞过，打在了离我不远的草丛里，我可能被敌人发现了。紧接着又有机枪扫射过来，我趴在草丛里一动不动，过了大约半个小时，敌人看没有动静就撤退了。我继续快速地匍匐前进，到了树林边上，我'嗖'地一下站起来，飞速跑进了树林里，向部队的方向跑去。大家听到枪声都以为我挂了。当看到我安全地把电台抱回来，战友们高兴地把我举过头顶。那次我立了二等功。后来经党中央和毛主席批准，我们40军第118师被通令嘉奖，还把1950年10月25日作为中国人民志愿军抗美援朝出国作战纪念日。"

柏合队长聚精会神地听完闻爸爸讲的温井战斗的故事，竖起大拇指说："您真是一位勇敢的老兵、英雄的老兵，向您所在的118师牺牲的和幸存的全体指战员致敬！"柏合队长郑重地向老兵闻爸爸敬了个军礼。

◎草地上趴个血人

柏合队长说："闻爸爸，您再说说那次三等功吧。"老兵闻爸爸回忆道："记得当时我正在山下给我们团长遛马，马很机灵，它忽然一下转过头来看我。我赶紧过去看看，发现一个人浑身都是血，趴在草地上昏迷不醒，我上前把他翻过来一看，原来是齐团长，一条腿被鬼子炸断了。我赶紧向四周看了一圈，没有发现鬼子，但我仔细一听远处有马蹄声和脚步声，我赶紧把齐团长拉上马背，我也跃上马搂着齐团长往部队跑。刚跑出不远，就听见鬼子追上来了，还向天空放了几枪。好险啊，再晚一会儿齐团长就被鬼子俘虏了。我催马快跑赶回部队，到了部队大家还以为我被鬼子打伤了呢，当我跳下马时大家才发现马上还有一个伤员，赶紧叫来卫生员，把齐团长抬到战地医院包扎。就是我救了齐团长，因此立了一次三等功。"

◎弹片在我腿里待了几十年

老兵闻荣昌爸爸继续说："我还参加过39军云山阻击战和金城战役。说起当年的金城战役，我最恨的就是李承晚。当时美军都签协议了，可这个李承晚就是不签，我们就一路地追，最后他躲进了金城。我们好几路部队就把金城包围了，李承晚还在垂死挣扎，最后打了两天两夜，终于把李承晚打服了，这才结束了战斗。那次战斗中，我的腿受伤了。"这时，闻爸爸的儿子过来说："2016年我爸爸的腿发炎了，刚开始不重，我们劝他到医院看看，我爸爸就是不肯去。后来都大面积溃烂了，我们都很害怕，以为得了什么不好的病，结果去医院检查才知道，是一块弹片遗留在腿里导致发炎了，医院马上安排了手术，疗养一段后才回来。

但是我爸爸这条腿现在还是不灵活，遇到阴雨天都会疼。”

这时闻爸爸挠挠头说：“就是打李承晚那次弄的，没事没事，当时受伤就简单地包扎了一下，那时候都是轻伤不下火线，也没想到这弹片在我腿里待了几十年啊。”

是啊，那个年代都是轻伤不下火线，多么可敬可爱的老兵！

◎拉钩约定

柏合队长问：“闻爸爸，您还有什么梦想吗？”老兵爸爸低头沉默了一会儿，眼含热泪说：“我特别想念毛主席，很想去瞻仰毛主席的遗容，再去军事博物馆看看那三八大盖，到天安门看看升国旗。可我这老寒腿……”柏合队长拉着闻爸爸的手说：“咱们拉钩约定，在您身体健康允许的情况下我们帮您圆这个梦。您的老寒腿我来帮您治疗。”

柏合队长说完就把闻爸爸的儿子叫到身边，认真地教他用老姜和米醋熬制后为老兵爸爸泡脚，排除风寒湿气。再教他每晚为老兵闻爸爸点按涌泉穴、三阴交穴和足三里穴。闻爸爸的儿子都一一记下了，柏合队长这才放心地和老兵闻爸爸告别。

老兵闻爸爸捧着老兵故事书，拉着柏合队长的手，送到大门口，直到我们要上车了，才依依不舍地松开柏合队长的手，站在门口又给我们行了个军礼。车子开出好远了，我回头看时，老兵闻爸爸还在原地站着，行着军礼……

老兵闻荣昌的梦想：瞻仰毛主席遗容，到军事博物馆看看三八大盖枪，看看升国旗，老寒腿快点好。

后记：“那时候都是轻伤不下火线。”一块弹片就这样在老兵闻爸爸体内待了几十年。不邀功，不叫苦，不畏难，这就是中国老兵！

第4位 88岁李振伍

时间：2020年6月17日 星期三 晴

地点：吉林省榆树市黑林镇尹家村抗美援朝老兵李振伍的家里

陪同：榆树市退役军人事务局优抚科负责人吴秀平、退役军人事务中心主任陈伟，黑林镇民政助理于晓明

◎发自内心的纯爱是有能量场的

上午10点，柏合暖兵服务队驱车来到了榆树市黑林镇尹家村抗美援朝老兵李振伍的家里。老兵李振伍爸爸坐在屋里的炕沿上，眼睛紧紧地盯着窗外的大门口。他儿子正站在门口等着我们。我们到达后，大家把“暖兵大礼包”抬进屋放到炕上，李爸爸摸着暖兵大礼包看着大家笑着，不知道说啥好了。李爸爸耳朵聋，小声说话他听不着，想要交谈就得附在他耳边大声说。

柏合队长拉着他的手附在他耳边问：“老爸爸您高寿了？”李爸爸说：“我今年88了。”柏合队长把慰问品拿给老人看，并仔细交代养生礼包的正确用法。李爸爸听着听着眼里泛起了泪花。柏合队长又拿出寻访老兵名单表核对信息，指着名单上的字说：“李爸爸，我们是一家子啊，我也姓李。”李爸爸一听柏合队长也姓李，特别高兴，一下子就和柏合队长拥抱在一起，一个劲儿地说：“你也姓李，太好了！太好了！”李爸爸开心得就像一个小孩子。柏合队长又和李爸爸说了很多暖心的家常话，李爸爸听了特别高兴。这一高兴好像耳朵也好使起来了，柏合队长

不用附在他耳朵上说话了，只要大点声他也能听见，这样就好交流多了。从进屋到现在短短的十几分钟时间，李爸爸就像换了一个人似的，如果我不是亲眼所见，说什么别人都不会相信的。也许这就是柏合队长经常和我们说的："发自内心的纯爱是有能量场的，可以让一切变得美好。"

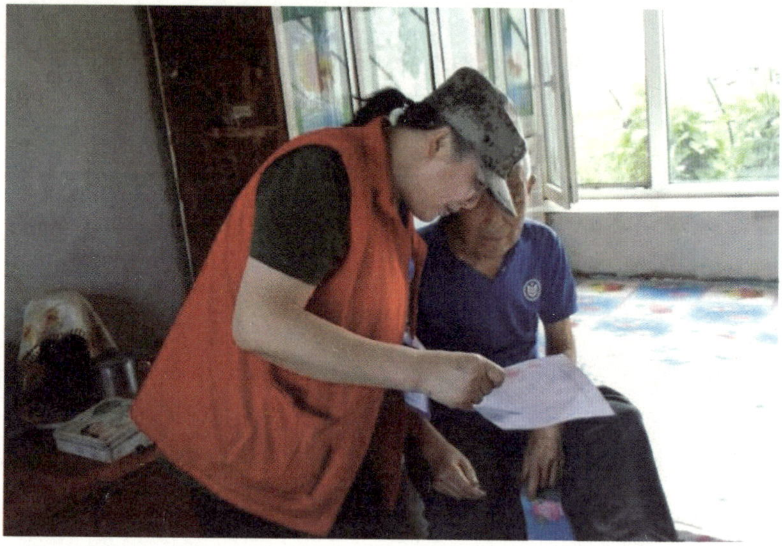

柏合队长拿起笔和本开始和李爸爸聊故事了。我虽然是暖兵服务队的记录员，但是这次是我有生以来第一次做这项工作，而且任务还是这么重，怕我有时记不过来会落下重点，所以柏合队长就协助我做补充记录。

老兵李振伍爸爸说："我是1950年参军入伍的，在40军118师，是一名步兵。1950年10月入朝参战，立了小功两次，集体立过好几次功都记不清了。1953年回的国，（曾）在战场上受过伤，但不重。"

原来老兵李振伍爸爸竟然也是40军的战士，和我们刚刚慰问过的老兵闻爸爸同是一个军的，两位老兵还是战友啊！柏合队长说："李爸爸，给我们讲讲您在朝鲜战场上的故事吧。"这时，老兵爸爸的表情立刻严肃起来："孩子啊，那仗打得真惨啊，自从我到朝鲜就没消停过，天天打啊，虽然我们最后胜利了，但也牺牲太多人了，（美国）鬼子也被我们打死老多了。现在你问我最难忘的事，我都想不起来了。忘了好啊！忘了好啊！以前一想起来心就痛啊！哎，要是不打仗该多好啊！”李爸爸像是自言自语地诉说着，眼睛不知不觉湿润了。李爸爸不想再提抗美援朝的伤心事，他在朝鲜三年，肯定经历过数不清的战斗，内心肯定埋藏着很多战友生离死别的故事。柏合队长静静地听着李爸爸的诉说，不忍心打断李爸爸的回忆。当李爸爸停下时，柏合队长紧紧地握着老人的手说：“都过去了，李爸爸，如果没有抗美援朝保家卫国的战争，就没有我们新中国的今天，抗美援朝把美帝国主义侵华的梦想破灭了。那一仗虽然代价很大，但是也打出了我们中国志愿军的骨气，所以，不管是哪一位中国人，都要永远记住你们这些打江山的老兵啊！”

听柏合队长说到这里，李爸爸摇摇头，然后又点点头说：“孩子，你真有爱心啊，又给我拿礼物，又陪我唠嗑，不嫌弃我这老头子耳聋眼瞎，耐心地和我说话，谢谢你们还能想着我们这些老兵啊！好多年都没有人陪我说这么多话了，今天是我说话最多的一天，是我最高兴的一天。”李爸爸像自言自语，又像对所有人诉说着。从李爸爸的言语和情感中我又想起了那句话：“老兵不怕牺牲，就怕被遗忘。”这时，李爸爸拉着柏合队长的手说：“我想起来了一次战斗，那次被敌人包围了，打得好惨啊。唉，惭愧啊，那次是因为我们部队里出了一个叛徒，他被敌军收买了。”

老兵李振伍爸爸的记忆随着讲的故事回到了战火纷飞的年代。

李爸爸说："那是1952年，我们跟另一个班战士在防空洞里换岗时，没想到那个哨兵投降跑了，他把我们部队的防御情况都告诉了敌人。我们当时阵地只有一个加强连和一个加强班。美军得到情报后，立马调集部队把我们阵地包围了。一次次围攻我们，就想把我们全部消灭后占领阵地。我们一边拼命杀敌，誓死保卫阵地，一边发出信号请求支援。与美军激烈地战斗了一天一夜，双方都伤亡惨重。敌众我寡，我们牺牲了三分之二的战士，当时我也受了伤。第二天上午我们的援兵到了，又把敌人包围了，最后我们里应外合打败了敌人。好险啊，援兵再晚来一会儿我们就全军覆没了。"李爸爸说到这里眼睛看着窗外，慢悠悠地说："一说起这些事，我眼前就浮现出当时战场的一幕幕啊……"

我们要分手了，李爸爸拄着拐杖非要送到大门口。我们看到李爸爸眼中有泪在打转。我们走出好远了，回头看看李爸爸还站在那里，向我们挥手……

老兵李振伍的梦想：去天安门看升国旗，去瞻仰毛主席遗容，去看看当年用过的武器。和上一位老兵闻爸爸一样，不愧是一个军的战友，连梦想都一样。其实，李爸爸还有一个梦想，他自己不好意思说，我就代他说出来吧，李爸爸还急需一个助听器。

后记："要是不打仗该多好啊！"这句话说出了老兵李振伍爸爸对和平的向往，还有对战友的思念。在那一代人的心里，他们没有什么奢望，只要平平安安的就好。我忽然想起小时候听老人们常说："平安是福啊。"今天，我才真正理解了这句话深厚的意义。是啊，不打仗多好啊！平安是福啊！

第5位　90岁郭井林

时间：2020年6月17日　星期三　晴

地点：吉林省榆树市秀水镇秀水村抗美援朝老兵郭井林的家里

陪同：榆树市退役军人事务局优抚科负责人吴秀平、退役军人事务中心主任陈伟，秀水镇纪检书记王振兴、宣传委员杨小月，秀水镇退役军人服务站站长孙彦权，秀水村治保主任于林海

◎与老爸爸和当年在抗美援朝战场上比，我们现在就太幸福了

2020年6月17日13点10分柏合暖兵服务队冒着高温，行驶在榆树市秀水镇的乡道上。中午的太阳火辣辣地烤着大地，车内没有空调，温度就更不用说了。因为全程录像，要求统一着装、形象一致，所以今天我们穿的是中华志愿者马甲和半袖绿军装，大家的后背都被汗水浸透了。

走了好长一段的乡村道路，终于在13点46分来到了榆树市秀水镇秀水村90岁的抗美援朝老兵郭井林的家里。

老兵郭井林听说我们要来看他，说啥也要坚持到大门口迎接我们。我们老远就看见一位老人一手拄着拐杖一手扶着栅栏，等待着我们。停下车后大家在搬“暖兵大礼包”时，柏合队长快步走上前搀扶着郭爸爸走进了院子。郭爸爸的女儿也热情地让我们进屋。

大家把“暖兵大礼包”放到炕上。柏合队长打开大礼包拿出了米、面、油、衣物、健康礼包等慰问物资，一一向郭爸爸介绍。郭爸爸的女

儿认真地记下了健康礼包的用法，感动地说：“谢谢你们大老远地来看我爸爸，还带来这么多礼物，看你们的衣服都湿透了，这大热天的太辛苦了！”柏合队长笑着说：“不辛苦，姐姐，与老爸爸当年在抗美援朝战场上比，我们现在就太幸福了。”

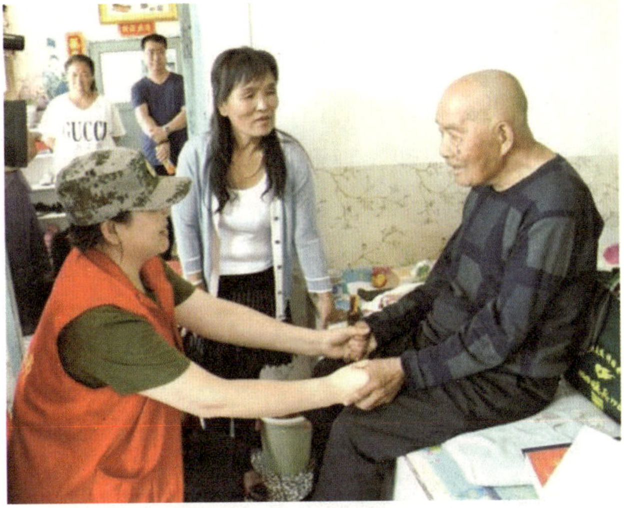

◎美军炮弹没爆炸，我捡了一条命

柏合队长介绍完礼物就说：“郭爸爸，把您的军功章和退伍证拿出来看看，我们一起聊聊吧。”老兵郭井林爸爸说：“以前的东西都弄丢了，没有了。”郭爸爸沉默了一会儿，接着说：“我在1950年10月入伍，是40军118师的一名步兵。这些事多少年我都不想再提了，烂在肚子里得了。别人问我，我都不爱给他们说，说了有啥用啊？（说了）我的战友们也不能活过来。今天你们来了，我感觉好亲切、好温暖，我就给你们说说吧。”柏合队长感激地说：“谢谢您对我们的信任和支持，我们是暖兵志愿者，不仅要温暖老兵，还要把老兵的故事写进书里，就像我刚刚送您的这本老兵故事书一样，让后人都记住你们，记住那段历史。所以我们的活动就叫‘寻访老兵足迹，讲好英雄故事’。”柏合队长一边说一边指着“暖兵大礼包”的图案给郭爸爸看。

老兵郭爸爸看看大礼包上的字说："我一见到你呀，就感觉你和别人不一样，你这孩子心眼太好了。"柏合队长笑笑说："谢谢郭爸爸，那我们就聊聊您在朝鲜的故事吧。"

老兵郭爸爸回忆着慢慢地说："我在朝鲜待了3年，不光是打仗啊，还得修工事。我记忆最深的是在平壤南道，3个团24小时不停地修飞机场，差不多快完工了，可恶的美国鬼子就派飞机又给炸了。朝鲜的山多，部队白天都得在防空洞里隐蔽。我们白天一边隐蔽一边还得掏山洞。记得有一次一个山洞掏了40米深啊，那洞里几乎都没有氧气了。大家在里面还不敢出来，美军飞机几乎天天轰炸，把地面都炸得焦黄了。"郭爸爸一边擦汗一边说："有一次差点把我给炸了。那次美军投了一枚800斤重的大炮弹，就落在了我的身边，却没有爆炸。原来是美军慌乱中忘了上药捻子了，不然我早就没命了。"

◎是我亲手把堂兄埋了

郭爸爸说："和我一起参军的堂兄郭井云踩在了美军的蝴蝶地雷上，那炸弹可厉害了，踩上瞬间就没命，我那个堂兄啊，就是这样牺牲的。当时还是我亲手把堂兄埋了……"郭爸爸的回忆是碎片式的，想到哪里就说到哪里，故事不完整。郭爸爸在朝鲜3年，经历了太多的战斗，加上他封存了很久的记忆，要在这么短的时间内打开闸门，为我们讲出完整的故事，真是有些难为老人家了。柏合队长拉着郭爸爸的手说："郭爸爸，等有机会我再来您家，咱爷俩坐在炕上慢慢聊上几天，您肯定会有好多好多故事的。"郭爸爸笑着说："那敢情好啊，你啥时候能再来呀？过些日子园子里的菜就都下来了，你来我给你烀苞米、茄子、土豆，蒸辣椒酱吃。"热情的郭爸爸像个小孩子似的，期待着柏合队长下一次的到来，能看出他特别喜欢柏合队长。

◎你这孩子不但心眼好，还啥都会呀

这时，郭爸爸的女儿说："我老爸身体不好，由于打仗，腿落下了毛病，咋治也治不好，这年龄大了，行走很不方便。"

柏合队长赶紧让我到车里把她的"健康包"拿过来，亲自给郭爸爸按摩腿。郭爸爸的腿病确实很严重，我们来时看到他过门槛都得扶着，一点点地挪着进屋。只见柏合队长迅速地打开"健康包"，拿出人参乳给郭爸爸按摩，那可是她擦脸用的化妆品啊。柏合队长边按摩边问："您这老寒腿有好多年了吧？这大热天的脚都冰凉冰凉的，是不是腿特别沉啊？我用这人参乳帮您按摩，既活血又滋润。"郭爸爸看着柏合队长熟练的按摩手法笑着说："你这孩子不但心眼好，还啥都会呀，这中医按摩你也会？"柏合队长笑笑说："我是距骨坏死，最严重的时候坐轮椅，还拄过双拐，到医院就让我做手术，后来我就学了中医扁鹊的经络手法，自己给自己治病，最后我也没用手术，这不也挺好的吗？还能帮您按摩。"郭爸爸欣慰地笑着点头："挺好，挺好，真舒服啊，这是第一次有人给我按摩。"柏合队长一边按摩一边给他介绍经络和穴位的功能，按摩完又喷上她带来的中药精油，并拿出自带的保鲜膜快速地给郭爸爸包上。然后，她对郭爸爸的女儿说："刚才您看见我给您老爸喷药了吧，你也学着给老爸爸喷药和包膜吧。我把这瓶中药精油、保鲜膜和人参乳都留下，按我做的方法每天给郭爸爸做两次，再买些老姜和醋放在一起熬，每天用熬好的‘姜醋驱寒汤’给老人泡脚，一定要泡过三阴交穴位效果才最好。坚持做，过几天老人的腿就会轻松很多了。”郭爸爸的女儿接过中药精油、人参乳和保鲜膜，感动地说：“我给你钱吧。”柏合队长幽默地说：“给钱我就收回来了。”

柏合队长又问：“郭爸爸，您还有哪些梦想啊？看看我们暖兵志愿者能不能帮您圆梦。”

令人惊讶的是，郭爸爸也说出了和前两位40军老兵爸爸同样的梦想：看看毛主席遗容，看看升国旗，看看当年用的枪。那一代人对毛主席的感情是最深的。可敬的郭爸爸，您要保重身体啊。

要告辞了，郭爸爸紧紧地拉着柏合队长说：“我还会唱志愿军战歌呢。”柏合队长说：“好呀，老爸爸我陪您一起唱啊。”说着郭爸爸就唱了起来：“雄赳赳气昂昂，跨过鸭绿江，保和平为祖国，就是保家乡……”唱着笑着，大家看到郭爸爸眼里噙满了泪水。柏合队长立刻站起来给郭爸爸一个深情的拥抱。郭爸爸声音颤抖着说：“你们啥时候能帮我圆梦啊，我还能不能见到毛主席的遗容啊？”听到郭爸爸的话，柏合队长眼睛也湿润了，接着说：“老爸爸，您有三个心愿，那我也交给您三个任务，看您能不能完成。”还没等柏合队长说完，郭爸爸大声地说：“能，一定能完成任务！”这一声“能”字非常响亮，我们都惊讶了，怀疑是不是老人家说出来的。哦，我们明白了，郭爸爸是被柏合队长爱的能量点燃了激情。柏合队长说：“太好了，郭爸爸，您还是当年战场上那个英勇杀敌的战士，只不过您现在是与疾病作战，疾病就是鬼子，您要打败它就胜利了。等您胜利那一天我们就可以帮您圆梦了。”郭爸爸一听眼睛更亮了：“你快说是什么任务？”柏合队长郑重地说：“老兵郭井林听命，暖兵服务队队长命令您每天要完成三个任务。第一个任务，每天要唱三遍中国人民志愿军之歌；第二个任务，每天到院子里扶着杖子走三圈；第三个任务，每天喝三大杯温开水。这叫‘柏合暖兵三三养生法’。您把身体养得棒棒的，我们好一起圆梦。老兵郭井林能不能完成任务？”郭井林爸爸连忙说：“能，我能。”我们都开心地笑了。

郭爸爸一边唱着歌一边特别有劲地走着，还不让人扶。我们来的时候，是柏合队长和他的女儿搀扶他进屋的。在过门槛的时候，我们亲眼看见郭爸爸是一点一点挪进屋里的。现在竟然不需要人扶着，还能一边唱歌一边走路了，真是不可思议呀。

我们上车走了，老兵郭爸爸还一直站在那里跟我们不停地挥手……

老兵郭井林的梦想：瞻仰毛主席遗容，看看升国旗，看看当年用过的枪，能轻松走路。

后记：柏合队长又点燃了一位老兵爸爸内心的能量，这次柏合暖兵行动真的暖了老兵的心啊！我真佩服柏合队长的爱心和耐心，好像什么样的老兵，她都有办法让他高兴。我在心里暗想：我什么时候也能像柏合队长这样呢？

第6位　93岁赵振林

时间： 2020年6月18日　星期四　晴

地点： 吉林省榆树市八号镇十八号村抗美援朝老兵赵振林的家里

陪同： 榆树市退役军人事务局优抚科负责人吴秀平、退役军人事务中心主任陈伟，八号镇十八号村退役军人服务站李振，十八号村治保主任温向阳

◎这些老战友都在哪里啊

柏合队长3点40分就起床开始在电脑上工作了。7点暖兵服务队准时出发。我们驱车两个多小时，来到老兵赵振林的家。

我们一行人抬着“暖兵大礼包”走进屋，就看到老兵赵爸爸坐在炕沿上静静地看着我们。柏合队长说：“您好赵爸爸，我们是柏合暖兵志愿者，代表长春市退役军人事务局来看您了，您身体都好吧？”老兵赵振林笑笑说：“谢谢你们，来就来呗，还带这么大一包礼物干啥呀？”柏合队长笑着说：“一点心意，好不容易来一趟，哪能空手啊！”边说边打开礼包拿出慰问品。赵爸爸就一直看着，嘴里不停地说“谢谢”。当柏合队长拿出《荣军院里的老兵》故事书时，赵爸爸眼睛一亮，接过来用手抚摸着封面上的八一军旗。柏合队长说：“赵爸爸，这本书里的人都和你一样，大部分都是去过朝鲜战场九死一生回来的老兵。”听到柏合队长说“九死一生”时，老人脸上的表情一下严肃起来，抬眼看着柏合队长说：“这些老战友都在哪里啊？你们是

怎么找到他们的？他们都去过朝鲜战场吗？都是哪个师哪个团的？”面对赵爸爸一连串的发问，柏合队长都不知道咋回答了。她赶紧说：“他们都在省荣军院，我们每月26日都去为这些老兵洗脚、按摩、剪指甲、理发，今年都7年了。我们为老兵服务，老兵给我们讲故事，我们就把老兵的故事整理出来写成了书，献礼建军90周年。”赵爸爸说：“你现在还写书吗？能把我的故事也写到书里面吗？”柏合队长笑着说：“能啊！这次就是来听您讲故事的，今年不是入朝参战70周年吗？我们要选70名抗美援朝老兵的故事，编写一本书，所以您要好好和我们讲讲您的故事呀。”赵爸爸用手轻轻地抚摸着手里的老兵故事书，叹了一口气说：“我那些老战友要是能活到今天该多好啊！”柏合队长说：“赵爸爸，您是幸存者，也是幸运者，更是幸福者。您要健康长寿，替您的那些战友享受一下新时代的幸福生活。”赵爸爸好像有点累了，毕竟是90多岁的老人了。柏合队长善解人意地说：“赵爸爸，您靠在柜上说话，这样会舒服些，我脱鞋上炕上和您聊，好吗？”一听柏合队长要脱鞋上炕唠，赵爸爸可高兴了，赶忙说：“好呀！那咱爷俩好好唠唠。”

东北农村都有个习惯，串门或是走亲访友，如果到了家里能脱鞋上炕，就不外道，主人就会觉得你很亲切，拿你当家里人对待。

◎桥和坦克一起炸

柏合队长盘腿坐在赵爸爸身边和他聊了起来。

老兵赵振林说：“我是1947年入伍、1950年10月入朝参战的，是43军工程兵团的副排长，1952年回国。”

赵爸爸让家人把他的退伍证拿来给我们看，他说自己的军功章和纪念章被大家拿去看，都给弄丢了。柏合队长拿着赵爸爸的退伍证，看到赵爸爸年轻时的照片说：“看您年轻时候多帅呀！”赵爸爸笑了，自豪地说：“我一入伍就当了班长，管十几个人呢。到了朝鲜，我就是副排长了。”柏合队长幽默地说：“赵排长，您还记得朝鲜战场上的故事吗？”赵爸爸笑着看柏合队长说：“我在朝鲜待了两年，大大小小的仗打过无数啊，都不记得了。对了！那次炸桥还记得很清楚。”赵爸爸记得有一次接到上级命令去炸一座桥，具体叫什么桥不记得了，就记着那个事。柏合队长说：“没事，赵爸爸，咱想到哪儿就说到哪儿。”赵爸爸得到了柏合队长的鼓励就继续往下说：“当时那座桥是美军坦克的必经之路，敌人计划第二天把坦克运过桥。我们接到任务就是当天晚上务必炸掉这座桥。”当时我们是三个人在执行炸桥任务。天黑之前必须侦察好地形，把炸药放到桥墩底下。就在我们三个人桥下放炸药时，一架美军侦察机飞过来了，我们就和美军捉迷藏。敌机飞到桥这边，我们就跑到桥那边；敌机飞到桥那边，我们又钻到桥这边。就这样周旋了好久，敌机也没发现我们就飞走了。等我们把炸药放好，就躲进不远的小山洞中隐蔽起来，等天黑下来就拉线炸桥。可我们刚刚隐蔽不一会儿工夫，就听见轰隆隆的坦克部队开过来了。原来是美军害怕我们今晚炸桥，就

派侦察机飞来巡视，提前把坦克开过来了。我们当时已经来不及向上级汇报，赶紧研究怎么炸桥。我跟两位战友说："咱们看准了，鬼子的坦克一上桥，我们就拉线，把坦克和桥一起炸。炸药包一响我们就赶紧往回跑。"两位战友同意了我的计划。我们又检查了一下手里的线，确认无误后死死地盯住鬼子的动向。这时天空又飞来了敌人的侦察机，飞到小桥上空绕了几圈没发现什么就飞走了。这时鬼子的坦克大部队就呼啦啦地往桥上开来。我们的心都提到了嗓子眼。500米，300米，200米，100米，50米，上桥了。我们的手都紧紧地攥着导线，眼睛紧紧地盯着鬼子的坦克上了桥。这时我们三个人对视了一下，都点点头，一使劲，"轰"的一声震天动地。桥被炸了，坦克也报废了。我们赶紧往回跑。

赵爸爸讲到这里满脸露出高兴劲儿，就好像刚刚炸完鬼子的坦克一样。这时屋子里响起了掌声，大家都说："赵爸爸，您不仅勇敢，还足智多谋啊！"

◎炸不死的送饭郎

老兵赵振林的话匣子打开了，他接着说："当时我们部队是要吃没吃的，要穿没穿的。吃的就是一把炒面一把雪。睡觉没有被子，在朝鲜两年从没脱过衣服，就直接囫囵身睡。那时候白天是敌人的天下，晚上是我们的天下。因为咱们部队武器落后，不能跟敌人硬拼。"赵爸爸越说越兴奋，笑呵呵地和我们说："我再给你们讲一个我亲身经历的战场笑话，也不是笑话，都是实际发生的事，但你们听我说完肯定得笑！"我们在场的人心里还纳闷，抗美援朝战场上都是殊死搏斗、你死我活的，还能有什么样的笑话呢？

赵爸爸接着说："有一次我们在一个山头上修工事。当地一个朝鲜人给我们送饭，他是附近村子唯一活着的人，他的名字我记不清了。听说我们中国人民志愿军来帮他们打联合国军，就主动给我们送饭。那天中午，他挑着担子，前面放着饭，后面放着菜，正往我们这边山头走，眼看就要来到山下。这时，一架敌机飞来了，看到下面有人就投下一个炸弹，我们十几个人在山上看得清清楚楚，他被炮弹炸起的山土埋上了，可饭挑子被甩到一边还好好的。敌机可能怕炸不死就又扔了一个炸弹。我们眼看着他整个人又被第二颗炸弹给从土里掘出来了，敌机低空盘旋了几圈就飞走了。当时我们都想这个人肯定完了，今天午饭算是泡汤了，明天也没人给我们送饭了，又要吃炒面了。可就在这时，有一个战友喊了起来：‘你们快看，送饭那个人站起来了。’大家一起看那个从土里刚刚爬起的土人。只见他把身上的尘土打扫了一下，走到饭挑子旁看看没事，又继续挑起饭菜往山上走来。大家你看看我，我看看你，禁不住捧着肚子哈哈大笑起来。等到朝鲜老乡把饭菜挑到山上，还发愣呢，不知道我们在笑啥。大家异口同声地说：‘你命真大呀，浪费了鬼子两颗炸弹，你还跟没事人一样继续送饭，这要是让鬼子知道还不把鼻子气歪了，哈哈哈……’”

赵爸爸一边笑着一边说：“那位朝鲜老乡看我们一直在笑，就幽默地说：‘我都看见阎王爷了，他生气地问我，谁让你来的，赶快回去送饭去。我就回来了。你们别笑了，快吃吧，一会儿都凉了！’”说到这里，赵爸爸笑得泪花都出来了……这个送饭的故事，可能是抗美援朝战场上唯一一个能让我们开怀大笑的故事。

柏合队长问：“赵爸爸，您当时那么小，想不想家呀？”赵爸爸说：“咋不想家，天天都想赶快把鬼子打败，活着回国，回家见爹娘。”

◎就想和老战友们唠唠嗑

柏合队长问："赵爸爸，那您现在还有啥梦想吗？"赵爸爸说："知足了，有吃有喝的就行了，不给政府添麻烦，不给儿女添负担。就是这牙也不好了，吃饭费劲，腿脚也不行了，走路忒费劲了。要是能走路啊，就去找找我们一个团的老战友唠唠嗑，一个军的也行啊。唉！没有几个了！只要是参加过抗美援朝的都行啊！"

柏合队长紧紧地拉着赵爸爸的手说："您要多保重身体，让您家人加我微信，我指导他给您做'老姜醋驱寒汤'，再教他按摩穴位和经络的手法，让您的老寒腿快点好起来。有可能的话，我帮你们创造条件，把老兵战友会聚一起，让你们这些老兵在一起好好亲近亲近。"赵爸爸听了柏合队长的话，高兴地说："那可太好了。"因为我们还要去寻访其他的老兵，不得不告别赵爸爸。他腿脚不太灵活，还依依不舍地拉着柏合队长的手，坚持送我们到大门口。我们已经走远了，赵爸爸还一直站在门口拿着那本老兵故事书向我们挥手。

老兵赵振林的梦想：能把牙补上好好吃饭，把老寒腿调养好能轻松走路，能和老战友们唠唠嗑。

后记："就想活着回国，回家见到爹娘。"这是赵爸爸在抗美援朝战场上最大的心愿。战争年代能和亲人天天在一起，就是最奢侈的梦想！试想一下，异国他乡，战火纷飞，随时都有牺牲的可能，这时心里最想念的就是祖国和爹娘啊！参加暖兵行动是我人生最有意义的一件事。老兵的家国情怀颠覆了我以往的价值观，我的心灵每天都在经受洗涤。我一定会把这本《您尽忠，我尽孝——寻访老兵足迹，讲好英雄故事》故事书推荐给身边的年轻人和我的朋友家人看，也会全力以赴配合柏合队长继续走在暖兵路上。

第7位 89岁符永江

时间： 2020年6月18日 星期四 晴

地点： 吉林省榆树市八号镇八号村抗美援朝老兵符永江的家里

陪同： 榆树市退役军人事务局优抚科负责人吴秀平、退役军人事务中心主任陈伟，八号镇八号村退役军人服务站工作人员李振隽、八号村治保主任胡海军

◎我把能想起来的故事都告诉你

这次寻访的老兵住在另一个村子，在联络人的带领下我们驱车赶往这位老兵的家里。10点30分我们一行人来到了老兵符永江的家。当我第一眼看到这个老兵时，心哆嗦了一下，他拄着拐棍，身上吊着导尿袋，脸色焦黄，眼神中充满着期盼。看得出我们的到来给老兵符爸爸带来了欢乐。看着我们抬进屋的“暖兵大礼包”，符爸爸脸上露出一丝感动，嘴里连说“谢谢”。符爸爸坐在炕边的椅子上，柏合队长拿个小马扎坐在他膝前，拉着老兵爸爸的手说：“符爸爸，我们是暖兵志愿者，代表大家看您来了，您是我们最尊敬、最感恩的人，没有你们打江山，就没有我们今天平安幸福的生活，所以您一定要健康长寿。您看我们这次活动主题就是‘寻访老兵足迹，讲好英雄故事’。今天来您家不是简单的慰问，最重要的就是听您讲当年的故事，然后写到书里，让后人永远记住您。”柏合队长用亲切的语言、崇敬的眼神和符爸爸交流，使得老兵符爸爸的眼神也有温度了。柏合队长说话时，符爸爸就一直瞅着她的眼

睛。我从符爸爸的眼神里能看出他的内心在一点点地升温。柏合队长让我们把礼包打开，简单地介绍了一下“健康礼包”的用法，然后拿出《荣军院里的老兵》故事书说：“符爸爸，您看看这是什么？”老兵符爸爸静静地盯着看了足足有10秒钟，然后说：“老兵故事书！”柏合队长笑着说：“您说对了，这是《荣军院里的老兵》故事书，写的都是抗美援朝老兵和带病返乡的伤残军人。”符爸爸“唉”了一声，摇摇头说：“你这书里写的肯定都是有权、有钱、有功的老兵，我们这些当农民的带病返乡老兵上不去台面啊，谁会给我们写书啊。孩子，你们能来看看我，我就知足了，知足了。”看来，老兵符爸爸心里有些自卑，也许是被疾病和生活磨灭了意志。

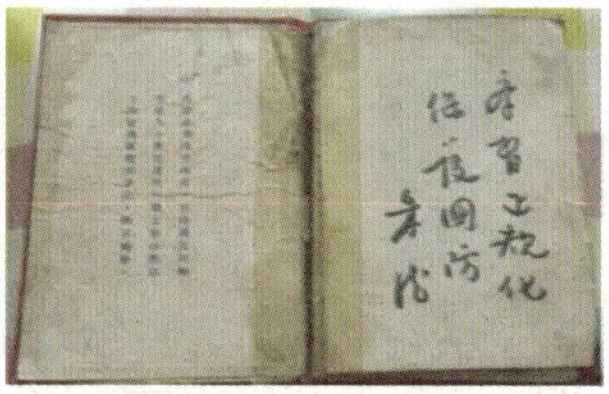

柏合队长接着说：“符爸爸，您想错了，这书里都是和您一样的普通平凡的退伍老兵。这书名是中国红色联合会会长、毛主席的侄女毛小青题写的，叶剑英元帅的女儿为老兵故事书题词，李大钊的后人李建生为故事书写的序。您看看这里都有照片。写这本书的时候，我到北京去拜见他们了，当了解到我带领志愿者关爱老兵多年，想把老兵的故事编写成书时，他们都说做得好，应该多关爱这些老兵，你们为保家卫国作出了贡献。他们都表示支持我做这件事。”

符爸爸听到柏合队长的这段话已经热泪盈眶了，抬起头说：“没想到啊，没想到啊，还有人愿意给我们写书。谢谢你，孩子，费心了。我支持你，我把能想起来的故事都告诉你。”

柏合队长点点头说：“谢谢符爸爸，我能感觉到您不是一名普通的老兵，从您的眼神里我就能看出来，当年在战场上肯定是一员猛将，也立下不少功吧？”就这样，柏合队长和符爸爸聊起了抗美援朝的故事。

符爸爸说："1947年1月9号，那年我才15岁，当时（我想参军）负责的连长说我太小了，不行啊！我不放弃就软磨硬泡非要参军。最后连长被我磨得实在是没办法了，就说：'想参军可以，但有个条件，如果你能跟着部队走到榆树，我就要你了。'当时我不服气地说：'走就走，有啥了不起的，我一定行！'连长看着我信心十足地跟着部队走到了榆树，就收下了我。我们部队是东北联军6纵队18师独立团。"

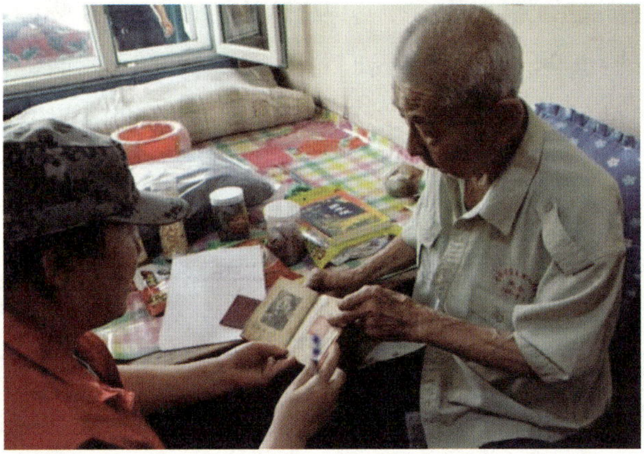

"1948年3月，在解放四平的战役中，我们部队在发起总攻前，接到命令说前面有碉堡，火力很猛，必须把它扫平。我的四个亲密战友前去爆破碉堡时都牺牲了。我当时眼睛都红了：'连长，让我去吧，我个子小，目标小，一定能完成任务！'我坚决请示要求去炸掉碉堡。连长说我太小了，抱不动这么大的炸药包呀！我着急地说：'连长，我能行！'我一边说一边抱起炸药包就冲上去了。敌人的碉堡在半山坡上，一高一低，成180°射击，要想上来人根本就没有什么希望。敌人是隔段时间就扫射，当我离碉堡还有40米左右时，腿上被打了一枪摔倒了，我使劲撑着也站不起来，那我就匍匐着一点一点往上爬。由于个子小、隐蔽得好没被发现，当我爬到较低的那个碉堡前，我就趴在那里一动不动。利用敌人刚扫射完装子弹的间隙，我迅速地爬过去把炸药塞进了碉堡，并马上从半山坡滚了下来。我滚下山坡的同时，身后响起巨大的爆炸声。就在那一瞬间，总攻的冲锋号也吹响了。那次的战斗我们胜利了。战斗结束了，战友们把我抬起来扔向天空，接住又扔，欢呼胜利。”说到这里，老兵符爸爸擦了一把眼泪。柏合队长激动地拉着老兵的手：“符爸爸，您真勇敢，真了不起，腿上都中弹了还能完成这么重要的任务，要是不把这个碉堡炸掉，那我们部队就得牺牲多少人啊，这次您可立大功了！”符爸爸说：“部队给我记了一大功。”柏合队长赶忙问：“这大功可不是轻易就能立的，符爸爸，都什么情况才能立大功啊？”符爸爸说：“配合大部队完成特殊任务，在特殊情况下作出特殊贡献的才能评上大功。”

老兵符永江爸爸不愧是真正的英雄。

符爸爸继续说：“那次以后，我就得了个外号，叫不怕死的‘傻大胆’。”

◎鬼子和机枪全都被炸飞了

柏合队长问：“符爸爸，那您是哪年去的朝鲜啊？”符爸爸思索了一下说：“1950年11月随部队入朝参战，当时我们是123独立师。我们班是工兵和阵前侦察兵。就是在重要战役发起总攻前排除一切障碍的，包括排雷、排除铁丝网等。”柏合队长点点头问：“那一定是很危险吧？”符爸爸说：“是的，非常危险，随时都有牺牲的可能。记得那次是在老秃山战役上，我们班接到命令，要连夜排除敌人阵地的铁丝网。敌人阵地的铁丝网非常结实，而且还专设有机枪守着，铁丝网上还系上了铃铛。就算是没有情况，敌人都是隔几分钟就用机枪扫射一遍。我当时是副班长，和班长分成两组向敌人阵地匍匐过去。当我们来到铁丝网跟前侦察一圈时发现，要想破坏铁丝网必须先把铃铛摘下来，不然一动就响，马上就会被敌

人发现的。我和班长研究了一个配合方案，我带领6位战士和班长的小组拉开距离，我们这边故意把铃铛弄响吸引敌人。这样敌人就会向我们这边开枪扫射。班长那边趁机就掐断铁丝网。等班长这边完事了，我们换一个方位，再把铃铛弄响吸引敌人，敌人机枪一扫射，我们就马上隐蔽起来。大家都把狗皮帽子翻过来绑在脚上，这样走起路来就没有声音。敌人机枪扫射一阵后发现没有动静，就不再扫射了。反复几个方位都是这样，敌人就怀疑是风刮得铃铛响，所以就放松了警惕。就这样我和班长配合很快就把铁丝网障碍扫除了。可还有一个重要问题，我们前方有一个掩体坑，就是掩护机枪火力的坑，非常隐蔽，我们在距离敌人阵地不到20米时才发现它，里面有四挺机枪，分别指向四个方向。坑里大约有十多名鬼子。就在我们研究如何解决掩体坑时，一个鬼子从坑里站出来了，和坑里人叽里咕噜地说话，意思好像是说有人听见声音，有情况。那个鬼子向四周看了一圈说，没有情况，以为是风刮得铃铛响，于是就又回到掩体坑里。我当时离这个掩体坑最近，迅速掏出手榴弹，用牙咬开拉线，瞅准掩体坑就扔了过去。'轰'的一声巨响，手榴弹爆炸了。掩体坑里好像还有炸弹和我的手榴弹一起爆炸了，所以坑里的鬼子和机枪全都被炸飞了，一个活口也没留。我们刚完成任务，黎明前的总攻就打响了。那次我立了2个小功。我一共立过18次小功。”老兵符爸爸讲到这时眼睛闪烁着光芒，就像当年听到冲锋号要立马上战场一样。

又到分手的时候了，老兵符爸爸有些不舍地拉着柏合队长的手说："你们两周后还来吧，那时候香瓜和菜就都下来了，我给你们烀黏苞米吃。"柏合队长说："谢谢符爸爸，我最爱吃烀黏苞米了，可我们还得把寻访慰问100个老兵的任务完成后才能来啊，只要我们有时间，一定会再来看您的。对了，符爸爸，您还有什么梦想，和我们说说，看看我们能不能帮您圆梦。"老兵符爸爸说："我这身体要能好点，能去长春和老战友们多聚聚、唠唠嗑就好了，毕竟，大家见一次少一次。"

说到这儿老兵符爸爸有些哽咽了……符爸爸手头很拮据，因为老人有病总得去医院。

柏合队长说："符爸爸您什么都别想，好好养病。能活着就是最大的幸福，您看抗美援朝有多少人都留在了战场上，都没有机会看到今天国家的繁荣昌盛。现在的新冠肺炎疫情又让多少人失去了生命。只要我们活着就好。我们暖兵志愿者会尽力帮您圆梦的。符爸爸，我们要走了，您多保重。"

符爸爸拄着拐棍坚持送我们到大门口，身上还吊着导尿袋，但是符爸爸的眼神有光了……

老兵符永江的梦想：早日看到有自己故事的书，身体快些好起来，经常和老战友聚一聚。

后记：我们和老兵分手了，可老兵符永江的英雄故事却留在了我的心里！他带着尿袋、拄着拐棍，坚持到大门口送我们，还不停地摆手的那一幕幕，已经深深地印在了我的脑海。符爸爸，我们还会来看您的，您一定要多保重，在我心里，您是一名真正的英雄老兵，向您致敬！我会和柏合队长一起努力帮您圆梦的。等着我们，一定等着我们啊！

第8位 99岁郭庆志

时间： 2020年6月18日 星期四 多云

地点： 吉林省榆树市八号镇保民村抗美援朝老兵郭庆志的家里

陪同： 榆树市退役军人事务局优抚科负责人吴秀平、退役军人事务中心主任陈伟

◎这脑袋都糊涂了

中午的烈日像火一样烤着大地，乡村路边的野花、小草都被晒得低下了头。抬眼望去，一片片绿油油的庄稼，玉米、水稻都在比赛似的长着。摄影师要拍几个农民在庄稼地里干活的镜头，可没有找到农民在干活的场景，也许是中午太热了，他们都回家休息了。柏合队长驾驶着爱心小车载着我们走在乡间的小路上。12点30分，我们来到了保民村老兵郭庆志的家。一进门就看见老兵爸爸头朝外躺在炕上，大家的心都是一紧。老兵郭庆志当时98岁了。从他儿子那儿了解到，郭爸爸是在2019年摔了一跤，然后就躺下了，开始的时候还能在搀扶下坐起来，后来慢慢地就起不来了。柏合队长为了让郭爸爸能有个舒服的角度聊天，就脱鞋上炕坐在郭爸爸身旁，拉着郭爸爸的手说："郭爸爸，我们是中华暖兵志愿者，来看您来了。我是柏合队长，我们给您带来了'暖兵大礼包'。"郭爸爸用沙哑的声音说："谢谢你们来看我。我这也起不来啊，怠慢了。"柏合队长把大礼包打开，介绍着慰问物品，介绍到"健康礼包"时，柏合队长就把郭爸爸的儿子郭海国叫到跟前，仔细地告诉他每一样东西的正确用法，并嘱咐一定要

给郭爸爸每天用“健康礼包”的物品，一定能帮到郭爸爸的。

最后柏合队长把《荣军院里的老兵》故事书拿出来。郭爸爸看到书时眼前一亮，用颤抖着的手接过故事书，正面反面都看了一遍，拿在手里爱不释手。柏合队长说：“郭爸爸，把您的故事也写到书里，好不好？”郭爸爸笑了，笑得很慈祥，他又看了一眼手里的老兵故事书说：“好啊，要能写到书里太好了。可是我想不起来了，这脑袋都糊涂了。”

这时，郭爸爸的儿子在一旁说：“我爸爸以前也经常和我们讲他抗美援朝的故事，我记住一些，那我就代我爸爸说说吧。”

◎累倒昏迷在路上，后背还背着伤员

郭海国说：“我爸爸是1951年参加抗美援朝，1952年回的国。我就记得爸爸说他们是第二野战军的。我爸爸是战勤兵，就是帮助抬担架、包扎伤员、运输伤员的。记得爸爸和我讲过，那次是在‘三八线’后方，是什么战役记不清了，反正那次打得很激烈，伤亡很多。拉伤员的车被敌机给炸了，部队就命令我爸爸他们和后勤人员都要到前线往下背伤员。重伤员用担架，伤势不太重的就用人背，还有架着、扶着的。我爸爸他们负责重伤员，除了抬担架还得背伤员。听我爸爸说，他那天背了20多个伤员下战场。背到最后那个伤员时腿都软了，实在是走不动了，累倒昏迷在路上。战友来找到我爸爸的时候，他后背上还背着伤员呢。”

◎老乡战友的脑袋都被炸飞了

郭海国继续说：“记得还有一次是爸爸部队里有了叛徒，向敌人泄露了部队阵地的情况，敌人马上派飞机轰炸我爸爸他们的后方阵地。当时我爸爸他们又去执行抬伤员的任务了。等回来时，正看见敌机向他们的营房进行轰炸，里面还有伤员呢！离他们营房最近的还有伙房，我爸爸的老乡就在伙房那里干活。当时爸爸就要奋不顾身地向营房跑，被战友一把拽住，战友说你过去只能送死，救不了他们的，我们留下这条命还有用。就在这时，敌机的一颗炮弹落在了爸爸的营房上，瞬间火光冲天。紧接着另外一颗炸弹落在了伙房的边上，又是一声巨响，部队的伙房也被敌机炸毁了。接着敌机发起灭绝式轰炸，连续在营房四周扔下多颗炸弹，整个营房阵地成了一片火海。看着被大火包围的营房，爸爸蹲在地上抱头痛哭。如果不是战友把我爸爸拽回来，你们今天就见不到我爸爸了。”

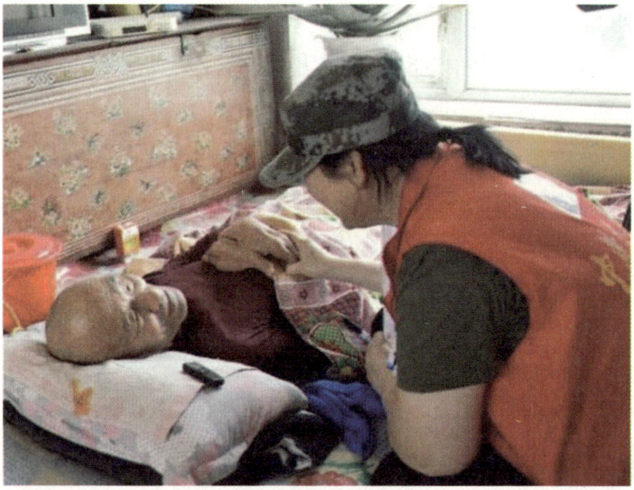

听着儿子给我们讲述那段经历，郭爸爸已经泪流满面。柏合队长赶紧帮郭爸爸擦去泪水，郭爸爸哽咽地说：“太惨了，我的老乡战友管伙房的韩正科和老范脑袋都被炸飞了……”郭爸爸的思绪已经被带回当年的朝鲜战场上，那段经历对每一位抗美援朝老兵来说都是刻骨铭心的……

◎你要是开医院还不都开黄了

柏合队长发现郭爸爸的胳膊一直是弯曲着，用手一摸还硬邦邦的，已经聚筋了。郭爸爸儿子说已经一年多了，就这样伸不直了，医院也说没办法了。

柏合队长叹了一口气，摇摇头看向我说："快去车里把我的'健康包'拿过来。"我快速跑出屋子，当拿着"健康包"回到屋里时，柏合队长正在用她专业的手法细心地帮郭爸爸检查手臂经络的柔韧度，左手小心翼翼地托着郭爸爸的肘部，右手攥住郭爸爸的手腕，缓缓地试探着能拉伸的程度，看看郭爸爸的手臂有没有可能再次伸直。这把联络员陈伟主任吓坏了，赶紧走到柏合队长身后说："柏合队长，千万别弄了，医院都治不好了，这么大年龄又这么长时间了，骨头都酥了，万一弄断了就坏了。我们是来慰问的，本来是做好事，如果变成坏事可就麻烦了。"柏合队长笑笑说："放心吧，主任，我是专业的。"我悄悄告诉主任："柏合姐是高级按摩师、健康管理师、心理咨询师，做公益慈善之前她是开'身心健康理疗中心'的，帮助很多人恢复了健康，您就别担心了，看结果吧。"柏合队长听到我与主任的对话，还幽默地说了一句"不看广告看疗效"。大家都在一旁注视着柏合队长的手，见她用非常熟练的手法反复在郭爸爸胳膊上的穴位处点按，然后用人参乳把整个手臂都抹到了，反复地用大拇指在手臂内侧上下捋，又换手在手臂外侧做同样的动作。我感觉这还是个力气活，看到柏合队长脸上一颗颗汗珠滚落下来，赶紧掏出餐巾纸帮柏合队长擦擦汗。郭爸爸的眼神一直盯着柏合队长的手看，郭爸爸的儿子也一直站在一旁聚精会神地看着。十多分钟后，柏合队长按摩好了喷上药，又敷上保鲜膜说："郭爸爸，我只是简单地帮您疏通了一下经络和穴位，您感觉一下，一会儿看看有没有效果。如果有效果就证明我的这个手法能帮到您，如果没有明显效果也能帮您缓解一下。"郭爸爸笑着说："谢谢你了，看把你累得满头大汗的。"柏合队长拉着郭爸爸的手说："跟您在朝鲜战场上比，这还算是事吗？不说这个了，郭爸爸，我们聊聊您的梦想吧。"郭爸爸说："我想到院子里溜达溜达，看看园子里的菜长啥样，看看大地的庄稼长多高了。还有我要是能站起来，就自己去厕所，这一天炕拉炕尿的，太让孩子操心了。"

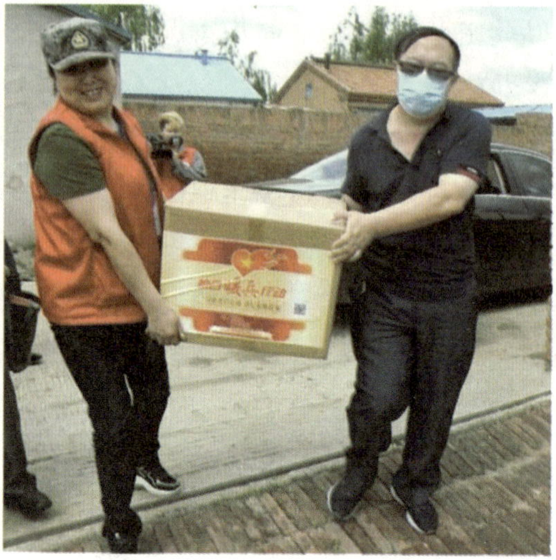

听了郭爸爸的梦想，大家心情都是沉重的。一位当年在战场背下无数伤员的英勇战士，如今却是到院子看看庄稼、自己上厕所都成了奢侈的梦想。柏合队长看到郭爸爸说话时，抬起胳膊用手指向窗外的园子，那只胳膊竟然能伸直了。就在大家还没有发现这一情况时，柏合队长笑着说：“郭爸爸，您的梦想一定会实现的，奇迹在您身上随时都会发生的。”这时大家才惊讶地发现郭爸爸的胳膊竟然能伸直了。

“这也太神奇了吧?！”大家几乎是异口同声。这时郭爸爸才反应过来，但他自己也不相信自己的胳膊真的能伸直了。于是他就反复地弯曲伸直，再弯曲再伸直，做了四五次，直到确定这是真实的、千真万确的事实时才停止。大家都在现场目睹了整个过程。郭爸爸笑得都出汗了……

柏合队长把郭爸爸儿子叫过来嘱咐说：“这瓶中药精油给你留下，你每天给老爸喷一遍包上，颈椎也喷上。我俩加微信，我远程教你经络配穴按摩手法，一定让老爸站起来。”郭爸爸这时候插嘴说：“这可得给钱啊，给你多少钱呀？”柏合队长笑笑说：“给钱你的胳膊就伸不开了。我知道，您是想感谢我，那就好好配合早点站起来，我们一起去讲老兵故事，这就是对我最好的感谢了。”郭爸爸幸福地笑着说：“你这不是赔钱医生吗？不但不要钱，还搭钱送药，你要是开医院还不都开黄了？”听着郭爸爸幽默的语言，满屋子的人都哈哈大笑起来……

◎今天我爸爸不糊涂了

这时，郭爸爸“唉”了一声叹了口气，柏合队长马上问：“郭爸爸，您还有什么为难的心事吗？”郭爸爸说：“唉，我要是有你这么个女儿该多好啊！”柏合队长紧紧地拉着郭爸爸的手说：“郭爸爸，如您不嫌弃，我愿意做您的女儿。”郭爸爸看着柏合队长道：“你真的愿意，不怕我这糟老头子连累你？”柏合队长郑重地说：“能做您的女儿，是我的荣幸，怎会连累我呢，我还有好多老兵爸爸和老兵妈妈呢，等我有钱了就开一个‘暖兵乐园’，把你们都请到里面一起孝敬，好不好？今天这瓶药就算女儿给您的见面礼了，所以您就不用老想着感谢了，我成了您女儿，孝敬您是应该的。”这时候，郭爸爸的儿子在一旁也高兴地问：“队长你多大啊，我是管你叫姐姐还是妹妹啊？”这时一旁有个人说：“这就论上亲戚了？”大家都笑了，老兵郭庆志也笑了，郭爸爸是发自内心地笑了……

美好的时光总是这么短暂，该说再见了。郭爸爸拉着柏合队长的手舍不得松开，这时柏合队长忽然问郭爸爸：“我叫啥？”郭爸爸大声说：“柏合队长！”满屋子人又笑了。郭爸爸儿子说：“今天我爸爸不糊涂了，能记住人名了。”

老兵郭庆志的梦想：能站起来自己去洗手间，能到院子里看看庄稼，能有一个带轱辘的医疗床。

后记：郭爸爸是柏合暖兵服务队在榆树市寻访老兵中的最后一位。这几日寻访下来，我的感触是最深的，每一位老兵情况不同，但是最后柏合队长都会使老兵爸爸高兴、感动和温暖。她真不愧是“柏合暖兵行动”发起人。

快下午4点了，榆树市的寻访工作在联络人吴秀平、陈伟的全程陪同下圆满结束了。下一站我们要奔向德惠市了。

暖兵的路上永远都不会孤单，我们要风雨无阻，砥砺前行！

第9位　88岁董家有

时间： 2020年6月19日　星期五　雷阵雨

地点： 吉林省德惠市建设街昌盛委抗美援朝老兵董家有的家里

陪同： 德惠市退役军人事务局优抚科工作人员张跃东、梁寰宇

◎每一站都紧密衔接

2020年6月18日下午，柏合暖兵服务队结束了吉林省榆树市老兵的寻访工作，柏合队长马上与下一站德惠市联络员联系，通知他柏合暖兵服务队今晚将到达吉林省德惠市，19日开始寻访吉林省德惠市的老兵，请他做好准备工作。

下午5点刚过，柏合暖兵行动服务队到达德惠市。安顿好住宿后，我们与联络员一起来到德惠市军人事务局，副局长王术全，优扶科科长冯九峰、副科长张跃东、科员梁寰宇，服务中心科员王宇贺热情地接待了我们，并一起规划德惠市寻访老兵路线。

◎我们比太阳起得早

19日凌晨3点30分时，我想早点起床整理昨天下午的文字记录。我每天都要把文字整理出来，发给暖兵志愿者王润霞，经她再次整理后，发到中华志愿者协会等平台。

我起床翻身时尽可能使动作轻点儿再轻点儿。我的目的是小点声，

别因为起床弄醒柏合队长，我想让她多睡会儿，她这些天实在是太累了。可当我坐起来一瞧，柏合队长早已坐在电脑前工作了。此时，外面天还是黑黑的，我们比太阳起得早。

◎战友的鲜血把江水都染红了

在德惠市联络人的带领下，柏合暖兵服务队来到抗美援朝一级伤残老兵董家有的家。我们到访的时候，他们刚刚吃过午饭。

董爸爸满脸笑容地迎接我们。他走路很困难，右腿不能打弯。

柏合队长赶快扶住董爸爸，请他坐在沙发上。得知我们是暖兵志愿者，代表长春市退役军人事务局来看他时，他特别高兴，笑着说："谢谢你们，大家快坐下，都坐下。"

柏合队长坐在董爸爸身边，说："听联络人介绍，您是一级伤残，快给我们讲讲您的英雄故事吧！"

董爸爸说他是1950年入伍65军193师的，当时刚满18岁。1951年2月，随部队入朝，参加了多次战役。

令他印象深刻的是临江战役。他说："当时，我们部队过临江，敌人在那儿设重兵把守，天上飞机轰炸，地上机枪扫射，那场仗打得非常惨烈：敌人是铁了心不让我们过江，非要把我们的部队拦截在'三八线'的临江对岸。眼看着我们身边的战友一批批被敌机轰炸后倒下，我的心里甭提有多难受了。当时我也挂彩了。那场战役打了三天三夜啊，我们牺牲了好多战友。"说到这里，董爸爸呜咽着，有点说不下去了。

柏合队长赶紧拿过来纸巾递给董爸爸。董爸爸擦了擦眼睛，停了一会儿，又

说："战友的鲜血把江水都染红了，当时我们就一个信念，多打鬼子为战友报仇。但那时我们的武器落后，所以那一仗我军付出了惨重的代价。你们没有经历过，是无法想象我们那一代人的心情啊……"

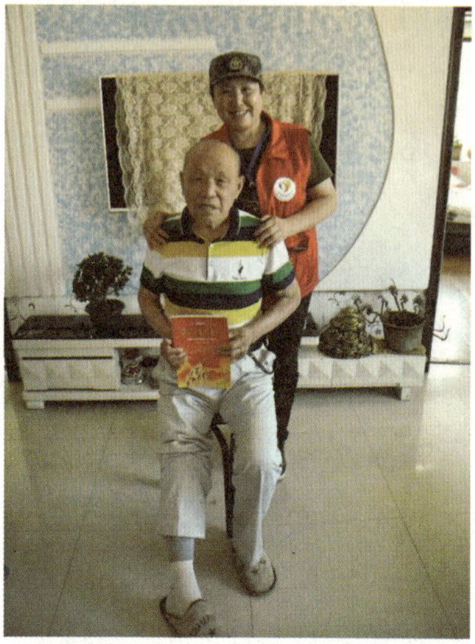

我们听了董爸爸的话，都沉默了。大家都在思考着，今天的幸福生活是多少先辈用鲜血和生命换来的？我们绝不能忘记历史，也绝不能忘记这些保家卫国的老兵啊！

◎我们不拼命，自己就没命了

柏合队长沉思了一下说："董爸爸，您战友的鲜血不但染红了江水，也染红了'八一'军旗。抗美援朝打出了我们中国人的骨气，打出了军威和国威。没有你们当年的浴血奋战，就没有我们今天的幸福生活。我们发起了'柏合暖兵行动'，为的是感恩和温暖你们那一代人，那一代保家卫国、为我们打出太平岁月的人。"

董爸爸点点头说："孩子，你们做的事很有意义，我们活着的老兵倒没啥，就是那些当年牺牲的战友，埋在异国他乡，要把他们接回来呀，一定要（让他们）魂归故里呀。"

柏合队长拉着董爸爸的手说："放心吧，董爸爸，我们国家已经分批往回运英烈的骨灰了。"

董爸爸瞪大了眼睛说："真的吗？那太好了，我的战友们也能回来了！等回来了，我去看看他们。"

柏合队长接着说："董爸爸，您一定还有难忘的故事，再给我们讲一个吧。"

董爸爸思考了一下说："打汉城那次，我们是先遣部队，冲在第一线。当时我们冲进了敌人的包围圈，直接插入敌人中间了。敌人把我们用包饺子馅的方式围了起来，调集飞机轰炸我们。很快我们就剩下二十来个人了。最后没招了，我们就把枪和手榴弹都集中在一起，隐蔽好不动。敌人以为我们都被炸死了，就上来清理战场。快到离我们20米左右的时候，连长大喊一声：狠狠打！我们迅速冲出来，三挺机枪猛烈射向敌军。我当时是机枪手，负责一挺重机枪，当时就像疯了一样，狠狠地向敌人开火。那个时候，我们这二十来个人杀敌，杀红了眼。我们不拼命，自己就没命了。敌人在我们机枪的火力下一批批倒下。后来鬼子就专打我们机枪手。忽然一发炮弹落在我身边爆炸，把我的腿炸伤了，但当时也没时间管了，趴在地上继续射击掩护战友冲锋，当时打死多少鬼子我都记不清了。最后我们撤下战场时只剩十几个人。我是被战友抬回来的。下了火线后，简单包扎一下，被转到后方治疗，到战地医院时，我几乎没气了，腿肿得连裤子都脱不下来了，经过手术，才保住了命。后来回国途中，我的伤口感染、化脓，处理时，接了半脸盆子脓血啊。我又一次差点儿没命。后来伤口治疗好了，可腿不能打弯了，一直到现在也是这样。”

柏合队长深情地说：“董爸爸，您是大难不死，必有后福啊。”

董爸爸笑笑说：“我们当时谁也没有想到能活着回来，我的好多战友都留在了异国他乡。”说到这时，董爸爸的眼睛又有些湿润了。

接着，柏合队长又问董爸爸："您是哪年退伍的？"

董爸爸说："我是1955年退伍的，后来在百货公司上班，我的珠算考试过了8级。在单位当过团支部书记、工会领导，文体活动都拿冠军。我要积极乐观地活着，不能躺在功劳簿上。所以我就一直努力地工作，直到1984年退休。"

柏合队长说："董爸爸，您真是我们学习的好榜样，那您一定还有梦想吧？"

董爸爸想了想说："没有啥梦想了。现在生活条件这么好，什么都不缺，我心满意足了。但是有时候就是想见见老战友，想和大家在一起聊聊天，也没几个了。若是有一个老兵养老院就好了，那样，我们这些老兵就能天天生活在一起，时不时聊聊战争岁月中的亲身经历……"

老兵董家有的梦想：经常见一见老战友，唠唠嗑，能有一个专属于老兵的养老院，有一个专门慰藉从异国他乡接回来的英魂的陵园。

后记：我脑海里一直想起董爸爸的那句话："我们活着的老兵倒没啥，就是那些当年牺牲的战友，埋在异国他乡，要把他们接回来呀，一定要（让他们）魂归故里呀。"这是什么样的生死战友的情怀啊！2020年已经是入朝参战70周年了。70年了，董爸爸始终没有忘记留在异国他乡的战友们。

"柏合暖兵志愿者"，我现在已经深深爱上了这个称呼，虽然我放下赚钱的生意来搭钱做志愿者，家人同行都说我们是傻子，可我知道我在做什么。我现在感觉我也是一名战士，柏合队长就是我们团长，带领和指挥我们打赢"柏合暖兵行动"这场战役，温暖这些可爱可敬的老兵。

此刻，我感到浑身充满了力量，仿佛看到未来的柏合队长身边有无数的老兵都在高高兴兴地说笑着。希望这一天早日变成现实。

第10位 88岁朱其民

时间： 2020年6月19日 星期五 雷阵雨

地点： 吉林省德惠市达家沟镇杏山村抗美援朝老兵朱其民的家里

陪同： 德惠市退役军人事务局优抚科工作人员张跃东、梁寰宇

◎都这么晚了，你们还来看我，快进屋！快进屋！

19日下午2点多，暖兵行动服务队驱车寻访下一位老兵。联络员介绍说，这位老兵的家很远，来回得三个多小时。特别是有一段路晚一点就会堵车，经常堵到半夜，所以请柏合队长到老兵家里尽量快点聊。

路上，我们在车里睡觉，可柏合队长却辛苦地开着车。

下午4点30分，联络员告诉柏合队长要到了，注意跟上。

老兵朱其民家下了乡道还有一段小路。这条小土道很窄，又是转弯又是陡坡，两边种着庄稼，真是考验车技啊。

柏合队长小心翼翼地开着爱心小车跟着前车走。我抬眼向窗外望去，一片绿油油的玉米地，天边的太阳已经下班了，缓缓地走在回家的路上，身后留下一片殷红的彩霞。好美的乡村晚霞！

老兵朱其民爸爸家门前是一片绿油油的玉米地。院子中间留了一条小路，两边种满了各种蔬菜，院子里打扫得干干净净，一幅祥和的农家小院场景。

看到我们来，朱爸爸和儿子迎了出来，热情地和我们打着招呼："太感谢了，这多远的道啊，又不好走，都这么晚了，你们还来看我，

快进屋！快进屋！在我家吃晚饭吧。”朱爸爸的热情让我们消除了一路的疲劳。

◎一定要活着回来，我等着你

老兵朱爸爸今年88岁了，身体很单薄，有点驼背，感觉说话很费力气。大家把“暖兵大礼包”抬进屋里，放在炕上。朱爸爸就让大家往炕上坐。

联络员说：“我们到院子里凉快凉快，您和柏合队长聊故事吧。聊完，我们就得赶快往德惠赶，晚了，就堵车了。”

朱爸爸说：“那也得吃点饭再走。要不我这心里也过意不去啊。”

柏合队长笑着说：“朱爸爸，心意领了，饭就不吃了，先存着，等下次来再吃。您有退伍证和军功章吧？要是有的话，都拿出来，给我看看。”

朱爸爸笑着摸摸胸前的纪念章说：“看，就这一个了，我早就戴上了。”

柏合队长把大礼包打开，重点交代了“健康礼包”的用法。最后，拿出《荣军院里的老兵》故事书，送给朱爸爸。

朱爸爸用颤抖的双手接过来，仔细地看着封面，说：“这里，也许有我认识的人。”

为了让老人坐着舒服点，柏合队长也脱鞋上炕，盘腿坐在朱爸爸对面，朱爸爸靠着墙，这样，老人家就不会太累了。

1950年，18岁的朱其民入伍四野40军118师，当重机枪射手。

当年，他是为补充兵源而直接进入朝鲜前沿阵地的。老兵朱爸爸说：

“我是1949年11月结的婚，1950年10月去的朝鲜，是第二批补充兵。当时，我老伴可留恋了，刚结婚才一年啊，我们还没有孩子。那时候的人都腼腆，三年左右才有小孩。岳父岳母和亲戚都劝她不让我去当兵。她不吱声，但是我能感觉到她舍不得我去！”

“在我要走的前一天晚上，她拉着我的手说：‘我想通了，你去吧，保家卫国，不能让祖国的一草一木受损失。但是你要答应我，一定要活着回来，我等着你！爸妈那里你就放心，我会照顾好的。’我这才放心地去当兵了。我感谢老伴当年支持我当兵。其实，她都做好了照顾我爸妈一辈子的准备。我没死在战场上，她却在2012年，先我一步走了……”

回忆往事，老兵朱爸爸有点伤心。

柏合队长说：“你们那个时候的爱情是纯净的、负责任的，只要认定一个人就是一生一世，哪怕是一无所有，哪怕是独守空房，都不会改变初衷和誓言。朱爸爸，能有一位忠贞不渝的妻子，您是幸福的。”

这时，朱爸爸笑了笑说：“我俩一辈子都没有吵过架！”

◎来不及汇报，马上开火

看朱爸爸心情好起来，柏合队长马上进入主题：“朱爸爸，您在战场上一定很勇敢吧，和我讲讲抗美援朝的故事吧。”

朱爸爸回忆起当年的情景，幽幽地说：

“记得那是抗美援朝作战的第五次战役，有一天，我们部队接到命令，攻打高望山227高地。高望山是敌人的重要营地，从山下到山上设有八道铁丝网，我们必须先把铁丝网除掉，才能攻上山头。可每一层铁丝网都有重兵把守，想要靠近非常困难。当时，我是重机枪射手，任务是掩护战友掐断一道道铁丝网。”

“我们选好位置，在铁丝网附近隐蔽，紧密盯住敌人的动向。就在战友马上靠近第一层铁丝网的时候，我忽然发现右侧出现一伙敌人正在向铁丝网这边走来。我的战友们还没有暴露，但是敌人马上就要到战友们隐蔽的地方了，万分火急，我来不及汇报，马上开火扫射，敌人一片一片地倒下去。接着又一伙敌人上来了，我又一阵猛烈地扫射。在我的机枪声吸引下，敌人都向我们这边扑过来，那边战友们乘机迅速掐断了一层层铁丝网。这时后面响起了冲锋号，大部队总攻开始了。在这次战斗中，我因反应快，迅速果断地打击敌人，为部队总攻争取到最佳时机，减少了伤亡，荣立了个人三等功……”

朱爸爸讲到这里，脸上还挂着胜利的喜悦。柏合队长看着他说：“朱爸爸，看不出来您当年这么英勇啊！如果不是您反应快，您的战友被敌人发现，那后果不堪设想啊！”

朱爸爸点点说：“如果不是我及时发现，果断开火，打敌人个措手不及，那就惨了。那次战斗我也受伤了。我再给你讲一个更惊险的吧。”

柏合队长赶紧把录音笔往朱爸爸身前推了推，准备记录朱爸爸讲的更惊险的故事。

◎我要是跑得慢啊，骨头渣都没了

朱爸爸喘了几口气接着说：“那次是连首长派我送一封重要的信，还要带回第二天的口令。”

柏合队长连忙打断朱爸爸说：“等等，您不是重机枪射手吗？怎么又送信了？”

朱爸爸笑着说：“是上级把我调到战地通信连做通信兵了，别提了，当时我们排长说啥都不同意把我调走，和领导说：‘朱其民是我们排的重机枪射手，你把他调走了，我少了一员干将，培养一个有经验的重机枪射手多难啊。’可领导说：‘一切行动听指挥，通信兵更重要，必须要有独立完成任务的能力，还要坚强、勇敢、果断、思想觉悟高。经过上级考察，朱其民完全符合要求。第一，他普通话好，送信，还要带回来口令，不能有误。第二，他勇敢果断，能快速完成任务。第三，他政治思想觉悟高，即使被俘虏也不会泄露机密。’排长不得不放我走了。”

“原来是这样啊，朱爸爸，请您接着说。”柏合队长向朱爸爸做了个请的手势。

朱爸爸说：“那次我受命去给八团送一封重要的信，还要带回口令。我把信放在怀里（怀里缝一个防水的口袋），就快速跑出去。我们送信都是跑着的，要争分夺秒抢时间，还要注意隐蔽，躲敌人飞机。记得那次出门，我很顺利地就把信送到了。可在回来时，路过一个山坡，发现一架美国的飞机被我们部队给打下来了，正在那冒黑烟呢。我扫视了一圈，看见有志愿军战士向我招手，我赶紧跑过去。他问我：‘小鬼，你是哪个部队的？咋自己跑到这里来了？’我说是送信回来路过这边。他用手指着那架飞机说：‘你看见那个飞机了吧，那是我们刚打下来的，美国鬼子肯定会马上找来的，你赶紧跑，晚了就没命了。’我听了，马上就往部队跑。他们也迅速撤离了。我刚跑出能有二里地左右，就听见后边‘轰隆’‘轰隆’的炸弹声。美国鬼子打来了，那飞机在天上往下扔炸弹，黑压压的一片。美国鬼子有好几种炸弹，最厉害的是那种七八个穿在一起的，钻到地底下三四米才爆炸。鬼子整整炸了一宿啊。我们一看，那个山头，昨天还是满山绿绿的大树，今天早上，就变成黄黄的土堆了。一棵树都没有了。鬼子可狠了，把他们飞机给打下来了，他们就急眼了，把山给炸平了。那次，我要是跑得慢啊，骨头渣都没了。”

朱爸爸说到这里，还有点心有余悸的感觉。柏合队长拉着朱爸爸的手说：“朱爸爸，我感觉您当年好像是人们说的‘飞毛腿’呀。”朱爸爸笑笑说：“不快跑不行啊，那时候鬼子的飞机说炸就炸，死人就是秒秒钟的事。”

◎那敢情好啊，我可有地方去了

柏合队长说：“朱爸爸，您是哪年回国的？”老兵朱其民叹口气说：“别提了，枪林弹雨我都过来了，最后美军丧心病狂地用了细菌战，把苍蝇、老鼠、蚊子都整上病菌，用飞机往我们部队的驻地扔，好多志愿军战士都中了毒，我也中毒了。中毒后身体就不行了，加上身上还有伤，1952年底就回国疗养了。到现在这身体都不行啊，浑身没劲。还便秘，太痛苦了，有时觉得还不如死在战场上好了。”

柏合队长紧紧地握住朱爸爸的双手说：“朱爸爸，您千万不要有这样的想法，一定要多保重身体，那么艰苦和危险的时候您都过来了，现在生活都好了，我们一起想办法让身体好起来。”

朱爸爸点点头说：“目前的生活都挺好，儿子也很孝顺，政府也照顾得挺好，就是这身子骨不行了。”

柏合队长郑重地说：“朱爸爸，您放心，从今天起，您就是我的老爸爸。不光是您一个人，还有好多老兵，都需要照顾。我学过中医理疗，没做公益慈善之前我是开养生馆的。以后我再启动养生馆，不为了赚钱，就为了给老兵调理身体，您说好不好？”

朱爸爸笑了：“那敢情好啊，我可有地方去了，我们这老胳膊老腿的，到医院人家都不要了，说回家养着去吧。老了，没有治疗的价值了。”

柏合队长深情地看着朱爸爸说：“朱爸爸，你们老兵就是柏合新家的宝，我发起了‘柏合暖兵行动’，就是要带动全社会来关爱老兵的，后十年，我就做这一件事。您一定要支持我的工作，好好保重身体，多给我们机会尽孝啊。”

朱爸爸乐了，开心地笑了……

联络员已经催了好几遍，就担心堵车。我们得赶快走了，明天还得寻访另一个村子的老兵。

朱爸爸紧紧地拉着柏合队长的手说：“你看看，连一口饭都没吃上，就这么走了。你啥时候还能来啊？”

柏合队长说：“老爸爸，等完成寻访任务后，我安排一下时间，请您去长春，我帮您好好调一调身体。”

朱爸爸说：“好，好，好，我等着，我等着。”

回来的路上，车速很快，刚刚过了那段国道，看见路上已经有好多辆大挂车，眼看这段路就要进入堵车高峰了。

老兵朱其民梦想：能有个健康的身体，能和老战友聚聚，能常见到干女儿柏合队长。

后记：回来的路上，我还在想着老兵朱爸爸讲的战场上的一幕一幕。我看看柏合队长，她在认真地开着车，表情非常凝重。她在想着什么？她付出所有，做这些究竟是为了什么？有时候还被人挖苦、讽刺和误解，但是她还是坚持做。为了什么？这几天下来，我都累得快挺不住了，可她坚持了10年，多不容易啊。都说做一件好事不难，难的是坚持一辈子做好事。想想这些老兵，再看看柏合队长，我脑海里涌现出一句歌词："什么也不说，祖国知道我……"

第11位 87岁白永生

时间： 2020年6月20日 星期六 大雨

地点： 最初是定在吉林省德惠市岔路口镇同巨永村慰问抗美援朝老兵白永生的，没想到其家人说老爷子突然身体不适住院了，就临时改为在德惠市中医院见面

陪同： 德惠市退役军人事务局优抚科工作人员张跃东、梁寰宇

◎你们大老远地来医院看我了，我还不能跟你们说会儿话吗

在睡梦中，我朦朦胧胧地听到窗外下着大暴雨。

我睁开眼睛一看，才凌晨3点多，但柏合队长已经在工作了。

快8点的时候，雨终于小了一些。联络员冒雨来到宾馆，他们见到我们就说："今天寻访的任务很重，道路远，又不好走，人数多，又下着大雨，还有特殊情况的老兵。"

柏合队长马上问："有什么情况？"

联络员说："刚刚，老兵白永生家人来电话，说老人住院了，怎么办，柏合队长？我们还去慰问吗？不行就将名单换一下吧。"

柏合队长听了，思考了一下，说："和白爸爸的家人通电话，了解一下情况，如果可以，我们就到医院去慰问，不到万不得已，不换名单。"

联络员接通了电话，把情况说明了。白爸爸家人很感动，表示可以在医院接待慰问。

"你们能来看老人家，他会很高兴的，心情好也许很快就能出院

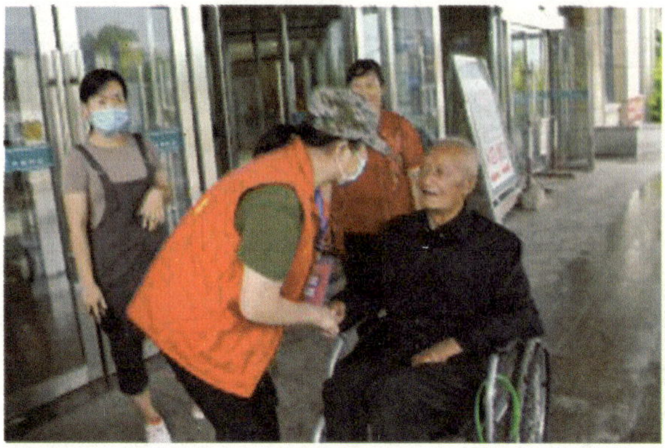

了。”白爸爸的家人在电话那边的话语，我们听得清清楚楚。

马上行动。我们赶紧把物资装上车后赶往医院。

考虑到怕影响其他病人，我们和老兵白永生家人商定，让白爸爸坐轮椅到医院门口见面。

我们来到德惠市中医院门口时，见老兵白永生在家人的护理下也刚好来到医院门口。我们把“暖兵大礼包”放在医院门口的石墩上，并向他的家人讲解使用方法。

柏合队长俯身蹲在老兵白爸爸的轮椅旁，关切地说：“白爸爸，我们是暖兵志愿者，我们来看您来了，祝您早日康复！”

老兵白爸爸笑笑，说：“哎呀，这大雨天的，你们还来医院看我，谢谢了。”

白爸爸身体很弱，脸色红紫，手和脚都是黑紫色的。看到白爸爸的情况，柏合队长赶紧说：“我怕您累着，不行您就先回去休息吧，我留下电话，等过两天您身体好些后，我们电话聊您的故事，好吗？”

白爸爸又笑了笑，说：“没事的，孩子，你们大老远地来医院看我，我还不能跟你们说会儿话吗？”

柏合队长用目光与白爸爸的家人交流了一下，他的家人也说没事，能说话。柏合队长这才和白爸爸聊了起来。

◎我的两位战友瞬间就给炸飞了

1950年，老兵白永生入伍时才17岁，他的部队是65军193师。他是通讯兵，入伍后就直接去朝鲜了。

白爸爸说："记得那是在林镇江高地破索战斗中，为打破敌人的封锁线，部队准备发起总攻。我们通讯班负责通讯保障工作，保证上级领导及时指挥战斗。部队要发起总攻的前一天傍晚，我们通讯班要侦察一下地形，做好第二天的准备工作。我负责背着无线电话的电池，紧紧跟在报务员身边，因为没有电池就不能说话了。我们走到距离敌人封锁线还有500多米时，就看见鬼子一波一波地在巡逻。我们悄悄地隐蔽起来。就在这时，一颗照明弹划破夜空，落在离我们身边不远的地方，紧接着一颗炸弹又飞过来，在照明弹的地方爆炸。好险啊！我们可能被鬼子发现了。怎么办？班长赶紧让大家隐蔽，关闭信号，趴在草丛里不许动。过了30分钟，又有照明弹打过来，紧接着，又一发炮弹攻击。我们明白了：鬼子是在例行公事巡逻和火力侦察，他们每隔30分钟，就发射照明弹和炸弹。两位战友对班长说，让大家在原地隐蔽，他们俩往前再探探路。班长点头，并嘱咐他们注意隐蔽。两位战友匍匐着向封锁线爬过去。可刚刚爬出去100米左右，就碰上了一个野鸭窝，两只野鸭'嘎嘎嘎'地叫起来，飞向空中。这下可坏事了，不一会儿，敌机就飞了过来，还扔下好几颗照明弹，照得夜空像白天一样。我的两位战友彻底暴露了，紧接着敌机又连续扔下好几颗炸弹，我的两位战友瞬间就给炸飞了。"说到这里，白爸爸的眼泪在眼圈里打转转。

柏合队长安抚白爸爸，说："战争就是这样残酷，现在一定要让人们懂得平安生活来得多么不容易啊。"

◎那次战斗我也差点没命

柏合队长接着问："白爸爸，我

手上的名单里，注明您是三级伤残，您是在哪次战斗中受的伤啊？”

白爸爸说：“那是在抗美援朝第四次战役的时候负的伤。那次战斗太惨了，我们连队最后就剩下不到10个人了，差点全连覆没呀。”

柏合队长看白爸爸有点激动，就说：“别着急，您慢点说，慢点说。”

老人家抬起头来，眼神看向远方，然后，慢慢地说：“那次我们配合一个尖刀连打黎明战，计划在鬼子还没睡醒前就送他们上西天。我们半夜里就往目标阵地行军，通讯员是走在队伍的最后面。由于已经提前侦察好地形，规划出了行军路线，所以，我们很快就到了敌人宿营地附近。当我们进入敌军营盘，准备马上杀他个措手不及时，一个巡逻的美国鬼子，拿着手电筒，向我们这边照了过来，我们赶紧趴下，但还是被发现了。巡逻的鬼子马上开枪报信。这时，我们的一个战士一跃而起，冲过去，就把那个巡逻的鬼子解决掉了，可是我们也完全暴露了。连长命令话务员赶紧向总部报信。鬼子们一批批地向我们扑过来。我们的机枪手迅速架起机枪，奋力扫射。刚刚起床的鬼子蒙头转向地出来，就一批批地被我们撂倒了。记不清有多少次击退了鬼子的冲锋，后来，我们的

机枪没子弹了。机枪一停，敌人就判断出我们的子弹用完了，因此，胆子也大了，黑乎乎的一大片向我们压过来。这时，敌众我寡，我们与鬼子展开了肉搏战！连长再次催促话务员赶紧呼叫支援，可等援兵到了，我们就剩下不到10个人了。那次战斗我也差点没命，胳膊被鬼子打成重伤，成了三级伤残，至今都拿不起来饭碗。后来，我被送回国，在河南省驻马店疗养。”轮椅上的白爸爸讲到最后时，表情已经很淡然，就好像讲的不是他的经历。

柏合队长说：“白爸爸，您还有啥梦想吗？”

白爸爸又笑笑，说：“孩子啊，我都87了，啥也不想了，活一天看一天了。”

柏合队长又说：“您不想见见老战友了吗？”

白爸爸这会儿没有笑，他说：“唉，我走不动了，老战友都快走没了，没几个了，在德惠，抗美援朝的老战友好像一共不到四五个了。”

我们要分手了，大家在医院门口留下了一张珍贵的合影！

祝福老兵白永生早日康复出院，祝福所有的老兵健康快乐每一天！

老兵白永生梦想：希望能从轮椅上站起来，能自己拿碗吃饭。

后记：都没有了，都走了。是啊，老兵给我们的时间真的不多了。

此刻，我才深深地理解了柏合队长为什么这么拼命干！她这是与时间赛跑，与死神争抢我们可爱可敬的老兵啊。

第12位 86岁董宝路

时间：2020年6月19日 星期五 雷阵雨

地点：吉林省德惠市大房身镇同北卡路村抗美援朝老兵董宝路家

陪同：德惠市退役军人事务局优抚科工作人员张跃东、梁寰宇

◎“嗯呐”老兵

上午9点30分，雨还在继续下着，柏合队长驾驶着我们的爱心小车，奔跑在乡间的小路上，去寻访下一位老兵。快11点了，雨渐渐小了，太阳慢慢地从云彩里边露出了笑脸。雨后的空气特别清新，田野里的禾苗上挂着晶莹剔透的露珠，微风一吹滚来滚去，就像一颗颗珍珠。大家欣赏着田里的禾苗，感受着大自然的神奇。

11点20分，我们来到了老兵董宝路的家。一进院子就看见满院子跑着小鹅和小鸭子，毛茸茸的，非常可爱。大家把“暖兵大礼包”抬进屋里，董爸爸的儿子乐呵呵地边道谢，边忙前忙后地为大家搬凳子坐下。老兵董爸爸的身体看上去还不错，但是他儿子说去年老人做了前列腺手术，心脏和肠胃都不太好。

见面后，柏合队长拉着董爸爸的手问：“董爸爸，您今年高寿啊？”董爸爸用右手拍拍胸口说：“嗯呐！”柏合队长以为他没有听懂，就又说：“您好，董爸爸，我们是暖兵志愿者，来看您来了。”

董爸爸一个劲地点头说：“嗯呐、嗯呐。”柏合队长又指指“暖兵大礼包”说：“这是我们给您带的礼物，米、面、油啥都有。”董爸爸又

说："嗯呐、嗯呐。"在场的人你看看我，我看看你，他儿子忙上前解释说："我爸爸耳朵聋，基本听不到，他就是靠看你的表情和嘴形分析你说啥，所以无论你说什么他就是回答'嗯呐'。"这时，满屋子的人都笑了起来。

由于董爸爸听不到，我们只能从他儿子口中了解一些情况。

柏合队长问："董爸爸的军功章和退伍证都在吗？可以拿给我看看吗？"董爸爸儿子说："只有两个纪念章和一个纪念物了，剩下啥都没了。我小时候爸爸的军功章可多呢，我们都拿着玩，那时候也都不当回事，都丢了。但是这两章一物我爸爸一直保存着，谁也不让动。有时候就拿出来自己静静地看一会儿，再包起来放回柜子底下。"

董爸爸儿子说着就趴在董爸爸耳朵上大声说："把你那三个宝贝拿出来让大家看看。"董爸爸看看柏合队长，又看看大家，然后走到老柜子前，掀开柜子，把手伸进去摸了半天，拿出来一个20世纪50年代的绣包，绣包上还绣着人名。董爸爸小心翼翼地打开，两枚纪念章从包里展露出来。董爸爸手颤抖着，拿起这两枚纪念章递到柏合队长面前，然后就用眼睛看着队长不说话。柏合队长伸出双手接过这两枚珍贵的纪念章，仔细地看了看，一枚是"和平万岁"纪念章，一枚是"抗美援朝"纪念章。这就是抗美援朝老兵董爸爸最珍贵的收藏，这两枚纪念章见证了董爸爸在朝鲜战场上的峥嵘岁月。旧得发黄的绣包上清晰地绣着"凯旋"二字和"段元妻张桂莲"，这个绣包一定是有故事的。

董爸爸儿子介绍，董宝路是1950年10月入伍，直接去的朝鲜，部队是东北公安警卫团辽东军区集训2大队353部队，去朝鲜后又改编到119师，后来又被编入0975部队。董爸爸是一名侦察兵，1953年回国，1957年退伍，在部队待了8年。

董爸爸儿子说："小时候经常听爸爸讲抗美援朝的故事，他参加过多次战斗。过年过节亲戚来串门时，他也和人家讲。左邻右舍来串门时，他也和人家讲。但那时候我小，这耳朵听那耳朵就冒了，也不知道这故事还有用啊。小时候家里穷，孩子也多，成天忙着干活就都记不得了。自从爸爸的耳朵聋了之后，就再也没有听见他讲抗美援朝的故事了。"柏合队长听了董爸爸儿子的介绍，转头看向董爸爸。董爸爸正拿着那本《荣军院里的老兵》故事书仔细地看着。柏合队长趴在董爸爸耳旁大声说问："董爸爸，您是不是很喜欢这本书啊？"董爸爸连连点头说："嗯呐！"大伙又都笑了。董爸爸看大家笑他也跟着笑。虽然他耳朵听不清声音，但他是用心在听、在感受。此时，董爸爸的眼神中露出发自内心的喜悦。

◎不打败鬼子绝不回国

柏合队长又看向董爸爸儿子问："您再好好回忆一下，董爸爸有没有给你讲过他在战场上的惊险故事，或是受伤的故事。"董爸爸儿子想了想说："想起来了，那是我20多岁的时候，他给讲过一个他们部队的故事。哪次战役我记不清了，就记得爸爸说那次他们接到任务，配合大部队总攻，要在总攻前做好全面侦察工作。当时我爸爸他们兵分好几个小组分头进行侦察，半夜时分大家从宿营坑洞出发了。当时我爸爸的侦察小组是负责侦察敌人的数量和武器。这就很危险了，必须靠近敌人营地近距离才能侦察到情况。爸爸侦察小组用了两天两夜时间，历经多次危险，虽然有敌机轰炸及机枪交火，但是他们侦察兵就是以侦察为主，从不恋战，被敌人发现就赶紧撤退或隐蔽，但还是牺牲了两位战友。当爸爸的侦察小组完成了任务按照预定时间返回营地时，大家都惊呆了。宿营坑洞没了，营房没了，战友没了，都被敌机炸平了。这时，其他侦察小组也陆续赶回来，虽然都完成了任务，但是都遭到了敌人的打击，有一个侦察小组就剩下一个人回来了。还有一个侦察小组的战友两条腿都被炸没了，是其他战友把他背回来的。可回来宿营地又没有了。当时大家搂在一起痛哭，最后对着营房敬了一个军礼，并发誓，不打败鬼子绝不回国，一定要为战友报仇，然后就去找大部队去了。所以我爸爸换了好几个部队番号，都是因为这个部队没有了，就整合到另一个部队。我爸爸收藏的那个小绣包布袋，好像就是他的侦察小组牺牲的战友留给他的。”柏合队长听到这里，又回头看向董爸爸，只见他缓缓地拿起那个旧的发黄的绣包，贴在了胸口，眼里噙满泪水。董爸爸肯定是听到了儿子和柏合队长的谈话，不是耳朵听，是用心听……

◎我们就一起努力吧

柏合队长问董爸爸儿子：“董爸爸现在身体都好吗？您知不知道他还有什么梦想？”董爸爸儿子说：“我爸爸病挺多的，这不去年做了前列腺手术，肠胃也不好，腿脚也不好，总是浮肿。最近又吃不下饭。”柏合队长安慰道：“别上火，好好照顾董爸爸，我们一起来想办法。我们在吉林省慈善总会成立了柏合暖兵慈善基金，社会各界爱心人士都可以参与关爱老兵和帮助困境的军烈属家庭。我们就一起努力吧！”

我们该分手了，董爸爸用依依不舍的眼神看着柏合队长，仿佛有好多故事要和柏合队长说，可又想不起来说什么。柏合队长说了四五次再见，可董爸爸还是回答“嗯呐”，拉着柏合队长的手久久不肯放开……

已经过了中午吃饭的时间，联络人说：“柏合队长你们饿不饿？这个镇子还有一户，我们走完这一户再吃午饭，好吗？”柏合队长说：“听您的。”连日来的慰问寻访，暖兵服务队成员都很疲惫，但是没有一个人喊累，我们继续奔向下一个老兵家里。今天刚下过大雨，路面有很多积水，前车开过溅起老高的水花。还有的路面非常泥泞，车轱辘上沾满了泥巴，车子摇摇晃晃，柏合队长小心翼翼地驾驶，把车开得很慢很慢……

老兵董宝路梦想：能听见说话，能吃下去饭，腿消肿好走路。

后记：“嗯呐”是我们进到屋里和走出屋子董爸爸说的唯一的一句话。这也是我们暖兵服务队寻访的老兵中最经典的回答。但我们是幸运的，因为今天我们还能听到老兵和我们说一声“嗯呐”，再过几年我们恐怕连这两字都听不到了！大家说对不对？“嗯呐”……

第13位　94岁姜振福

时间： 2020年6月20日　星期六　大雨

地点： 吉林省德惠市岔路口镇街道同北卡路村抗美援朝老兵姜振福的家

陪同： 德惠市退役军人事务局优抚科工作人员张跃东、梁寰宇

◎冒雨，赶路

下午3点30分，柏合队长开着爱心小车继续行驶在乡村的路上。

昨天晚上，联络员和柏合队长商量，说："这位老兵家最远，路也特别不好走，看你们这些天都累坏了，要不我们就别去了，换一个近一点的老兵吧。"

柏合队长说："他家里是什么情况？"

联络员说："挺困难的，老兵已瘫痪在炕上，也说不出来什么故事了。"

柏合队长果断地说："不用换了，路多远，多难走，都不怕，一定要过去看看这位老兵爸爸。有故事最好，没有故事我们也要温暖他的心，如果这次不去，也许下次我们就没有机会了。"

在车上，我们本想闭上眼睛眯一会儿，可这时，天又下起了大雨，加上乡道坑坑洼洼的，车子摇晃得很厉害，有的水坑都快没过车轱辘了，前车走过一路水花，所以没有睡成。

柏合队长全神贯注地开着车，眼睛一眨不眨地紧紧盯着前边的路面，双手紧握方向盘，一脸严肃地说："大家都坐稳把好，系好安全带。"

我们马上停止唠嗑，端正坐好，系上了安全带。

我们在雨中走了好久好长的泥泞乡道，快到老兵家的时候，雨才停下来。路边树林里响着蝉鸣声。我们一看，这边没有下雨，地皮是干的。

◎满院子的尿不湿……

16点左右，我们才来到了94岁老兵姜振福的家。姜爸爸家门口对面就是绿油油的一片稻田。

我们抬着“暖心大礼包”走进院子，看到晾衣绳上挂满了尿不湿，有的尿不湿在风中飘着。我的心里就紧了一下。

我们进屋，看到老兵爸爸佝偻着身躯，躺在炕上，嘴里说着朝鲜话，有时又喊着：“我的战友们啊……”

此刻，我的心揪了起来。

老兵姜振福的老伴眼睛几乎看不到人了。她听见我们到来，就大声喊着：“你们来了几个人啊？还给我们带来这么一大包礼物，这都是给我家的吗？哎呀，我这个老婆子该怎么报答你们啊！”说着就拉着柏合队长的手，她的脸都要贴到柏合队长的脸上了。她问：“你是男的，还是女的啊？从哪儿来啊？你们一共来了几个人啊？”

柏合队长赶紧回答：“老妈妈，我们是暖兵志愿者，一共四人，从长春来的。”

老妈妈听说我们是志愿者，激动地和柏合队长抱在一起，嘴里还不停地说着：“谢谢你们呀，谢谢好心人啊！”

老妈妈穿的衣服很旧，她一直

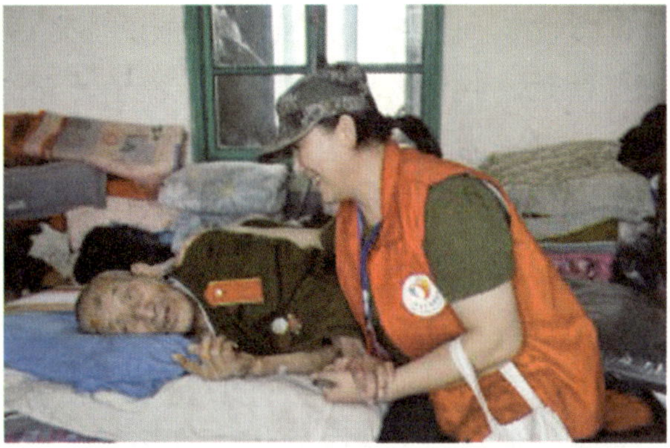

拉着柏合队长的手不肯松开。老兵姜爸爸的儿子看起来很无奈，一个瘫痪在床的老爸，一个几乎失明的老妈，那种心情我们能理解。

柏合队长坐在姜爸爸身边，关切地看着躺在床上的老兵姜爸爸，帮他盖了盖被子，低下头柔和地问："姜爸爸，您好，我们是暖兵志愿者，来看您来了，您高兴吗？"

姜爸爸的眼神紧盯着柏合队长的眼睛。他突然大声喊起来："我的战友们啊！战友们啊！鬼子来了，鬼子来了，隐蔽，快隐蔽。"

柏合队长听着姜爸爸的喊声，心里酸酸的，姜爸爸的记忆一直停留在战场上。他是班长，在战斗中，他是级别最低的指挥员，但作用是最有效、最得力的……

姜爸爸的儿子叹口气说："爸爸自从病重躺在床上，就糊涂了，他就记得战场上的场景，有时半夜醒来，也这样大喊。"

柏合队长说："难为你了，好好照顾姜爸爸，他会慢慢好起来的。请你和我们讲讲姜爸爸的故事吧。"

◎战友们连冻带饿，牺牲在雪地里

老兵的儿子姜付臣介绍，父亲姜振福1948年入伍，在165师迫击炮连，参加过解放战争。1950年参加抗美援朝，1953年回国，1955年退役。

姜爸爸小腿被子弹打穿过、被敌机空袭炮弹炸伤过、卧雪隐蔽冻伤过。他荣立三等功一次，小功多次。是中共党员，党龄与中华人民共和国同龄。

姜付臣回忆着说："记得爸爸说那是1952年腊月的时候，在'三八线'附近，叫什么战斗，我记不清了。那次战斗，爸爸部队的任务是把敌人引开，为大部队争取时间准备总攻。这是一个很危险的任务，既要暴露一下目标，又要快速撤离隐蔽。其实，就是牵制敌人主力。出发前部队给我爸爸和他战友每人都发了个白被单子。当时我爸爸是班长，又是重机枪手，带着战友们半夜就出发了，快到黎明时，敌机开始空中侦察，眼看着敌机就向大部队那边飞去。我爸爸让大家把白被单盖在身上不许动，他自己飞快地跑出去300多米，就向空中开枪。敌机听见枪声马上掉头飞回来。我爸爸就快速往回跑，在离大家100多米的地方，他迅速掏出白被单子，盖在身上，马上趴下。敌机飞到我爸爸刚才打枪的地方盘旋了几圈也没发现目标，但还是扔下好几颗炸弹飞走了。这时副班长跑过来说：'看我的。'说着，就往另一个方向跑出300多米，向空中开了几枪，然后就迅速往回跑。这下可坏了，敌机呼啦啦飞来一大片，冲着副班长开枪的地方就扔炸弹。敌机是被吸引过来了，但是副班长再也没有跑回来。我爸爸和其他的战友就这样在雪地里趴了两天两夜。敌机每隔一个小时就飞过来巡视一圈。等大部队发起总攻，敌人就都集中到那边去了。我爸爸他们才敢起来。可是，有好几位战友却连冻带饿牺牲在雪地里。我爸爸和其他活着的战友由于长时间卧在雪地里，腿已经失去知觉，自己想站都站不起来了……爸爸的腿脚就是那次冻伤的，现在，他的腿和脚还都是冰凉的。"

听到这里，柏合队长伸手摸了摸姜爸爸的脚，真是凉凉的。今天室外的气温可是31℃啊！

◎我爸爸是死里逃生啊

姜付臣继续说："还有一个事儿，我记得很清楚。爸爸说那次战斗是一个什么高地，当时那个高地被鬼子占领了，爸爸所在部队接到任务是在第一火线，用重机枪狠狠地打击敌人。爸爸说当他们在距离敌人只有

50米的地方，猛烈地开火，敌人一批批倒下了。眼看就要登上山头了，这时，天上飞来十多架敌机，冲着我爸爸他们这边就扔炸弹。有一个炸弹在离我爸爸不到30米的地方爆炸，爸爸被炸晕了，炸起来的土把我爸爸都埋上了。等我爸爸醒来时，战斗已经结束，发现还有两位战友的身体压在他身上。爸爸费尽力气把两位战友推开，发现他们已经牺牲了。爸爸赶紧从土堆里站起来，捡了根棍子拄着，向部队方向走去。在那次战斗中，爸爸先是小腿被子弹击穿，后来又被炸弹炸晕，被两位牺牲的战友压住……我爸爸是死里逃生啊。”

柏合队长看了看躺在炕上已瘦骨嶙峋的老兵，想想刚才姜付臣讲述的惊心动魄的战争场面，感叹岁月不饶人啊！当年英勇顽强的志愿军战士，就这样躺在炕上起不来了，糊涂到什么都记不起来了，但仍然记得战场上的场面，还在指挥他的战友卧倒、隐蔽……

柏合队长对姜付臣说：“别上火，都会好起来的，老爸爸和你说没说过他还有什么梦想？”

姜付臣说：“爸爸以前说过，就是想去北京看看升国旗，看看毛主席，做梦都想。”

柏合队长说：“这个梦想有点难，如果老爸爸能站起来，我们就一起努力帮他圆梦。”

姜付臣说：“那可太谢谢你们了，不知道爸爸还能不能站起来啊。”

姜付臣低下头小声说："我还有一个梦想，就是想给爸爸买个蜗牛洗澡机。这天太热了，老人的卫生不好弄，若是能有个蜗牛洗澡机，我就可以给爸爸经常洗洗，防止他生褥疮。"

柏合队长说："我们也努力帮你圆上这个梦。"

临走时，姜爸爸又在高声喊着朝鲜话，又猛然喊："战友们冲啊！"

姜爸爸一定是经历了多次生死，可惜我们没办法听他亲自讲述了……

老兵姜振福的梦想：能站起来到北京看升国旗；儿子的梦想是能有一台蜗牛洗澡机，经常给爸爸洗洗澡防止生褥疮。

后记：这位老兵爸爸的寻访之旅在我心里打下了深深的烙印。我知道柏合队长一直在努力，即使她的力量有限。我真希望有更多的柏合队长出现。

在写这篇日记之前，柏合暖兵服务队爱心志愿者为老兵姜爸爸寄去两大包尿不湿、一包衣物，还有899元的蜗牛洗澡机善款。就在8月6日，老兵姜爸爸儿子发来感谢信，并附上一张用蜗牛洗澡机给爸爸洗澡的照片。他还专门给柏合队长打电话说："我种了一亩不上化肥的水稻，等秋天收割了，我把它分成份，寄给帮助我爸爸的好心人。"

第14位　88岁王守林

时间： 2020年6月24日　星期三　雷阵雨

地点： 吉林省长春市双阳区云山街道于家村抗美援朝老兵王守林的家

陪同： 长春市双阳区退役军人事务局局长常晶、副局长周付刚和双拥优抚科工作人员王磊、马炎，双阳区退役军人服务中心主任韩冬波，云山街道办事处主任张秀龙、退役军人服务站马玲站长，于家村书记赵洪波

◎是来看老兵的，上老王家的

柏合暖兵行动服务队与双阳区联络员约定8点会合。没想到长春市东环城路上堵车特别严重，耽搁了时间，半路又下起了大雨。

将近9点钟，才进入双阳。这时，雨小多了。而双阳区退役军人事务局常局长7点就到局里等我们了。

会合后，我们马上出发，去往今天寻访的老兵家里。

我们一共5台车，都打着双闪，行驶在雨中的乡间小路上。

9时40分时，我们的车队来到老兵王守林住的村子。这么多辆车子一起进村，引发了村民好奇，大家都出来观看。他们也许都在纳闷：这是去谁家呀？有个村民看到暖兵服务队爱心小车上"寻访老兵足迹，讲好英雄故事"的大字时，就大声说："是来看老兵的，上老王家的。"

是的，没错，是上老王家的。瞧，老兵王守林在大门口迎接我们呢！

我们一下车，王爸爸就热情地和常局长握手，连说感谢。常局长介绍说："这是柏合暖兵服务队柏合队长，慰问您来了。"

老兵王爸爸拉着柏合队长的手，说："太感谢你们了，这下雨的天儿，你们还能来看我，太谢谢了。快进屋，快进屋。"

大家抬着"暖兵大礼包"跟着王爸爸进了屋。看神态，王爸爸身体挺好的，精神状态也不错。我们的心中因此而欣慰。

柏合队长打开大礼包，一样一样地给老兵爸爸看。当柏合队长介绍"健康礼包"的吃法和作用时，王爸爸乐呵呵地说："这正是我需要的，最近，我正想去买点红糖、大枣、枸杞啥的，我想着想着，你们就给送来了，哈哈哈。"

柏合队长也笑着说："您这是心想事成啊！想啥就来啥了。"

大家听了，也都笑了起来。

接着，柏合队长拿出《荣军院里的老兵》一书时，王爸爸的眼睛一下子就被吸引住了："这书是给我的吗？"

柏合队长说："当然是给您的，这里写的可都是你们老兵的故事，今天，您把故事讲给我们听，下一本书里就有您的名字了。"

一听这话，王爸爸又乐了："我最爱看战争时期的故事书了，你们又满足我一个心愿，哈哈哈。"

王爸爸今天可是真高兴啊，这礼物都送到他的心坎了。

柏合队长笑着说："王爸爸，今天早上，您看没看到喜鹊在您家门口叫啊？"

王爸爸一愣，刚想说"没听到啊"，转头瞅瞅大家，一下子转过弯来了，就连连说："叫了，叫了。"

满屋子的人都笑了。王爸爸年事虽高，可是从他的来言去语中，我们能看出他的机敏来。

◎我押送一车子弹，送往前沿阵地

王爸爸和柏合队长很快就聊起了他在朝鲜战场的经历。

老兵王守林1950年10月入伍至38军后勤部，当运输兵。他一入伍就直接入朝了。到朝鲜后，被分配到军直属警卫营，当年他17岁。1953年3月3日，朝鲜停战后回国。1955年6月25日退役。他荣立三等功一次、小功一次。

王爸爸说："在部队我就想着怎样消灭鬼子，当时不怕死，只要上级下命令了，就排除万难完成任务，所以经常受到表扬。"

王爸爸带着当年的荣耀与自豪，继续讲述："有一次，上级紧急命令我押送一车子弹，送往前沿阵地，而且必须连夜送到，因为第二天早上就要攻打被敌军占领的一个高地。我押着车，摸黑上路了。司机认真开着车，我双手握着冲锋枪，观察着周边的动静，特别是天上的敌机。我们走到一个山头，刚要转弯，忽然，我看见天空有两只眼睛，一闪一闪的，迅速命令：有敌机，马上闭灯，开到路边停下！司机听到我的话，马上关闭车灯，停在路旁的草丛里隐蔽起来。敌机刚飞过这个山头，就扔下一枚照明弹，距离我们200多米的地方被照得通明。敌机盘旋了两圈，没发现情况，就飞走了。好险啊，这要是不熄车灯，再往前200米，就会被敌机发现。一旦被发现，连车带子弹，都得被炸飞了，我们两个就算跳下车，也跑不了啊。我们接着往前走，不一会儿，又有一个夜间侦察机飞过来。这时，我给司机使了个眼神，司机立马明白，马上熄灯，靠边，停车，隐蔽，我们的车在出发前就已经捆上树枝，加以掩盖和伪装，所以熄灯后靠在路边，和路边的树木混在一起，只要照明弹不落在跟前，是看不出来的。最重要的是，要在敌机发现前熄车灭灯。一路上，我们遇到了六七架敌人的侦察机，都被我提前发现并与司机默契配合躲过去了。最后，终于把一车子弹送到前沿部队。兄弟部队战友们看到满满的一车子弹，高兴地说，就等你们来了，今晚，要是送不来，明天，我们就没子弹了，及时雨啊。那次，我和司机都立了三等功。”

柏合队长拉着王爸爸的手，说：“王爸爸，您当年真是机灵啊，好几次都能提前发现敌机，您是怎么做到的？”

王爸爸说：“那时候年轻，眼睛好，再就是，要聚精会神，有句话，叫什么路、什么方来着？”

柏合队长笑笑，说：“眼观六路，耳听八方。”

王爸爸挠挠头说：“对，就是这句话。当时我们就得这样做，一丁点都不能放松。”

◎梁必业，是我最钦佩的军长

王爸爸接着又说："我还告诉你一个事，这个不是我打仗的故事，但是，我也想和你说说。"

柏合队长笑笑，说："今天，我们来，就是听您讲故事的，您尽管讲。啥故事我们都爱听。"

王爸爸笑着说："那好，我就说了。我们共产党的队伍是最好的队伍，当官的和战士关系都像亲人一样。鬼子那边可不是这样。我就说说我们军长梁必业吧，我们大家给他起了一个外号，叫梁大牙。他非常爱自己的兵，对下属格外关心，不管到哪个连，都是问战士吃没吃饱、洗没洗脚等，生活中，他像个大家长一样，爱护自己的兵。但是，一旦执行任务，就非常严厉，所以常打胜仗。有一次，他到我们连队查看工作，还表扬了我。我到现在都非常想念他，他是我最钦佩的军长。"

◎老兵的心愿

柏合队长问："王爸爸，您还有什么心愿吗？看我们能不能帮到您。"

王爸爸说："我有个战友，叫徐战国，是德惠的，退伍回来后，我们在长春见过一次，当时他在铁路上班。后来，就失去联系了。我就想在有生之年，还能见见他。有可能的话，想到北京看看升国旗。"

柏合队长说："好的，王爸爸，我们尽最大努力，帮您圆梦。"

老兵王守林欣慰地笑了。

王爸爸家人告诉柏合队长，王爸爸耳朵有点背，有高血压和心脏病，腿脚也不好，但是老人家心态乐观，小毛病硬是挺着。

临别时，王爸爸一直拉着柏合队长的手，说："今天，我太高兴了，感谢你们这些暖兵志愿者，我这心里是真的暖了。啥时候你们还能来啊？"

柏合队长说："王爸爸，多保重身体，我们一定还会见面的。"

我们的车开出很远了，回头看看，王爸爸还站立在原地，面向着我们行驶的方向……

老兵王守林的梦想：找到老战友徐战国，到北京看升国旗。

后记：最敬佩的军长梁必业，最想念的战友徐战国。大多数老兵都活在回忆里：军长、师长、团长、营长、连长、排长、班长、战友、军功章、纪念章、退伍证，还有那褪了色的军装，以及见面和相别时颤抖着抬起手所敬的那个崇高的军礼。当然，还有“雄赳赳，气昂昂，跨过鸭绿江，保和平为祖国，就是保家乡……”的《中国人民志愿军战歌》。这，就是老兵生命的全部，是他们守护一辈子的精神财富。

老兵不怕牺牲，就怕被遗忘！其实，听他们讲一讲当年的战争经历，就是在褒扬他们铮铮铁骨、永铸军魂的本色！

第15位 92岁林润波

时间：2020年6月24日 星期三 雷阵雨

地点：吉林省长春市双阳区平湖街道宋家村抗美援朝老兵林润波的家

陪同：长春市双阳区退役军人事务局局长常晶、副局长周付刚和双拥优抚科工作人员王磊、马炎，双阳区退役军人服务中心主任韩冬波，平湖街道退役军人服务站栗景亮

◎我，不能当逃兵

柏合暖兵服务队爱心小车继续行驶在寻访老兵的路上。

我的电话响起来，是北京家人的电话。家人问我什么时候回去，小孙子想我了，公司的几笔业务等着我回去处理，几个合作厂家因疫情的原因要修改合作协议……

我坐在副驾驶座上不敢大声说话，怕分柏合队长的心，只好“嗯嗯”地应付着，但电话那头都快急眼了，说“你听没听到我说话啊？”我只好说信号不好，回头给你打过去。

经过近期的寻访，我深知“柏合暖兵行动”对于乡村暮年老兵的意义有多大，尽管经费紧张，尽管路途艰难而遥远，尽管风餐露宿，但想想那位躺在炕上、只会喊“战友们冲啊”的老兵；想想那位拄着拐棍、扶着大门在盼着我们到来的老兵；想想那位见到我们就深情敬礼的老兵；想想那位得到柏合队长按摩后、便抓着她的手不放、舍不得让我们走的老兵；想想那位爱心小车已开出好远、还站在门口摆手的老兵……

还有那一幕幕惨烈而悲壮的战斗场景、挂彩落残的伤兵，以及柏合队长忘我工作的拼命精神……我，不能当逃兵！

想到这些，我便又期待见到下一位老兵，甚至会猜测他身体状况是什么样子？他的故事里又会有哪些英勇的战斗场景？我的思绪随着眼前快速闪过的一块块绿油油的农田、一片片树林而飞转。

雨后的空气特别清新。

我把头伸向窗外，尽情地呼吸着新鲜的空气，欣赏着乡村大自然的风景，心里顿生出一种远离战争硝烟的祥和与满足。

◎走近林爸爸

快11点了，我们来到老兵林润波的家。老兵林爸爸很瘦，说话声音沙哑，腰板挺得很直。当过兵的老人——站姿有不一样的刚强。

老兵林爸爸一家人把我们迎进屋，并热情地招呼着。这时，联络员说："我记得您有一套军装呀。"

林爸爸儿子说："有啊，在西屋柜子里，我去拿来。"

老兵林爸爸换上了军装，立马就跟换了一个人似的。

柏合队长把大礼包打开，简单地介绍了礼品的用法。她拉着林爸爸的手，说："林爸爸，我们这次来，不是简单的慰问，最重要的是，听您讲故事，要把您写到书里。"

一听说要把自己的故事写到书里，林爸爸高兴地说："太好了，我也能在书里了，就算我走了，也会有人记得我了。"

"是呀！我们的目的就是千方百计，把你们的故事留给世人！"柏合队长的语气中透着坚定和自信！

◎鬼子在睡梦中被我们送上了天

老兵林润波是1948年2月入伍38军81师的，参加过辽沈战役、平津战役、淮海战役等解放战争。1951年7月入朝参战，1956年7月中旬回国，1957年退役。曾荣立三等功一次、小功和嘉奖多次。

林爸爸介绍说："记得那次是上甘岭战役，战斗打得非常激烈，也非常残酷。因为没水喝，我们嘴巴都裂开了口子，最后逼得没办法，都喝自己的尿了。当时部队收到命令，让我们重炮连执行一项任务，配合步兵部队炸掉鬼子的一个指挥部。步兵连长不让我们上，怕炮弹会伤到他的兵。我们炮兵连长说：'伤你一个我赔你十个。'步兵连长计划用人背一个80斤的炸药包炸敌人的碉堡，独立完成任务。但据侦察兵回来报告，美军的防御工事是用厚厚的钢板扣盖顶部的，钢板之上又覆盖有3米厚的抗击石层，石层上又夯实3米厚缓冲土层，非常坚固。这一重要情报马上被报告给了上级，上级领导分析了情报，认为步兵准备的办法不可取，一是目标大容易暴露，一旦暴露，就会损失惨重；二是炸药是从一个点向上开花式的爆炸，火力散，很难炸开加固的碉堡。指挥部因此改变作战部署：让步兵撤出阵地，由我们重炮连独立完成任务。可是，当时出现一种情况：步兵既不想交出阵地，也不想放弃这次作战任务，原因是，他们已经向附近的朝鲜乡民做出帮助他们报仇的承诺。此前，鬼子在建工事的时候，经常到附近百姓家把年轻的女人都抓到山上给他们跳舞、蹂躏，完了就扔到江里，然后再到村子里抓下一批……后来，老乡们听说志愿军来了，就跑过来诉说鬼子的不齿行为，并请志愿军一定帮他们报仇，需要他们配合时，他们会全力支持。我们了解了情况后，就劝解步兵战友们放心撤退，并向他们表示，把这一切交给我们炮兵连来完成！经过周密部署，主攻鬼子指挥部由我们4门重炮负责，高炮配合掩护我们，防止敌机轰炸。准备好一切后，定在第二天凌晨3点开火。我们是一个班守住1门炮。到了凌晨3点，我们4门重炮对准鬼子的指挥部，连长一声令下，我们同时开炮。当时鬼子对他们的钢石加强工事非常自信，所以就安心地睡觉了，正在做美梦时就被我们送上了天。我们部队一点伤亡都没有。那一仗我们打得特别过瘾，还缴获了一批物资。在上甘岭战役中，我们这次辅助战斗任务完成得最漂亮！”

林爸爸讲到这里油然升起一种自豪感。这时，柏合队长竖起大拇指说：“林爸爸，您真了不起，为您点一万个赞！您在朝鲜参战两年多，一定还有更精彩的故事吧？”

林爸爸笑了笑，说：“那时候，我们天天地打呀，小的战斗我都不记得了，我再给你讲一个漂亮的战斗，那次仗打得把麦克阿瑟鼻子都给气歪了。”

柏合队长按捺不住兴奋，说：“林爸爸，快说说，你们是怎么把联军司令鼻子气歪的？”

◎4门重炮一起开火，瞬间就掀掉敌人碉堡群

林爸爸继续讲：“1953年春天，我们攻打2020高地。那次我们大部队要过一座桥，桥对面就是2020高地。这是我军战略推进的必经之路。敌军得知这个消息，就在桥对面占领了那个山头，还修了35个碉堡，用机枪死死地盯住这座桥。

“当时，大部队行军快要到这里了，上级下令我们重炮排无论如何都要在3天内把35个碉堡炸掉。当时我们只有4门重炮，平均每门重炮要打掉9个碉堡，为了做到稳、准、快、狠，我们赶紧派侦察兵前去侦察这35个碉堡的准确位置和用途。经过侦察发现山头这边是32个碉堡，按照序列设置，而山头后面还有三个碉堡是指挥部，那三个碉堡加固得更牢。而且还有山头阻碍，很难炸掉。连长赶紧召集我们重炮手过来一起研究办法，大家画好地图，开始规划，最后确定作战计划。每门重炮负责山前的8个碉堡，都打完之后再一起对准山头合力把山头掀掉，连同山后的3个碉堡同时炸平。研究好方案后大家就分头准备。攻炸碉堡的时间就定在大部队到来的前一天半夜12点，这样炸掉碉堡，大部队就到，马上过桥。如果炸早了，鬼子还会想办法给我们设置障碍的。很多时候，战略、战术和时机的巧妙运用对于执行作战计划都非常重要。

“准备好了一切，我们就安心地睡了一大觉，把力气都养足了，准备打胜仗。第二天，太阳一落山，我们各就各位。到了半夜11点的时候，敌机出来侦察，还在他们的碉堡周边投下照明弹。而我们则早已在他们的对面隐蔽好了，因此敌机没有发现我们，它也发现不了我们。敌机盘旋了几圈后就回去睡觉了。

“半夜12点时，连长下令：‘开炮！’4门重炮准确无误地轰击河对岸山上的碉堡：1个、2个、3个、4个……8个，大家边打边数着数。不一会儿工夫，32个碉堡，就被我们全都解决掉了。大家相互一对眼神，

迅速调整火炮伸管的角度，准备一起轰击山头和山后的碉堡。可就在这时，山后敌指挥部连连向天空发了好几个信号弹。‘不好！敌军在报警求援！’连长再次果断下令：‘开炮！一起开炮！’我们4门重炮一起开火，瞬间就把整个山头掀掉，紧接着我们又一波弹雨，而且是弹不虚发，颗颗命中山后的碉堡，我们连长双手擎着望远镜：‘好！好！好！三个窑子都飞了，鬼子一个也没跑掉。’与此同时，我们按照上级指示，全连快速撤离。

“后来，在全营作战总结大会上，我们听营长讲述：当时，敌人作战总部刚刚收到了求救信号，还没来得及弄清情况，阵地就被我们全都炸平了。敌人守桥部队全军覆没的消息马上被联军总部麦克阿瑟知道了，他鼻子都快气歪了。于是便下令用1000架战斗机，把我们阵地炸平。我们的作战前卫指挥部截获并破译了麦克阿瑟的疯狂命令，就指示我们赶快撤离阵地。但是后来，麦克阿瑟并没有派1000架战斗机来炸我们的阵地，也许他知道我们已经撤离了。在这次战斗中，我们的连、排、班分别立了集体三等功，我荣立了个人三等功。”

此时，我们从林爸爸满脸洋溢的笑容里，体会到他们当时打了胜仗的骄傲、幸福和快乐。

柏合队长听得都入神了，也同林爸爸沉浸在胜利的喜悦中，半天才缓过神儿来，连连说：“这一仗打得漂亮，漂亮，太漂亮了！以其人之道，还治其人之身。林爸爸你说那个什么阿瑟，再也不敢嘚瑟了吧。”

林爸爸说：“这次给了他一个教训，他再也不敢轻视我们志愿军了。”

柏合队长说：“这是打出了我们的军威啊，全军都得庆贺吧？”林爸爸笑着说：“全军通报喜讯，特批我们重炮连休息四天四夜。”

柏合队长说：“林爸爸，在我们寻访的抗美援朝老兵当中讲述的都是两败俱伤的战斗故事，这是我第一次听到零伤亡、全胜利、可喜可贺的故事。我一定要好好向您学习，带领暖兵服务队打好‘柏合暖兵行动’

这场战役，温暖、服务好你们这些国宝级的功臣。”

林爸爸乐得连连说：“好，好，好。”

柏合队长用无比崇敬的眼神望着林爸爸，说：“英雄爸爸，您还有哪些梦想吗？说出来我们帮您圆梦。”

林爸爸说：“满肚子的鲜花啊，都开不了了，这人老了，啥都不中用了，走两步道都费劲，不想了。”

柏合队长说：“林爸爸，您看这不是还有我们暖兵服务队嘛，您自己想那肯定有难度，大家一起想，说不定就梦想成真了。”

林爸爸笑着说：“听你这孩子说话，心里就舒坦，今天我说话最多，顶我一年来说的话了。那我就告诉你吧：我就想啊，腿脚能利索点，不用儿女操心，再就是有生之年能去趟北京，看看毛主席，再到天安门广场，看看升国旗。实现了，我就知足了。”

柏合队长说：“林爸爸，您这老寒腿我能帮上忙，等我把这次寻访任务完成后，就安排时间帮您调理。那您可得答应我：一定要好好地保重身体，让我们一起努力圆梦！”

老兵林润波的梦想：腿脚利索，去天安门看看升国旗，看看毛主席遗容，早日看到有自己故事的书出版。

后记：整理完老兵林润波的寻访文稿，我的思绪久久难平，为什么？因为他是1948年2月参加革命、为缔造新中国赴汤蹈火而活着回来的老战士。他是既参加了辽沈战役、平津战役和淮海战役等解放战争，又参加了抗美援朝保家卫国的普通一兵、英雄战士！忍饥挨饿的磨砺，爬冰卧雪的经历，枪林弹雨的故事，居功不傲的品德，解甲归田的平淡，心向北京的情怀……让我理解了一位老革命对中国共产党、对中华人民共和国的无限忠诚与无比热爱！万语千言，千言万语，汇成感恩的话：感恩您跟随中国共产党，为缔造中华人民共和国的战斗付出！感恩您为祖国保和平、保家乡的义无反顾与无私的奉献！感恩您退伍不褪色、不向党和政府要待遇的高姿态！

天安门是所有老兵最向往的地方；老寒腿是所有老兵都有的毛病；本书是所有老兵最期盼的故事书！

老兵林润波爸爸，柏合暖兵服务队一定帮您圆梦！

第16位 91岁魏海林

时间： 2020年6月24日 星期三 雷阵雨

地点： 吉林省长春市双阳区奢岭街道东营村抗美援朝老兵魏海林的家

陪同： 长春市双阳区退役军人事务局局长常晶、局副局长周付刚和双拥优抚科工作人员王磊、马炎，奢岭街道退役军人服务站站长陶洪东、工作人员李铮

◎贪晌出发，颠簸行驶

吃完午饭，柏合暖兵服务队来不及休息，便去寻访下一位老兵了。联络员介绍，这位老兵的家最远，到他家大部分都是土路，不太好走，最快也得一个半小时。

一个半小时？我们又可以在车上睡一会儿了。可怜的柏合队长又该辛苦了。我打心里心疼她，可是我们谁也代替不了她，只有把分内的工作做好，别让队长操心。

车子颠簸在乡村的土道上，前车走过扬起一溜烟尘，关窗户又太热，不关窗户灰尘太大。只好开一会儿，关一会儿。车子摇摇晃晃，走了一个多小时。其间，还走错了一段路。

下午2时30分，我们终于来到了老兵魏海林的家。

◎讲个故事，就能有这么大作用？

我们一进村，老兵就知道了。于是，他提早和儿子在大门口等着我

们。老兵魏海林爸爸耳朵有点背，后背有点驼。

大家一起抬着“暖兵大礼包”往院子里走。老兵魏海林紧紧地拉着柏合队长的手，就像多年没见面的亲爷俩一样。

到了屋里，魏爸爸就让柏合队长坐在炕沿上。

柏合队长把大礼包打开，把东西一样一样地拿给魏爸爸。魏爸爸高兴地说：“来就来呗，还带这么多礼物干啥呀？怪不好意思的。”

柏合队长说：“就是一点心意，都是生活中最实用的。您就别客气了。我还有事儿求您呢。”

魏爸爸一听，马上问：“啥事？你说，只要我能办到的。”那副认真样儿，把大家都逗乐了。

柏合队长笑着说：“这事可大了，上到中央、下到地方都很关注啊，这不派我带礼物来求您来了嘛。”

魏爸爸瞪大了眼睛，说：“真有大事啊，你可别吓唬我呀，我能办啥事呀，这聋三拐四的。”

看着魏爸爸还真当真了，柏合队长接着说：“这事还就得您来办，别人办不了。”

魏爸爸眨巴眨巴眼睛，看着柏合队长：“你说吧，孩子，到底啥事？”

柏合队长想了一下，说："让工、农、兵、学、商，全国各族人民、各年龄段、各行各业，都能珍惜当下、知足感恩、爱国拥军、艰苦奋斗、无私奉献。"

魏爸爸彻底蒙了："这可不是我做的事啊，孩子你找错人了。"

柏合队长说："没错，就是您，您把朝鲜战场上的故事讲出来，我们写成故事书，让全社会都来读，大家都来学习老兵、感恩老兵、关爱老兵，把老兵精神传承下去。再用老兵的精神去学习、生活、工作。您想想，这是不是就做到了教人感恩、爱国、艰苦奋斗、无私奉献了呀！"

魏爸爸这回听明白了，笑着说："你这孩子，绕这么大个弯儿，就是让我讲个故事，讲个故事，就能有这么大作用？要是真有这个用，我就给你多讲几个。你让我想想啊。"

◎大年三十啊，我的战友们都牺牲了

老兵魏海林1950年5月入伍38军113师，并在38军驻东丰县通讯教导营学习6个月。1950年10月，随部队入朝参战，他最初在警卫连，后被调到通讯连，配合各营连作战。1953年7月回国。

魏爸爸说："松县沟口突击战，我永远都不会忘的。那是1952年的大年三十晚上，部队给大家改善一下伙食。过年了嘛，大家正高高兴兴地准备过大年三十。没想到，饭菜刚拿上来，还没等吃呢，鬼子的飞机就飞来了，一阵狂轰滥炸，饭菜都给炸飞了。有的战友手里拿着饭碗就被炸死了。鬼子还派出了地面部队三面围攻。他们知道中国的年三十非常重要，大家肯定会欢聚在一起，所以就趁机来偷袭，妄想把我们全部消灭。这时，就听连长一声令下：'抄家伙，机枪手赶快射击。'这时，天上飞机越来越多，地上敌人三面包抄过来。机枪手打退了一波又一波冲上来的鬼子，也撂倒了一批又一批的鬼子。就这样，我们反复突围，鬼子反复围攻，飞机反复轰炸。敌包围，我突围；我突围，敌包围。战斗呈僵持胶着状态，一直持续到第二天晚上。最后，我们部队以损失惨重的代价突围成功，可是，就剩下一位代理排长和后勤班，还有我这个话务员了，加在一起，也没几个人了。大年三十啊，我的战友们都牺牲了。那场松县沟口突击战，我永远都不会忘记！永远，都不会忘记！”说到这里，魏爸爸的眼里没有眼泪，只有坚毅的眼神。那眼神好像在说：就算剩下我一个人，我也要守住阵地，和敌人拼下去！

柏合队长拉着魏爸爸的手说：“魏爸爸，这回您明白了吧，抗美援朝，我们赢了，宝贵的战利品就是你们这种报效祖国、不怕牺牲的精神，一种由你们这一代老兵拼杀出来的抗美援朝精神，美帝国主义飞机大炮打不垮的国际英雄主义精神。我们要把这种精神继承下来，发扬光大，这是我们中华民族宝贵的精神财富，是振兴中华不可缺少的民族精神，无论何时何地，这种精神都不能丢啊。”

魏爸爸使劲儿地握着柏合队长的手说：“孩子，你说得真好，你真懂我们老兵啊。其实，你们拿啥来看我，都不重要，最重要的是，能陪我唠唠心里话。别人不懂啊，以为我们老了、糊涂了，其实我们心里明白着呢，就是不想说了。”

柏合队长拉着魏爸爸的手说：“感谢千千万万的你们，为我们后来人打下和平稳定的江山；感谢您给我们机会，让我们来学习，让我们为您服务。当年，你们叫‘志愿军’；现在，我们叫‘志愿者’，就差一个字。志愿军保家卫国，志愿者无私奉献；志愿军老了，志愿者来关爱。我们就是您的孩子，咱就是一家人，魏爸爸您说对吗？”

魏爸爸高兴地点头说：“对，对，对。”

柏合队长接着说：“对，就再给我讲一个故事吧。”

◎我们在281.2高地“玩猴子”

魏爸爸回忆道：“还有一次，是在281.2高地，那次是守备战，当时我们在高地上挖了100多米的地沟，把弹药和粮食都储备好，准备采用‘玩猴子’的方法与鬼子周旋。”

柏合队长马上问：“魏爸爸，啥叫‘玩猴子’方法啊？”

魏爸爸接着说：“就像‘狼来了’的故事一样，我们与敌人打一会儿，就撤回来。然后再攻上去，再撤回来。再攻，再撤。最后攻上去，就不往下撤了。美国鬼子没有我们志愿军有耐力。肉搏战他们肯定输，飞机大炮他们就‘能个’（东北方言厉害的意思）了。”

柏合队长若有所思地点了点头。

魏爸爸继续讲：“那次是守备战，我们只要守住这个山头，挡住鬼子，就能给大部队行动争取一定的时间，能拖住敌人一天，我们的任务就完成了。所以，我们的人和战备物资分别隐藏在坑道里。我是话务员，陪在领导身边，在后边指挥。头几次，敌人进攻，我们都轻松地打下去了。后来，敌人加强了火力，还把他们最有优势的战机调过来，一大群，黑压压的，像天空飞来的乌鸦群一样，对准我们的山头，全火力轰炸，那个惨啊，眼看着战友们被炸得断胳膊少腿的，坑道里全都是倒下的战友，活着的人踩在战友身上继续坚持作战。我们的救援信号也发不出去，电话线都被鬼子掐断了，眼看前沿阵地就要失守，后边就剩下我们话务员、后勤班和几位领导了。这时副排长对我们说：‘拿起枪，准备战斗。’他说完，就拿起冲锋枪第一个冲了出去。我们也迅速拿起枪，跟随着他冲到前方阵地。现场别提有多悲惨了，战友们都被炸死在坑里了。好在我们储备的弹药多，加上有居高临下的优势，打退鬼子几十次的攻击。可是，我们一个连就剩下一位副排长和几个战士了，但我们仍然坚守在阵地上。最后，把敌人拖了一天一夜，悲壮地完成了任务。”说到这里，魏爸爸眼里噙着泪水：“战争是最残酷的。”

柏合队长说：“魏爸爸，您是幸运的，也是幸福的。幸运的是，经历了那么多惨烈的战斗，您都大难不死，活着回来了。幸福的是，我们找到您了。”

魏爸爸说：“现在我还能接电报呢。”

柏合队长问：“魏爸爸，您还有什么梦想吗？”

魏爸爸说：“想想牺牲的战友，我知足了。如今国家政策好，对我们老兵越来越重视了，月月都有补助。唉，就是内心寂寞，想老战友啊。还有这身子骨一天不如一天了，心有余而力不足了。”

这时，魏爸爸的儿子说：“我爸爸有肩周炎，右肩疼得抬不起来，还有腿脚走道费劲，肠胃也不好。”

柏合队长说：“魏爸爸，您不是没有梦想，而是无奈地放弃了梦想，对吧？”

魏爸爸点头，说："你咋知道我咋想的呢？有了啥想法，就得麻烦人，我不想给别人添麻烦了。"

柏合队长承诺：为魏爸爸调理老寒腿、肩周炎。

这时，在田间干活的儿媳回来了。她听到柏合队长要为魏爸爸调理老寒腿，就笑着说："我的腿风湿也老重了，这下雨阴天，又痛又难受的，到医院看过好多次了，也没用。到时候，我陪爸爸去你那儿，帮我也调调，好吗？"

柏合队长笑着说："好，能帮你调，帮你调，但你要好好照顾老兵爸爸，从今天起，他不单是你们的爸爸，他还是我们所有柏合暖兵志愿者的老爸爸。"

魏爸爸听了柏合队长这句话，笑了，幸福地笑了。

临别时，魏爸爸一直拉着柏合队长的手，说："太感谢你了，你太好了，你这趟来我家，把我心里这把火点燃了，浑身都热乎了。"

我们爱心小车上了路，快转弯时，我回头，看见魏爸爸还站在门前，朝我们的方向挥着手。

老兵魏海林梦想：多见见老战友，柏合队长帮他把肩周炎、老寒腿调理好，配合暖兵服务队讲故事，有机会能到北京看看升国旗。

后记："有了啥想法，都得麻烦人，我不想给别人添麻烦了。"老兵不是没有梦想，而是无奈地放弃了梦想。战火纷飞的场景是刻在他们脑海里永不磨灭的记忆。他们的梦想很简单，都不是为自己，就是那一代人的情怀。老兵的梦想不能带进坟墓，中国梦里也要有老兵的梦想。柏合队长，我愿陪在你身边，帮老兵爸爸们圆梦，我想这也是所有柏合暖兵志愿者的梦想，是所有关爱老兵爱心人士的梦想。

第17位 86岁李玉奎

时间： 2020年6月25日 星期四 阴

地点： 吉林省长春市净月区德容街道抗美援朝老兵李玉奎的家

陪同： 长春市净月区退役军人服务中心副主任于航

◎大过节的，你们也不休息

今天是2020年端午节休假的第一天，因相关的公职人员要利用休假办个人的事情，所以柏合队长只能调整原计划重新规划路线。通过一番协调，最后，净月区的联络员于航同志表示，可以放弃假日休息，陪同我们前去寻访老兵。

7点30分，我们便到库房把慰问物资装上车，然后，驱车赶往净月管委会。8点10分，我们与净月区联络员会合了。

第一位被寻访的老兵家不算远，20分钟左右的车程，我们就来到了老兵李玉奎爸爸的家。

看到我们抬着"暖兵大礼包"走进门，李爸爸高兴地迎接我们。嘴里边还说："大过节的，你们也不休息，还来看我，真是太感谢了。"

柏合队长说："就是因为过节，我们就赶过来慰问您，祝您端午节安康！"

柏合队长把"暖兵大礼包"打开，拿出一件棉衣。李爸爸看到棉衣高兴地说："我穿上试试，好吗？"

柏合队长帮着李爸爸穿上了"微孝暖夕"大棉服。老人家高兴地说：

“太好了，这个大棉袄真的很好！”

紧接着柏合队长又拿出了米、面、油等慰问物资，最后，拿出来《荣军院里的老兵》故事书。李爸爸赶紧接过来，翻了几页。他边看边说：“这里面都是老兵呀，我可得仔细看看，说不定会有我的战友啊！”

柏合队长笑着说：“李爸爸，下一本书就有您的故事了。”李爸爸开心地笑着说：“那可太好了。”

老兵李玉奎是1948年7月入伍到四野46军136师的，参加过辽沈战役、平津战役。1952年7月入朝参战，1956年回国后退役。

◎战壕挖在敌人眼皮底下

李爸爸说：“给你讲一个有惊无险的经历吧！不记得是哪场战役了，当时我们是警卫连负责站岗，其他连队秘密挖战壕。你猜这个战壕挖在哪里了？”

柏合队长瞪大眼睛问：“在哪里啊？”

李爸爸说：“挖在敌人的眼皮子底下了，离敌人的炮楼只有50米，我们就在离鬼子岗楼30米左右的地方站岗，你说危险不危险？离敌人太近了，白天不敢动，都是半夜干活。兄弟部队一开始挖战壕，我们就趴在地上监视敌人的动静。敌人每天晚上都用飞机扔照明弹查看周边情况。所以，我们隐蔽的功夫就得做好。大约是第三天晚上10点多，大家正在紧锣密鼓地挖战壕，我们趴在地上监视鬼子那边的动静。突然一发炮弹在我头顶爆炸了。当时我就想：完了，完了，这下可没命了。结果是一颗照明弹，把黑夜照得通明。大家赶紧停下手里的活儿隐蔽，我们站岗的也都把头抵在地面上一动不动。这时敌机在我们头上飞过，谢天谢地，鬼子没发现我们！”说到这里，老兵李玉奎笑了。

柏合队长说：“李爸爸，您命真大啊，这要不是照明弹我们就见不到您了。”

李爸爸挠挠头说：“当时要是被鬼子发现，就没命了。”

◎战友们站在路上睡着了

柏合队长拉着李爸爸的手说：“这真是有惊无险的故事，您一定还有很多的故事，再给我讲一个吧。”

李爸爸问柏合队长：“孩子，你见过站着睡觉的吗?”柏合队长摇摇头。

李爸爸说："那是1949年解放战争时期，我们部队在南下追赶白崇禧兵团的时候，上级命令24小时不休息，日夜兼程。大家都困得不行了。当时，若是停下来，就追不上敌人。所以，人困马乏的，好多战士们走着路，就睡着了。有一天，我们班走在前面，走着走着，后面的部队不见了，赶快往回找，发现战友们就站在路上睡着了，排着队，一个靠着一个，都睡着了。"

"唉！"李爸爸说到这里摇摇头，又叹了口气，"那个时候闹革命，真的不容易啊。"

柏合队长深情地说："李爸爸，真心感谢老一辈的付出，为了民族的解放，你们那一代人受苦了。李爸爸，您再给我们说一个抗美援朝保家卫国的故事吧。"

◎6台运输车，有3台被敌人炸飞了

李爸爸马上收回了解放战争的思绪，回到了抗美援朝时期。他想了想后，说："在抗美援朝的时候，我们部队特别流行几句话：到了九华里，油门踩到底；到了前后埂，快速向前冲。"

柏合队长问："李爸爸，这几句话是啥意思啊？"

李爸爸说："九华里是敌人的封锁线，敌人的飞机大炮是一个劲地扫射轰炸。跑得慢了就没命了。前后埂是一个开阔地，没有隐蔽的地方，子弹像雨点一样密密麻麻的，怕死也不行了，只能硬冲。记得那次我们是开着卡车硬冲过去的。在出发前，我们把汽车详细地检修了一遍，油都加满，一切准备妥当。在离九华里1千米左右的地方，我们就加大油门快速地冲过去。等敌人的炮弹打过来我们已经冲到快一半了。我们部队那次一共6台车，就冲过去3台车，后面的那3台连车带人都被敌人给炸飞了。我们冲出来的3台车也是伤痕累累呀。虽然在武器上是敌强我弱，可我们志愿军战士都有不怕死的那种劲头，所以最后的胜利还是属于我们的。"

李爸爸脸上露出坚定的表情。

柏合队长："是的，胜利永远属于信念坚定的人。李爸爸，您要代那些留在异国他乡的战友，好好看看现在的中国，一定要亲眼看到习主席带领我们圆上伟大复兴的中国梦！等到那一天，我们暖兵志愿者一起陪您告慰英魂。"

李爸爸紧紧拉着柏合队长的手，抖了几下，说："孩子，没想到啊，你一个志愿者能说出这样的话，我等着那一天早日到来。"

柏合队长说："李爸爸，您还有什么梦想吗？"

李爸爸摇摇头说："谢谢你们暖兵志愿者，我知足了。现在国家强大了，日子越来越好了，党和政府对我照顾得很好。就是想那些老战友啊，死的活的都想啊！"

柏合队长说："李爸爸，不光您想，我们寻访的老兵大家都想，这就是您那一代老革命军人的情怀呀，见见当年的老战友，唠唠嗑，叙叙旧，是你们共同的梦想。我记下了，李爸爸，我会努力帮助你们圆梦的，等着我。"

老兵李玉奎的梦想：与老战友相聚，把留在朝鲜的战友骨灰请回来。

后记："就是想那些老战友啊，死的活的都想啊！"生离死别的战友情，是任何金钱物质都代替不了的，是我们这一代人领悟不了的——抗美援朝老兵的战友情！

第18位 92岁赵英

时间： 2020年6月25日 星期四 阴

地点： 吉林省长春市净月区彩织街道抗美援朝老兵赵英的家

陪同： 长春市净月区退役军人服务中心副主任于航，净月街道民政科科长杨丽晶

◎假日里，我们走近老兵赵英

上午9点40分，柏合暖兵服务队在联络员的带领下，来到了92岁老兵赵英的家。

刚到小区门口，就看见老兵赵英穿戴整齐，站在楼下迎接我们。

停好车，大家抬着“暖兵大礼包”向老兵家走去。柏合队长快步迎上去，拉着老兵赵爸爸的手，说：“您好，老爸爸，我们是柏合暖兵志愿者，代表全国中华志愿者看您来了。”

赵爸爸乐呵呵地说：“谢谢你们，费心了。”

老兵赵英的家里收拾得很干净。柏合队长打开大礼包，给赵爸爸介绍着。大家把书法作品“寿山福海”贴在墙上。此时，屋里充满了温馨和谐的氛围。

柏合队长和老兵赵爸爸坐在沙发上聊了起来。

◎有幸被选入高射炮方阵，参加国庆阅兵

柏合队长问：“赵爸爸，您有军功章吗？”

赵爸爸自豪地说：“当然有啦，我拿给你们看看。”他说着，就到卧室里拿出了一个红布兜，红布兜里装着一摞像信封一样的纸袋，每个袋上都标注着文字。这可是赵爸爸的珍贵宝贝呀！赵爸爸一个一个地拿给我们看。

我们从这些证件中了解到赵爸爸的军旅历程。

赵英，1950年11月入伍炮1师，是个汽车兵。1952年随部队进入朝鲜，负责“中立区”守护工作。1953年国庆节前夕，他因有幸被选为高射炮方阵的驾驶员而回国，参加国庆大阅兵。阅兵结束，他二次赶赴朝鲜，继续执行“中立区”守护任务。1955年3月回国，1956年退役。荣立个人三等功两次。

赵爸爸是在抗美援朝中在朝鲜执行军务最长的指战员之一。他自豪地说：“我记忆最深的就是，1953年10月1日，我作为受阅部队分列式的高射炮方阵第一名，参加了天安门广场大阅兵仪式，接受了毛主席、朱总司令、刘少奇等党和国家领导人的检阅。当时，我是第一排第一辆

车，我驾驶汽车，牵引着高射炮，缓缓行进。我的心情很激动，做梦也没想到，我一个雇农（当时农村分雇农、贫农、下中农、中农、上中农、富农、地主7个级别）子弟也能参加大阅兵，让国家领导人检阅。”

柏合队长说：“赵爸爸，您真是太荣耀了，能得到毛主席、朱总司令的检阅，真是了不起！”

赵爸爸笑着说：“是的，当时我心情特别激动，我们的车开得特别慢，毛主席站在天安门城楼上向大家挥手。天安门广场上得有好几万人啊，工、农、商、学、兵都有。特别是抗美援朝战争中凯旋的中国人民志愿军观礼代表团也在现场。这大大提升了我开汽车、牵大炮的荣耀感。你想想，我是专程从朝鲜回来开阅兵炮车的司机，能不骄傲吗？骄傲！但我心里骄傲也不敢表现出来呀，怕挨批评。朱德司令员检阅受阅部队时，我的车与他的车就五六米远。行注目礼时，总司令的尊容我看得清清楚楚……你知道吗？作为一个士兵，能这么近距离地看到总司令是不容易的，能被总司令检阅更不容易……当时好像是叫《大画报》的报纸给我们拍照了，现在都找不着了。”

◎拆除“三道门”

关于阅兵，赵爸爸给我们讲了一个拆除三道门的插曲。他说：“我们高射炮方阵的集结营离长安街仅有几分钟的车程。我们在营区进行阅兵演练，阵形、速度、油门、方向、行进、转弯和行礼等科目都达到了整齐一致，下一步就是实地预演了。国庆节前一天，我们要把车开到天安门广场，进行检阅预演。按照阅兵庆典方案要求，我们要从一个设有三道门牌楼的街道开进天安门广场。这是一段特殊的街道，这段路的宽度只能通过一台车，而且有三道四柱、三门的牌楼。三台车并排开，是开不过去的。若做不到三辆车并行，则方阵的气势就会大大减弱，怎么办？领导们就此召开了专题会议，研究解决方案，有的领导建议绕道从其他门进入天安门广场；有的领导不同意绕道，万一出现意外怎么办？

时间也无法保障；有的领导提议拆除三道门。最后，拍板定案：拆掉三道门。但是问题来了，仅有一夜时间，人力、运力上哪儿调？现调来得及吗？人多，出智慧呀。这时，有人提出：让志愿军观礼团来完成这任务。‘对呀！’‘志愿军观礼团很合适！’‘那就这么办了！’当天晚上，他们就调来了‘抗美援朝战争中凯旋的中国人民志愿军国庆节归国观礼代表团’。志愿军的战斗力是惊人的！在朝鲜，在石头山体下，他们能用锤子和钢钎凿出一条条纵横交错的坑道和防空洞，别说拆三道门，就是拆它三层楼，也不是问题。一个晚上都没用上呢，这支观礼团的官兵们就把三道门拆掉了，废料运走了，现场弄得干干净净。第二天，我们到现场一看，太宽敞了，三台车可以并排开出来了。”

◎美国俘虏都把志愿军衣服穿走了，而我们交换回来的人只穿背心内裤

老兵赵爸爸在部队是司机，他喜欢车，对车有特殊的感情，车护理得特别好，开车经验丰富。不仅省油、省部件，连车坏了都是自己修，给部队节约了很大的开销。为此，多次受到各级领导的表彰。

赵爸爸说：“我就是听党的话，老老实实干活。车就是我最亲密的战友，所以我爱护车就像爱护自己的眼睛一样，曾经有好几个单位都抢着要我。”

柏合队长说：“赵爸爸，那您在抗美援朝战争期间，也是开车的汽车兵吗？”

赵爸爸说：“是的，我的职务就是司机，但我们是守护‘中立区’的部队。我印象最深的就是换俘虏的事，你们知道朝鲜战争中有个‘中立区’吗？那就是换俘虏的地方，所有俘虏都集中到这里。我们的营房就在‘中立区’边上，营房四个角都要挂气球，敌机看到气球，就不敢过来扔炸弹了。”

柏合队长说：“我们寻访了这么多抗美援朝老兵，还真是第一次听说

‘中立区’这个事儿，那您快给我讲讲怎么交换俘虏的吧。”

赵爸爸说：“让我最生气的是一个美国俘虏换我们7个志愿军战士，他们就是觉得他们的人比咱们的人值钱。当时我见证了换俘虏的全部过程。我们优待俘虏，志愿军战士吃草根、啃树皮，却把粮食给美军俘虏吃。但是，我们的战俘营里不准美军俘虏着美军服装，而是给他们换上志愿军的服装。这是维护我们国家的尊严和志愿军的尊严——我们不是屈从他们才对他们好的。我们的志愿军战士被敌人俘虏了，也要换装。但是，咱们志愿军特别有骨气，被交换回来时，都把鬼子的衣服脱掉扔了，只穿背心和内裤回来；相比之下，美国鬼子的俘虏却不同，他们被交换回去时，却把我们志愿军的衣服穿走了。他们是真稀罕我们志愿军的服装啊！要不咋不脱呢？哈哈哈……”

柏合队长说：“我们中国人是最有骨气的。现在我们的祖国强大了，再也不用受其他国家的气了。赵爸爸，您还有什么梦想吗？”

赵爸爸说：“有啊，没有梦想，活着就没有意义了。中国梦是我们共同的！中国梦里也有我们老兵的梦想啊！你们不也都有梦想吗？这大过节的也不休息，还带着礼物来看我，志愿者不是为了挣钱的吧？不休息、不为钱，这可不是啥人都能做到的，你们要是没有梦想能做这些事？社会有了你们这些人，会变得越来越美好。”

老兵赵英的梦想：找到1953年10月《大画报》上刊登大阅兵时的照片，不仅仅是关于他们高射炮方阵的，也包括其他兵种方阵的；有机会去天安门广场，看看升国旗；再去看看被志愿军观礼团代表拆掉的三道门遗址。

后记：中国梦里也有我们老兵的梦想啊！是啊，有我们共同的梦想。祝愿所有的老兵爸爸梦想成真！祝愿柏合暖兵行动能永远坚持下去！

第19位 87岁石成玉

时间： 2020年6月25日 星期四 阴

地点： 吉林省长春市净月区永兴街道抗美援朝老兵石成玉的家

陪同： 长春市净月区退役军人服务中心副主任于航，永兴街道民政科科长张天卓

◎从来没有一次收到这么多样礼物

寻访完前一位老兵快12点了，联络员说："柏合队长，还有一户，我们是先吃午饭，还是继续寻访等都完事之后再吃饭？"

柏合队长说："听您的。"联络员笑笑说："我们到下一家还有一段路，老兵肯定已经吃过午饭了，大家就辛苦一下，把下一家走完后，我请你们吃面条。今天是端午节，路上看见有卖粽子的，我们就买几个。"虽然大家又饿又热，但是没有一个喊累的。

我们来到老兵石成玉的家已经是12时30分了。小区门岗不让外来车进，我们只好换班抬着50多斤的"暖兵大礼包"走进小区。很多人看到大礼包上的"寻访老兵足迹，讲好英雄故事"的大字，就说："快看，是来慰问老兵的。"

老兵石成玉儿子到小区门口来接我们，我们抬着大礼包跟随着。

一进屋，石爸爸就高兴地说："这大过节的，你们也不歇息，太感谢了。"

柏合队长打开大礼包，她最先从里面拿出米、面、油、毛巾、洗衣

粉等日用品，然后，又从礼包箱中拿出大枣、枸杞、红糖、人参含饮片等补品……石爸爸看了，兴奋地说：“你们想得也太周到了，我还从来没有一次收到这么多样礼物呢，我都不知道说啥好了。”

此时，柏合队长拉着石爸爸的手说：“我们是柏合暖兵志愿者，也是中华志愿者，代表长春市退役军人事务局来看您。这是我们的一点心意。”

我在一旁看到老兵爸爸戴着导尿袋。

◎说我有股犟劲儿，是个当兵的材料

老兵拉着柏合队长的手，坐在床上，聊起了他的军旅生涯。

1948年7月，18岁的石成玉报名参军到了“铁师”31师。1951年1月入朝参战，1955年6月回国。个人荣立三等功一次、小功一次。

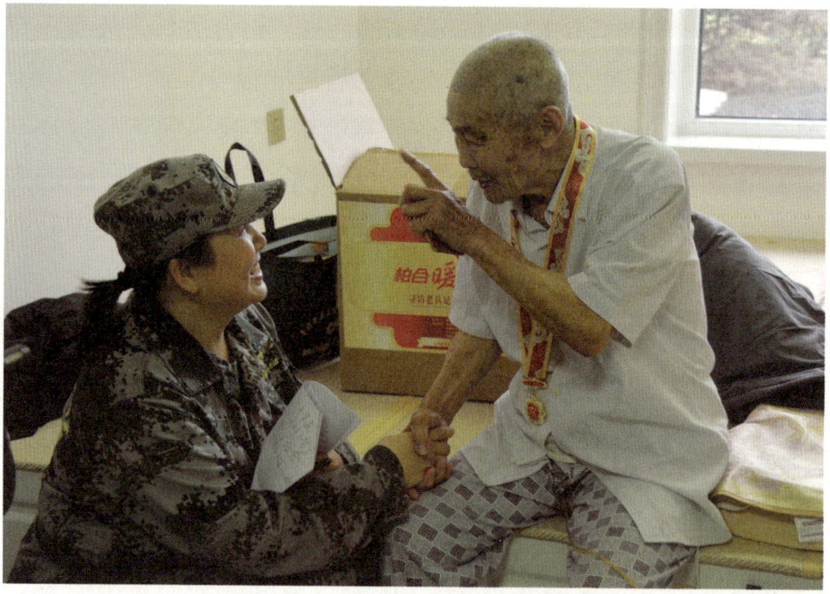

石爸爸说：“入伍时部队不要我，嫌我长得瘦小，那位带兵的领导看我弱不禁风的样子，就撵我回家。当时我就来了犟劲儿，不收我当兵，

我就是不走，还跳到房檐上大声地喊话。部队开晌午饭了，那位领导叫战士喊我下来一起吃饭，我就说，不让我参军，我就是饿死也不吃你们的饭。之后，又来一名战士叫我，说：‘只要你快从房顶上下来吃饭，首长就收下你这个兵。’我听了，就高兴地跳下房檐，说：‘我是一个兵了，我要吃饭。’大家都笑了。后来，我才知道，我当时的表现，被那位带兵领导看在眼里，他心里早就打我的注意了，说我有股犟劲儿，是个当兵的材料，如果调教好了，肯定能成为一名优秀的战士。”

“当时，我是瞒着爹娘报名的，等部队要走了，我娘知道了，很舍不得。我安慰了一下娘，就跟上部队走了。1948年长春解放了，二次整编，我成了一名铁道兵。1949年修好长春到四平的铁路后，又去修陕西宝鸡到甘肃石门的铁路。1951年1月，部队接到命令，当时没说去哪里，让我们吃顿饱饭，直接坐闷罐车就走，车身上写着高粱米。我们是大年三十从沈阳出发去往朝鲜的，安东（丹东）线给炸了，是从图们江过去的。”

柏合队长说：“你们是补充兵，秘密去的朝鲜，对吧？”

石爸爸说：“对，那时候，大部分去朝鲜的兵坐的都是闷罐车。到了朝鲜，我们部队就改为通讯营。我就成了通讯员。”

◎拿帽子当鞋穿

石爸爸说：“记得那是1951年4月，我带一个通讯员去二营送信。走到半路上就被敌机发现了，眼看就要飞到我们头上了，我赶紧让小战友快跑，去送信，我来掩护他。我站在那儿，大喊大叫的，有意让敌机来炸我，然后就地打滚，滚出去好远。敌机扔下了好几颗炸弹，有一颗炮弹在离我不到20米的地方爆炸了，当时我就被炸晕了。敌机盘旋几圈看看没人了，就飞走了。小战友看飞机飞走了，就赶紧跑回来，把我从土里扒出来，摇着我的肩膀，把我叫醒了。但我的一只鞋被炸没了，找了半天，也没找到；一条腿也炸伤了，还好，伤得不重，能走路。后来实在没办法，我就灵机一动，把帽子摘下来套在脚上，又扒了一块树皮，绑在脚脖上，小战友就架着我，我们一起把信送到了二营。二营长看着我的狼狈相，拍着肩膀说：‘小嘎子，行啊，还会拿帽子当鞋穿了。’回来时，营长给我找了一双鞋穿回来了。”

柏合队长说：“石爸爸，您胆可真大，还敢叫飞机来炸自己，真是好险啊！”

◎一袋高粱米救了我

石爸爸说：“还有一次更险的。那是在1952年7月，团首长和参谋长出差开会，我们通讯班和电话班陪同。参谋长是个姓王的山东人，还有一名政委，我不记得姓啥了。电话班出一个班长带个话务员，通讯班我带一个通讯员。我们坐着两台车出发了。顺着朝鲜海边的高原路走。去的时候挺顺利的，但开完会回来，走到半路上，就遇到了敌机。敌机发现我们两台车就疯狂地扔炸弹。当时把我们两台车都炸翻了。政委当场就炸死了。参谋长还有口气，一个劲儿冲我要水喝。当时附近没有水呀，不一会儿，参谋长也牺牲了。电话班班长和话务员被炸得胳膊、腿都飞了，都炸得没人样了。最后就剩下我和一个副驾驶员。我是因为车后面有一袋子高粱米压在了身上，炮弹把高粱米袋子都炸坏了。如果不是这袋高粱米，我也就见阎王去了。”石爸爸拉着柏合队长的手眼含热泪……

“孩子，那次现场老惨了，眼看着政委、参谋长和战友，在瞬间就没了。我后来好长一段时间只要闭上眼睛就出现那个场景啊！”

柏合队长安慰道：“石爸爸，你的政委、参谋长和战友没有白流血牺牲，他们的热血虽然流淌在异国他乡，但却捍卫了我们中国的领土完整，我们会永远怀念他们的。石爸爸，您还有什么梦想吗？请您说出来，我们会全力以赴帮您圆梦想。”

石爸爸看了一眼柏合队长说：“孩子，我都快90了，土都埋到脖子了，身子骨一天不如一天了，老战友早都不聚了，差不多都没了。”

柏合队长说：“石爸爸，我们慰问的大多数都是抗美援朝的老兵，也都是90来岁和100来岁的，有的身体还很硬朗，他们都想见见老战友，哪怕不是一个师的、不是一个营的，只要是去过朝鲜的，大家就都觉得很亲了。”

石爸爸听了眼睛一亮说：“行啊，只要是抗美援朝的就行啊，我们能在一起聊聊也好啊。”柏合队长笑了。

我们临走时和石爸爸相互敬了一个庄严的军礼！

老兵石成玉的梦想：身体好些，能和抗美援朝的老战友聚聚。

后记：石成玉爸爸是一位既参加过解放战争，也参加过抗美援朝战争的老战士。他的寻访日记即将落笔，而我的心里却有一个追问和一个解释。

一个追问是，谁能组织这些暮年的老兵到一起聚聚呢？老兵石成玉说：“活着的抗美援朝老兵也没有多少了，不管是哪个军、师、团的，只要能聚到一起，就好。我们能聊得来啊！”

我听一位志愿者说，在吉林省农安县，有位抗美援朝的老兵名叫王凤和，是位高射机枪连的班长，很有故事，退伍回乡做村支书多年，政治觉悟非常高。老人家还会唱小曲，能把在朝鲜的战争经历编成唱词，唱给大家听……他晚年最大的梦想就是能到军营和学校讲一讲在朝鲜经历的战争故事。“不行，不行，八十七八岁的人了，万一有个闪失，这个责任由谁来负？”所以，当地学校没给他创造这个机会，驻县城的预备役军营也没有……一年前，他走了。庆幸的是，有人把他的故事整理后留了下来！想起这位王班长，我们的鼻子酸酸的……心里有一种隐隐的痛！

还有一个解释就是，大部分寻访日记中都有“打开礼包”的情节。非写不可吗？是的，我必须写。米、面、油、毛巾和洗衣粉等日用品不用介绍了，而“养生礼包”必须要说说食用方法和

注意事项。尤其是林下野山参含饮片，一盒好几百块钱呢，功效也多着呢，吃法也有讲究，老兵吃对了效果会非常好，吃错了不但影响效果，还亏了大家的一份爱心。柏合队长是健康管理师，关于养生常识懂得多，加上对老兵爸爸们的敬仰和祝福，所以，每次寻访老兵的时候，她都耐心地给老兵及家人讲明白用法。可喜的是，我们还在进行慰问的时候，就收到几位老兵的儿女打来电话说，老爸爸用了我们送的“健康大礼包”身子骨好多了。听到这个消息，我们更加有了信心和动力，暖兵“健康大礼包”就是要助力老兵健康长寿的！

第20位　90岁王立山

时间： 2020年6月26日　星期五　晴

地点： 吉林省长春市绿园区万福街道绿园小区抗美援朝老兵王立山的家

陪同： 长春市绿园区退役军人事务局办公室主任赵少璇

◎你们有没有悟出点什么？

2020年6月26日早上7点，柏合暖兵行动服务队整装出发了。

在去往库房装货的一个路口等红灯时，我们被一辆特制轮椅车给截住了。刹那间，我们都不知所措了……

“有情况？”“注意！”“碰瓷的。”车里的人纷纷提醒柏合队长。

听说是碰瓷的，大家的心都被紧紧地提拉着——那他就是向我们要钱的。这种例子，屡见不鲜。

很快，这辆轮椅车调转了车头，慢慢地靠拢过来，之后，停在驾驶座这边。那位残疾人抬起头，看着柏合队长。柏合队长摇下车窗，面带微笑地问：“您好，残友伙伴，有什么事吗？”

那人不说话，仍然目光直直地看着柏合队长。柏合队长接着说：“我也是残疾人，你看拐杖还在车上呢。”柏合队长说着，随手把拐杖拿给他看。

这位残友看到拐杖时，眼里瞬间闪着泪花，面部肌肉僵硬地笑了笑。

柏合队长面带微笑地说：“我原来也是坐轮椅的，后来我学了中医，给自己调病，现在，我拄拐棍就行了。”

这时，这位残友又笑了笑：“你还会开车，去哪儿啊？”

柏合队长说：“我们是暖兵行动服务队，今天要去慰问老兵，我送给你一本《弟子规》的书吧，我就是看了它开始做志愿者的，或许这本书也能帮到你。”柏合队长抓住机会，随手把车上常备的《弟子规》递给轮椅上的残疾人。

我们都以为他不可能接这本《弟子规》的，他的目的是要钱而不是书。但事情出乎我们的意料，轮椅残疾人伸出双手郑重地把《弟子规》接了过去，问：“你叫啥？”

柏合队长说：“我叫李桂梅，您识字吗？”

“我不识字。”他说。

柏合队长又笑着说：“您不认字，但可以找一个识字的人帮您念，你仔细听就会明白书中的道理了。”

这时，红灯变绿灯了，后面的车响起了喇叭，我们得走了。

柏合队长说：“您注意安全，把轮椅向后面倒一下，怕我起车时刮着你，我们要走了。”

只见轮椅残疾人迅速地把轮椅车向后倒了倒，恋恋不舍地向柏合队长摆手再见。

我们在倒车镜里看到他一直目送我们的车走出好远好远。这时车里静静的，谁也不说话。

柏合队长说："从刚才的瞬间，你们有没有悟出点什么？"大家开始思考。

其实，柏合队长颠覆了我们常态的判断和思维。大家都断定这位轮椅残疾人就是来要钱的，要钱不成就碰瓷。我们当时都是这样判断的，所以才提醒柏合队长注意。没想到，在短短的一个红绿灯变灯间歇，轮椅残疾人不但没要钱，也没有碰瓷，还双手接过了《弟子规》，最后还那么听柏合队长的话，把轮椅车挪开和我们摆手再见。这究竟是怎么回事？我有一种感觉，不管什么样的人，遇到了柏合队长都会改变！

◎你们还想着我，没有忘记我啊！

7点30分我们把慰问物资装上车，开向绿园区。很快，我们就与联络员会合了。

8点20分我们一起来到了老兵王立山的家。一进门，王爸爸激动地迎过来，说："不用换鞋，快进来，快进来。"

柏合队长走在前面，拉住老兵王立山的手，说："您好，王爸爸，我们是暖兵志愿者，看您来了。"王爸爸拉柏合队长坐在床上。

大家把大礼包放下，柏合队长拿出慰问物品给王爸爸介绍。王爸爸最喜欢慰问品里的"养生礼包"和大棉服。他还试穿了一下大棉服，大小肥瘦都像定做的一样合身。王爸爸乐得合不拢嘴。

王爸爸看着柏合队长胸前的"暖兵志愿者"工作牌就问："你们都是志愿者？"

柏合队长说："是啊，我们是中华志愿者，这次发起暖兵行动，就是温暖你们这些老兵的。今天，我代表全国的中华志愿者来看您来了，祝您健康长寿！"

王爸爸一听我们是代表全国的志愿者来看他，一下子就激动得大声哭了起来，他哭着说："你们还想着我，没有忘记我啊！"

柏合队长一边轻轻地用手抚摸着他的后背，一边安慰他："怎么会忘记你们呢？没有你们当年保家卫国，哪有今天的幸福生活呀？关爱老兵是人人都应该做的事情。王爸爸，咱不哭了，好吗？你看，我还给（你）带啥来了？"说着，柏合队长像变戏法似的，从大礼包里拿出一本《荣军院里的老兵》。

王爸爸看到这本书，马上止住了哭声，接过来仔细地看了一下，就搂在了胸前。常言说，老人年事高了，就成老小孩了，也需要哄啊。

柏合队长说："王爸爸，今天我们来看您，不光是给您送点礼物，我们还要听您讲故事，把您的英雄故事写到下一本书里。让所有人都能记住你们那一代人，记住那一段历史，珍惜这来之不易的平安幸福生活。您说好不好？"

王爸爸连连点头说："好！好！好！"

◎完成任务后，我们向战友牺牲的地方敬礼

据了解，老兵王立山是于1950年3月入伍60军，在抗美援朝时任班长，他们一个班12人。1956年回国，回国不久就退役了。

王爸爸拉着柏合队长的手，给我们讲起了他的故事——

他目光凝重，看着远方："那天我们班接到紧急命令，必须连夜把3车炮弹送往前沿阵地。什么阵地我已记不清了，当时就给了我们一张标注红线的地图。我把全班12名战士分成3组，每组押送1台车。其中：正、副司机各一人；前方地面瞭望一人；天空侦察（站在驾驶室外的踏板上，腰系挂带）一人。行车战术要求：第一，侦察员要负责天空和地面侦察，随时反馈侦察情况给司机；第二，发现夜间侦察机，马上熄灯、隐蔽；第三，一旦遇到情况，如果正司机牺牲了，副司机马上顶上；第四，每台车的距离是50米至100米。我押送的是最后一台车。当时在朝鲜打仗都是山路，特别难走，还得随时躲避夜间的侦察机。我们是夜里10点出发的。走出不到一半路程，前面出现一个山头，我们的车得沿着山绕过去。第一辆车刚要转弯就看见山头上飞过来一架侦察机，紧接着就投下一颗照明弹。走在最前面的那辆车赶紧闭灯，但已经来不及了。敌机发现了我们的运输车，立马就连着投下了一串炸弹，第一辆的战友和满车的军需物资眨眼间就被炸飞了，真是太可惜了……"

"呜！呜！呜！"讲到这里，王爸爸压抑不住自己的情绪失声痛哭起来，生离死别的情景历历在目，在场的所有人都默默地流泪了。

柏合队长赶紧抱住王爸爸。王爸爸稳定了一下情绪，继续说："当时我们后边的两台车立马关掉车灯，开到草丛里隐蔽。我是班长啊，心疼失去的战友，但当时顾不得悲痛，还得想办法，尽快把弹药送到前沿阵地。可这时敌人的侦察机就在天空盘旋，他们也许估计出我们不止一台运输车，所以就十几分钟扔下一颗照明弹。怎么办？车肯定是开不过去了，我当即下令用人背的方式把弹药送过去。我们就下车，背负弹药，从山的这面爬往山的那边，敌机来了，我们趴在草地上不动，敌机走了，继续爬。一晚上，我们背着弹药箱，往返数十次，累得都站不起来了。我们是带着为战友复仇的力量，咬着牙坚持爬山送弹药的，在天刚蒙蒙亮的时候，终于把两车弹药安全地送到了前沿阵地。但我们没有欢呼，而是向战友牺牲的地方敬了一个庄严的军礼！"

王爸爸再次激动起来："我只要想起眼睁睁看着战友在我眼前消失

了，整车弹药和人瞬间啥都没了，我这心就痛啊！”

◎我们趴在地上当担架，驮着重伤员爬回后方！

柏合队长不想让王爸爸这样激动，马上转移话题说：“王爸爸，您是哪年从朝鲜回国的？”“我是1956年回来的，因为我们是运输连，要把部队留下的东西都运回来，所以我们部队是最后回国的。回国后不久我就退役了。”

柏合队长说：“您真是辛苦了，还有让您难忘的事吗？”

王爸爸说：“我们不光运送物资，还负责运送伤员，有时候还得去前线抢伤员，先抢回来再抢救。有一次，我们用担架抬伤员，担架断了，大家怕摔着伤员，没办法就只能背着，轻伤员大家就架着走，重伤员没有担架不行啊，最后实在没办法了，我们就趴在地上把伤员固定在背上，驮着重伤员爬回后方！”

此时，柏合队长坚定地说：“王爸爸，感恩您和您的战友，感恩你们那一代打江山的功臣，我一定要把您的故事讲出去，讲到全国各地，让所有人都了解那段历史，了解你们这些普通老兵的故事。您一定要好好保重身体，一定！”

王爸爸听到这里，站起来郑重地向我们敬了个军礼，柏合队长带领我们马上给老兵王爸爸回敬了一个军礼。

要分手了，王爸爸拉着柏合队长的手依依不舍地说："谢谢你，孩子！你们能来看我，我是真的高兴啊。"能看得出来，王爸爸的心是真的被温暖了。此时，我耳边又想起柏合队长常说的那句话："老兵，不怕牺牲，就怕被遗忘 。"柏合暖兵服务队给予老兵爸爸们的是超越金钱的真诚和崇敬。

老兵王立山的梦想：身体健康硬朗，能早日看到写有他故事的书，多见见老战友。

后记：各个部队的老兵，形形色色的故事，无不在述说着那段历史，那时的经历和终生难忘的战友情。暮年的老兵不多了，能讲出故事的就更少了，柏合队长带领我们在跟时间赛跑，跟老兵的生命赛跑。老兵啊，您慢些走，慢些走！

《荣军院里的老兵》是暖兵行动的敲门砖啊。接受寻访的老兵一听自己讲的故事也会编入下本书中，精神头立马就上来了！

"把你的英雄故事写到下一本书里，让所有人都能记住你们那一代人，记住那一段历史，珍惜这来之不易的平安幸福生活。您说好不好？"老兵王立山爸爸连连点头说："好！好！好！"——如何善待这些暮年的老兵？其实很容易。只要听听他们讲讲战争故事，他们的精神需求就满足了！满足老兵物质需求是一方面，更重要的是，要满足他们的精神需求啊。把他们战争经历记录下来，留给后人，就是对他们当年出生入死、所有付出最客观、最公正的总结。退役的参战老兵，退伍不褪色，从未向组织、向国家、向社会要过任何特殊待遇，更未攀比参战的高级将领——去世，能享受发讣告、开追悼会、上革命公墓等高规格待遇。他们只想得到全社会对他们的军旅生涯、战争经历的认可。

第21位　88岁黄金保

时间： 2020年6月26日　星期五　晴

地点： 吉林省长春市绿园区园林街道高迪花园抗美援朝老兵黄金保的家

陪同： 长春市绿园区退役军人事务局办公室主任赵少璇

◎老人家身着军装，在小区门外坐着等我们

上午9点30分，柏合暖兵服务队来到老兵黄金保的家。因为此前联络员通知他们了，所以黄金保爸爸老早就拿个小马扎，拄着拐杖，坐在小区门外等待我们的到来。

“寻访老兵足迹，讲好英雄故事”的爱心小车还没开进门口，我们隔着车窗，就看见老兵黄爸爸站起身来，赶忙向我们招着手。黄爸爸身着军装，在人群中非常惹人注目。

车刚刚停稳，大家便迫不及待地下车。柏合队长上前，一边扶着黄爸爸，一边帮他拿起小马扎，而我们则把“暖兵大礼包”抬下来，跟随其后，走进小区。

我们的“前呼后拥”，引起小区居民的关注。我看到有位年轻的男孩在抓拍我们，但他很拘谨，我想，他也许怕我们反对他拍照吧。

进了老兵的家。柏合队长打开“暖兵大礼包”，把“健康礼包”的用法介绍给黄爸爸。黄爸爸欢喜地说：“太谢谢你们了，想得太周到了，米、面、油以前经常收到，这‘健康礼包’还是第一次收到。”

柏合队长说：“这是我们志愿者一起商量后确定的礼包箱，接受

寻访的老兵爸爸，人人有份。我们觉得老兵年龄大了，健康是最重要的事，黄爸爸，您说对吧？”

黄爸爸一个劲儿地点头说：“对对对，健康最重要。”

◎我就是一个普通的抗美援朝老兵，也没啥说的

柏合队长从大礼包里拿出《荣军院里的老兵》一书，说：“这本写老兵故事的书，也是送给您的，书里记录的大都是抗美援朝的老兵。黄爸爸，今天把您的故事也讲给我们听吧。”

黄爸爸说：“我就是一个普通的抗美援朝老兵，也没啥说的。”

老兵淳朴的语言，让我内心油然升起一种敬畏。

柏合队长笑笑，说：“我们这次寻访的对象，就是普通的老兵，暖兵服务队就是要把最普通的老兵故事记录下来，并帮助你们尽力圆梦。”

老兵黄爸爸听了柏合队长的话，激动地拉着柏合队长的手，半天说不出话来了。

1949年3月6日，老兵黄金保入伍东北军区警卫师，当通讯员。1950年10月24日入朝参战，编入中国人民志愿军21师司令部警卫连“供卫

处”通讯班；1953年3月10日回国；1954年3月退役；在朝鲜期间，个人荣立小功六次；轻伤三次。

老兵黄爸爸说：“在朝鲜时三天两头就得去前线。记得那是1952年7月，我负责到前线送一封重要的信件，正好运输班也去前线送弹药物资，我就搭了他们的车。运输班七八个人，再加上我，我们十来个战友一起，开着帆布顶棚车就出发了。我们出发时间大约是上午9点钟，那时我们也没个钟点儿，基本上是连首长下令，我们执行就是了。以往执行类似的任务，我们都是夜晚走，但这回呢，是时间紧、任务急，经侦察兵侦察路上没有发现敌机巡视，所以大白天就行动了。快11点的时候，我们走到一个山坡上，当时我内急，下车方便。我刚下车走出不远，就见天空飞过来好几架敌机，在我们上空盘旋几圈发现了我们，紧接着就往我们车上扔了好几个炸弹，当时就把车炸翻了，汽车就像一个大火球一样，往山下滚去。飞溅的弹片把我砸了一下，我的头部受了轻伤。可惜我们同行的几位战友瞬间就在我眼前消失了。”说到这里黄爸爸有点哽咽了。

◎接连两颗炸弹，炸毁了防空洞，朝鲜老大妈只剩下两条腿

柏合队长用手抚摸着老兵的后背，无声地安慰着黄爸爸。

黄爸爸停了一会儿，继续说：“还有一次，大约是1952年4月的一天，当时我刚刚执行完一个任务回来，快到营地时，遇到一位朝鲜老大妈晕倒在路旁。‘阿玛尼，阿玛尼。’我赶紧上前扶老大妈坐起来，我贴近她的耳边叫了半天，才把她唤醒。原来，老妈妈说她出来找老伴迷路了，老伴已经几天没回家了。我看离我们营房不算远了，就扶着老大妈一起往回走。我扶着老大妈回到营地，向连长说明了情况，连长让我把老大妈先安排在防空洞躺下休息，同时，让炊事班赶紧给老大妈做点吃的。我把老大妈扶进防空洞，安排她躺下，就在这时，听见敌人的侦察机又飞来了，敌机在我们防空洞附近盘旋几圈后，突然扔下几个炸弹，当时

一个炸弹落在我们的防空洞口爆炸，爆炸物横飞，也不知道是弹片碎渣，还是沙石，把我的脸炸坏了，我用左手抹了一把，满手是血，右手抹了一把，满手还是血……紧接着，又一发炮弹落下，炸了，我晕死过去。不知过了多久，战友们把我喊醒，发现自己下半身还埋在土里，动弹不了。战友们发现我还活着，就把我扒出来了。之后，他们又扒朝鲜的老大妈，但是她的头和上半身炸没了……就一眨眼工夫，两颗炸弹，挨着炸的，老妈妈就剩下了两条腿，那场景太凄惨了……”

柏合队长说：“黄爸爸，真险啊，接连两颗炸弹在身边爆炸，您能活下来真是不容易啊。在看到老大妈只剩下两条腿时，您当时的内心是怎么想的？”

黄爸爸说：“经历了几次生死之后，就不怕死了，眼睁睁地看见好几位战友随着汽车被炸、牺牲，也眼睁睁看见朝鲜老乡在眼前瞬间就消失。所以，生死对我们来说，就是家常便饭。”

◎老兵黄爸爸的梦想

柏合队长说："黄爸爸，您一定要多保重啊。还有哪些梦想就对我们说，暖兵服务队会尽全力助您圆梦的。"

黄爸爸笑了笑，说："你们能陪我聊一会儿天，我就满足了。除了老战友，没人愿意听我们这些老掉渣的故事。"

柏合队长说："黄爸爸，我们暖兵志愿者就愿意听您讲这些故事，不但愿意听，还要写成书，还会尽力帮您圆梦想，您还有哪些梦想呢？"

黄爸爸想了一下说："这书我什么时候能看到？书里的老战友们我能见着吗？"

柏合队长笑着说："黄爸爸，您放心，我会尽快整理您的故事，争取早日印刷出来。另外，争取在故事书出来后，为你们这些抗美援朝的老兵组织一次见面会。"

老兵黄金保的梦想：早日看到有自己故事的书，早日和老战友们见个面。

后记：残酷的战争给老兵们留下了永不磨灭的记忆。生死线上幸存的战友情，是任何一种情感代替不了的。老兵，不怕牺牲，就怕被遗忘。

我敬畏黄金保老人家给自己人生的简单定位——是的，就是一位“普通的抗美援朝老兵”。以“普通”修饰自己当兵打仗的军旅岁月，多么淡定，多么纯粹，多么寡欲，多么和合，又多么令人肃然起敬……这，像是总结，又不仅仅是总结。黄爸爸，像您这样的老战士，何止千千万万啊？

我深深地被暖兵服务队和老兵精神感动，很想借本文之下的“空白”处，向全国的同道人大声疾呼：请走到更多普通老兵的面前，洗耳倾听并用心灵记录他们“普通”的心声！这么做，是慰藉他们在战场上无畏生死、杀敌报国的心，传扬他们保家卫国的英雄精神！

军人的青春是用来诠释奋斗的。奉献和牺牲是其奋斗乐章中的两大基调。在青春时期，老兵黄爸爸选择的不是安逸，不是“一亩地，两头牛，老婆孩子热炕头”，而是参军—打仗—出国—作战，干的是随时都可能掉脑袋的事！谁敢说，他的行为是“普通”的行为？

其实，一位抗美援朝老兵，用“普通”二字评价自己，其刻在骨子里的三观价值绝对是不普通的！

一位耄耋之年的老战士，脱下军装，遗忘了军功章，混在老年人队伍中，表面上，人们所看到的没什么不同，但他深深刻在骨子里的军魂与没当过兵的人相比，肯定不一样。因为他，曾经

用热血书写了自己的战争青春，曾经用生命践行了对国家和人民的赤胆忠心。假如黄爸爸在青春时选择居家的安逸，那么，今天肯定不会有我们暖兵服务队寻访他的这般场景！我们千百里寻访他，是敬重他；敬重他，不是因为他年纪有多么大，而是因为他曾经是保家卫国的战士！

谁看懂了这位老战士的淡定与和合，谁就明白了人生的意义——尤其是与黄爸爸当年入伍时同龄的现代青年。

第22位 94岁张玉林

时间： 2020年6月27日 星期六 晴

地点： 吉林省长春市南关区美景天城抗美援朝老兵张玉林的家

陪同： 长春市退役军人服务中心主任郭永强、副主任赵建博和信息宣传科刘从容及自主择业专业干部张宏利

◎不慰问完老兵，不吃午餐

中午12点了，联络员张宏利说："柏合队长，咱们一鼓作气把工作做完再吃饭吧？"柏合队长说："没问题，向下一位老兵家出发。"

南关区联络员曾提前安排了一位志愿者陪同慰问，但由于志愿者未能及时赶来，就只能改由长春市退役军人服务中心的联络员带路了。在他的带领下，我们来到94岁的老兵张玉林的家。

张玉林老爸爸热情地把我们迎进屋，大家把"暖兵大礼包"放下。

张爸爸看起来很硬朗，说话思路很清晰。他住在女儿的家里，家中有一位保姆照顾他。

柏合队长把"健康礼包"的用法简单地交代给保姆，便和张爸爸聊起了抗美援朝的话题。

1947年10月，老兵张玉林参加农会，后被动员参军，入伍时在47军140师，是一名步兵，当年19岁。他参加过解放战争，1950年10月入朝参战，1951年10月在战斗中负伤，1952年1月回国疗养，1952年5月退役。

◎整个团就我一个人活了下来

张爸爸说："我们47军部队全军没有重新编制直接去了朝鲜。在打平壤时，我们团是打阻击战，上级把我们分配到'三八线'上阻击美军。记得当时是六连守着猫耳洞，五连守着月牙洞……我们一共打了好几个月，最后，4个营的兵力差不多都拼光了。直到后来，全团就剩132人，数量仅比一个满编连多一点儿，而且有的官兵还带着伤。这时，师长给我们团长下令：一定要守住阵地！能守几个算几个！能夺一个是一个！但是，当时人都牺牲了，而且山头大都被敌人占领了。据团长说，周围十几个山头，分别被联合国军中的各国部队占领，其中美军占的最多。这时的情势是，敌人共约2300人，我们仅剩132人。我们简单休整后准备夺回被敌人占领的一个山头。团长和我们一起冲上了阵地，刚一进阵地，就被敌人的地雷炸死了30多人。那场战斗打得非常残酷，等打到剩下7个山头时，就剩团长、连长、政治主任和我4个人了。我们4个人就商量了一下分头行动，一人炸一个山头，人少了，目标小了，敌人还不容易发现我们，当最后一个山头被我们炸掉时我的腰也被炸伤了，当时就昏迷在阵地上，记得那时阵地上到处都是尸体和血。当我被兄弟团救回时才得知，我们整个418团只有我一个人活了下来，我永远都记得当时那个阵地——185高地。”

◎从朝鲜回来的人永远都不会忘记这首歌！

张爸爸一口气讲完这段故事，咳嗽了几声。柏合队长赶紧递给他一瓶矿泉水。

张爸爸喝了几口水，稍稍歇口气儿，继续说：“在朝鲜战场上，面对敌人使用汽油弹、细菌弹、罐头炸弹、饼干炸弹等各种武器的攻击，我们分别采用不同的方式进行反击。应对的招数是变化的，但我们的信念是不变的，我们的统一口号就是：要将革命进行到底！”

柏合队长问：“张爸爸，您还记得《中国人民志愿军战歌》吗？”

张爸爸说：“从朝鲜回来的人永远都不会忘记这首歌！”说着，就挥起拳头，唱了起来：“雄赳赳，气昂昂，跨过鸭绿江……”全屋的人都跟着张爸爸唱了起来。

歌声停下来，柏合队长说：“张爸爸，您还有什么愿望吗？”

张爸爸想了一下说：“我就想找一个有老兵的养老院，这年龄大了，身子骨也不行了，不想给儿女添麻烦，也想和老战友们多聊聊过去。”

柏合队长说：“好的，张爸爸，我记下了您的心愿，其实您可以申请去公主岭市的吉林省第一荣复军人医院，吃住都是免费的，但是现在疫情期间，好像暂时进不去，等过一段疫情过去了，我可以帮您联系。”

老兵张爸爸听了，高兴地说：“那可太好了！”

柏合队长又说：“还有更好的，我们正在规划打造‘柏合暖兵乐园’，要是乐园落地了，高龄老兵不但吃住免费，健康理疗也免费，把老兵都好好地照顾成百岁老寿星。那里就是所有老兵的梦想乐园。”

张爸爸听了激动地说：“那我现在就报名，一定给我留一个位子啊。”

老兵张玉林的梦想：有个专门接纳老兵的养老院，饭能按时吃，每天有人扶着遛遛弯；能和老战友经常聊聊天。

后记："那我现在就报名，一定给我留一个位子啊。"从老兵张爸爸这句话里，我们就能体会到老兵多么需要一个专属于他们主题文化的乐园啊。

"放心吧，张爸爸，柏合队长全都记下了，我们会一起努力，把属于老兵自己的家园建立起来，一定能！我相信这一天将不会遥远了。"

"我们整个418团只有我一个人活了下来，我永远都记得当时那个阵地——185高地。"老兵张爸爸可以忘记一切，唯独不会忘记185高地，因为418团全团的战友都长眠在那里。此时，我们寻访老兵活动小组共同向长眠在185高地的所有中国人民志愿军英烈们敬礼！

其实，我已经看出来了，有时候柏合队长很纠结，她是既不想让老兵提及往事伤心，但又要写出抗美援朝老兵当年战场上的精彩故事，以此传播老兵精神。所以，柏合队长就千方百计地用各种方式来安抚老兵爸爸们，不管多累，只要见到老兵都是满脸微笑，全神贯注地与老兵亲切交流，使老兵爸爸们既能讲出来故事，又能感到温暖，这个度真的很难把握，不是谁都能做得到的，至少我现在肯定做不到。

第23位 89岁严在福

时间： 2020年6月28日 星期日 晴

地点： 吉林省长春市九台区九郊办事处抗美援朝老兵严在福的家

陪同： 长春市九台区退役军人事务局优抚科刘文魁，九郊街道办事处退役军人服务站周文华

◎太阳火辣辣地烤着大地，路边的野草都低下了头

早上7点40分，暖兵行动服务队出发了。今天寻访的地点是九台区。

经过3个小时的车程，我们到达目的地。安顿好住宿后，便与联络员会合了。然后，马不停蹄，奔赴在寻访老兵的路上。太阳火辣辣地烤着大地，路边的野草都低下了头。

我坐在副驾驶座上，转头看看柏合队长——她正全神贯注地开着爱心小车。她身穿厚厚的迷彩服，戴着帽子，汗水从她的脸颊淌了下来。我马上递给她一片纸巾，让她擦擦汗。之后，又递给她一瓶矿泉水，嘱咐她多喝点水，千万别中暑。

12时40分，我们来到了九台区89岁老兵严在福的家。

◎严爸爸说朝鲜话，陪同人员当翻译

大家抬着礼物，走进了严爸爸的家。进屋发现，他家是地铺，没有床。柏合队长见此情景，就把鞋脱了，盘腿坐在老兵严爸爸对面。刚要

给严爸爸介绍大礼包，发现老兵严爸爸是朝鲜族人，说着一口流利的朝鲜话。可我们听不懂啊，这时一位陪同人员会说朝鲜语，就主动给我们当翻译。

这样的沟通实在是太费劲了。

柏合队长试着和严爸爸用汉语沟通，老人家耳朵还有点聋，柏合队长就对着严爸爸的耳朵大声地问："您会说普通话吗？"

老兵严爸爸不好意思地笑笑说："会一点点。"就这样在柏合队长的努力引导下，严爸爸开始用朝鲜族式的"汉语"和柏合队长聊了起来，每句话都得反复确认，这给我的记录带来了考验。

◎我不知道害怕，第一个冲进防空洞往外抢枪和炮弹

严爸爸很乐观，脸上总是挂着甜甜的微笑，老伴幸福地陪在身边。

老兵严在福是1950年参军，是65军149师的，炮兵，当年18岁。1951年3月入朝，1954年回国，1956年退伍。

柏合队长说："严爸爸，给我们讲讲您在朝鲜三年当中最难忘的事吧。"

严爸爸想了想，说："我立过一次三等功。"

柏合队长笑着说："那您就从这三等功说起吧。"

严爸爸说："不记得那是什么地方了，只记得当时大家都躲在防空洞里。美国鬼子的飞机来了，猛烈地进行了一场大轰炸。当时一个装有枪支炸弹的防空洞，被炸弹炸得洞口着火了。当时我是刚入伍的新兵，'虎'啊，不知道害怕，就第一个冲进防空洞往外抢枪和炮弹。当时有

的炮弹箱子外面都着火了。在我的带动下，又有两个其他连的新兵跑过来和我一起往洞外抢物资，这时又过来几位战士在防空洞门口扑火。在大家的齐心努力下，我们把所有的枪支和弹药都抢出来了，减少了部队的损失。为此部队给我评了个人三等功。”

严爸爸讲完这段，就笑眯眯地看着柏合队长。柏合队长也笑着说："严爸爸，您那不是'虎'，是勇敢，冒死抢出枪支弹药，这要是不及时抢出来，等火烧到里边一定会爆炸，不但损失严重，有可能还会造成人员伤亡。”

严爸爸笑着说："是的，满防空洞都是枪支弹药，如果爆炸，后果不堪设想。”

柏合队长说："这真是有惊无险啊！严爸爸，您一定还有类似的故事吧？”

◎我大声喊起来："我还活着！我还活着！我还活着……”

严爸爸又笑笑，接着说："还有一次，是准备打汉城的战斗，当时我们就隐蔽在树丛中，敌人可能是知道我们大约就在这一带隐蔽，侦察机几分钟就来一趟，巡视一圈后就扔炸弹。敌机前几次扔的炸弹离我们还很远，可后来离我们越来越近。为了伪装，我们的头上都戴着用野草扎的帽圈。我们趴在地上一动不敢动。突然，一发炮弹在我身边不远处爆炸了，一个弹片飞过来，把我炸伤，当时我就昏迷过去。等飞机飞走了，战友们使劲地叫我，可我还是没有醒过来，大家以为我牺牲了，就把树枝放我身上，意思就是把我埋了，然后匆忙前行去执行任务。结果，他们没走多远，我醒了，一看被树枝压着，一个战友都没有了，就大声喊起来：'我还活着！我还活着！我还活着……'战友们听到我的喊声，赶紧跑过来，把我从树枝中扶起来，看到我没有死，大家全都乐了。"

老兵严爸爸讲完这段，又笑呵呵地看着柏合队长。这时，柏合队长一只手拉着严爸爸的手，一只手轻轻地抚摸着严爸爸的手背，笑着说："严爸爸，您的命真大，当时是战友们急着执行任务，才简单地用树枝把您盖上，若不是着急执行任务，就得用土把您埋上，那您咋喊都没用了。"

严爸爸还是笑笑，说："那是，那是。"

柏合队长说："严爸爸，既然您大难不死，就必有后福啊，今天我们寻访老兵足迹又找到您。这次暖兵行动不是简单的慰问，除了听您讲故事，还要尽力帮您圆梦想。"

严爸爸这时笑着说："都挺好的，都挺好的，就是我被炮弹炸伤的地方经常不舒服，还有这腿走路费劲。要是走路不费劲就好了，我就可以

经常出去遛遛弯。唉！也不知道老战友都在不在了。”

柏合队长安慰着严爸爸，说：“严爸爸，您这老寒腿我会帮您调理的，等我们慰问结束，把资料整理完毕，如果疫情没问题，就为我们这次寻访到的抗美援朝老兵，组织一次聚会，让你们见面好好聊聊。”

严爸爸听了柏合队长的话，高兴地说：“好好好，那可太好了。”

我们要和严爸爸说再见了，严爸爸和老伴一直挽留我们再待一会儿，还说：“你们在我家都没吃口饭，就走了……”一副恋恋不舍的样子。

最后，柏合队长说：“严爸爸，您要多保重身体，有机会，我们一定会来看您的。今天我们还有几位老兵的慰问任务，得马上过去，不能让下一位老兵等久了。”

老兵严爸爸一听，还有下一位老兵在等着我们，就赶紧说：“好，那你们快去吧。”

我们让老兵严爸爸坐在那儿不要动，目送我们出门就好。可严爸爸说什么都要站起来，送到门口。他一直扶着门框，向我们摆着“再见”的手势。

老兵严在福的梦想：腿能走路不费劲，经常出去遛遛弯，和老战友见面聊一聊。

后记：从严爸爸还是新兵时第一个冲进着火防空洞抢枪和子弹，到严爸爸老了坐在地铺上和我们微笑着聊天，让我们感觉到老人家是一位勇敢坚强、心态乐观、品德高尚的朝鲜族老人。在老人家的微笑里，我们感觉到他对生活的满足，以及享受幸福的滋味。如果不是亲耳听到老兵严在福的讲述，我怎么也联想不到老人家是一位曾经在抗美援朝战场上的英勇战士。

祝福老兵余年安好，祝愿我们早日助力老兵圆梦成功！

第24位 87岁刘凤祥

时间：2020年6月29日 星期一 晴

地点：吉林省长春市九台区南山街抗美援朝老兵刘凤祥的家

陪同：长春市九台区退役军人服务站冯继涛，九台街道办事处退役军人服务站周磊

◎真是可爱的老妈妈

早上7点，联络员来到宾馆与我们会合，并一起到库房，把物资装上车就出发了。

上午8点30分，我们就来到老兵刘凤祥的家。老兵刘爸爸和老伴正在家等着我们。

我们抬着大礼包一进屋，刘爸爸和老伴热情地迎接我们。刘爸爸老伴看到大礼包，就问："这里装的都是啥呀？"

柏合队长说："我马上打开给您看。"说着，就用车钥匙划开礼包箱的封条，一样一样地给老妈妈介绍。其间，特别详细地叮嘱老妈妈：要按教给她的方法，正确食用"养生礼包"中的营养品。

老妈妈高兴地看着一大堆礼物，嘴里不住地说着谢谢。老妈妈听力有点差，所以，我们说话要大声，而且每句话都要重复好几遍，她才能听清楚。

刘爸爸怕老伴影响我们聊天，就让老伴去另一个屋里待一会儿，老妈妈不情愿地离开了我们这里。我看见老妈妈把那个屋子的门开了个小

缝儿，趴在门缝上往我们这边看。哦，真是可爱的老妈妈。

◎全副武装急行军

这时柏合队长和刘爸爸进入了主题，聊起了抗美援朝的故事。

老兵刘凤祥是1950年入伍，在40军120师，当年17岁。入伍后在九台黑林训练3个月后去的朝鲜，1953年回国，在朝三年，荣立个人二等功一次、三等功一次。

柏合队长问刘爸爸："您在朝鲜三年，最激烈的战争都经历了，给我讲讲您这两个立功的故事吧。"

刘爸爸思索了一下，说："记得我们机枪连就我最小，急行军时，要全副武装：军用背包里面有一双鞋和一套被褥；背包外要别着一把铁锹和一把镐；背包上还要搭着一袋炒面和一袋压缩饼干，外加子弹袋及4个手榴弹、500发子弹和一支枪，总重60斤左右。为了躲避敌机，我们通常选择晚上行军，一夜行程要走100多里地。当时谁也不敢掉队，一旦掉队就会拖部队的后腿。假如落到特务手里，就会被电线勒死扔路边的稻田里。有时我们会走着走着就睡着了：脚步像机械一样往前走，大脑一片混沌或空白，耳朵隐约听着前面战友身上铁锹和铁镐的碰撞声，要是走得快了碰到前边的战友就撞醒了。排长和班长都担心我年龄小，怕我扛不住，几次要帮助我背行李，都被我拒绝了。我不但自己背，行军途中，有时还帮助战友拿枪。到了宿营地，我腿脚勤快，就主动帮战友们烧开水，打洗脚水，帮助炊事班做饭。因为我不怕苦、不怕累，积极帮助战友，年底，我获得了个人三等功。”

柏合队长竖起大拇指，说：“刘爸爸，您真是了不起，小小年纪，就能背着60斤重的武装，一夜之间，行走100多里地，您当年只有17岁呀。您真是现代年轻人学习的好榜样。刘爸爸，您再给我讲讲二等功是怎么立的。”

刘爸爸听了柏合队长的话，笑了笑，继续讲述起战争时期的故事。

◎敌侦察兵刚一露头，就被我击毙了

刘爸爸说：“好像是第三次战役时，在‘三八线’附近，我们部队接到任务，必须尽快端掉鬼子前沿部队的哨兵阵地。因为鬼子这支队伍作战非常有经验，装备精良，如果不把这支鬼子的哨兵小队除掉，就会阻碍我们大部队主攻，甚至会造成重大伤亡。经上级研究决定，由我们360团担任这项作战任务。团长在各个班精选了几名神枪手，临时组成一个射手班，我被选在其中。团长、营长、连长和射手班的神枪手们一起开会，研究作战计划，着重指出：一定要稳、准、狠，迅速消灭敌人。团长、营长给我们分好作战目标和任务，我们就分头准备，迅速进入阵地，埋伏在战壕里隐蔽，只要敌人一露头，我们就立刻开枪。当时我们与敌人距离只有100米左右，大家都把机枪支起来隐蔽好，紧紧地盯着敌人的动向。这时，我突然发现距离我们不到50米的地方，一名秘密隐蔽的鬼子哨兵好像发现了我们，只见他刚要举枪发信号，我立马瞅准了就是一枪，不偏不斜正好击中他的脑袋，当场就把他击毙了。这时鬼子部队发现了情况，呼啦啦出来一大排人，拿着枪就朝我们的方向扑过来。

我赶紧大声喊‘鬼子来了，赶紧开火’。大家立刻开火扫射，瞬间鬼子就一片片地倒下了。不等鬼子的飞机来支援，我们已经把阵地拿下，还缴获了一批军用物资。由于我及时发现敌情并立即行动，抢到鬼子哨兵报信号之前开枪，阻止了一场血战，使我们顺利地夺取了胜利。我因在这次战斗中表现优秀而荣立了个人二等功。”

这时，猫在里屋的老妈妈忍不住地跑出来，说：“他后背还有伤疤呢。”

刘爸爸瞅一眼老伴，对大家说：“别听她瞎说，都是小伤。”

柏合队长说：“刘爸爸，让我们看看吧，看看您身上的小伤。”

刘爸爸不好意思地撩起衣服露出了后背上很大的一块伤疤。

柏合队长轻轻地抚摸了一下疤痕，把刘爸爸的衣服拉下。她深情地看着刘爸爸说：“这是抗美援朝留给您的纪念，这个伤疤见证了当年的枪林弹雨，刘爸爸，和我们讲讲这个伤疤是怎么来的吧。”

刘爸爸眼含泪水说：“那是1952年3月份的时候，在一次战斗结束后，我们打扫战场，我去捡敌军的枪支时，一个敌人没死，就在我弯下腰捡枪时，他从背后给我一枪，打中后背，我当场昏迷了。我战友听见枪声，赶紧过来把鬼子一枪打死了。后来，我被送到后方医院抢救，才保住了一条命。那场战斗死了很多人，当年和我一块儿参军的同乡有张国珍、叶庆佰、滕会文，可经过这次战争，只有我和滕会文回来了。”说到这里，老兵刘凤祥低下了头，用手擦着眼泪。

◎只要老兵，不要老伴，我就不让他去

稍稍过了一小会儿，柏合队长说：“刘爸爸，您是抗美援朝战争的幸存者，也是抗美援朝老兵当中的幸运者，您一定要多多保重身体，那么危险的战斗，您都活过来了，现在一定要亲眼见证‘柏合暖兵乐园’的落成。到那时，我们会像当年迎接抗美援朝凯旋回国的英雄那样，来迎接你们入住。任何时候，你们这些老兵，都是我们最可爱的人。”

刘爸爸紧紧地握住柏合队长的手，久久说不出话来。

柏合队长接着说："说吧，刘爸爸，您还有哪些心愿，都说出来，我们一起帮您圆梦。"

刘爸爸缓缓地说："孩子，谢谢你们，虽然我没有记住你们是什么组织，但我能感觉到你们是真心来看我的，现在，我这心里是热乎乎的，你们能经常来看看我，我就心满意足了。还有你刚才说的'老兵乐园'，就是专为我们老兵建设的吧，是不是住进去的都是老兵啊？要是这样那可太好了，天天都可以见到老战友了。"

这时，老妈妈在一旁说："我是他老伴，可不可以也住进去啊？我交钱。"

柏合队长笑着说："老妈妈，你当然可以和他一起住进去啰。"

老妈妈欢喜地说："那可太好了，去年我听人说，有一个地方，只要老兵，不要老伴。我就不让他去。"

柏合队长笑着说："放心吧，老妈妈，'柏合暖兵乐园'最欢迎带着老伴的老兵入住。到时候我给您也戴上大红花，军功章里有他的一半，也有您的一半啊。"

刘爸爸乐了，老妈妈也乐了，屋里的人都乐了……

老兵刘凤祥的梦想是：希望大家能经常来看他；希望“柏合暖兵乐园”早日建成，他和那些老兵能尽早住进去。

后记：这次寻访，在满屋子人共同喜乐的气氛中结束了。其实，在寻访每位老兵的过程中，都有泪水，都有笑声，都有期待，都有感悟，都有振奋，都有理解，都有不舍……

回望曾经的寻访场景，众多情感交织，众多眼神交融，众多心灵碰撞，众多缘来善结，众多激情热望……统统幻化成柏合新家“心”的责任。

我们今天的寻访慰问，使老兵刘凤祥心里热乎乎的。他希望我们常来看看。这样，他就心满意足了。当然，他更期待早日入住“柏合暖兵乐园”。

然而，“柏合暖兵乐园”是我们柏合新家的中远期愿景项目目标。从立项、选址、规划、建设到使用，涉及人力、财力和物力等方方面面的问题。我们希望在各级政府的支持下，在社会各界爱心企业家、爱心人士的参与下，早日为抗美援朝老兵建成幸福、温暖的家园！

第25位 86岁李长有

时间：2020年6月29日 星期一 晴

地点：吉林省长春市九台区工农街抗美援朝老兵李长有的家

陪同：长春市九台区退役军人服务站冯继涛，九台区街道办事处退役军人服务站周磊

◎坐着轮椅等我们

上午10点30分，柏合暖兵服务队在联络员的带领下，来到老兵李长有的家。

李长有的老伴热情地开门迎接我们，李爸爸则在屋里坐着轮椅，等待着我们。

大家放下大礼包，柏合队长便向老妈妈介绍了礼包的用法。老妈妈十分高兴。她说记住了，并向我们致谢。

等柏合队长介绍完了礼包，老妈妈才指着老兵李长有，说："他得了脑梗，二十来年了，走路费劲，说话也费劲，耳朵又聋，看看他能不能和你说话吧。"

柏合队长听老妈妈这么说，就搬来一个凳子，坐在李爸爸的轮椅对面，一下子拉近了彼此之间的距离。这样聊天，李爸爸会方便些。

李爸爸只是默默地看着柏合队长，一句话也不说。

就在现场气氛稍稍有点儿沉闷之际，柏合队长拉过李爸爸的手说："李爸爸，我也姓李，我们是一家人。"李爸爸点点头。

柏合队长继续说："李爸爸，听说您是抗美援朝的大英雄，特意从长春赶来，听您讲故事的，您得说话，不着急，我们慢慢聊，我问什么，您就回答什么，如果能想起更多的情节，那就更好了。"

李爸爸又点点头，表示同意。

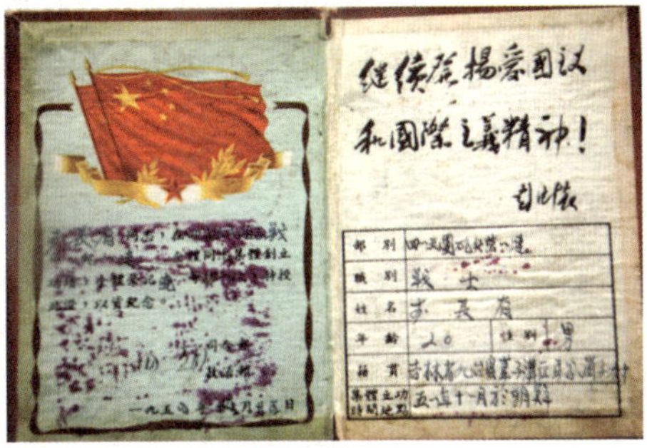

◎李爸爸开口说话了

说话间，老妈妈把李爸爸的退伍证、军功章和纪念章都找出来了。

柏合队长惊讶地发现：李爸爸竟然还立过集体一等功。这在我们寻访的老兵中可是第一个啊。

柏合队长把集体一等功证书拿给李爸爸看，李爸爸的眼神里顿时有了光。

柏合队长马上问："您还记得这次集体立一等功的战斗吧？"

李爸爸回答："我记得。"

我捂住胸口，心里暗忖：谢天谢地，李爸爸终于说话了。

老兵李长有1948年入伍，编入东北民主联军第10纵队，当时只有14岁；1950年11月入朝参战，在中国人民志愿军47军139师，任副班长；1954年12月回国，为中国人民解放军47军第一训练营学员；1955年1月25日，退役。曾荣立集体一等功一次，个人三等功一次，小功多次。我们又寻访到一位既参加过解放战争又参加过抗美援朝战争的老战士！

◎上岸的鬼子都被我们消灭了

李爸爸回忆着往事，慢慢地说：“记得是在朝鲜的一次阻击战中，我们用的是冲锋枪（72颗子弹转盘枪），那次战斗，我们的任务是阻止敌人过临镇江。我们部队分成两组：一组战士负责爆破，提前在敌人上岸的路上埋好爆炸物；一组负责射击，提前在河对岸的山坡上潜伏待敌。我是射击组成员之一。第二天，敌人发起大规模过江行动，几十条船载着鬼子和坦克，浩浩荡荡，向岸边靠来。第一波鬼子和坦克刚一上岸，就被我们埋下的炸弹给炸飞了，活着的鬼子拿枪反抗，被我们机枪手猛烈的扫射消灭了。紧接着，第二波鬼子上岸了，我们马上开火扫射，又打倒了第二波。接下来，第三波、第四波……敌人一波一波地来，被我们一波一波地消灭掉。我们击退了七八波过江上岸的鬼子。剩下最后面几条船上的敌兵，一看凡是上岸的鬼子都没有活着的，就掉头往回跑。那次战斗我们没有伤亡，大获全胜，荣立了集体一等功。后来换防，我们部队去了其他阵地，听说新来的连队，被敌人疯狂反扑，全连都牺牲了。”

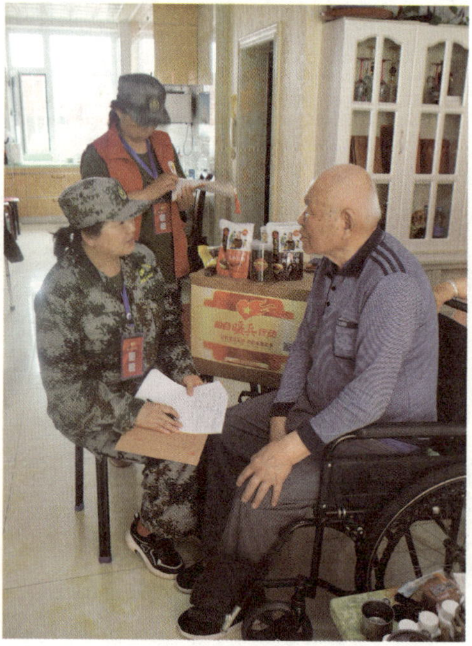

柏合队长一直认真地倾听李爸爸讲故事，还时不时地点头互动。等李爸爸讲完了，柏合队长便赞美李爸爸：“您当年真勇敢，你们的连队真是了不起，能把那么多的鬼子打败，听着都让人痛快。”

李爸爸笑了说：“是我们连长指挥得好，都提前计划好了，还有侦察兵获得的消息准确，打赢一次战斗需要好几个方面配合，不然是打不赢的。”

柏合队长笑着说："是的，如果没有侦察到准确的消息，准备就不能做到精准，如果准备不充分，就会影响整个战斗的顺利进行，那样不但打不赢，还会有大的损失，战略和战术都很关键。李爸爸，您再给我们讲讲三等功那次战斗吧。"

◎夜里，我一个点射，就把敌人巡逻兵撂倒了

李爸爸好像打开了记忆的阀门，继续说道："记得那次是朝鲜338.1高地反击战，这个高地本来是我们部队的，被鬼子占领了。我们连队接到任务，务必要在3天内夺回338.1高地，机枪手排在第一火线。喀秋莎大炮排在第二火线。我们当时把机枪手都调集到一起，精选出40名主射手、40名副射手，分成四组，在敌人的前后左右各一组，每组10挺机枪。具体战术是：我们这一组，作战位置在敌人的正前方，准备，待令并率先开火，其他作战小组以枪声为号，从三面一起向山头包抄；第二火线的喀秋莎大炮，配合我们，炮轰山头碉堡。其作战目的是：一举歼灭敌人，夺回338.1高地。做好作战部署后，定在第二天夜里11点反击战开始。第二天晚上8点，我们就开始分头准备，到指定位置隐蔽，等半夜11点趁敌人睡觉时开战，打他个措手不及。我们看见敌人的巡逻兵在山头上晃来晃去，不时地用手电筒往四周探看，山头上的碉堡里时不时地有亮光闪动，好像也有值班的鬼子。10时40分，离反击战还有20分钟时，敌人要换岗了，新上岗的鬼子接过手电筒，往四周查看。这时我身边一名战友忍不住要咳嗽，他用手紧紧地捂住嘴巴趴在地上闷咳了两声，惊动了树上的山雀，山雀'呼啦'一下飞起来。鬼子巡逻兵听到鸟飞声，马上用手电筒照向四周。眼看手电光就要照到我们这边了，这时离11点还有10分钟，我马上回头看了一眼连长，连长向我点点头，我瞄准鬼子巡逻兵，在他的手电光刚照到我们头上时，我一个点射，就把这个鬼子撂倒了。但这一枪，惊动了敌人，刹那间，一群巡逻兵向这边扑来，他们端着枪，边冲边射击。这时，连长下令：开火！10挺机枪对准

山头提前开始了反击战。山头碉堡里的鬼子也开始向我们扫射，正在睡觉的鬼子们，听到枪声，都急匆匆地起来应战。与此同时，高地的后、左、右三面的作战小组，也同时对高地发起攻击。这个山头的四周，机枪扫射声响成一片，鬼子彻底蒙了。但此时，敌碉堡里的机枪，仍非常猛烈地向外喷吐着火舌。我们便从四面围攻上去，快到半山腰的时候，鬼子加大了火力。我们牺牲了好几位战友，于是赶紧退下来。等鬼子火力小了点，继续四面围攻。这时山头的鬼子们全都出动了。人比我们多两三倍。他们围成一个圈，死死地守着山头，向四面扫射。四个碉堡也是火力凶猛。连长立即向第二火线发出信号，喀秋莎大炮对准山头猛烈开火，连续轰炸20多分钟，鬼子的四个碉堡全被炸飞了，围成圈的鬼子被炸死一大半，活着的鬼子四处逃窜，这时我们四面射击小组再次包抄上来，敌人一边反抗，一边向山头聚拢。我们把敌人像包包子一样围住，天快亮时，我们结束了战斗，拿下了338.1高地。最后剩下的鬼子都投降了。这次战斗我个人荣立了三等功。”

◎依依不舍

李爸爸说话时，柏合队长不敢打断，一直聚精会神地用心倾听着。这时，她才开口说：“李爸爸，您当年一定是一名神枪手吧。敌人在山上，您在山下，还是晚上，竟然一枪就把鬼子解决了，真佩服您啊。”

李爸爸笑笑说：“神枪手不敢当，那时候我们天天打，就是熟练了。”

看着李爸爸此时说话流利多了，老伴也在一旁笑了。

要说再见了，李爸爸有些不舍。而老妈妈则紧紧地拉着柏合队长的手，瞄了一眼老伴，说：“今天他说的话最多了，半年多来，他都没有说过这么多话了，是你们到来，把他的记忆激活了，真是谢谢你们了。”

老兵李长有的梦想：从轮椅上早日站起来，控制住脑梗别再往下发展，有机会见见老战友。

后记：已经快失去记忆的脑梗老兵，在柏合队长的激励和引导下，竟然清晰地讲出了当年的故事。这说明了一个什么问题？我把这问题留给本书的读者朋友们去解答吧。

第26位　93岁孙国阳

时间： 2020年6月30日　星期二　晴

地点： 吉林省农安县开安镇西沟村抗美援朝老兵孙国阳的家

陪同： 农安县退役军人事务局优抚科徐建，开安镇民政助理艾树成和镇工作人员赵建超

◎孙爸爸和他珍藏的抗美援朝纪念手绢

下午1点，柏合暖兵服务队顶着烈日酷暑，沿着乡道驾驶40分钟，来到西沟村抗美援朝老兵孙国阳的家。

车刚在他家的大门口停下，院子里的大鹅和小狗就“喔喔喔”“汪汪汪”地欢叫着迎接我们。

孙爸爸和家人赶紧走到大门口迎接。大家抬着大礼包，跟着孙爸爸进了屋。

孙爸爸的儿媳妇说：“老爷子（当地人对老年人的敬称）每天都睡午觉，今天听说你们来慰问，就等着，说什么都不肯睡。”

我们听后很感动。柏合队长打开“暖兵大礼包”，给孙爸爸介绍了养生礼物的食用方法。

最后，孙爸爸捧着《荣军院里的老兵》故事书，就不肯放下了。他一直面带笑容，笑呵呵地看着大家。

经了解，孙爸爸心脏不太好，还有脑梗。因此，柏合队长就抓紧时间和孙爸爸直入主题。

柏合队长说："孙爸爸，把您的宝贝也拿给我看看吧。"

孙爸爸先是一愣，接着又笑着，点点头说："好，我拿给你看。"

他说着，就转身，打开了一个木质老式柜子，拿出一个军绿色的背包，又从背包里拿出一个小手绢包，小心翼翼地打开，几枚抗美援朝纪念章和退伍证便呈现在大家的眼前……

这时，柏合队长发现，孙爸爸用的这个小手绢包，竟然是抗美援朝纪念手绢，上面还印有徽章，徽章正反两面各印着四个字"抗美援朝""保家卫国"。

◎四门重炮集中猛烈轰击，把山头都炸平了

从退伍证和纪念章上我们了解到，1949年1月，老兵孙国阳从农安区政府作为"职员兵"①，入伍锦西独立师第17师，当年他21岁。1950年10月24日入朝参战，部队改编到四野42军126师炮兵营3连，孙爸爸成为一名炮兵战士；1953年朝鲜停战后回国；1955年退役。

孙爸爸说："在朝鲜三年大小战役我都经历过，最让我难忘的就是上甘岭战役，也是打得最惨烈、最残酷的一次战役。"

柏合队长说："是的，孙爸爸，在我们这次寻访老兵足迹过程中，有好多老兵都参加了上甘岭战役，激烈的战争场面和战友生离死别的场景，在他们脑海里都留下了深深的烙印。请您也和我们说说上甘岭的故

①农安区政府的"职员兵"：当时农安已经解放，名叫长农县（长春和农安合称一县）。农安区政府，即长农县农安大区。老兵孙国阳当时在农安大区做一名小职员。说到农安县解放，通常指的是1947年10月的解放。但农安县解放却分别经历了1945年11月、1946年3月、1947年10月三次解放。

事吧。”

老兵孙爸爸说：“过去我都记得好多战斗的场面，也经常给别人讲，自从得了脑梗后，这脑子就不听使唤了，有时候啥都想不起来了。”

柏合队长说：“孙爸爸，您是一名炮兵战士，打仗的时候，都在哪个位置？和谁配合作战？有没有炸过敌人的碉堡？”

在柏合队长一连串的提示下，孙爸爸忽然眼前一亮，说：“想起来了，还是上甘岭战役，那次我们攻打一个无名高地，是和步兵配合作战的。”

柏合队长赶紧说：“好，那我们就说说这个无名高地战斗吧。”

孙爸爸想了一下说：“我记得那是一个晚上，我们炮兵连负责配合步兵攻打一个无名高地，这个高地离敌人的物资储备营很近。后来才知道，上级命令我们攻打无名高地，是为了吸引守护储备营敌兵的注意力。而在我们对无名高地猛烈袭击的同时，还有另一支兄弟部队直接包抄敌人物资营，把鬼子的弹药、罐头等物资都给一窝端了。同时，还缴获了大批物资。”

柏合队长说：“孙爸爸，您快和我们说说当时你们是怎么吸引敌人攻打无名高地的。”

孙爸爸说：“当时我们炮兵连分成三组，有重炮组、轻炮组和高炮组，我们炮排属于第二火线。轻炮组最先开火，把无名高地上的鬼子吸引出来。重炮组负责轰炸无名高地山头，摧毁他们的营地，吸引山后守护物资储备营的鬼子前来支援。高炮组负责防空，如果敌机来了就开炮。当时我是轻炮组的，我们一共是4门炮12个人。天一黑，我们就开始准备，各就各位，隐蔽起来。在炮连、步兵连、机枪连都到达指定位置后，我们就进入一级战斗状态。夜里10点，连长一声令下，我们轻炮组4门炮一齐开火，炮弹越过我们的步兵和机枪连，落在半山坡上。无名高地山上的鬼子一下就炸锅了，他们迅速组织起来，一齐向我们这边开火。这时，我军隐蔽的机枪手，开始与鬼子对火，步兵就往山上冲。鬼子马上加大火力对抗。这时步兵和机枪手就都退了回来。鬼子一看，我们退了回来，就减轻了火力。这时，机枪手和步兵又猛烈地开火，往山坡上冲，鬼子马上又加大火力反击。就这样，反反复复四五次，进攻撤退，撤退进攻，最后，鬼子一看，我们兵力好像不多，就全面加强火力，冲下山坡，想一下子把我们消灭。这时，我们连长一声令下，重炮组4门重炮，一齐向无名高地猛烈轰击，把山头都炸平了。与此同时，我军的步兵连和机枪连迅速向山上猛攻。刚冲下半山腰的鬼子，一看营地被炸了，顿时就蒙了，赶紧发出求援信号。山后守护物资储备营的鬼子，看见他们的屏障——无名高地的山头被炸，紧接着又看到同步发出的求援信号，就赶紧调集人员，增援无名高地，只留下一小部分人守护物资营地。他们是怕我们部队拿下无名高地，再去打他们的物资储备营，所以就调集大部分兵力，赶紧增援无名高地。等他们到达无名高地山脚下时，我们的步兵部队已经占领了无名高地山头，剩下不多的鬼子已经被打得连连后退。”

孙爸爸越说越精神了，完全沉浸在胜利的喜悦当中。这时，他的儿媳进屋，与柏合队长交换一下眼色，轻声说：“差不多了吧？差不多就行了，别让老爷子说太多话，请你们理解，我担心他缺觉、太累，等你们走后他会不舒服。”

孙爸爸略显尴尬地笑笑，他瞅瞅柏合队长。柏合队长回头心领神会，于是转脸对孙爸爸儿媳说：“对不起，让你担心了，请放心，我们会掌握好度的。孙爸爸，我们继续把这一段说完吧。”

孙爸爸挠了挠头说：“说到哪里了，想不起来了。”

柏合队长说：“刚才您讲到我们部队占领了无名高地。鬼子物资储备营调集兵力，增援无名高地。”

孙爸爸还是想不起来后面的故事，就一直说：“最后是我们胜利了。”

这时联络员也催我们快些，怕今天慰问不完，明天他还有重要的事情。

柏合队长无奈地拉着孙爸爸的手，说：“我们要走了，您多保重，好好休息吧。等有机会我们再来看您。”

孙爸爸一直拉着柏合队长的手不放，一直送到大门口。

老兵孙国阳的梦想：身体早日健康，能和老战友见面聊天。

后记：是的，孙老爷子不睡午觉，只为等我们的到来。这，使我想起小时候——有一年八月节的前几天，我一遍遍问奶奶，二姑咋还不回来的一幕。等待，虽然煎熬，但内心憧憬着与亲人相聚的欣喜……老小孩的想法带着小小孩的纯真。从老兵纯真的期待中，我们感受到：寻访老兵，真的很有必要！

寻访老兵以来，我一直跟在柏合队长身边做记录，这段时间，经过与老兵的紧密接触，我感觉每一位老兵都期盼着有人能懂他、尊敬他、认可他——懂他们那一代人的高尚境界；尊重他们现在进入暮年老态的不便；认可他们战争年代的艰苦付出。毕竟他们不只是老人，还是为我们打天下的“老兵”。由此，我又联想到了我们的柏合队长，有谁能真正地懂她呢？倾其所有坚持10年做公益慈善，关爱孤寡老人、残疾人、少年犯和老兵。都说做一件好事不难，难的是常年坚持做好事。柏合队长还有一个常人没有的难处：她不只是一名志愿者，还是一名残疾人。

第27位　89岁赵国范

时间： 2020年6月30日　星期二　晴

地点： 吉林省农安县开安镇三合屯村抗美援朝老兵赵国范的家

陪同： 农安县退役军人事务局优抚科徐建，开安镇民政助理艾树成和工作人员赵建超

◎连志愿者都来关心我们了，我真是太幸福了

下午2点多，暖兵服务队的爱心小车在乡村小路上行走了40多分钟，还下错了两次道口。最后，在一位村民的指导下，走上一条村屯间很窄的小道，可刚走到一半，联络员又感觉不对。于是他下车，往回走，去找村民打听。我们只能坐在车里等着。

这时，路边的一个院门推开了，走出一位50多岁的村民，他看着我们车上“寻访老兵足迹”的大字，怔怔地站在那里……柏合队长让我赶快拿出老兵的名单，向这位村民打听老兵赵国范的家怎么走。这位村民把手向前一指说：“看见没，前面有个绿障子，边上那个大门就是他家。”

柏合队长马上启动爱心小车向前开去，停在了大门口。陪同人员下车，向院里招呼：“里面有人吗？”喊了好几声，才有人从屋里走出来。经细问，这正是老兵赵爸爸的家，接我们的是赵爸爸的儿子。很多时候，我们寻访老兵，就像这样，都是从寻找开始。

大家把大礼包抬下车，这时，赵爸爸也从屋里走出来迎接我们。老兵赵爸爸个子不高，驼背，驼得很厉害，但是老人家性格特别开朗，一

直笑着，先笑后说话。他说："你们来看我，太好了，太好了。"

到了屋里，赵爸爸就问我们："（你们）是打哪来的？"

柏合队长介绍说："我们是中华暖兵志愿者，代表吉林省慈善总会、长春市退役军人事务局，来看您来了。"

赵爸爸的听力差一些，当他听清我们是志愿者时，又笑着说："太感谢了，党和政府对我们老兵太好了。就连志愿者都来关心我们了，我真是太幸福了。"

柏合队长把赵爸爸的儿子叫到身边，把"健康礼包"里的健康茶、人参含饮片等详细地介绍了一遍。之后，她才移下小凳子，坐在赵爸爸膝前，和他聊起了抗美援朝的话题。

◎6个人2匹马，一个活的都没有

老兵赵国范说，他是1950年12月入伍38军的，当年19岁。

由于证件丢失，当时是在几营几连几排都记不住了，但老人家记得，当年他是负责运输作战物资的，曾经用马车往前线运粮食和衣物，有时候也运弹药。在朝鲜期间，他还往返大连三次押运物资。他于1953年底回国，1954年5月退役。

赵爸爸说："在朝鲜，我们白天不敢行动，全是黑天才敢走，敌人那飞机可厉害了，不断往下扔炸弹，或开机枪对地面扫射。记得1951年，大概是10月左右，有一次我们部队接到任务，让我们往前线送一批吃的，都是爆米花、炒面、压缩饼干啥的。我们当时只有三辆马车，汽车都安排运炮弹和伤员去了。"

柏合队长说："那是朝鲜的马车吗？"

赵爸爸笑着说："不，是中国的马车。"

柏合队长瞪大眼睛，说："赵爸爸，我还是第一次听说，中国的马也去抗美援朝保家卫国了。不对啊，赵爸爸，那敌机如果一扔照明弹，突然间一晃，马不得惊了叫起来吗？那不就被敌机发现了吗？"

赵爸爸笑笑说："当时我们都把马的眼睛蒙上，牵着走。我们每辆马车都跟3个人。我是牵马的，一个战友拿机枪看着周边的情况，还有一个战友拿望远镜看着天上敌人的侦察机。那天，我们执行任务，需要走过两个山头，在天亮之前必须把物资送到目的地。我们是晚上8点出发的。走出不远，就发现敌机来巡视。拿望远镜的战友赶紧告诉我：有情况，隐蔽。等敌机飞走了，我们就继续往前走。行程快走到一大半的时候，我们遭遇并躲过了3次敌人的夜间侦察机。有一次照明弹离我们不到60米，那次真的很危险。就在我们刚要绕过第二个山头的时候，天空又飞来两架夜间侦察机，一前一后飞过来。我们赶紧靠在路边停下，两架敌机在距离我们100多米的地方扔下照明弹后，盘旋了一圈，就飞走了。我们等敌机走远了，就继续往前走。没想到，这两架侦察机后面还跟着一架飞机，不是这架敌机隐蔽得好，而是这3架敌机不是三角行进，而是阶梯式飞来的。我们听声音没有辨别出来，所以，最后这架敌机都快飞到头顶了，我们才发现。这时，这架敌机扔下一颗照明弹，而且落在后面的两辆马车中间，照得像白天一样。我们这辆马车在前面，离他们仅有50多米远，吓得我赶紧牵着马，迅速往前跑。这时，就听后面'轰隆''轰隆'的爆炸声，我回头一看，两辆马车都被炸翻了。敌机这时又扔下了几颗炸弹，把马车边上的树都炸没了。我们的马被震得刚要仰头叫，我赶紧一拉缰绳就把马的嘴巴拉下来，迅速用胳膊夹住了马的嘴巴，嘴里小声说着‘千万别叫，千万别叫’。敌机低空围着被炸翻的两辆马车所在的地方盘旋着几圈，没有看到有活人，这才飞走了。等飞机走远了，我把马拴在路边的树上，我们3个人跑过去一看，太惨了，6个人2匹马，一个活的都没有了。人都找不到影了，就看见两条胳膊腿。我们3个人向牺牲的战友行了个礼，赶紧跑回来，牵着马向前走。在不到天亮时，把仅剩下一辆马车的物资送到了指定部队。”

◎老战友都没了，我还活着，知足了

赵爸爸语重心长地说：“孩子啊，战争就是这样残酷！在朝鲜战场上，生离死别的事，随时随地都在发生”。

柏合队长安抚着赵爸爸说：“是啊，赵爸爸，你们那一代人受苦了，现在很多年轻人不了解你们那段历史，虽然有电影演过，但他们认为是编出来的。甚至有一些年轻人就知道吃喝玩乐，崇尚金钱，崇拜明星，

‘啃老’，没有家国情怀。所以，我们暖兵志愿者要寻访你们这些老兵，尤其是你们这些亲历抗美援朝战争的老战士，我们想把你们的亲身经历整理出来编成书，把录像剪辑成纪录片，用真实的人、真实的事，宣讲老兵故事，传承老兵精神。让年轻人不能忘记历史。”

赵爸爸听了笑着说：“那可太好了，需要我做啥，你就说，我做你的兵，坚决听从指挥，保证完成任务。”

柏合队长笑着说：“赵爸爸，您的任务就是健康长寿，超100岁，只要您健健康康地活着，就是完成任务。”

赵爸爸哈哈地大笑起来：“我努力，我努力，健康长寿超100岁。”

柏合队长问：“赵爸爸，您还有什么心愿吗？”

赵爸爸说：“挺知足了，没啥心愿了，就这后背，骨头都支出来了，这是朝鲜战争留给我的纪念，当年睡防空洞太潮湿了，但是也不耽误吃饭。我都没想到能活到这么大岁数，老战友都没了，我还活着，知足了。”

还没等柏合队长接话，赵爸爸好像突然想起什么来，拉着柏合队长的手说：“我来告诉你一个事儿，我家哥6个，有3个当兵的。我是老大，最先当兵的。当年母亲听说我是去朝鲜打仗，哭着不让走，舍不得让我去。我说咱家这么多男儿，即使我有什么不测，不还有那么多兄弟吗？我们都不当兵，谁来保家卫国呀？母亲没办法，才让我走的。”

柏合队长笑着说：“赵爸爸，您当年的思想觉悟还是很高的。”

赵爸爸满脸都是自豪感。他笑着说：“我没想到啊，现在咱们的国家这么富强，老农民都开上小汽车了，当年一个野战步兵团也就一辆汽车呀，现在这日子过得多舒坦，多幸福呀！”

听了赵爸爸抗美援朝战场上惊险的故事，看着赵爸爸满满的幸福感，我不由得被赵爸爸感染。是的，强大的祖国，平安的社会，腾飞的经济，时时刻刻为老百姓着想的习主席，带领我们共圆富民强国梦，生在中国的和平年代，真是幸福啊！我们真的应该知足了！

老兵赵国范的梦想：后背的脊柱能伸直，健康长寿超100岁，有机会见见抗美援朝的老战友。

后记：我们真的一点也不敢耽搁时间。从赵爸爸家里走出来，大家迅速上车。我们的小车启动起来，离赵爸爸家门口越来越远，可赵爸爸和他的儿子还站在大门口向我们招手……

我一直在思考，赵爸爸家是个普普通通的农村家庭，生活很俭朴。他在朝鲜时，因长时间睡山洞，潮湿侵体严重，导致脊柱弯曲，成了驼背，但是这些都没有影响到他的幸福感。有的老兵家庭比赵爸爸家条件好多了，但是我就没有感到他们有赵爸爸这样的快乐。我由此自问：“这是为什么呢？”

“过一段时间再来啊，我给你们烀苞米吃。”当我脑海里再次浮现赵爸爸的喊声时，我忽然想起了四个字：知足常乐。

第28位 88岁崔守良

时间： 2020年6月30日 星期二 晴

地点： 吉林省农安县开安镇三合屯村抗美援朝老兵崔守良的家

陪同： 农安县退役军人事务局优抚科徐建，开安镇民政助理艾树成和工作人员赵建超

◎第一次出现我们等老兵的小插曲

从老兵赵爸爸家里出来，柏合队长继续开着爱心小车走在乡间的小路上。虽然我们都很累很累，但看着柏合队长拖着一条残疾腿，还在坚持，我们没有理由叫苦叫累。

联络员熟路熟门，把我们顺利地带到老兵崔守良的家门口。然而，我们一时无法进门，原因是崔爸爸的儿子是养猪户，平时禁止外人进入，以防带入病菌……

“柏合志愿者服务队慰问老兵来了。”联络员给崔爸爸儿子打电话说明来意。“我爸没在家，去镇里我大姐家了。”崔爸爸儿子回答联络员。他们电话沟通，我们在一边听得清清楚楚，我们至此才知道老兵不在家。哦，怪不得没有老兵在门口等我们呢。

这是怎么联络的？咋没对接上呢？我的心里很纳闷。说实话，对此，我有一点点不理解……我们百里迢迢为暖兵而来，可是到了老兵家门口，却遭遇老兵不在家的尴尬。我的心里，悄然升起一种进退两难的情感。我用余光看看柏合队长：还好，她神情自若，等待着联络员的安

排。刹那间，我好像一下子理解了“志愿者”的含义，爱心、耐心、包容心，样样都不能少啊。

这时，联络员说：“柏合队长，你看让他儿子代收一下礼物，替他爸爸签个名，好不好？”

柏合队长说：“我们不是简单地送点礼品，最重要的是，要和老兵聊聊抗美援朝的故事，我们还要照相和录像回馈给捐赠物资的单位和爱心人士，后期还要编写故事书和制作纪实片，所以他儿子是代替不了的。”

联络员听了，就让崔爸爸儿子给她姐姐打电话，让她快些把老兵送回来。

电话接通后，老兵崔爸爸听说有人来看他，高兴地说马上回来，让我们等着。

◎雷达发现敌机，就通知高炮部队做好打的准备

大约15分钟，崔爸爸坐着出租车回来了。

出租车刚打开车门，我们便看到一位个子高高、身子骨硬朗、气色也很好的老人走下车，他就是老兵崔爸爸。崔爸爸下车后就喜笑颜开地和我们打着招呼。这是位挺爱说话的老人。到了屋里，柏合队长向崔爸爸儿子简单

地介绍了一遍礼包的用法，然后，她挪了挪小凳子，坐在了崔爸爸的膝前，说："崔爸爸，您有退伍证和纪念章吧，拿给我们看看呗。"

崔爸爸一脸茫然地说："都没了，啥都没了。"

柏合队长说："那您就给我们讲讲，您当年战场上的故事，好不好？"

他儿子在旁边说："我爸爸是脑梗，啥都记不住了。"

崔爸爸扭头瞅了儿子一眼，又转过头来，面对柏合队长，坚定地说："我们没少配合高炮连队打敌机，鬼子飞机一来，我们就把它打下来了。"

◎我还会唱歌呢，你们等等，我给你们唱歌听

柏合队长笑着说："老爸爸好厉害呀，把飞机都能打下来了，您是什么兵呀？"

老爸爸顿了顿说："我是雷达兵呀，敌机一来，我们就知道了。"

原来崔爸爸是雷达兵。我们一听，都来了精神，崔爸爸，您这不是记得很清楚嘛。

柏合队长又问："您在朝鲜待了几年呀？"

崔爸爸说："300年呀。"

啥？300年？崔爸爸是穿越了吧？大家都睁大了眼睛。

原来，崔爸爸说的是3年，因为崔爸爸是脑梗后遗症，舌头有点不灵活，所以我们都听成了300年。我真的太佩服柏合队长的耐心了，好像无论什么样的老兵，她都能走进其内心世界。

老兵崔爸爸不停地讲着战斗的事，但都是碎片的记忆，有时候，一句话说了好几遍，故事都不连贯。大概意思就是1950年冬天去的朝鲜，部队番号都记不清了。但崔爸爸一直重复自己是雷达兵，专门侦察敌机的，打下好多飞机。我们分析崔爸爸的雷达班是和高炮连配合作战，用雷达侦察到敌机，就马上把情况通知高炮连，高炮连迅速做好攻打敌机的准备。崔爸爸肯定是亲眼见到打下很多架飞机，不然也不会一见到柏合队长就说："飞机都是我们打下来的。"

联络员又一次催促我们快些结束这个寻访。可崔爸爸拉着柏合队长的手，继续说个不停。

柏合队长说："崔爸爸，我们该走了，您还有什么心愿吗？"

崔爸爸像个小孩子似的，有些恋恋不舍。忽然，他眼睛一亮，说："我还会唱歌呢，你们等等，我给你们唱歌听。"说完，崔爸爸就高声唱了起来："雄赳赳，气昂昂，跨过鸭绿江，保和平，为祖国，就是保家乡……"唱到最后"打倒美帝野心狼"时，手还握紧了拳头。

我和柏合队长郑重地向崔爸爸敬了个军礼。而后，很不舍地和崔爸爸告别。我能感觉到，已经好久没有人陪他好好聊天了，他的儿子养猪太忙！其他身边人都认为他老糊涂了，又得了脑梗，说话不是很清楚，所以更没人耐着心性听他说话。

我们离开了崔爸爸的屋子，可耳边还能听到崔爸爸在屋子里，继续唱着"雄赳赳，气昂昂，跨过鸭绿江……"

老兵崔守良的梦想：有人陪他唠唠嗑，有人愿意听他唱歌。

后记：参加柏合暖兵行动是我人生中最宝贵的一次经历，再苦再累，也无怨无悔。

通过亲身体验、亲眼所见，我在志愿者柏合队长身上、在老兵爸爸们身上，感受到无私奉献和爱的力量，而且是那么无穷无尽。我已深深地理解老兵那深入骨髓的爱国情怀。虽然他们已经老态龙钟，虽然他们头脑有点糊涂，但他们心中都有一盏灯，一盏永不磨灭的爱国明灯。

已记不清有几位老兵说过这样的一句话："如果国家需要，我还会扛起枪，去战斗……"这多么鼓舞人的斗志啊！

向英雄老兵们致敬！

第29位 91岁郑兴元

时间： 2020年6月30日 星期二 晴
地点： 吉林省农安县开安镇马家窝棚村抗美援朝老兵郑兴元的家
陪同： 农安县退役军人事务局优抚科徐建，开安镇民政助理艾树成和镇工作人员赵建超

◎我是毛主席的兵，不可以说谎话

下午，烈日炎炎。

暖兵服务队继续行走在寻访老兵足迹的路上。顺着乡间小道，一路颠簸，我们来到了农安县开安镇马家窝棚村。联络员询问了几位农民朋友，才找到老兵郑兴元的家。

我们老远就看见老兵郑爸爸在大门口，坐在轮椅上等我们。

大家抬着大礼包，一起走进院子里。

柏合队长快步走过去："老爸爸，让您久等啦。"

郑爸爸笑着说："是等了一阵子，你们能来看我这糟老头子，我多荣幸啊！"

郑爸爸还挺幽默的，但他说话时有点喘，看得出他气管不好。

看到郑爸爸坐着轮椅，柏合队长建议在院子里聊。郑爸爸的儿子找来一个凳子，柏合队长坐下后关切地询问了郑爸爸的身体情况，交谈中，她不时用手顺着老人家的后背抚摸，帮他捋顺经络，并微笑着说："郑爸爸，能来见您，是我们的荣幸，您可是抗美援朝的老英雄啊。郑

爸爸，咱不急，慢慢聊，您先把军功章和退伍证拿给我们看看吧。”

老兵郑爸爸无奈地笑笑，说：“都丢了，那年搬家都整没了，一个都没有了。”

柏合队长笑着说：“那您就说说，我们记一下。”

也许是因为没有相关证件，怕我们不相信，郑爸爸还一个劲地说：“咱有啥，就说啥，我是毛主席的兵，不可以说谎话。”可爱的郑爸爸，我们能不相信您吗？

◎我要是不趴下，那个弹片就要我命了

老兵郑兴元1949年参军，当年19岁。1950年10月去朝鲜的，部队番号都不记得了，就记得自己做过炮兵和工兵，立过三等功一次和小功多次。

老兵郑爸爸喘了几口气，接着说：“当年咱有啥？啥都没有，就是小米加步枪，但咱们不怕他美国鬼子。毛主席领导得好啊。抗美援朝，那是保家卫国啊，就是牺牲了也光荣。现在，咱们国家强大了，更不怕美帝国主义了。”

柏合队长竖起大拇指，说：“郑爸爸，老兵就是老兵，您即使坐在轮椅上，仍然有骨气，仍然显示出老军人的刚强，疾病可以折磨您的身体，但永远磨灭不了您的军人意志，您是我们这一代人永远敬佩和感恩的人。”

听了柏合队长的话，郑爸爸感动得有点说不出话来。他又喘了几口气，才慢慢地说：“孩子，你高抬我了，我可不敢称英雄啊，我就是普普通通的一个兵。抗美援朝那会儿，就是见天（东北方言每天的意思）打仗，我和战友一心想着报效国家，死也死得光荣。”

这时陪同人员过来提醒说：“老爷子身体虚弱，还喘，别让他多说话了。差不多我们就走吧。”

郑爸爸赶紧说：“没事，我没事的，再聊一会儿。”

柏合队长心疼地说：“郑爸爸，要不您就先休息吧，等有机会，我们再来，听您的故事。”

老兵郑兴元继续说：“在朝鲜战场上，我们炮兵也是很危险的。有一次，敌机来轰炸我们阵地，我差点没了命。后来想，那次多亏我反应快，一下子就趴到地下，那炸弹就在离我不远的地方爆炸了，弹片从我头上飞了过去。我要是不趴下，那个弹片就要我命了。我现在还能活着，就知足了。如今，党对老兵的政策好，还有儿子儿媳伺候得好，看病国家还给报销，平时你们这些志愿者还老想着我这把老骨头，我知足了。”

柏合队长拉着郑爸爸的手，说：“是的，郑爸爸，咱知足，哪能不知足呢？今天，能来到您家里，能亲眼见您，亲耳听您讲故事，我们也知足了。虽然时间仓促，但您保家卫国的精神，已经印在我们的心里了，您先好好休息，把身体调养好，有机会我们还会来看您的。”

这时，联络员已走到院外，启动了车子。

柏合队长站起来，拿好包，和郑爸爸挥手告别。

就在我们要走出院子时，突然间，郑爸爸把电动轮椅启动了，快速一个急转弯，来到大门口。大家都吓了一跳，郑爸爸却笑着说：“我得送送你们啊，这大热天，大老远的，你们能来看我，连口水都没喝就走了，我不送送你们，这心里也不得劲啊，那也太不懂礼貌了。”

我们的爱心小车渐渐地走远了，但郑爸爸还在大门口向我们挥着手！我耳边一直响着郑爸爸那句话——“知足了……”

老兵郑爸爸的梦想：哮喘病能快些好，能从轮椅上站起来，能有人陪他聊聊老兵故事。

后记：其实，每一位老兵都希望有人心平气和地陪伴他们，听他们讲讲当年战场上的故事，不管是有病的还是健康的老兵都这么想。但现代人都忙，儿女也忙，老兵就这么一个小小的心愿，在当今社会都成了一个奢侈的梦想。柏合队长说：“我们一定全力以赴努力，打造一个‘柏合暖兵乐园’，好好陪伴老兵爸爸们安度晚年。”通过这次紧密参与暖兵行动，我才知道，这不仅是柏合队长的梦想，更是所有老兵的梦想，也是我们暖兵志愿者的梦想。

第30位 94岁李长林

时间：2020年6月30日 星期二 晴

地点：吉林省农安县开安镇许马三家村抗美援朝老兵李长林的家

陪同：农安县退役军人事务局优抚科徐建，开安镇民政助理艾树成和工作人员赵建超

◎好书，真是好书啊！

我们离开郑爸爸家的时候，天已经黑了。

原计划在开安镇的慰问需用时两天，但在开安镇工作人员的紧密安排下，改为一天完成。

联络员说："柏合队长，你们再辛苦一下，还有一户，我们今天就全都走完了，明天你们就不用再往这边跑了。"

柏合队长笑着说："好的，听您的安排。"

联络员说他最近工作特别忙，明天还有一大堆的事情。是的，大家都很忙。联络员在百忙之中，能够挤时间，为柏合暖兵行动做日程安排，并一路风雨相伴，着实让我们感动！

彼此说说话，时间仿佛过得更快。可不是吗，感觉不大一会儿，我们就来到了今天寻访的最后一位老兵的家。

这时，太阳快落山了，殷红的夕阳上飘浮着云彩，下面是绿油油的庄稼，好一幅美丽的晚霞图。可惜，我们没有时间欣赏，赶快收回思绪继续寻访老兵。

我们抬着大礼包，来到老兵李爸爸的房前，发现冬天用来防风的塑料布还没有揭开，进到屋里，温度很高，不透风，屋里的墙壁都被烟熏黑了。

老兵李爸爸穿着拖鞋，他的腿是严重的老寒腿，再加上静脉曲张，所以他行动不便。李爸爸说他脚趾头上还长了个大鸡眼，走起路来，钻心地疼，所以就没有出大门迎接我们。

李爸爸坐在炕边上，虽然后背有些佝偻，但我们能看出他年轻时高大威猛的军人样子。

柏合队长把“暖兵大礼包”放到炕上，取出《荣军院里的老兵》故事书，说：“这是送给您的，这本书里大多都是抗美援朝的老兵，说不定还有您的战友啊。”

李爸爸马上接过去，翻了翻说：“好书，真是好书啊，我从小就爱读书，可是我平时也看不到书啊。我一定要好好收起来慢慢看，别人借我都不借，你这是送给我一个宝贝呀。”

李爸爸一直抚摸着书皮上的八一军旗，那种情感真的让人很感动。这时，他看到我们穿的迷彩服，就笑着说：“我也有军装，还有戴红五星的帽子呢。”

我们赶紧帮李爸爸找出了军装。哦，穿上军装的李爸爸，马上就变了一个人。

柏合队长和李爸爸聊了起来。

◎放下大炮组件，我们就坐在地上站不起来了

老兵李长林1948年入伍，1950年去的朝鲜，当时被编入四野42军炮兵排，在朝鲜时荣立个人三等功一次。

李爸爸说："在朝鲜，我都不记得参加过多少次战斗了，反正就是天天打呀，当时鬼子白天用敌机轰炸，夜里又用照明弹，照明弹照得比白天还亮，地上有根针都能看清楚。"

柏合队长说："李爸爸，那你们炮兵是和步兵一起作战吗？"

李爸爸说："在朝鲜打仗时，炮兵行军没有步兵行军利索，我们还得运输大炮啊。记得那次是大岭山阻击战，我们的任务是配合步兵把鬼子部队拦截在大岭山那边。当时我们离大岭山还有一段路，但是我们必须在第二天到达指定地点，不然鬼子就过了大岭山。接到命令后，我们炮兵和步兵部队连夜出发。那时候我们都是黑夜行军，步兵抄小道走得快，可我们炮兵就费劲了。当时我们是3个班，12门炮。不敢一起走，怕目标太大被敌机发现。我们分成3个组，一个班4门炮一组，半个小时走一组，拉开距离。我们把大炮隐蔽好，头上也戴着用野草编的隐蔽帽，前面拽着后面推着顺着山路往前走，每隔50米左右一门炮，而且不敢大摇大摆地走。大概走了有一半路程的时候，就发现敌机飞过来了，前面的侦察兵赶紧给我们发信号，我们接到信号马上停下靠在路边隐蔽。敌机一边飞一边往下扔照明弹，但是离我们很远。等敌机飞走了，我们就继续推着大炮往前走。可还没有走出一里地，天上又飞来两架敌机，在离我们不远的地方扔下照明弹。不好，敌机发现了我们后面的一组炮兵，连续扔了十几个炸弹，我们回头一看，火光冲天。这时又有几架敌机飞过来，顺着山路扔照明弹，肯定是敌人得到消息，知道我们今晚要行动，所以加强了这一带的夜

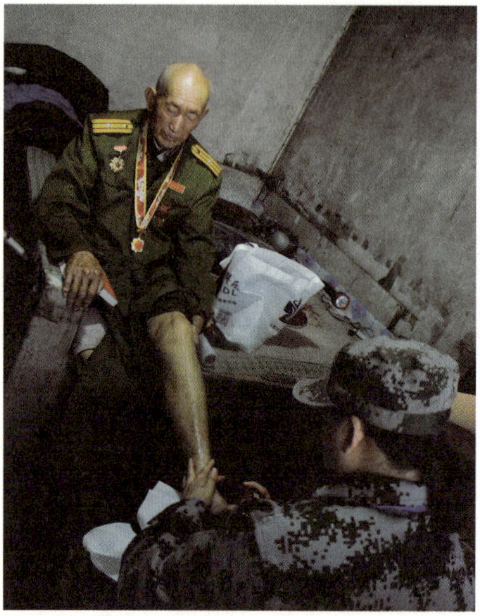

间侦察。我们隐蔽在路边一动不敢动，敌机在我们周边来回飞过好几次，都没有发现我们，直到半夜11点多，敌机才都飞走。怎么办？大路我们肯定是不能走了，走小路大炮也拉不过去啊。班长赶紧招呼我们一起研究，最后决定把大炮拆解后，我们分头扛着走小路。说拆就拆，我们立即行动，不一会儿就把4门重炮拆解完毕。我个子大、体力好，就扛大炮最重的部件。大家顺着山间小路往前走。我们走的都是那些山路山沟的，还蹚过两条小河。有时候后面的战友跟不上了，我们放下自己扛的，还得回头再帮他们扛过来。等到了开阔地，我们又赶快再组装好推着走。遇到山坡小路就又拆卸扛着走，那一晚，我们拆装了好几遍，但是没办法呀，就这样总算躲过了敌人的侦察机。第二天太阳出来的时候，我们才到达指定的地方。当我们把扛着的大炮放下时，我和战友一个个坐在地上都站不起来了。就是那一晚扛大炮，把我的胳膊压出了这个大包。”

◎我的脚有点热乎了，挺舒服的，好多年都没这么舒服过了

柏合队长抚摸着李爸爸手臂上的大包，心疼地说：“李爸爸，你们当年为了保家卫国，付出了太多太多，党和国家是不会忘记你们的，我们全社会都不应该忘记你们。吃水不忘挖井人，老兵就是我们今天幸福生活的挖井人。柏合暖兵行动就是要引领社会关爱老兵，感恩老兵啊！”

李爸爸笑了笑说：“谢谢你，孩子，让你费心了。我们活着的倒没啥，就是那些牺牲的战友啊，咋能为他们做点事呢？我们那时候没有怕

死的，为了保家卫国，谁都不怕牺牲。”

柏合队长问：“您胳膊上的大包疼不疼啊？”

李爸爸说：“不疼，这是抗美援朝留给我的纪念，就是阴天下雨的时候会难受。去医院看过，医生说我年龄大，手术没有价值了。”

李爸爸又苦笑了一下，说：“反正又不碍吃、不碍喝的，就这样带进坟墓得了。”

柏合队长问李爸爸：“您的腿脚是不是也很难受啊？”

李爸爸看着柏合队长，诧异地问：“你怎么知道我的腿脚难受？”

柏合队长说：“这次我们慰问的100户老兵和军烈属家庭，许多抗美援朝的老兵都有老寒腿毛病，因为当时都是住山洞，受的寒湿都积累到腿脚上了。”

说着柏合队长就动手把李爸爸的鞋脱了，看到这双历经沧桑的脚都变形了，末梢循环已经严重堵塞了，还长了个硬邦邦的大鸡眼，实在令人心疼。李爸爸说走路钻心地疼，平时都坐在炕上不能动弹。这种生活状态，实在艰难。

尤其是落单的老人家，没了人照应，更难。李爸爸的老伴已经去世了，现在就是儿媳妇给送饭吃。李爸爸说到这里，我们的心都像被针扎了一下。

柏合队长帮李爸爸做着足底经络按摩……我在柏合队长旁边做记录，发现柏合队长眼里含着泪水……她一声不响，认认真真地为李爸爸

按摩。按摩完之后，她拿出自己的中药精油喷上，然后抬起头来，让我把李爸爸的儿媳叫过来，教她用老姜和白醋熬制泡脚汤的方法，以后每天给李爸爸泡泡脚。

这时，李爸爸笑着说："我的脚有点热乎了，挺舒服的，好多年都没这么舒服过了。"他说着说着，眼里就闪出泪花来。于是，便拉住柏合队长的手，问："你这孩子，这是在哪里学的手艺啊，真管用，太谢谢你了！"柏合队长说："我们都是一家人，我也姓李，等慰问任务完成了，我再安排一个地方，好好地给您做做理疗，让您的这双脚舒舒服服的。""那敢情好了，孩子，我一定等着啊！"李爸爸乐了。

◎合影时，联络员却没有上镜

天很黑了，我们要照今天最后一个合影了，可怎么也找不到开安镇的陪同人员，摄影师告诉我们，联络员把我们送到这里就走了。

摄影师打开闪光灯，我们一起喊出了"老兵光荣"的口号，留下了今天最后一张珍贵的合影。

天空飘来了一片乌云，好像要下雨了。我们怎么劝李爸爸，他都不回屋，硬是拄着拐杖，站在大门口，目送我们走远……

老兵李长林的梦想：腿脚走路不疼，经常有书看，有可口的饭菜，有人陪着唠唠嗑，要是能见到老战友就更好了。

后记：我们还有好远的一段路才能赶回农安县城。一路上我们的心情都很沉重。这些老兵太需要关爱了。他们都是年近百岁的老人了，能理疗好腿脚，走出屋子，看看外面的风景，这就是老兵爸爸们最大的梦想啊！

这也是暖兵志愿者下一步的任务。

第31位 92岁赵春生

时间： 2020年7月1日 星期三 晴

地点： 吉林省农安县合隆镇赵粉房村抗美援朝老兵赵春生的家

陪同： 农安县退役军人事务局办公室主任毛继英，合隆镇退役军人服务站站长王剑齐

◎暖兵行动再出发

早上8点，暖兵服务队准时把物资装上车，然后出发和今天的联络员会合。

今天，我们的寻访目标是合隆镇的乡村老兵。在联络员的带领下，开始了今天的寻访老兵之旅。我们期待着今天能听到新的战斗故事。

经过一个多小时的路程，我们终于进了赵粉房村。今天寻访的第一位抗美援朝老兵赵春生就住在这个村。

我们很顺利地找到了老兵赵爸爸的家。赵爸爸带着老伴来到门口迎接我们。大家抬着大礼包一起进了屋。

赵爸爸腰杆笔直，腿脚利落，一点都不像90多岁的人。柏合队长介绍完暖兵大礼包后，就和赵爸爸聊了起来。

老兵赵春生是1949年3月入伍到42军126师，成为一名炮兵，当年才19岁。他1950年10月入朝参战，1952年10月回国，1956年3月1日退役，在部队待了7年。

◎四面进攻，分割歼敌，夺回高地

赵爸爸回忆道："那是龙口里争夺阻击战。龙口里，在'三八线'附近，是我军和敌军必争的重要之地，记得那里叫281.2高地。当时高地被敌人占领了，我们部队接到命令后连夜出击，就给抢回来了。不料第二天敌人发起大规模进攻，又把281.2高地给夺回去了。部队领导再次研究战略，经过团长的周密部署，决定用包饺子的方式消灭敌人。先用四面楚歌的军号声扰乱敌人的军心，再把敌人分割成四块，削弱敌人的综合战斗力，然后从敌人的前、后、左、右一齐进攻，决心再次把高地夺回来。"

"当时我们炮排是第二火线，负责掩护第一火线的步兵战友。记得此次战斗是在凌晨4点就打响了。我们炮排负责攻击鬼子的后面。先是由鬼子部队前方的志愿军吹响号角，等鬼子向前方扑过去，我们便在鬼子后方马上吹起冲锋号，这时鬼子就会分出一部分兵力应付后方。紧接着左右两侧再吹响冲锋号，这样就把鬼子分割成四份。这时的鬼子们就会胆战心惊，乱了阵脚，因为他们不知道我们到底有多少兵力。等到鬼子从四面分散下来，我们炮兵就猛攻山头，把鬼子的指挥部击垮。但是鬼子也不是好对付的，他们一看四面都被包围了，就研究突破口，把兵力集中在左边突围，前方、后方、右侧仅用少量兵力应付着。当时战斗打得非常激烈。当团长发现敌人要突围逃跑的动向后，马上发出信号：调动预备队助攻左翼阵地！但是困敌犹兽，他们移动太快了，而且把主要的火力全都射向左侧部队，眼看着战友一片片倒下，鬼子马上就要从左侧突围了，再等预备队已经来不及了。于是，团长一声令下，步兵和机枪手全都赶往左侧拦截鬼子。炮兵马上埋伏在鬼子后面，只要鬼子撤退，立马开炮，给他来个前后夹击吃馅饼。就在这时满山吹起了冲锋号，战友们飞速冲向鬼子要逃跑的方向，拦截住了鬼子，与鬼子展开了肉搏战。就在鬼子边打边往回退的时候，我们炮兵在鬼子后面一齐开火猛烈轰炸。就这样，在激烈的战斗中，我们又把高地抢了回来。这次战斗我军士兵负伤较多，牺牲的也不少，最后总算胜利了。部队领导给我们炮兵排每人嘉奖一次。”

老兵赵爸爸一口气讲完了这段故事。柏合队长问：“赵爸爸，您在这次战斗中有没有受伤啊？”

赵爸爸笑笑说：“我没有受伤。在朝鲜两年，我参加了好多次战斗，都没有受伤，只是……只是……”

“赵爸爸，只是……怎么了？”柏合队长见赵爸爸有些难过的样子，轻声地问他。

可是，赵爸爸依旧沉默着……

◎班长为了掩护我，两条腿被炸没了

过了一会儿，赵爸爸才慢慢地说："那次班长为了掩护我，双腿被炸没了。"

柏合队长说："赵爸爸，班长掩护你，是一次怎样的战斗啊？"

赵爸爸想了想，说："那次战斗，是964.8高地追击战，当时我们炮排负责攻打敌人的两个碉堡。我们一共4门炮一起开火，第一个碉堡里的机枪主射手一看大事不好，便迅速逃离碉堡，我们很快就把第一个碉堡拿下了。但是攻打第二个碉堡就费劲了，从第一个碉堡逃出去的主射手钻到第二个碉堡里，他们把机枪和大炮合在一起疯狂抵抗。但是我们也不示弱，猛烈地回击。就在我刚要把一个炮弹装上炮膛的时候，鬼子的一颗炮弹向我这边飞来，班长大喊：'卧倒！'就一下子扑到我身上。这时炮弹在我们身边爆炸了。等我醒过来时，班长还趴在我身上，像血葫芦一样。我赶紧爬起来，还好我没有受伤，可班长的两条腿都炸没了。我怎么喊班长都喊不醒。我赶紧把班长背下战场，交给后方的卫生员。直到现在我也没见过老班长，不知道他是牺牲了还是活着。"

赵爸爸低下头接着说："班长对我很好，经常帮我背行李，我没水喝了，班长就把他的水给我喝。我忘不了老班长啊！"

柏合队长安慰道："赵爸爸，班长是为了救你而受伤的，当时如果你是班长，你也会这样做，对吗？"

赵爸爸点点头说："会的，我们战友不管是谁都会这样做的。"

柏合队长说："经历生死洗礼的战友情，只有你们最懂。那后来，再也没有班长的消息，是吗？"

赵爸爸摇摇头说："是的。一直没有班长的消息，后来我们就到别处配合作战，那时候信息也不方便。如果今生能再看老班长一眼，亲口对他说一声谢谢，我就心满意足了。"

◎尾声

老兵赵春生耳不聋，眼不花，腿脚也很利索。赵爸爸是我们慰问的所有老兵中身体最健康的。赵爸爸很知足，一直不停地说感恩党和国家对他的关怀，感谢习主席。

我们已经走远了，回头看见老兵赵爸爸还在门口向我们招手呢！

老兵赵春生的梦想：有机会见到老班长，对他说声"谢谢！"，老伴的身体好起来，能和老战友聚聚。

后记：老兵赵爸爸是抗美援朝战役中少见的没有受过伤、至今仍很健康的老兵。但是，他的万幸是老班长用生命换下来的。战争年代生死相助的战友情是任何一种情感都无法代替的。请大家为赵爸爸和他的老班长祈福吧，但愿老班长还活着，但愿赵爸爸能在有生之年见到他的救命恩人——"老班长"。

第32位 88岁顾殿喜

时间： 2020年7月1日 星期三 晴

地点： 吉林省农安县合隆镇红星村抗美援朝老兵顾殿喜的家

陪同： 农安县退役军人事务局办公室主任毛继英，合隆镇退役军人服务站站长王剑齐

◎这个好！这个好！

上午10点30分，在联络员的带领下，柏合暖兵服务队的爱心小车来到合隆镇红星村老兵顾殿喜的家门口。

顾爸爸拄着拐杖和老伴早早地就到门口迎接我们了。大家抬着大礼包，跟着顾爸爸一起回到屋里。

柏合队长把“暖兵大礼包”打开，一边把礼品拿给顾爸爸看，一边介绍。顾爸爸嘴里一直叨咕着：“拿这么多东西干啥呀，你们能来看看，我就很高兴了。”

看得出顾爸爸嘴上是这么说，可心里却是暖暖的幸福感。特别是柏合队长介绍“养生大礼包”里的林下野山参含饮片用法时，顾爸爸眼睛都亮了，问柏合队长：“刚才你说怎么吃来着？”

柏合队长赶紧重复一遍：“早晚放在舌下含服四五片，将口中的唾液咽下即可，大补元气的。”

顾爸爸一个劲儿地说：“这个好，这个好。”

介绍完礼包后，柏合队长帮顾爸爸戴上纪念章，聊起了尘封的往事。

◎突然，一颗子弹飞来，把战友击中

老兵顾殿喜是1950年10月入伍到3野37军，成为一名新兵团步兵战士的。他在双成堡训练了3个月，1951年2月入朝，当时18岁，在朝鲜待了一年多，于1952年10月回国，荣立三等功一次。

顾爸爸说："最难忘的就是在朝鲜373.1高地那场战斗，当时我们一个排把敌人都消灭了，还抓了两个俘虏。据俘虏交代，他们来了400多人，我们还真不知道鬼子来那么多人。那次战斗我们部队伤亡3人，其中包括和我一组的机枪主射手战友。记得当时我在他身旁配合他拿子弹，他正在向敌人猛烈地扫射，突然一颗子弹飞来把他击中，当场就倒下去了。我顾不得去扶他，马上接过机枪继续开火，顺着刚刚子弹飞来的方向猛烈地扫射。当时我像疯了一样不停地开火，把子弹都射光了，这才停下来，发现敌人那边没有了动静。原来鬼子已经全被我们消灭，剩下几个全都举手投降了。这时，我赶紧看看身边的机枪主射手，可是他已经牺牲了，子弹打在他的太阳穴上。我们多次配合战斗，特别默契。可是从那天起，他再也不能和我互相配合打鬼子了。”

顾爸爸讲到这里哽咽了。柏合队长忙安慰顾爸爸，说：“我非常理解您现在的心情，抗美援朝，我们打出军威，也打出了国威。志愿军不惜命，不怕死，敢于胜利！这是无数先辈用生命与鲜血铸造的英雄主义精神，所以我们决不能忘记历史，一定要好好地守住这来之不易的和平，一定要珍惜现在的幸福生活，感恩先辈们的付出啊！”

◎我不会水，一下去就晕了

顾爸爸停了一下又接着说：“还有一次特别危险，我差点没命了。”

柏合队长说：“顾爸爸，那您再给我们讲讲那次是什么危险吧。”

顾爸爸说：“当时部队行军路过汉江，桥被鬼子炸断了。部队首长就下令：泅水过江！可我不会水呀，一下去就晕了，眼瞅着就要被水冲走了，班长和战友一把把我拽了回来。刚走没几步又有一股激流把我冲走了，冲出大约200米吧。我就记得当时拼命地抓住一个硬硬的东西，不撒手。后来排长他们在岸上看见我趴在水里，搂着一个大石头，大家赶来把我救起来，我这才捡了一条命，又继续跟部队向前走了。”

柏合队长说："顾爸爸，您是九死一生啊，命真大。"

顾爸爸说："大家都说我命大。还有一次在前沿守备中，敌人炮弹马上就要打到我们的防空洞，我们就往外跑。我刚跑出来，防空洞就被炸塌了。还有我们行军时，站着睡觉是常事，经常走着走着就睡着了。现代人是体会不到我们那时候所受的苦呀。"

是的，现代人真的应该好好听听老兵们的抗美援朝故事，不亲耳听到和感受到战争的惨烈，就绝对不会发自内心地升起对老兵的崇敬之情。

我忽然觉得柏合队长太了不起了。她配合政府做"暖兵行动"，不但温暖老兵的心，还编写老兵故事书。事以文传，能把老战士的战争故事记录下来，留传给后人，这太有意义了。

我暗自庆幸自己排除了一切困难，参加了这次活动，今生无悔。

临别时，我们暖兵行动服务队向顾爸爸敬了一个军礼。

老兵顾殿喜的梦想：腿脚走路不费劲，有机会到北京看看毛主席的遗容，看看升国旗。

后记：顾爸爸是幸福的，虽然历经战争的残酷洗礼，但是好在没有受过大伤，如今老了，还能和老伴安度晚年。

我们的到来给顾爸爸的内心带来了温暖。一句问候，一份礼物，一顿可口的饭菜，或是一句生日的祝福，都会给老兵增添幸福感。

我还要重复一遍这句话：老兵不怕牺牲，就怕被遗忘。

第33位 88岁王德全

时间： 2020年7月1日 星期三 晴

地点： 吉林省农安县合隆镇陈家店村抗美援朝老兵王德全的家

陪同： 农安县退役军人事务局办公室主任毛继英，合隆镇退役军人服务站站长王剑齐

◎寻访老兵，只争朝夕

11点30分，暖兵服务队来到合隆镇陈家店村抗美援朝老兵王德全的家。

王爸爸住在儿子家。人车分流，车进不了小区，我们只好把车停在小区外。

大家抬着大礼包，累得汗流浃背。

老兵王德全卧床一年多了。当我第一眼看到王爸爸时，心里酸酸的。此时，我才深刻理解了柏合队长带领我们，放弃端午节休假，又起早贪黑寻访老兵，到底是为了什么。“伙伴们，我们不能休息，老兵给我们的时间不多了。”柏合队长曾如此疾呼。如今，看看卧床的老兵，我们不仅心领神会，并且还会在行动上争分夺秒。

◎只有哭声，没有眼泪

老兵王爸爸身体很虚弱，他睁不开眼睛，似乎无力睁眼。他就这样默默地躺着。陪同人员说：“让家属把礼包签收一下，就走吧，王爸爸好

像不能和我们说话了。”

柏合队长不放弃：“让我试试吧，也许我们的到来，能给老爸爸一些能量，助力他战胜疾病，早日坐起来。”

说完，柏合队长轻轻地坐在老兵王爸爸的身边，又轻轻地拉着他的手，然后趴在王爸爸耳边，轻轻地告诉他：“我们是柏合暖兵志愿者，代表大家来看您来了。”

王爸爸脸上没感觉。柏合队长继续说：“您叫王德全，今年88岁，参加过抗美援朝，我们最感恩您啊。”

王爸爸突然哭了，没有声音，没有眼泪，只有表情。他儿子在一旁一个劲儿地说：“爸爸，你睁开眼睛看看啊，人家是从大老远来的，你咋的也得睁开眼睛啊。”

可是王爸爸还是没有睁眼。柏合队长拉着王爸爸的手继续说：“王爸爸，我知道您已经听到我说话了。我们这次来不光是来看看您，我还给您带来了一本老兵的故事书，是我们在2017年写的，里面有99名老兵和伤残军人的故事，我拿给您看，好不好？”

王爸爸听柏合队长这段话，竟然“嗯”了一声。然后，他又张嘴无声地哭起来。

柏合队长赶紧把《荣军院里的老兵》故事书拿过来，和王爸爸的儿子继续呼唤王爸爸睁开眼睛看看。

柏合队长把老兵故事书拿到王爸爸眼前说：“您看，就是这本书，书名是毛主席侄女毛小青写的，叶剑英元帅女儿给题的词。”

王爸爸听到毛主席的名字，立刻又张大嘴巴无声地哭起来。

他儿子赶紧说：“爸，你睁开眼睛，看看吧，你不是答应把书拿来就睁开眼睛吗？快睁开眼睛，看看这本书，上面还有红旗呢。”

王爸爸努力地动了几下眼皮，但还是没有睁开眼睛。我们大家都围在一旁看着，因为王爸爸不能说话，我也不用记什么，但是心里酸酸的，希望王爸爸能睁开眼睛看看我们。

◎抚摸额头，用心交流

此时，柏合队长在用温情和王爸爸交流着。她一直用手轻轻地抚摸着王爸爸的额头，其实，这是用一颗心温暖另一颗心……

过了一会儿，柏合队长说：“王爸爸，我给您读一段这本书里的故事听，好不好？”王爸爸又“嗯”了一声，虽然声音不大，但我在一旁听得很清楚。

柏合队长找到书中第90页抗美援朝老兵卢成焕爸爸的故事念了起来：“……老兵卢爸爸和美国黑鬼侦察兵肉搏战时，用手榴弹把敌人的脑袋砸碎了……”王德全爸爸听到这儿，激动地伸手摸到了书，死死地抓着不撒手，激动得张着嘴巴，又哭了起来。这回他发出了“呜呜呜”的哭声，还流出了眼泪。柏合队长赶忙拿过纸巾帮王爸爸边擦眼泪边说：“快看，王爸爸能哭出来了，王爸爸能哭出声来了，王爸爸乖，咱好好养病，等您好起来，我们一起唱歌好不好，唱那首《中国人民志愿军战歌》。”

王爸爸听到柏合队长说《中国人民志愿军战歌》，就又张大了嘴巴哭起来。在场的人无不为之动容。这时柏合队长就拉着王爸爸的手唱起来：“雄赳赳，气昂昂，跨过鸭绿江，保和平，卫祖国，就是保家乡，中华好儿女，齐心团结紧，抗美援朝打败美帝野心狼。”

王爸爸听着听着，又张开嘴巴，紧闭着双眼，无声地哭了起来，手里还是紧紧地攥着那本故事书。

柏合队长和王爸爸的儿子说：“老爸心里明白，就是说不出来话。他是从什么时候开始这样的？”

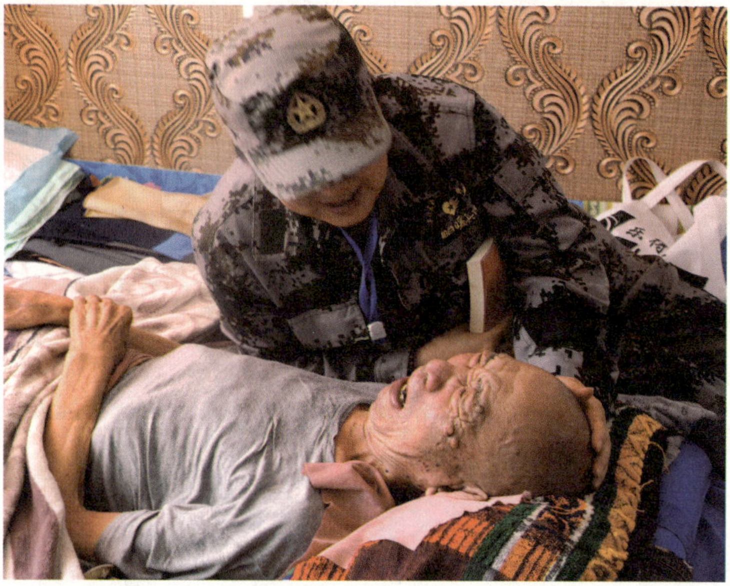

他儿子向我们介绍：“爸爸去年小脑开始萎缩，在屋里自己就直打转。后来，在屋里摔了一跤，把胯骨轴摔坏了。我们送到医院检查后，医生让回家好好养吧，住院也没有什么好办法。从那时躺下，就再也没有站起来，现在身体越来越差了。这几天几乎不理人了，没想到，听到你们说话，他还居然会哭了。”

◎心情沉重，难拟标题

柏合队长说：“王爸爸的退伍证和纪念章都在吗？”王爸爸儿子说：“还有一个证，你到这屋来，我拿给你看。”

柏合队长跟着王爸爸儿子来到外屋。他从柜子里找到王爸爸的退伍证，我们这才知道，老兵王德全是1950年12月入伍的，不久就去了朝鲜，入伍的部队是40军119师，退役时间是1956年3月20日。

柏合队长问王爸爸的儿子："你以前有没有听你爸爸讲过他抗美援朝时的故事？"

王爸爸的儿子挠挠头说："小时候经常听爸爸讲，但是都没记住啊。"

这时就听摄影师在王爸爸屋里喊："柏合队长，快来看啊，王爸爸眼睛睁开了，睁好大啊，在找你呢，你快来啊。"

柏合队长快速走过来，看见王爸爸眼睛睁得大大的朝门口看。柏合队长轻轻地抚摸着老兵王爸爸的额头说："王爸爸，我知道您是英雄，把当年在战场上不怕死的气势拿出来，我相信您一定会战胜疾病，好起来的！您刚才听到我唱《中国人民志愿军战歌》了，我现在再唱给您听好吗？我们一起唱：雄赳赳，气昂昂，跨过鸭绿江……"这是所有抗美援朝老兵曾经最喜欢唱的歌……可现在王爸爸再也没有力气唱出声了！虽然他不能说话，但他知道自己仍是一个兵！

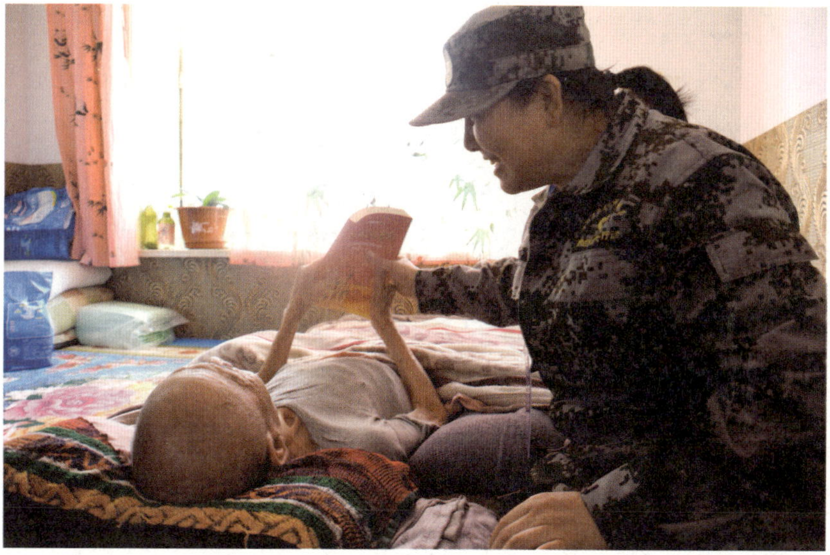

柏合队长眼含热泪大声唱着，把满腔的无奈都融入歌声里。我知道，柏合队长是在尽全力给王爸爸能量，现在她能做的也只有这些。

就在这时，大家看到王爸爸的嘴巴跟着柏合队长的歌声，一张一合无声地动着！这时王爸爸的眼角再次流出了眼泪！

我们要告别了，大家不舍地望着躺在炕上的老兵王爸爸。他颤抖着瘦瘦的手，努力地要抬起来和我们说再见，可是王爸爸努力了半天，也没有抬动手，只能一个劲地抓被子。

我实在不忍心再看下去，快速地收拾提包走到门口。柏合队长还在努力地和王爸爸互动表达再见。

祝福老兵王爸爸能出现奇迹，快些好起来！

老兵王德全的梦想：能和大家说话，能唱出那首抗美援朝老兵最爱的歌，能早日看到有他的故事的老兵故事书，早日看到实现中华民族伟大复兴的中国梦！

后记：虽然慰问王爸爸的整个过程他都没有说出一句完整的话，只有两次“嗯”的声音。但是柏合队长说，王爸爸肯定是一个有故事的老兵，我们也要把他写到书里，也许他能看到这本书，也许他心里还会记得我们来看望过他，也许他还会想起我们陪他聊过天，也许、也许、也许……也许没有也许。

老兵王爸爸，你们那代人，你们那些人，无论是牺牲的，还是载誉归来的；无论是高干，还是平民……所做的一切，不都是为“实现中华民族伟大复兴的中国梦”做“一加一”式的铺垫吗？

感恩前辈，感恩军人，感恩英雄，感恩老兵！

第34位 84岁陈井会

时间： 2020年7月2日 星期四 晴

地点： 吉林省长春市莲花山区泉眼镇岗子村山头屯抗美援朝老兵陈井会的家

陪同： 长春市莲花山区退役军人事务局局长孔令爽、综合科陈震，泉眼镇武装部张丽娜和社会管理办朱霞、计业，度假区新闻宣教中心孙海峰

◎把我写到书里，有人知道我是一个兵

下午2点多，柏合暖兵服务队在联络员的陪同下，一起来到岗子村山头屯抗美援朝老兵陈井会的家。

老兵陈井会爸爸早早地就在家里等着我们呢，看到我们的到来他非常高兴。柏合队长说："陈爸爸，我们是中华暖兵志愿者，代表大家来看您来了。"

老兵陈井会拉着柏合队长的手，激动地说："谢谢你们来看我，太感谢了！"

柏合队长打开大礼包，拿出《荣军院里的老兵》故事书，递给陈爸爸。陈爸爸翻看了几页书，说："这书太有意义了，我要好好看看这本书，能把我也写到书里吗？"

柏合队长说："能啊，这次来就是听您讲故事的。"说着柏合队长用手指着"暖兵大礼包"上的标贴念着："'寻访老兵足迹，讲好英雄故事。'我们就是来寻找你们这些抗美援朝老兵的，把你们的英雄故事整理

到书里，讲给全社会听。”

老兵陈爸爸的耳朵有点背，但这句话他听得清清楚楚。他高兴地说：“真的吗？真的吗？要是能把我也写到书里，那可太好了，就算我走后，也会有人知道我是一个兵了。”陈爸爸脸上绽放出无比喜悦的笑容。

柏合队长说：“不但写到书里，您看我们还录像做纪录片呢，还能上网络电视呢。”

陈爸爸看了一眼录像机，又瞅瞅大家说：“你们这好像拍电视剧啊。”

柏合队长笑着说：“对，就是拍老兵的电视剧，您今天就是主角，快来聊聊您的故事吧。”陈爸爸高兴地和柏合队长聊了起来。

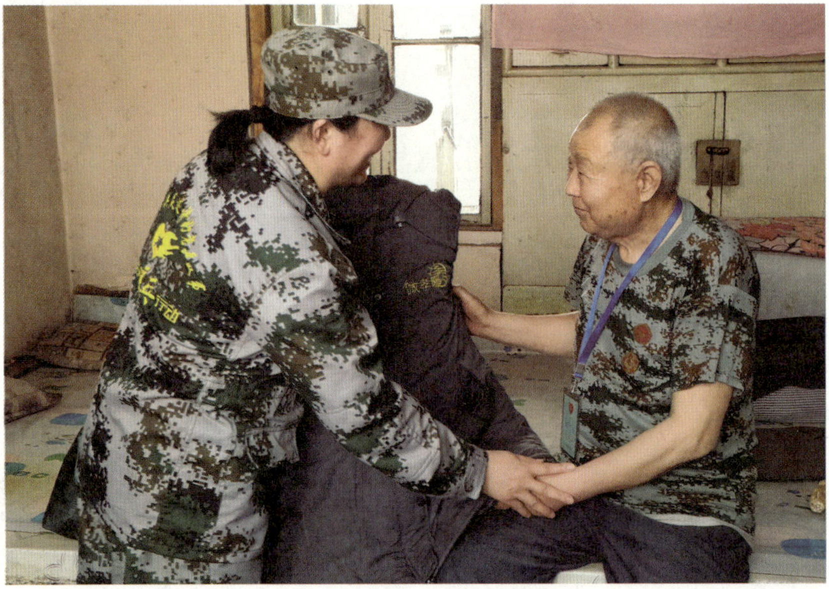

◎我把他们俩翻过来才知道，他俩已经牺牲了

1950年8月，老兵陈井会入伍2725部队，是一名无线电员，当时他15岁。1951年10月，去朝鲜参战，他所在的部队是37军。他于1959年7月15日退役，个人荣立三等功一次。

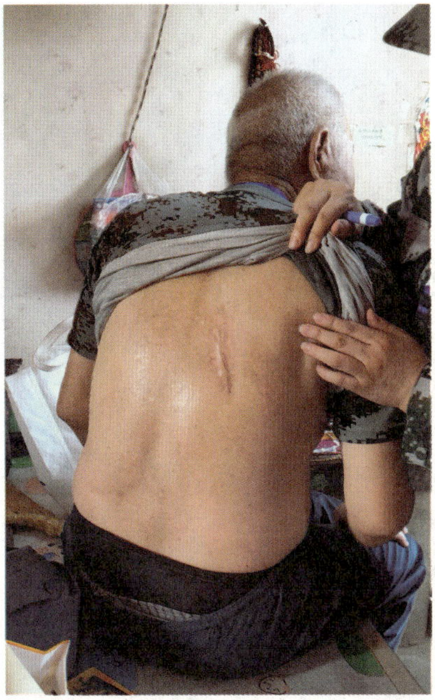

老兵陈爸爸说："刚入伍时因为年龄小，部队就安排我给团长当通讯员。17岁的时候开始学习话务（发报），去朝鲜后我们和雷达兵配合作战。我们是第二火线，第一火线离我们50里，第三火线是后方运输队。我们部队在朝鲜待了一年半，那生活过得可真是苦啊。啥吃的都没有啊，净吃咸菜条子，成天打仗。我和老乡一共7个人都去了朝鲜，回来就剩下我们3个人了。我4次死里逃生啊。别提了，一提起来我就想哭啊！"

柏合队长拉着陈爸爸的手，说："陈爸爸，就是因为你们抗美援朝保家卫国，才有了今天强大的中国。当年有多少生命都留在了朝鲜，包括毛主席的儿子，他们用年轻的生命诠释了爱国爱家的使命。您能给我讲讲您的那几位老乡战友是怎么牺牲的吗？"

陈爸爸抬起头缓缓地说："当时我年纪小啊，战友们都护着我，特别是老乡战友。记得那次战斗叫谷山守备战，那里是从鬼子手里夺回来的阵地，由我们部队负责把守。有一天鬼子又组织大规模的进攻，我们部队马上反击，可是敌人的武器太先进了，人又比我们多。我和老乡战友在一个班，当时我们紧急发报，请求支援。这时一架敌机飞到我们的上空，扔下好几个炸弹，就在我们旁边爆炸了。我们一组3个人，他们两个一下子就把我扑倒了。等飞机飞走了，我从土里爬出来一看，他们两个还趴在地上，我就拽他们，一个劲地喊：'你起来呀，快走呀，一起走呀。'可他们就是不回答我。我把他们俩翻过来才知道，他俩已经牺牲了。"说到这里老兵陈井会低下了头，眼里满是泪水……

柏合队长一边安慰陈爸爸，一边问他："那您在这次守备战上有没有负伤啊？”

陈爸爸说：“哪有不受伤的？但那时候我们都是轻伤不下火线，跟牺牲的战友比，我们这些小伤都不算什么，你看我背上这块伤疤，就是那次留下的！”

柏合队长掀起陈爸爸的上衣，我们看到了那段历史给他留下的一个大大印迹。陈爸爸有糖尿病、冠心病、脑梗塞、腰肌劳损、老寒腿、耳聋等多种疾病。这些老兵，真是可亲、可爱、可敬！

老兵陈井会的梦想：能把他的故事写到书里告诉后人，耳朵能听见，老寒腿能好些，走路不费劲，能和老战友叙叙旧。

后记：老兵们哪个人没有伤疤啊？历经枪林弹雨的那一代人，不管战功如何，都值得我们感恩和敬畏！期待柏合队长快些把“柏合暖兵乐园”建立起来，让这些抗美援朝的老兵爸爸们，有个温暖的大家园。

第35位 89岁包显荣

时间： 2020年7月3日 星期五 晴

地点： 吉林省长春市长春新区卡伦镇卡伦老街抗美援朝老兵包显荣的家

陪同： 长春市长春新区社会事业发展局郭莉，北湖开发区社会事业发展局王璐璐，奋进乡社会事务办公室高霄雁，南岗子村主任闫景红、委员刘靖平

◎我可不是英雄，就是一个小兵，小兵

今天柏合暖兵服务队寻访的是家住长春新区的3位高龄抗美援朝老兵。

吃过早饭，柏合队长开车到库房装上3份“暖兵大礼包”和3份“健康礼包”，就出发了。

长春新区离市里很远。

9点40分前后，我们来到长春新区政府，与联络员会合后出发。

行驶了近一个小时的路程，我们来到卡伦老街老兵包显荣的家。一进院子，就看到生机勃勃的菜园和花园，满院里的鲜花开得很艳丽，一副祥和的农家小院景象。

老兵包显荣爸爸看起来很精神，穿戴也很整洁。我们把“暖兵大礼包”抬进屋里。包爸爸脸上一直挂着幸福的微笑。他不停地说着“感谢”。

柏合队长打开“暖兵大礼包”，第一个拿出来的是《荣军院里的老

兵》一书，包爸爸的眼光一下子就被故事书吸引了。他接过书，拿在手里，看了又看，问："这书是送给我的吗？这里写的都是哪儿的老兵啊？有没有我的战友啊？"

柏合队长说："包爸爸，这本书就是送给您的，我们下一本书准备把您的故事也写到里边，一会儿就请您和我讲讲您的英雄故事。"

老兵包显荣赶紧摆手，说："我可不是英雄，就是一个小兵，小兵。"

老兵包爸爸笑着和柏合队长聊起了抗美援朝的故事。

◎战友临死，还是扛炮的姿势

包爸爸说："1949年3月，我在卡伦镇幸福大队入伍，记得我们部队是171师，当年我19岁，当炮兵。1950年10月，我随部队入朝参战，但我们部队在朝鲜待的时间最短，只打了一仗。1956年，我就退伍返乡了。"

柏合队长说："在朝鲜只打了一仗就回国了？那我们就聊聊，您在朝鲜打的唯一一次战斗吧。”

包爸爸点点头说：“好，我就给你讲讲那次战斗吧。记得那次是配合大部队抢夺一个岛，当时美国兵已经占领了这个岛，上级命令我们部队要把炮都弄到船上，把整个小岛围住，一起向小岛开炮。在船上打炮难度太大了，因为船不稳定，炮一打出去，船就摇晃，很难瞄准。后来我们就想了很多办法加固炮身，但还是不行。最后就用人的肩膀扛着炮筒，敌人都没想到我们会用这招。我们充分准备好后，攻岛战斗开始了。记得那天是在黎明的时候开始战斗的，我们半夜就开始准备，在清晨3点天刚刚亮的时候，趁鬼子们还没有醒来，我们就把那个岛围上了。连长一声令下，全方位向岛上开火，给敌军打了个措手不及，我们只用了半天时间就把小岛夺了回来。我们清理战场时发现，用肩膀扛炮筒的战友有的肩膀上肉皮都被磨掉了，有的肉都烫熟了，还有的被炮连震带烫就牺牲了。临死还是睁着眼睛，身体仍保持扛炮的姿势……”包爸爸讲到这里，眼里泛起泪花。

柏合队长一边递过纸巾，一边用手轻抚着包爸爸的后背：“包爸爸，虽然你们部队在朝鲜只打了一仗，但这是运筹帷幄、有把握的一仗，也是胜利的一仗。您的战友为了这一仗的胜利，献出了宝贵的生命，我们一定要铭记他们，感怀他们。是他们用鲜血染红了八一军旗！”包爸爸一边擦着眼泪，一边点头。

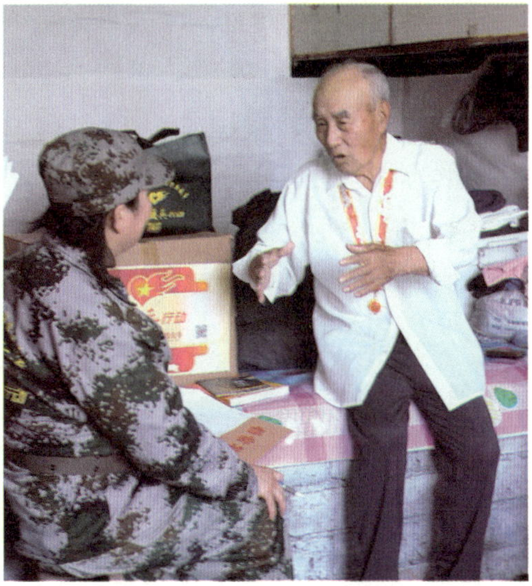

◎如果国家召唤，我还回去，扛枪保家卫国

柏合队长说：“包爸爸，那您回国后都做了哪些工作啊？”

包爸爸说：“小岛战斗胜利

后，我们部队就从丹东回国了。在驻地，我们一边休整，一边学习文化。我们当时大部分人都没有文化。在部队大生产时，我们也干农活种地，盖房子。我是1956年退伍返乡。复员后是预备役，在生产队当了两年队长。1957年入党，后又当了15年村书记。我当时就想，咱退伍不能褪色，在家乡也得为国家做贡献。如果现在国家召唤，我还能回去扛枪保家卫国！”

柏合队长竖起大拇指，为包爸爸的爱国精神点赞。

老兵包显荣的梦想：和柏合暖兵服务队一起讲老兵故事，弘扬爱国主义教育。

后记：看得出老兵包爸爸是一名积极进取、永不服输的老兵。但毕竟是90来岁的老人了，老寒腿等老年人的毛病都是有的，只是没有像其他老兵那样拿拐杖。这也许是老兵包爸爸的精神和刚强性格起到了作用。

包爸爸心里一直没有忘记，自己是一个兵，可爱可敬的中国老兵。老兵不老，老兵精神永驻！

第36位　89岁刘新国

时间： 2020年7月3日　星期五　暴雨

地点： 吉林省长春市长春新区长德街道跃进村抗美援朝老兵刘新国的家

陪同： 长春市长春新区社会事业发展局郭莉，长德开发区社会事业发展局张新卓、林海静，长德街道社会事业科科员张永翠

◎天下暴雨，到了目的地，却下不了车

下午，天空下起了瓢泼大雨，柏合暖兵服务队在联络员的带领下赶往跃进村抗美援朝老兵刘新国的家。

我们来到老兵刘新国所在小区门口时，天正下着暴雨。我们后车和前车距离不到5米，但我都看不到前车，只能恍恍惚惚看见双闪的车灯。

雨太大了，我们找不到老兵刘爸爸的家了。

联络人赶紧打电话联系家属。好不容易到了刘爸爸家的门口，可“暖兵大礼包”抬不下去了。如果顶着大雨抬下去，瞬间就会被大雨浇湿。

联络员和柏合队长，一个在前车里，一个在后车里，他们用电话研究下一步的行动对策，可是，大家除了在车里待着，一时没有什么好办法。我们只有等雨稍微小一点再下车。

◎这可让我说啥好呢

过了一会儿，雨终于小了一点儿。刘爸爸的家人打着雨伞来接我

们了，可就两把雨伞，我们的摄像机、照相机、礼包都怕淋雨啊！没办法，摄影师就把上衣脱下来包住机器，自己淋着大雨抱着摄像机跑进了屋子，大家一起把大礼包、健康礼包拿进屋。一进屋就看见老兵刘爸爸穿一身军装，胸前挂满了军功章，还戴着红五星的军帽，满脸笑容地迎接我们。大家把雨伞和大礼包放下。刘爸爸说："冒着这么大的雨，你们还来看我，哎呀，我这心里真是过意不去，这可让我说啥好呢？"

柏合队长说："刘爸爸，您不用过意不去，我们寻访老兵也是任务，就像您当年抗美援朝执行任务一样，那时候如果有任务，下刀子你们都得去执行，对吧？"

刘爸爸睁大眼睛说："如果部队下任务，那就是军令如山，下啥都得去执行。"

柏合队长笑着说："对啊，刘爸爸，今天寻访慰问您就是我们的任务，不管下多大的雨都不能耽误我们来看您。现在，我们就好好聊一聊您在朝鲜英勇杀敌的故事吧。"

◎老兵刘爸爸一口气讲了三个故事

刘爸爸高兴地说："好，那我就想到哪儿说到哪儿吧。我是1950年3月参军的，是在四野38军当炮兵。当年我才15岁。入伍后不久我就随部队抗美援朝、保家卫国了。1953年回的国，当时我们好像是停战后第二批回国的部队。1956年8月我在沈阳军区退伍。我在部队立过二等功一次，小功两次。"

柏合队长说："刘爸爸，您个人还立过二等功呐，那可不是谁都能立的，快给我说说您是怎么立的二等功？"

刘爸爸回忆起当年攻打汉城时的场景："当时是敌军退我军追，我们班4个人做侦察掩护任务，战斗中2个战友负伤了，剩下的那个岁数大的战友就让我赶快回去报信求救兵，不然全完了。我撒腿就跑，可当时是半夜啊，看不清方向，又慌不择路。跑着跑着，眼前就黑咕隆咚的，啥也看不清了。看不清，也得跑啊……结果，就跑到一个被炮弹炸塌的楼顶上了。我觉得脚下不对劲儿，就收住脚步，使劲地眨了眨眼睛，又喘口气：我的天啊，若是再迈腿儿往前跑一步，就掉下去了。我暗自庆幸，收脚及时。如果跳下去非摔死不可，没牺牲在战场上，却死在这里，那该有多憋屈呀。我马上回头跑下来，辨别了一下方向，最后终于历尽艰难，跑回部队报了信，救了我的战友。"

"我的故事多着呢，我想起哪段就说哪段吧。"

"还有一次挖战壕，连队安排4个人一组，但是大家都嫌我小，不愿意让我加入他们的小组。连长因此安排我去挑水。挑水的地方离我们部队有好几里地，我来回挑了好几次，可最后那次，我被敌机发现了。敌机飞过来，冲我扔了炸弹。我被炸倒了，飞起的尘土把我埋了起来，只剩两只脚露在外面。我们连长说坏了坏了，小刘这次完了，赶快跑过去，把我从土堆里拔出来，一看，还喘气呢。战友们都笑着说，小刘你命真大呀。当时连长就说，刘新国同志是为大家吃水才去挑水的，差点牺牲。这次，必须记一功！"

“还有一次，是我值班站岗。半夜，敌机巡查时扔照明弹，我们防空洞被敌人发现，敌机俯冲而下，扔了炸弹。防空洞口着火了，我赶快大喊，同志们，快起来救火啊。这样避免了火烧军营的危险，又立了一次功。”

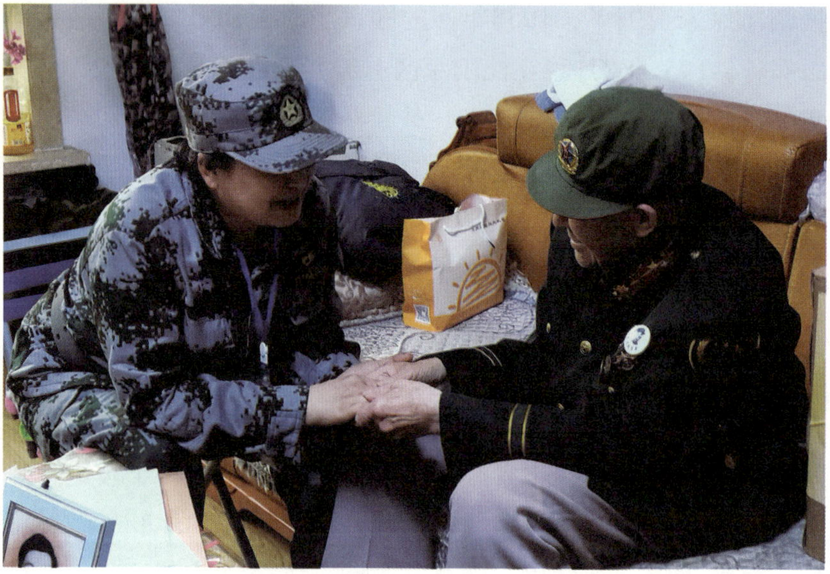

◎小腿和脚都热乎起来了，真舒服

柏合队长一边听着老兵爸爸的故事，一边看了看他的腿，又是一个寒湿严重的老寒腿。我们一路走下来，看到抗美援朝老兵们的腿脚都是这样的。

刘爸爸把故事讲完了，看见柏合队长在关注他的腿，就说：“这腿下雨阴天老难受了，今天这下大雨，我早上就知道了，都成了‘天气预报员’。”

柏合队长说：“我这次来，不光是慰问和听故事，还有一个任务就是给您按摩理疗，调理老寒腿。”

刘爸爸不相信地睁大了眼睛。柏合队长麻利地撸起袖子，把老兵的脚放在自己的腿上，熟练地按摩起来，一边按摩一边和老兵刘爸爸继续聊着。

刘爸爸一边享受着柏合队长的按摩，一边继续感慨道："我在朝鲜打了三年仗，经历了太多的苦难，现在虽然年纪大了，但必须对党忠诚，说实话。党和政府对我可关心了。今天你们这些孩子又来看我，还给我按摩，我老知足了。我内心深处感谢党和政府，感谢你们啊！"

柏合队长也感慨地说："刘爸爸，您不要这样说，应该说感谢的是我们这代人，没有你们当年的浴血奋战和牺牲，哪有我们今天的幸福生活啊。"

柏合队长给刘爸爸按摩完后，又喷上中药，用保鲜膜包上，抬头看着刘爸爸说："这次就是让您松快松快。怎么样，现在有感觉没有？"

刘爸爸高兴地说："小腿和脚都热乎起来了，真舒服，太感谢你了，也不嫌我的脚埋汰，比闺女还好啊。"

柏合队长说："我有好多老兵爸爸呢，如果您不嫌弃我，也可以做我的老兵爸爸呀！"

老兵刘新国激动地说："那感情好，我这不是高攀了嘛。"

柏合队长笑着说："能做您的女儿是我的荣幸，怎么能说是高攀呢？"

连在一边做记录的我都被柏合队长和刘爸爸的融洽氛围感染了，也跟着柏合队长说："刘爸爸，我也做您的女儿好吧，和柏合队长一起孝敬您。"

这回刘爸爸更乐了，高兴地说："今天我太高兴了，一下子多了俩女儿！"

美好的时光总是短暂的。我们该告别了，可刘爸爸还是拉着柏合队长的手，说他会唱歌，说着就唱了起来：“雄赳赳，气昂昂，跨过鸭绿江，保和平，卫祖国，就是保家乡，中国好儿女，齐心团结紧，抗美援朝打败美帝野心狼……”

刘爸爸唱得激情澎湃，我们听得意犹未尽。

柏合队长说：“刘爸爸，您今天说了这么多话，一定也很累了。我们先告辞了，还有一户老兵家没去呢。”

老兵刘爸爸赶紧拉着柏合队长的手，说：“我不累，我今天特别高兴，我还会唱朝鲜歌呢，我唱给你们听。”

刘爸爸像个拿到糖果的小孩子一样幸福地、甜蜜地又唱了一首朝鲜语的歌曲……

刘爸爸一直不舍地拉着柏合队长的手不放。我们在恋恋不舍中向老兵刘爸爸挥手告别。看得出，刘爸爸的心真的是被温暖了！

老兵刘新国的梦想：腿脚不疼，和暖兵服务队一起讲老兵故事，给大家唱老歌听，早日看到有他故事的书。

后记：一路走来，我目睹了柏合队长对老兵的亲切关怀。以前经常听大家说，柏合志愿者为老兵“送亲情、送健康、送快乐”。这回我可是亲眼见到柏合队长对老兵的亲和力。我什么时候也能做到柏合队长这样呢？我暗下决心，一定要好好跟随柏合队长学习、历练。

第37位 86岁陆忠林

时间： 2020年7月3日 星期五 雨

地点： 吉林省长春市长春新区西营城街道石人沟村抗美援朝老兵陆忠林的家

陪同： 长春市长春新区社会事业发展局郭莉，空港开发区社会事业发展局武志妍，西营城街道社会事业办公室姜雪利、王昕，石人沟村委员穆云龙

◎我听你的命令，你让我坐下，我就坐下

下午2点多，我们在联络员的带领下，开车去石人沟村寻访下一位老兵。

石人沟村位于龙嘉机场东北约15千米，北距九台区约13千米。我们开车走了近一个小时，还走了一段高速。路上又下起了大雨，快到石人沟村时雨停了。三点半前后我们来到了老兵陆忠林的家。

陆爸爸拄着手杖和老伴站在大门口迎接我们。柏合队长右手拉着陆爸爸，左手拉着陆妈妈，带领大家一起往屋里走。

进屋后，陆爸爸一直站着，给大家让座。我们让他先坐下，他坚决不肯，还说："有领导在，我怎么能先坐下呢？"

陆爸爸略微有些驼背，但还是努力地挺直腰，保持军人的风姿站着。大家实在没办法，就都看向柏合队长。最后，柏合队长大声说："老兵陆忠林听令，我是暖兵服务队柏合队长，现在我命令您坐下。"

陆爸爸看看大家，又看看柏合队长，笑着说："我听你的命令，你让

我坐下，我就坐下，那大家也都坐下。”

看着可爱的陆爸爸，我们都笑了。

柏合队长打开大礼包，拿出为老兵特制的大棉服，陆爸爸摸着衣服上绣的字问：“这是给我的吗？真是给我做的吗？”

大家都笑了：“是的，当然是给您的。”

陆爸爸高兴地穿上棉服，试了试，大小正合适！于是激动地说：“我们的国家、我们的人民都没有忘记我呀，谢谢党和政府，谢谢大家了！”

这时陆爸爸的老伴把军装拿了过来。我们便一起帮陆爸爸换上军装。陆爸爸又说：“穿上军装，我这不又是一个兵了吗？现在祖国需要我，我还能上战场，我机枪打得可准了。”

柏合队长竖起大拇指，说：“兵就是兵，即使老了，也是一个不屈不挠的兵！陆爸爸，我们为您点一万个赞！”

陆爸爸笑着，露出仅有的几颗牙，说：“你们对我太好了。”

柏合队长说：“陆爸爸，我们聊聊您在抗美援朝时的故事吧。”

◎炸飞起来的土，把我整个人埋上了

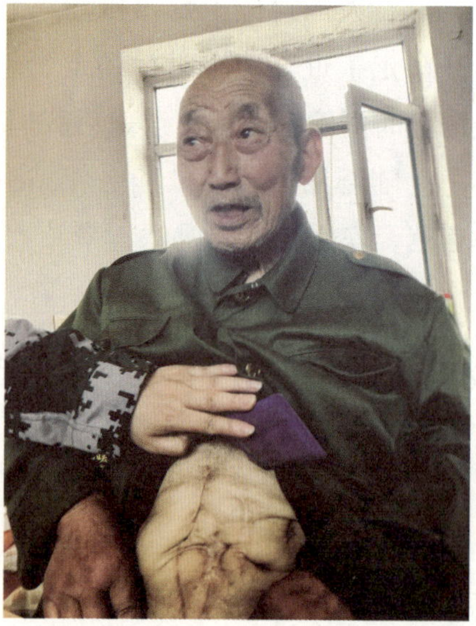

老兵陆爸爸说：“我1950年10月入伍四野40军120师，是一名轻机枪手，当时16岁。入伍后不久就直接去了朝鲜。在朝鲜待了6年，参加了很多战役，荣立个人三等功两次、小功多次，1956年回国。”

陆爸爸说：“在朝鲜，那是天天打仗啊，一天不打这心里就鼓鼓囊囊地难受。”

柏合队长问：“陆爸爸，那您一定遇到过很多次危险吧？”

陆爸爸说："我命大呀，好几次都差点没命，可后来也都没事了。在那次220高地阻击战中，我正盯着前方射击，突然敌人的一颗炮弹落在我身后，就在我屁股后面爆炸了，炸飞起来的土，把我整个人埋起来了，就剩两只脚露在外边。连长和战友们赶紧把我刨出来。你说怪不怪啊，我竟然还没有受伤！有惊无险，我又拿起枪投入了战斗。我是第一火线轻机枪手，我们班就剩9个人了，原来12个人牺牲了3人。为了节省子弹，我们尽量点射。当时我们1个连消灭了敌人1个营。我们4个人一组消灭了敌人1个班，还活捉了2个俘虏，俘虏都长着好大的鼻子。那次我因为英勇杀敌，立了个人三等功。"

柏合队长说："陆爸爸，您当年命真大啊，炮弹在屁股后爆炸都没有受伤。"

◎志愿军若是都活着，那该多好啊

陆爸爸接着说："还有一次，敌人半夜袭击我们阵地，来了3架敌机轰炸。记得那次是晚上，当时飞机是低空飞行，距离我们都不超过100米。我们机枪班马上架起3架机枪，一起向低空飞行的敌机猛烈扫射。当时有一架敌机中弹，冒着一溜烟，就摔下去了。那两架敌机一看，大事不妙，就赶快飞走了。那次，我们小组因及时发现敌机，又快速反击，并打下一架敌机，赶走了两架敌机，避免了部队的伤亡，而荣立小组集体三等功，每个人都立了个人三等功。"

陆爸爸继续说："我们班长对我可好了，特别照顾我，看我年龄小，行军时替我背行李，我只背着机枪。那时的战友都是生死之交的战友情。我想我的战友们啊，可如今他们都成了'地下工作者'……记得有一次战斗，我们5个机枪手一组，正在激烈地战斗，突然，一架敌机俯冲过来，扔下了一颗炸弹，一下子就把我身边的战友炸死了3个。看着战友在眼前牺牲，真的太难受了，我当时恨不得把敌人杀光了！那时候的我们一旦上了战场打起来就一点都不害怕，保家卫国，牺牲都是应该的。但是，志愿军若是都活着，那该多好啊！我枪法准，一般的机枪封锁不了我，现在若是祖国需要，我还能上战场。当年咱国家啥都没有，我们都不怕他们，现在咱国家富强了，就更不怕他们了。”

◎把肚脐眼都炸没了

柏合队长问：“陆爸爸，您受过重伤没有？”

陆爸爸说：“有一次子弹贴着太阳穴过去了，子弹太烫了，擦伤了一点儿皮。”这时他老伴插话说：“他浑身都是伤，肚子都快炸烂了，你看他的手现在还肿着呢，都是在朝鲜冻的。为了给他看病，我们家把房子都卖了。”

柏合队长听了这些话，坚持要看看陆爸爸肚子上的伤疤。

陆老爸爸不好意思地说：“没啥，不是什么大事，就是让炸弹炸了一下，我们那时候都是轻伤不下火线。”

当陆爸爸撩起衣服时，所有人都惊呆了，满肚子都是伤疤，还有一个很大的伤疤。把肚脐眼都炸没了，可老爸爸却说是轻伤，还乐呵呵的，今天我真是亲眼见证了英雄老兵！大家都惊讶地说：“这还是小伤，那大伤是什么样啊。您真是英雄呐！”

陆爸爸说：“我不是英雄，作为一个兵，受这点伤不算啥。为了保家卫国，这都是应该的。”

◎咱俩拉钩，谁说话不算数就是违抗军令

柏合队长问：“陆爸爸，您还有什么梦想吗？”

陆爸爸回答说：“我最想去北京看看毛主席，看看升国旗。”

老伴在一旁说：“他就喜欢军装，看到电视里有人穿军装，戴腰带和军帽，他就说，啥时候我也能有一套这样的军装啊。”

柏合队长说：“陆爸爸，您的梦想我们一起来帮您实现，但是我还要给您一个任务，您一定要好好照顾身体，把身体锻炼得棒棒的，然后我们一起去圆梦，好不好？”

陆爸爸说：“好，遵命，我听你的。咱俩拉钩，谁说话不算，就是违抗军令。”哈哈哈！在大家的见证下，幽默的陆爸爸和柏合队长还真的郑重其事地拉钩了。

我们要告别了，柏合队长建议大家在门口来个大合影，在摄影师安排机位时，陆爸爸和柏合队长带领大家一起唱起了《中国人民志愿军战歌》：“雄赳赳，气昂昂，跨过鸭绿江……”嘹亮的歌声响彻整个院子上空。

老兵陆忠林的梦想：去北京看看毛主席，在天安门前看升国旗，有一套全套配置的军装。

后记：老兵就是老兵，即使老了也是一个不屈不挠的兵。肚子上全是伤疤，却说都是小伤，为了保家卫国牺牲都是应该的。手背在抗美援朝时被冻伤，至今还肿得厚厚的，为了看病把房子都卖了，不但只字不提，还满腔热血地说“若是祖国需要，我还能上战场”……这是什么样的老兵精神啊！有这样的老兵精神，我们能不打胜仗吗?

老兵精神，是我们中华民族伟大复兴的最宝贵财富，我们一定要传承下去。

第38位　87岁赵连成

时间： 2020年7月4日　星期六　雨

地点： 吉林省长春市朝阳区乐山镇乐山村庄家屯抗美援朝老兵赵连成的家

陪同： 长春市朝阳区退役军人事务局服务保障科负责人张光平，乐山镇退役军人服务科科长袁少林，乐山村退役军人服务站站长陈海峰

◎我们是在跟老兵的生命赛跑啊！

早上7点30分，柏合暖兵服务队就出发了。今天的寻访对象是家住朝阳区乐山镇的赵连成。

柏合队长开着爱心小车到库房，要把今天寻访老兵的“暖兵大礼包”装上车。我们刚把礼包从库房里搬出来，柏合队长就接到联络员的电话，今天我们要去慰问的老兵赵连成去世了，怎么办？现在我们还去不去他家慰问？

我们正在往车上装大礼包，听到这个消息大吃一惊，大家抬着礼包箱，怔怔地看着柏合队长。见柏合队长稍稍停了一下后，对着电话说：“我们听听家属的意见吧，如果家属不反对，就按原计划寻访慰问。毕竟报名时赵爸爸还在，如今赵爸爸已走，家属也需要我们来安慰和温暖。”

放下电话，柏合队长静静地看着我们，十几秒后说：“我们为什么这么抢时间，大家知道了吧？从活动报名到现在，已经有4位老兵爸爸永远地离开了我们。我们是在跟老兵的生命赛跑啊！老兵给我们的时间是真的不多了……伙伴们，装车吧，赶快出发！”

对不起，老兵赵爸爸，我们紧赶慢赶，还是晚了一步！多么希望您能等一等我们啊，让我们把温暖送到您的心中……

8点12分，爱心小车上了去乐山的高速公路，柏合队长开着车在高速上飞奔着。往日，我们可以隔着车窗瞟一眼路边的风景，或是在车里谈笑风生，可是今天我们谁都不说话了，车里异常安静。

快9点时，我们来到乐山镇政府，与联络员会合。联络员说，老兵赵连成的家属希望我们过去慰问。柏合队长说："好的，我们按原计划走，出发吧。"

我们的车子刚走一小段路，就被堵在一条土道上，前后都是车。大约20分钟，后面的车才一个一个地都倒走了，我们也跟着倒车，可后边的车又堵住了。我们只好改变路线，顺着一条窄窄的小土道拐弯走了。

我们走访的第一户，就是刚刚去世的老兵赵连成的家。赵连成的儿子赵金星接待了我们。柏合队长把"暖兵大礼包"一一地介绍给赵金生，请他

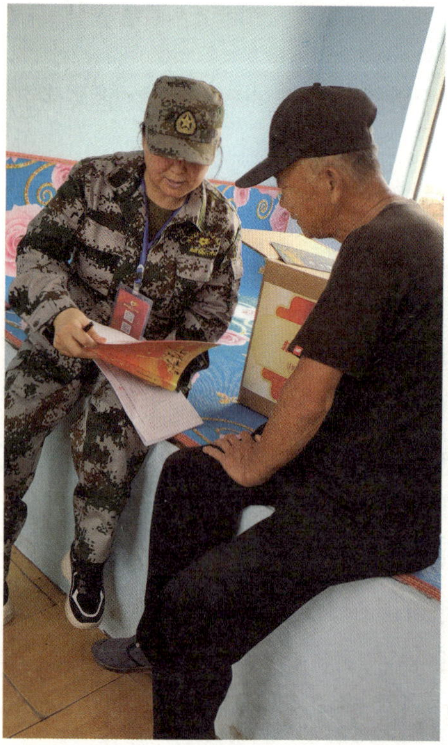

代替爸爸收下这迟到的温暖。赵金星眼含热泪连连说："谢谢，谢谢你们了，要是我爸爸活着能看到你们来多好呀，他一定会很高兴的。"

收下"暖兵大礼包"后，赵金星拿出爸爸的遗物给我们看，一本在乡复员军人证书，一个被注销了的户口本。

柏合队长说："赵爸爸虽然走了，但他的老兵精神我们一定要传承下来。您是他的儿子，也是最了解他的人，把您心中关于爸爸的故事讲给我们听可以吗？越详细越好。"

赵金星介绍说："爸爸是1950年入伍的，入伍后不久就参加了抗美

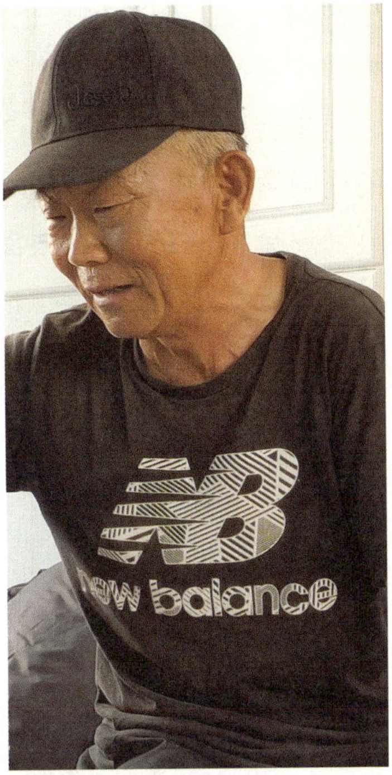

援朝战争。只记得爸爸说他是在38军的野战部队，是一名机枪手，在朝鲜参加过多次战斗，还当过班长。爸爸后期被调到后勤保障部门，负责往前线押送物资。我爸爸是在火线上宣誓入党的。爸爸的鼻梁上有在朝鲜战场上留下的伤疤，他说是在一次攻打一个无名高地的阻击战中受的轻伤。他1953年秋季的时候回国。没听他说立过大功，小功立过多次。1957年爸爸复员回乡，回乡后又参加'农业学大寨'，被调到公社担任工作组中队长。因为我爸爸是党员，负责思想政治工作。后来又担任大队书记，他就爱为老百姓干实事，所以老百姓特别拥护他。可他的性格太耿直，坚持原则，比较较真，遇到不公平不合理的事都爱管，所以领导不喜欢他。我爸爸就是因为文化低、性子直，不然就会当上领导了。唉！如果你们要是能早点来，他会高兴地给你们讲很多故事的，可惜晚了一步。”说到这里，赵金星的声音逐渐转为了呜咽。

柏合队长说：“是啊，紧赶慢赶，我们还是晚了一步。其实我们4月9日就准备好了，因为吉林省又出现了疫情，所以就迟迟没有来。赵大哥，不光是你的爸爸不能和我们亲口讲故事了，从报名到现在3个多月的时间里，已经有3位，加上你的老父亲一共是4位老兵爸爸永远地离开了我们。所以，我们这次的寻访老兵足迹的任务非常艰巨，过节和周日都不休息。我们是跟老兵的生命赛跑啊！赵大哥，能说说爸爸在您心中是一个什么样的人吗？”

赵金星想了想说：“爸爸在我心中不但是一名军人，也是我最崇拜的偶像。他时刻都保持着一名军人的尊严，坚持正义，刚正不阿，从不向困难低头。在他能自理的时候，每天还把自己的被子叠成方方正正的

‘豆腐块’。但凡他自己能做的事情，决不麻烦别人。我为今生能有这样一位父亲而感到自豪！”

柏合队长点点头说：“老大哥，那您的性格和人生观有没有受到父亲的影响啊？”

赵金星说：“影响很深。妈妈说在我一岁的时候就抱着我去部队看爸爸，我就喜欢摸爸爸帽子上的红五星。在我小时候的记忆里，爸爸总是以部队的规矩来教育我，记得有一次我和小伙伴玩耍，没注意把他的溜溜（玻璃球）揣兜里，带回来了。爸爸发现了，让我赶快给人家送回去，还说‘不拿群众一针一线’。爸爸的性格已经深深地刻在我的骨子里了。”

柏合队长思考了一下，说：“老大哥，您有没有什么话要对暖兵服务队说？”

赵金星说：“你们做得太好了，我本不想让你们过来了，我怕提起爸爸的事，我会更伤心。可后来我听说你们是做暖兵行动，不是简单地拿些礼物慰问，还要写老兵的故事书，我就很好奇。这么多年来，还没有听说过有人给农村的老兵写故事书。所以，我就答应了让你们来我家。我非常非常感谢你们暖兵志愿者，能和你们说一说爸爸的故事，现在，我这心里也很舒服。不是因为你们的大礼包，而是你们能耐心地听我讲爸爸的故事。我做梦都没想到我们吉林省的志愿者境界这么高，关心老兵，关心爱国主义教育。你们这项活动太有意义了，我代表老父亲感谢你们，相信他在天之灵也会感受到你们的这份关爱，真的太感谢你们了！”

柏合队长看着赵金星说：“假如让您代表父亲对我们说句话，您想说什么？”

赵金星想了想，说：“你们一定要坚持把暖兵活动做下去，不管今后遇到多大困难都要做下去，全民族都不能忘记老兵，老兵精神是用金钱买不来的。”

老兵精神永恒！

后记：对不起，老兵赵爸爸，我们紧赶慢赶，还是晚了一步，多么希望您能等一等我们啊，让我们亲耳听听您的英雄故事，看看您叠的方方正正的“豆腐块”……如果您见了我们的柏合队长也一定会喜欢她的，我相信您也一定会喜欢我们送您的“健康大礼包”，也一定会感受到暖兵服务队带给您的温暖。可这一切只能是如果了……

第39位 91岁王财

时间： 2020年7月4日 星期六 雨

地点： 吉林省长春市朝阳区乐山镇莲花村印子屯抗美援朝老兵王财的家

陪同： 长春市朝阳区退役军人事务局服务保障科负责人张光平，乐山镇退役军人服务科科长袁少林，莲花村退役军人服务站站长李树海

◎我都快入土的人了，还来看我，有啥用啊

从老兵赵爸爸家出来，我心里好一阵子都是沉甸甸的。

我们继续走在乡间的小路上。小路两边，绿油油的田野，一眼望不到边。看到大自然的风景，我心里稍稍好受了一点。

9时55分，我们来到了乐山镇莲花村91岁抗美援朝老兵王财的家里。老人都瘦得皮包骨头了，躺在炕上，一动不动。我们的心又是一紧……

老兵王财的儿子趴在爸爸耳边，告诉他政府来人看他来了。听了这句话，老兵王财有气无力地说："我都快入土的人了，还来看我，有啥用啊……"

老兵王爸爸实在是太虚弱了，但他仍然坚持要儿子扶他坐起来，和我们说话。

柏合队长双膝跪在老兵王爸爸身边，说："别累着了，您躺下吧。我们是柏合暖兵志愿服务队，代表大家来看您来了。"

王爸爸激动地说："现在社会真好，连志愿者都能来看我这糟老头，

我这快要走的人了，你们还没有忘记我，知足了。”

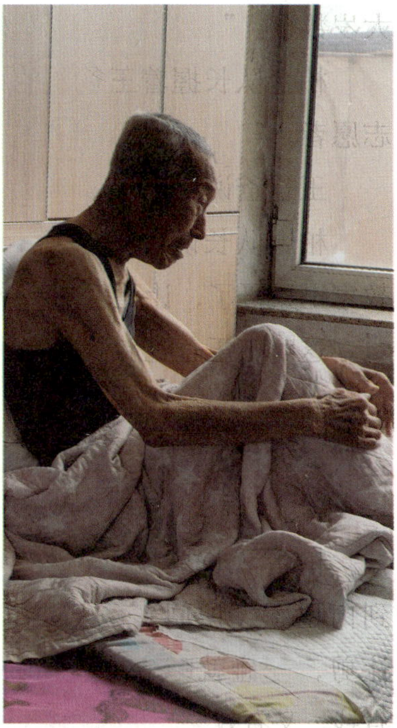

◎多麻烦呐，大老远来看我

柏合队长说：“王爸爸，您还能想起来是哪年入伍，是哪个部队吗？”

王爸爸想了半天，说：“我是七炮连的小炮手，掩护机枪手的。”

柏合队长说：“您打死多少鬼子？立过几次功？”

王爸爸想了一会儿，说：“消灭，消灭，三等功都是上级给的，都不记得了。”

这时，王爸爸儿子说：“小时候爸爸经常给我讲他在战场上的故事，就跟电影里演的一模一样。我爸爸是1950年入伍东北野战军，开始是炮兵战士，后来又做过机枪射手，立过好几次功，但是细节都记不清了。爸爸在部队一共待了8年，还有几个证件都让政府给拿去登记了。”

王爸爸听儿子说到这里，就说：“没有用了，都土埋到脖子了。”

柏合队长说：“王爸爸，有用的，习主席特别关注老兵，政府还发光荣牌。我们这次暖兵行动来看您，最重要的是把您的精神传承下来。我们还给您带来了健康的补品，有人参，是大补元气的，全社会都惦记着您呢。您看不管多远，我们都会来看您的。您记不住的咱就不说了，能记住的我们就聊一聊，好吧？我们记住您啦，您是抗美援朝英雄王财爸爸。我们会尽快把您的故事整理出来，让更多的人，尤其是让年轻人看到，也让大家都学习包括您在内的老兵精神。”

王爸爸听了柏合队长的这些话，好像一下子有了力量，声音比刚才大了好几倍，说：“我们都有证，上级给的。我都忘了，我都不知道我多大岁数了。”

柏合队长握着王爸爸的手，说：“您叫王财，我叫柏合，我们是暖兵志愿者。”

王爸爸说：“多麻烦呐，大老远来看我。”

柏合队长说：“不麻烦，听说您病了，给您带来‘养生大礼包’，我教家里大哥了，让他给您泡脚，给您养生……”

这时，王爸爸脸上露出了幸福的微笑。

◎您就是我们的宝，活着就是胜利

柏合队长摸摸王爸爸的脚，全是硬硬的脚垫，厚长的脚指甲都扣到肉里了，便问他儿子：“怎么不给爸爸剪一下？”他儿子说爸爸不让剪，一碰就喊疼。柏合队长马上详细地教他家庭养生护理办法，既简单省钱，又有效果。最后柏合队长说让老人活一天，就要舒服一天，我们做儿女的，一定要趁着父母给我们机会时，好好尽孝。不然，等到“子欲养而亲不待”时就后悔了。

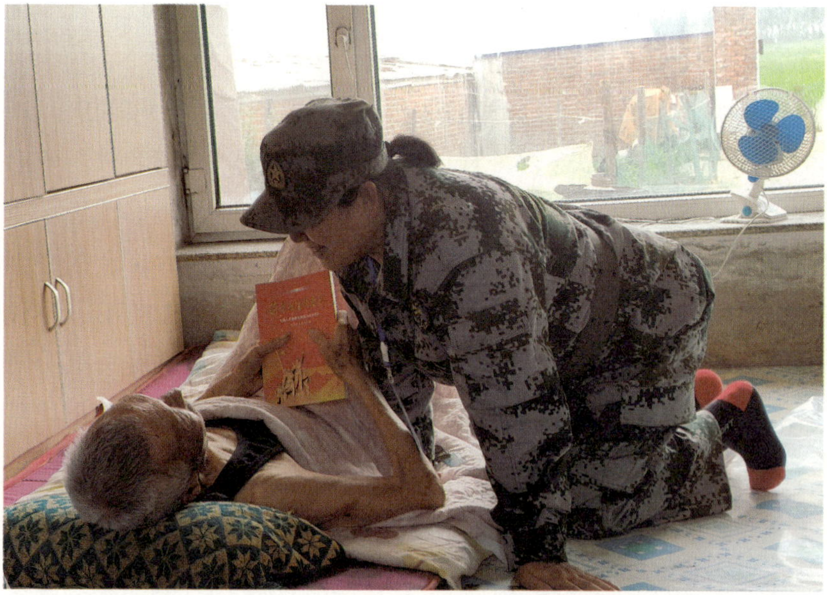

王爸爸儿子认真地说：“放心吧，柏合队长，我都记住了！”

而柏合队长则让他复述一遍刚才教给他的方法。

王爸爸的儿子仔细地复述了一遍，大致都记下来了。他还答应明天就上集市，买老姜和醋。

柏合队长介绍说：“我们给福利院孤寡老人服务已经10年了，给老兵服务已经7年了，剪脚指甲是我们的强项，所以我教你的办法保证管用。”

柏合队长又转过头来和王爸爸说：“放心吧，这回我已经教会您儿子帮您泡脚了！您要好好配合，让他帮您弄，保证脚就不会疼了。现在有党和政府的关怀、全社会的温暖，再有儿子的孝心，您一定能活到100岁的。我们帮您慢慢恢复健康，恢复您的记忆，王爸爸记住了吗？我叫啥？”

柏合队长再一次试着问王爸爸，意在激活他的记忆。这时王爸爸“嗯、嗯”两声，说：“我忘了，都忘了。”

柏合队长耐心地重复着：“我叫柏合，您就想百合花，就记住我了。您要是记住我了，我们有时间还会来看您的。”

王爸爸笑着说：“可别来了，多麻烦啊！还要党费心呀。”

柏合队长说：“对呗，我们是和长春市退役军人事务局一起搞的暖兵行动，要不我们也找不到您啊。”

王爸爸又喃喃地说：“都没啦！都没啦！上哪儿去找他们啊？”

柏合队长说：“放心吧，党和政府永远知道老兵都在哪儿。因为，您就是我们的宝。活着就是胜利，活着就是战士。您要是走了，就是当逃兵。”

王爸爸回答：“嗯，对，我不当逃兵。”

看到王爸爸被激活的精气神，柏合队长继续说：“就像您当年在战场上打胜仗一样，只要我们活着，就有机会打胜仗。只要您活着，我们就有机会见面，有机会来看您。我们给您带的‘养生大礼包’，就是让您健康的。您看您，现在说话比我刚进屋的时候都有底气了！我已经教会您儿子，给您做养生保健了！也告诉他养生礼包该怎么吃。”

王爸爸一个劲儿地笑着，嘴里“嗯、嗯、嗯”地回答着……

◎王爸爸，咱爷俩在梦里见

时间不早了，我们该去访查下一家了。柏合队长这时想起暖兵字画，就说：“把字画帮您贴上吧。”

大家贴字画，柏合队长介绍字画的由来，还大声念着：“寿山福海，老兵光荣。”

王爸爸屋子里的墙灰灰暗暗的，但贴上了红红的字画，顿时有了生机。而后，柏合队长又指导王爸爸的儿子：“在给老爸泡脚的时候，就给他念这个字画，我们不但要他身体健康，还要在精神上给予能量。”

为此，柏合队长还大声地说：“福字上墙了，老爸有福了。祝王财爸爸寿比南山，福如东海！多漂亮，您看这屋里有了颜色就是不一样了。”

贴完字画，柏合队长拿出《荣军院里的老兵》故事书给王爸爸看。王爸爸紧紧拉着柏合不撒手，说：“我死了，也行了，有你们来看我，知足了。”

柏合队长说：“王爸爸，咱呢，看不见，就摸摸。我们带来的礼物，每一样我都拿给您摸一摸，好吧。”

王爸爸抓着那本书，怎么都不撒手。

柏合队长说：“这书是给您的，谁也抢不去，谁也不给，就放在您枕边。还有这大棉袄，您也摸摸，等您身体好了，冬天站起来，就可以穿上它，到外边走走。”

王爸爸又幸福地笑了。这时柏合队长又问他：“我叫啥？”王爸爸又“嗯、嗯、嗯”了半天。

柏合队长又大声说：“我叫柏合。我们是柏合暖兵服务队，今天来看您来了！”

王爸爸说："柏合，这回我记住了。"

柏合队长说："您的名字我也记住了，叫王财，抗美援朝的英雄爸爸，是我们最可爱的人。"

王爸爸又幸福地笑了。

柏合队长说："王爸爸，好好保重身体，还有一户老兵，等我们去慰问呢。"

王爸爸赶紧抓住柏合队长的手，说："你们要去哪儿啊？"

柏合队长笑着说："我也不知道在哪，有人带路。王爸爸，咱爷俩聊得这么好，我都不想走了。但是我今天还有任务，您安心养病。"

王爸爸还是很不舍地拉着柏合队长的手不放。

柏合队长又嘱咐了他儿子一遍给王爸爸理疗脚的方法。他儿子坚定地说："我记住了，明天就去买。"

这时柏合队长又回头，问王爸爸："您记住我叫什么了吗？"

王爸爸张嘴就说："我记住了，你叫柏合。你们要是忙，就不用来看我了。"

他嘴里说着不要来看我了，可手却拉着柏合队长不松开。

柏合队长说："我回去抓紧写故事书，您的故事一定写到里边。王爸爸，咱爷俩在梦里见，在梦里说话，不让他们听着。"

柏合像哄孩子似的哄着王爸爸，结果把我们大家都哄乐了！

我们由此告别了王爸爸。当走到屋外的窗前时，我忍不住回头往炕上看了一眼，王爸爸的双手合拢在胸脯上，隔着被子，紧紧搂抱着那本老兵故事书！

这时，我想起一句歌词："什么也不说，祖国知道我……"

老兵王财的梦想：能坐起来、站起来，健康活到100岁。

后记：说实话，我心里一直担心，下次我们还能不能见到王爸爸。可就在我们后期整理文稿时，柏合队长给王爸爸的儿子打电话，询问王爸爸的情况，出乎我的意料，王爸爸的儿子高兴地说："太感谢你们了，我按照你教给的方法，给老爸用了，效果可好了，硬硬的脚垫都剪下去了，老爸爸可高兴了，有时候还问我：'柏合啥时候来啊？'"

此时，我又想起柏合队长当时说的话："王爸爸，您就是我们的宝，活着就是胜利，活着就是战士。您要是走了，就是当逃兵。"看似简单的几句话，可是这给王爸爸输入了多少能量啊！

第40位 87岁牛施海

时间： 2020年7月5日 星期日 大雨

地点： 吉林省长春市本级抗美援朝老兵牛施海的儿子家

陪同： 长春市退役军人事务局彭武德

◎好书，好书啊！

下午2点，柏合暖兵服务队来到了长春市本级抗美援朝老兵牛施海的暂住区。

老兵牛爸爸在楼下早早地等着我们到来。他看到印有“寻访老兵足迹，讲好英雄故事”标语的小车，立即迎过来，满脸笑容地与柏合队长握手，说：“欢迎你们，走，上家去，上家去。”快90岁的老人了，还是这么干净利索、和蔼可亲，完全是一派军人的风格。

我们抬着“暖兵大礼包”来到老兵牛爸爸的儿子家里。老人家拿出各种证件和军功章，说：“这是我当兵留下的全部家产。”

柏合队长恭敬地拿起纪念章和退伍证，仔细观看、记录，并嘱咐摄影师都拍下来。

看完牛爸爸的宝贝，柏合队长一边打开“暖兵大礼包”，一边说：“牛爸爸，您也看看，我们给您带来的宝贝。”说着就一一拿出礼包里的慰问品，仔细介绍了饮品、补品的养生功效和食用方法。

当柏合队长拿出《荣军院里的老兵》故事书时，牛爸爸便戴上老花镜，翻看起来。“好书，好书啊！”老人家连连发出赞叹。

柏合队长笑着说：“书中的故事，是我们在服务老兵的时候，一边听老兵爸爸们对我们口述，一边记录下来的。2017年‘八一’前夕，我们整理编写出来，并作为建军90周年的献礼。好多人读了这本书，都对老兵升起了感恩之心。今天来到您家，也请您把当兵的故事讲给我们听，我们好编写到下一本书里。”

牛爸爸高兴地说：“你们做的这件事情，可太有意义了！我支持，可是我也没在前线打过仗啊，就做通讯员了。”

柏合队长笑着说：“啥都行，部队打仗是前后方和多种部队配合，所以各个方面都很重要，我们暖兵服务队也不是只关注前线打仗的老兵……”

◎有的车厢已经着火，有的车厢已经炸没了

老兵牛爸爸说：“我是1948年1月入伍东北民主联军第6纵队。1950年10月参加抗美援朝，在朝鲜一直是做工兵通讯员，1953年12月回国，1956年9月3日退役。在家待了一年多后，去煤矿下井挖煤，在煤矿干了30年。”

柏合队长看着淡定的牛爸爸说：“牛爸爸，您这一生吃了很多苦，抗美援朝最艰苦，下井挖煤工作更辛苦，您就给我们讲讲抗美援朝时期的难忘故事吧。”

牛爸爸想了想说：“我记忆最深的一次是抢救军需物资。那次，我们的军列从国内往朝鲜运送军需物资，火车刚进入朝鲜，就被敌机给炸了。据营长作战讲评时说，当时有敌特组织给敌人通风报信。我们通讯班接到命令火速前往事发地点，抢救物资！我带领一个班来到现场一看，当时的情况太危险了，有的车厢已经着火，有的车厢已经被炸毁

了，有的车厢马上就要烧到了。在这万分紧急的情况下，我来不及派人回去向上级报告，火情也不允许等待上级下达具体处置命令。于是，我果断决定：全班战士，前6名为第一小组，由我指挥；后五名为第二小组，由副班长指挥。第一组分车；第二组灭火。分车，就是把着火的和没着火的车厢之间的挂钩赶紧拆开，拉开间距灭火，则是砍下树枝，扑打着火点，把一个个车厢的明火首先扑灭。我们第一组分解完车厢后，转而投入扑火战斗。经过三个多小时的努力奋战，终于结束战斗，最后没造成大的伤亡，因此我还立了一次三等功。”

柏合队长说：“牛爸爸，如果不是您当时果断采取措施，那后果不堪设想啊！”

牛爸爸笑笑说：“是的，后面车厢里装的都是子弹和炸药，要是大火烧到后面车厢引起爆炸，铁轨都会被炸毁的，车站附近的军事设施都得受损失。”

柏合队长伸出大拇指，说：“牛爸爸，我为您当年的英勇果断而点赞！”

◎我还亲眼见过彭大元帅

牛爸爸又笑着说：“我入朝后一直在‘钢字信箱’工兵14团，我们部队是专门配合其他部队作战的特种兵，不属于军团领导，而归志愿军司令部直属军部领导。工兵其实就是做遇山开道、遇水架桥的工作，保障大部队顺利作战的。我在朝鲜见过总指挥彭德怀，彭老总当时看不出是个领导，就像一个普通士兵，没有架子，和蔼可亲。我们共产党的领导人都是干实事的。”

柏合队长欣喜地说：“牛爸爸，您还亲眼见过彭大元帅，我听好多老兵都说，当年的师长、团长、营长、连长、老班长在部队生活上，都像大哥哥一样亲切照顾新兵和小兵，但是上了战场，可就非常严肃了。牛爸爸，还有没有令您难忘的事啊？再给我们讲讲？”

牛爸爸想了一下说：“没有了，都记不清了。”

柏合队长说：“牛爸爸，那您退役后都做哪些工作了？”

牛爸爸说：“我在部队待了9年，1956年9月退役。退役后也没安排工作，就在家待了一年多，因家境贫穷就去煤矿下井挖煤，在煤矿干了30年。”

柏合队长看了看屋子说：“这是您自己的房子吧？”

老兵牛爸爸沉默了一会儿，说：“这是我儿媳妇的家，我家大儿子原来在辽宁本溪当兵，2019年得病去世了，现在儿媳妇带着孩子在这里生活，我过来帮帮她。我的命不好，2010年我二儿子就去世了，现在大儿子又……唉！”

我们能理解牛爸爸的两个儿子相继去世的心情。白发人送黑发人的打击，使这位年近九十的老兵不但失去儿子孝养，还要照顾儿子的后代。这时，我想起小时候姥姥常常唠叨的一句话：“家家有本难念的经。”

◎我知道，你们是志愿者，是帮助老兵的好人！

牛爸爸沉默了一会儿，又说：“我小孙女可乖了，学习又好，懂得孝顺老人，吃东西都是我不动筷子，她绝对不吃，天天晚上，还给我打洗脚水。”

牛爸爸嘴上说着，可欣慰的眼神却看向另一个房间。我们顺着牛爸爸的眼神看过去，这才发现小姑娘静静地坐在另一个房间里看书。

柏合队长对牛爸爸说："能让咱家的小朋友过来聊聊吗？"

于是牛爸爸叫他的乖孙女到这边来。

小姑娘轻盈地来到柏合队长身边，文文静静的。柏合队长拉着她的手，让她坐在身边，关切地询问了她的学习情况，然后问她："你知道我们是什么人吗？"

她睁着大大的眼睛看看我们身上穿的迷彩服，又仔细看看"暖兵大礼包"上的标贴，对着柏合队长说："我知道，你们是志愿者，是帮助老兵的好人，我长大了也要做志愿者，帮助需要帮助的人。"

多懂事的孩子啊！柏合队长高兴地说："你真聪明，以后一定会考上清华北大，做一名国家的栋梁之材。现在你要好好学习，不要辜负你爷爷的一片苦心。我们大家也助力你考上清华、北大，好不好？"

小朋友高兴地回答："好啊！好啊！"

柏合队长说："那我们拉钩好不好？你努力学习，我们和爷爷一起努力支持你，等你长大了也做志愿者，回报社会，帮助那些需要帮助的人。"

柏合队长还真的和小朋友拉钩了。牛爸爸和小朋友都乐了。

柏合队长问："牛爸爸，您还有什么梦想吗？"牛爸爸笑笑说："我自己没有什么梦想了，就是苦了这孩子，就希望这孩子能好好地上学。大儿子都是当兵当的，不然孩子不会这么小。”

柏合队长安慰牛爸爸，说：“您别上火，我们刚刚在吉林省慈善总会启动了‘柏合暖兵慈善基金’。我和秘书长一起研究一下，把困境中的退役军人家庭的助学计划纳入进来，让全社会参与支持帮助困境退役军人家庭品学兼优的孩子完成学业。”

牛爸爸眼含热泪说：“那可太好了，如果你们能帮助我这乖孙女上学，我也就能闭上眼睛了。”

柏合队长说：“牛爸爸，我们一起努力，我相信一切都会好起来的。我们一起合个影吧。”

老兵牛施海的梦想：乖孙女健康成长，学有所成。

后记：当兵、挖煤是多么艰苦，牛爸爸都挺过来了，可失子之痛，让牛爸爸沧桑了许多。乖孙女的学业是老兵的牵挂。隔代的责任在年近90岁的老兵肩上还要继续扛着。在我看来，柏合暖兵服务队又多了一个任务——“暖兵助学计划”。

当兵的人把青春献给军队和国防事业。为了保家卫国，把很多个人事情都耽误了：耽误了新房，耽误了新娘，耽误了儿郎……按正常的代龄，像牛爸爸这样的高龄老人，起码是四世或五世同堂了。而牛爸爸的孙女才上中学……这，从侧面反映出军人不计个人利益的得失、对国家的奉献！

第41位 91岁于显庭

时间： 2020年7月4日 星期六 雨

地点： 吉林省长春市朝阳区乐山镇乐山村抗美援朝老兵于显庭的家

陪同： 长春市朝阳区退役军人事务局服务保障科负责人张光平，乐山镇退役军人服务科科长袁少林，乐山村退役军人服务站站长陈海峰

◎礼物我也收到了，你们就请回吧

柏合暖兵服务队一行继续行走在乡间的小路上。这时天空又下起了阵雨。一会儿是阴云密布的瓢泼大雨，一会儿露出太阳却还下着雨。11点30分，我们来到乐山镇乐山村抗美援朝老兵于显庭的家。

快到于爸爸家时，我们的心又都揪了起来，不知道这位老兵的情况怎样？但愿于爸爸身体安康。

我们抬着“暖兵大礼包”走进老兵于爸爸家的时候，才放下心来。老兵于显庭的身体状况还行，就是腿脚不太好，走路有些吃力，眼睛也不太好。岁月的打磨使老人家早已淡薄一切，内心早已尘封，不爱笑，也不爱说话。

柏合队长告诉他，我们是志愿者，来看他了。于爸爸淡淡地说：“谢谢你们了，这大热天的，今天又下着大雨啊，你们还来看我，真是有心了！”

柏合队长说：“于爸爸，我们是寻访老兵足迹的暖兵志愿者，在政

府人员的带领下，我们才找到您家的。把您的英雄故事讲给我们听听好吗？”

于爸爸还是淡淡地说：“我不是什么英雄，没啥说的。”无论柏合队长怎么沟通，于爸爸都不愿提他战场上的经历，还一个劲地说：“走这么远的路，来看我，你们也累了，礼物我也收到了，你们就请回吧。”

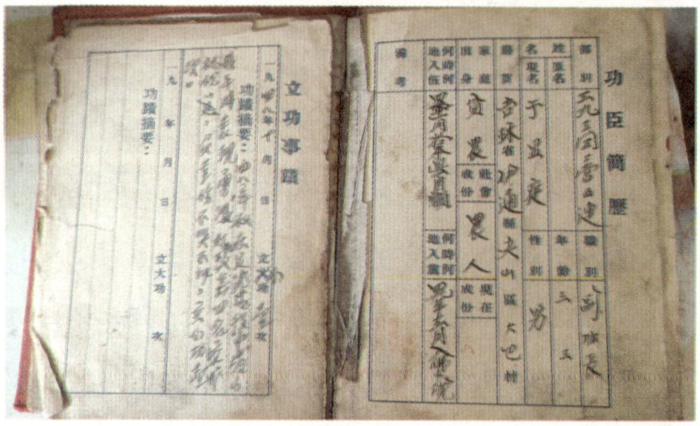

老人家不但不爱说话，还下了逐客令。然而，他可是今天慰问的几位老兵中唯一一名能正常交流，而且还有赫赫战功的。大家都很尴尬地看向柏合队长，真是一大考验啊！

◎好多年这双脚都没有热乎了

柏合队长带着她那品牌一般的笑脸，不急不躁地继续和于爸爸聊着，但是话题转到了于爸爸的健康上。

柏合队长为于爸爸介绍带来的“健康大礼包”，特别是那盒林下野山参含饮片，于爸爸特别喜欢。当柏合队长介绍用法时，于爸爸赶紧叫老伴快记下来，别弄错了。

队长就是队长。我真的佩服我们柏合队长的知识、见识和胆识，好像什么事情、什么人到了她那里都能有办法。我今天听到于爸爸赶我们走的时候，都不知道该怎么办了。

这时柏合队长注意到于爸爸的脚和腿都肿了，马上双手捧起于爸爸的脚放到自己的腿上，关切地问：“您这也是老寒腿呀。脚都紫了，气血都循环不上去了，走路是不是很痛啊？通则不痛，痛则不通。看您这双脚气血已经都堵了，都不通了，所以走路一定是很痛的。”

这时，老兵于爸爸看着柏合队长的眼神有点不一样了，终于露出了一丝笑容，说：“你还懂中医啊？你说对了，我这腿脚走路老费劲了，下雨阴天就更别提了，又闷又胀地痛啊，老遭罪了。孩子，听你说得挺有道理的，那你有办法吗？”

柏合队长笑着说：“不看广告看疗效，来，于爸爸，我现在就给您按摩理疗，马上让您有感觉。”

她说着就又把自己的万能工具袋拿过来，用自己擦脸的人参乳给于爸爸按摩起来。

于爸爸不好意思地说自己的脚埋汰。而柏合队长则说没事儿，用人参乳配合按摩，一会儿脚就干净了，而且皮肤还会柔润的……

这时屋子里谁也不说话，大家都在看着柏合队长熟练地为老爸爸按摩。她一边按摩，还一边介绍各个穴位的位置和功效。那种专注劲儿，好像今天就是专程为于爸爸按摩理疗来了。

一套按摩结束后，又熟练地为于爸爸喷药并包上，然后笑呵呵地说："于爸爸，您马上就会有感觉的，我把您脚下几个穴位都打开了，气血马上就会流动，再加上中药精油助力，稍后您这双冰凉的脚，就会有热乎的感觉。"

此时于爸爸眼里已闪着泪花，他激动地说："你这孩子太好了，不嫌弃我这老头子脚脏，我亲生儿女都做不到啊，你一定会长寿的。"

柏合队长一边帮于爸爸穿上鞋子，一边说："我长不长寿不重要，重要的是，你们这些打江山的老兵一定要长寿，好给我们机会尽孝啊！"

“听你这孩子说话心里真舒服。哎，你还别说，我这脚底板真的热乎了，太好了，好多年这双脚都没有热乎了，我这心也热乎了！”于爸爸脸上终于露出了开心的笑容。

柏合队长趁机赶紧说：“于爸爸，那我们现在聊聊抗美援朝的故事呗。”

于爸爸笑笑说：“你这孩子，真会唠嗑，我呀，都多少年不愿提这些事了，带进坟墓得了。今天我就是看在你给我按摩脚的份儿上，也得和你唠唠。”

◎不打仗多好啊！

于爸爸想了想说：“我是1948年补充兵源加入44军做通讯员的。1951年去的朝鲜，整编到38军，在朝鲜待了2年，立过几次战功，但立功证丢了。我是1956年退役的，在部队待了9年。”

柏合队长崇拜地说：“于爸爸，那您是参加完解放战争后去的朝鲜啊？”

于爸爸说：“我参加了四平战役，解放长春、平津战役，进军华东、华南，还有解放万山群岛战役，也就是说，整个解放战争基本都参加了，从北打到南。战争死的人太多了。”

说到这里，于爸爸的脸色又暗了下来，沉默了一会儿，说：“我的战友们，在我身边一个个地倒下去，我真的不想回忆那段历史啊……”

柏合队长连连点头说：“我懂，我懂您的感受，所以我们要写老兵故事书，要拍老兵纪录片，就是给后人留下资料，让后人记住我们的平安生活来之不易呀。无论哪一代人都不应该忘记历史，都不应该忘记你们这些打江山的老兵啊！”

于爸爸抬起头，继续说：“我是打完解放战争，又参加了抗美援朝保家卫国战争的。1951年我去的朝鲜，被编到38军，上甘岭那些大战役我都参加了，抗美援朝两年多以后才回国的。当时我是炮兵。打仗不是好事啊，人一片片地死，不打仗多好啊！”

“不打仗多好啊！”这就是一位经历解放战争、抗美援朝多次战役洗礼的老兵，发自内心的感叹。

◎就把这个破本夹子，送给你留个纪念吧

说到这里，于爸爸忽然想起什么。“我还收藏了一个当年我在战场上用的本夹子，当时我是炮长，手里拿着本夹子，随时记录上级的指令，然后按着指令，指挥我们炮排打击敌人。当时就想留个纪念。”于爸爸拿出珍藏了多年的大本夹子，上面模糊可见“保卫和平”的字样，下面还有于显庭的名字。

于爸爸说：“这是历史的见证，看到这个物件，我又想起来，在打辽宁塔山时非常激烈，我的腰受了伤，至今还有一个伤疤，腿上还有一块弹片，已经长到肉里了。不咋疼，现在我也不管它了。孩子，你们今天能来看我，我以为和以往一样，放下礼物拍个照片就完事了，所以啊，我就不想说啥。没有用了，都过去了，带进坟墓得了。可我后来发现你这孩子和别人不一样，你这人心好啊，我能感觉到你是真心来看我的，

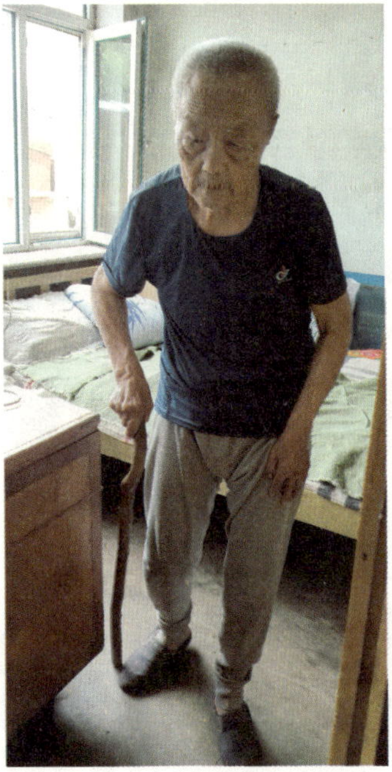

又给我按摩脚。我也没啥可给你表示感谢的，就把这个破本夹子送给你留个纪念吧。”

多么厚重的礼物啊！柏合队长双手接过这历经枪林弹雨的战场而保留下来的战地炮排专用本夹子，郑重地说：“放心吧，于爸爸，我会保管好的！等我们以后建成‘老兵纪念馆’了，就把您的故事和这些物件都放进去，还有很多老兵的物件都放进去。我在纪念馆里面为大家讲解你们的故事，传播老兵精神。”

于爸爸平静地说：“孩子你有心了，我没做多大贡献，就是一个普通的兵，现在国家政策好了，对老兵照顾得也挺好，连你们志愿者都能想着我们老兵，我心里暖啊，知足了！”

我们要分手了，柏合队长拉着于爸爸的手说："于爸爸，您无愧于祖国，无愧于人民，您是一位真正英雄老兵啊！我一定把您的故事好好整理写到故事书里，也许我近日还会来您家看您的。"

于爸爸笑了，发自内心地笑了！我们走出院子，回头看见于爸爸还站在门口向我们摆手……

老兵于显庭的梦想：脚不疼，能走出家门看看祖国的大好河山，能经常享受一下暖兵服务队的按摩理疗。

后记："不打仗多好啊！"这是一位经历解放战争和抗美援朝老兵内心的呼声。老兵于显庭爸爸为解放全中国打了那么多场战役，却不邀功，很感恩，很知足，这就是中国的老兵，这就是老兵精神！

和平多么可贵啊！为什么要发起战争？为什么要侵略？为什么不能和平相处？牢记战争，不是记着仇恨，而是为了珍视和平！

"礼物我也收到了，你们就请回吧。"于老兵的逐客令反映出他怎样的心理期待？由下逐客令到赠送战地本夹子，这一逆转，是靠什么实现的？诸多问号，诸多思考……别以为老兵只会对慰问礼品而心动！他们更想获得的是心理上的理解和精神层面的抚慰啊！

我想到"认可""尊严""走心""接地气"等词语，更想用行动践行这些词语，对象是那些"不想说啥，没有用了，都过去了，把那些那啥带进坟墓得了……"的老兵。

第42位 91岁任合

时间： 2020年7月6日 星期一 雨

地点： 吉林省长春市经开区东方广场街道黎明村抗美援朝老兵任合的家

陪同： 长春市经开区退役军人服务中心工作人员李帛伦，东方广场街道办事处退役军人服务站工作人员潘佳琪，黎明村退役军人服务站工作人员吴迪

◎我都没牙了，牙膏、牙刷用不上了

早上起床时，外面淅淅沥沥地下着雨。

我们7点准时出发，先到库房装上“暖兵大礼包”，大约8点到了经开区，在联络员的陪同下，开始了今天的寻访老兵工作。

快9点时，我们来到东方广场街道黎明村抗美援朝老兵任合爸爸的家。

进了院子，便能看到成群的鸡鸭在满院子跑着。

老兵任合爸爸，站立在门口，手扶门框满面笑容地迎接我们。

住房挺亮堂的，屋里最显眼的是墙上挂着的镜框，镜框里装裱着老兵的各种证件和老照片。据陪同人员介绍，房子是政府给买的，怕老人把这些证件弄丢了，就用相框保存起来了。

老兵任爸爸满嘴一颗牙也没有了，但精神状态很好。柏合队长搀扶着老兵任爸爸坐在炕沿上，然后打开“暖兵大礼包”，把慰问品拿出来给任爸爸介绍。

任爸爸看到牙膏、牙刷时说："我都没牙了，牙膏、牙刷用不上了。"一屋子人都笑了。

介绍完礼包，柏合队长便和任爸爸聊起了当年的故事。

◎敌人一看大事不好，是个爆破筒

老兵任爸爸1947年入伍44军131师，在警卫连当通讯员，当年17岁。1952年入朝参战，荣立大功一次、小功两次。

任爸爸参加过解放战争，从解放长春、四平、锦州、唐山、天津、塘沽、新乡，一路打到海南岛；解放战争胜利后，又参加了抗美援朝。

任爸爸自豪地说："我参加了这么多战斗，就受了一点轻伤。记得那次是在战场上，我穿的一件棉大衣被打了7个洞，我却没有受伤。当年我们的口号是：'重伤不叫苦，轻伤不下火线；冲锋在前，撤退在后；一不

怕苦，二不怕死。’我是在战场火线上入的党。”

任爸爸想到哪儿，就说到哪儿，暖兵服务队成员全神贯注地听着，想尽量记住老兵的原话，但有时记录跟不上。

任爸爸继续说：“立大功那次可危险了，那是在打锦州馒头山的时候，敌人有3个碉堡，杀伤力很大。我们连的战友上去几拨都牺牲了，当时指导员问我：‘小鬼，能拿下来吗？’我挠挠头说：‘能拿下。’指导员都这样问我了，我敢说不能吗？！不能也得能啊。然后，指导员把我们班分成三组，一组对付一个碉堡，要求我们从不同的角度摸上去同时爆破。我负责爆破第一个碉堡。我们领悟好战术后，就分头出发了。我拿着爆破筒，找准时机就向目标冲了上去，冲到碉堡跟前，在碉堡底下找到一个洞，把爆破筒塞了进去。敌人一瞧是一个小孩，以为我拿一个烧火棍来了，我当时长得又瘦又小，他们还哈哈大笑说，是共军没子弹了吧？就把爆破筒往外推出来，我又使劲推进去。这回爆破筒一下子横在里面了，敌人一看大事不好，是个爆破筒，想扔出来，已经来不及了。我赶紧顺着山坡向下一滚，手里拉着线一拽，‘轰’的一声爆炸了，把我耳朵都震聋了。第二个碉堡同时也响了，我的战友把另一个碉堡也炸了。第三个碉堡内的敌人一看不好，用枪挑出来一个白旗，主动投降了，其实就是白背心。后来清理战场才知道，一个碉堡里有60个敌人。就是这次炸碉堡我光荣地完成了任务，部队给我立了一大功，还是军长邓华亲自给我发的立功牌。”任爸爸的语气中充满了自豪。

◎怕伤自己人，胳膊上系着白毛巾，与鬼子拼刺刀

任爸爸说：“1952年，我们部队入朝了，原番号不变，因为我们部队是林彪的英雄连——10连，被称为尖刀连。到了朝鲜就接到一个重要的任务，当时一个山头高地，其他部队进攻了好几次都没打下来，而且损失惨重，就交给我们尖刀连了。我们一个连上去跟敌人展开肉搏战。当时有大雾，看不太清楚，怕伤了自己人，就把白毛巾捆在胳膊上和鬼子拼

刺刀。1000多个鬼子最后没剩几个了，我们取得了最终胜利。”

任爸爸滔滔不绝地讲着，还很无奈地说：“孩子，战争是残酷的，真不希望打仗呀，可在朝鲜那会儿天天打呀，也不分什么大战役小战斗了。”

“还有一次阻击战中，我们在山上，为了节省子弹就弄了好多石头，鬼子黑压压地向我们扑过来，指导员不发信号，我们就不敢随便开枪。当时指导员是个南方人，看到那么多鬼子一下子有点蒙了。眼看鬼子离我们只有三四十米的时候，我着急了，赶紧就发了信号。雨点般的石头砸下去，鬼子哭爹叫娘的，然后机枪开火，撒欢地往下扔手榴弹啊，鬼子迅速退下去了，山坡上死尸一片。后来敌机过来了，用喇叭喊话：中国志愿军们，我们知道你们是尖刀连，很厉害，我们认输了，我们不是来打仗的，是来收尸的，请你们不要开火，不要开火啊。还从飞机上挑出来一个白旗。我们大家一商量，让他们收吧，不然我们还得收，要是不收尸体臭了怪难闻的。从那以后，敌人再也不敢攻打我们这座山头了。后来我们部队又接到新任务，上级又派另一个连队过来换防，我们部队就撤离这个山头了。”

◎等我们胜利了，给我发奖章

老兵任爸爸说得可来劲了。我们能感觉到他很兴奋，也许是经历的战斗太多了，一会儿想起这次战斗，一会儿又想起那个战役，没有顺序。柏合队长一直笑呵呵地听着，还不时点头伸出大拇指，有时任爸爸说着说着就忘了下句，就问柏合队长：“我刚才说到哪里了？”柏合队长马上就提示任爸爸，把话茬接上。

此时的柏合队长就是一名全神贯注的倾听者、崇拜者，用表情语言和肢体语言给予任爸爸无上的尊敬和崇拜，所以任爸爸越讲越来劲。

任爸爸讲着讲着，突然唱起了解放战争时的战地歌曲，我们都给他鼓掌。这一鼓掌任爸爸更高兴了，又唱了一首朝鲜语歌曲，大家都听不懂，他又用汉语翻唱了一遍。

任爸爸下过乡，干过林业和农业，当时退伍时被安排在税务局工作，因没文化干不了。当兵前，任爸爸没上过学，在部队，教导员教的识了几个字。任爸爸说：“若不是当年去打美国鬼子，我就去广东学文化了。”

联络员看看时间差不多了，就用目光示意我们告辞。“任爸爸，我们还有任务，该走了。”柏合队长说。

可任爸爸却拉着她的手，一再挽留，说：“现在村里的人都不理我，嫌我这老头子埋汰，我站在大门口都不和我说话，走路都躲着我。你们能来看我，我太高兴了，谢谢你们，谢谢你们能听我唠叨这么多，谢谢你们了。”

听着任爸爸说的这番话，我们的心里都不太好受。当年那么小年纪就去保家卫国，英勇杀敌。如今老了，身边的人们不懂他，不愿理他，使他有了被冷落的感觉。

在老兵任爸爸恋恋不舍的眼神中，我们做了告别。

老兵任合的梦想：有一双好腿脚，有人陪他说话，有人听他唱歌，早日看到自己的故事被写进书里。

后记：老兵需要被尊重，老兵需要有人听他倾诉，老兵需要有人理解他们，老兵需要我们温暖！

希望“柏合暖兵行动”在政府的支持下，在社会各界的努力下做大做强，为这些可爱可敬的老兵们搭建一个温暖的平台。在这个平台中，老兵们有亲情陪伴，有按摩理疗，有可口的三餐，有听故事的听众，还有让他们乐于参与的各种爱国拥军活动……

懂老兵，陪伴老兵，感恩老兵，关爱老兵，学习老兵，让他们安度幸福的晚年，是我们这代人应该努力去做的。

第43位　95岁王云发

时间： 2020年7月6日　星期一　雨

地点： 吉林省长春市二道区英俊镇香水村抗美援朝老兵王云发的家里

陪同： 长春市二道区退役军人事务局拥军优属科科长于铁军，英俊镇副镇长齐东飞

◎你们这些孩子想得太周到了

下午，柏合暖兵服务队在二道区联络员的陪同下，来到二道区英俊镇香水村抗美援朝老兵王云发的家里。

远远就看见老兵王云发身穿军装，头戴军帽，拄着拐杖，坐在大门口的凳子上等着我们。

老兵王爸爸身体很瘦，感觉有点弱不禁风的样子。

大家抬着“暖兵大礼包”，柏合队长拉着王爸爸的手，来到屋里。

当柏合队长给王爸爸介绍人参饮片可以补元气时，王爸爸眼睛亮了，不时地问这个怎么吃，那个怎么用，嘴里还念叨着：“你们这些孩子想得太周到了，我从来都没有见过这些好东西，得花不少钱吧？这让我咋感谢你们啊。”

柏合队长说：“王爸爸，只要您能健康长寿，就是对我们最好的感谢。今天我们是来听您讲故事的，我们得感谢您啊，王爸爸，咱们唠唠抗美援朝的故事吧。”

王爸爸笑着说：“都忘得差不多了。”

◎战友们连自己的尿都喝了

老兵王云发1949年3月入伍三野27军，是陈毅的部队。1950年9月20日随部队入朝参战，1953年回国，1955年4月10日退伍，立过二等功一次，受过多次轻伤。

王爸爸说："我最难忘的是上甘岭战役。记得当年我们部队负责把守一个山头，对面山上就是美国鬼子。我们就住在美国鬼子对面山的防空洞里。两山中间有一条河，我们都吃那条河的水。美国鬼子非常狡猾，他们的飞机天天看着这条河，我们去打水，他们就派飞机扔炸弹。为了执行打水任务，我们部队牺牲了很多战士。有一次，轮到我们班去打水。我们分成4组，每组3个人，每人斜跨6个水壶，左右各3个，大家准备好后，只等侦察兵的信号。侦察兵看准敌机换岗的时候，马上发信号给我们。当时我们4组拉开距离快速冲到河边打水。谁先打完，谁就往回跑。我们组是第二个跑回连队的。第四组打完水刚要回来时，就被敌机发现了，一排炮弹扔下来，3个打水的战友一个也没有回来。从那天开始敌人又加大力度看着那条河。最后渴得实在没办法，战友们连自己的尿都喝了。"王爸爸说到这里，眼睛有些湿润了。

柏合队长说："我们看过关于上甘岭的电影，大家都知道那场战役，血流成河，太惨痛了。"

王爸爸说："那场战役牺牲了太多志愿军战士，每一次战斗都付出了很大的牺牲，能胜利太不容易了。那时候的英雄多，每天都会有英雄。大家都知道黄继光吧，他为了大部队能顺利通过，用身体堵住了枪眼。还有炮兵孔青山，用肩扛着上百斤的炮管，向敌人打炮，最后被自己的炮声震伤五脏六腑而牺牲了。还有坦克英雄……”

◎保护首长是应该的，当时啥都没想

王爸爸的记忆回到了硝烟弥漫的战场。我们的心也跟着老兵王爸爸的描述到了他战斗过的地方。柏合队长说：“王爸爸，和我们讲讲您立二等功的事吧。”

王爸爸想想说：“那次二等功是因为保护首长立下的，首长的名字我已经记不住了。记得那是在一次阻击战的时候，首长到我们阵地视察，指挥作战。我记得当时敌机来了，像老鸹一样黑压压的一片，低空飞行扔炸弹，我们部队用机枪打敌机。突然一架飞机向我们头顶飞过来，还没等首长的警卫员反应过来，我就毫不犹豫地扑到了首长身上，把他扑倒在地，于是我们就地滚到坑道里。敌机一阵机枪扫射后飞走了。那次我掩护首长立了二等功，我只受了点轻伤。”

柏合队长问：“王爸爸，您真勇敢，您当时有没有想过敌人的机枪会射到你啊。”

王爸爸说：“保护首长是应该的，当时啥都没想。”

柏合队长说：“王爸爸，您当年也这么瘦吗？”

王爸爸说：“那时候我可不这样，身体可好了，跑得快，从没掉过队。我命大呀，我们村当兵去了3个人，就我一个人回来。现在人老了，秋后算账啊，这全身都是毛病了。”

◎若能在你身边待一段时间，我这拐杖就得下岗了

柏合队长问：“王爸爸您还有什么梦想啊？”王爸爸说：“现在腿脚不好，走不动道了，耳朵又聋了，就希望啊这双脚还能走路，要是能有一个助听器就更好了。”

柏合队长说：“我都记下了，我会想办法帮您圆梦的。现在我就帮您

按摩一下脚，让您感受一下，好不好？”

王爸爸笑得合不拢嘴：“那感情好啊，可我这脚也太埋汰了，都好几天没有洗了，我先洗洗脚吧。”

柏合队长扶起老兵王爸爸的一只脚，放在腿上，幽默地说：“您这可是打过胜仗的脚啊，这双脚载着您走过了多少山山水水，历经了多少战火纷飞的阵地，竟然能平安地把您给载回来了，您说是不是得感谢这双脚啊？这么高级的脚得用人参乳给您洗。”

王爸爸的两只脚真的是好几天没洗了，柏合队长把人参乳抹上，按摩几下，就成黑的，再用毛巾擦下去，反复几次后毛巾都黑了。接下来，柏合队长就开始给王爸爸按摩脚上的穴位和经络。

王爸爸看在眼里，暖在心里，还自言自语地说：“你这孩子，咋还把这么高级的化妆品给我往脚上抹呢，这多浪费呀，你这不是让我想你嘛！”

柏合队长熟练地按摩完后，又给老兵王爸爸喷上中药精油，然后用保鲜膜包上，说：“王爸爸，我已帮您把脚底下几个穴位打开了，稍后脚底下就会热乎乎的。”

话音刚落，王爸爸就说：“有感觉了，有感觉了，还真快呀！你真行啊，我这老寒腿都多少年感觉不到热乎劲儿了，你这么几下就感觉热乎了！”

柏合队长说：“我把您脚上的穴位和经络打开了，气血就畅通了，这是手法的作用，再加上中药精油的助力，这两个方面配合，效果当然就快了。”

王爸爸说：“那我得给你点钱，你这中药精油肯定很贵吧？”

柏合队长笑着说：“跟您的这双脚比啊，什么都不贵！来，王爸爸，咱站起来走两步，看看轻松点没有。”

王爸爸站起来，习惯地用手去摸拐杖，柏合队长轻轻地把扶着王爸爸说：“扶我吧，我就是您的活拐杖。”

王爸爸试探地站起来，还真的没用拐杖，走了好几步，然后又走近椅子坐下，眯着眼睛笑呵呵地说：“我看出来了，要是能在你身边待一段时间啊，这拐杖就得下岗了。”

我们要说再见了，柏合队长把调理老寒腿的泡脚方法教给王爸爸的儿媳妇，并叮嘱她最好天天晚上给王爸爸泡脚，再按按穴位，王爸爸的腿脚很快就会好起来的。

柏合队长说："王爸爸，您在屋里好好休息，我们要走了，等有时间再来看您。助听器的事我记住了。老寒腿的方法我也教给您儿媳妇了。"

王爸爸拉着柏合队长的手，非要把我们送出来。

来到大门口，他看着暖兵小车上的"寻访老兵足迹"字样就伸手去摸，柏合队长和王爸爸在车前合影，一起唱起了"雄赳赳，气昂昂……"

老兵王云发的梦想：腿脚能轻松走路，耳朵能听见，要是能经常和柏合暖兵服务队在一起就更好了，希望早日看到有他的故事的书。

后记："兵尽忠，我尽孝"是柏合暖兵服务队的宗旨和目标。柏合队长给我们培训时反复强调这句话。是的，老兵已经为国家尽了忠，现在该是我们为老兵尽孝的时候了。

就在我们一边整理书稿时，柏合队长一边呼吁为老兵圆梦。2020年8月5日，有位叫王柏松的退役军人为老兵王爸爸送来了助听器，王云发爸爸的助听器梦想已经落地。

柏合队长带领志愿者亲自开车为王爸爸送助听器那天，王爸爸正躺在炕上。他看见有人进来，就坐起来，当他认出来是柏合队长时，一把就搂住柏合队长，嘴里还说"你可来了……"

柏合队长给王爸爸戴上了助听器，老人家高兴得眉开眼笑。

第44位 88岁郭庆春

时间： 2020年7月25日 星期六 雨

地点： 吉林省长春市南关区民康街道西门里社区抗美援朝老兵郭庆春的家

陪同： 长春市南关区西门里社区网格长张卓和志愿者原玉超

◎那我们就称您局长老兵吧

快11点时，我们来到了西门里社区抗美援朝老兵郭庆春的家。

一进门，看到家里收拾得一尘不染，阳台上，花花草草争奇斗艳。哇，好温馨的家啊！这是最宽敞、最温馨的老兵之家！暖兵服务队寻访老兵这么久都没见到过。大家都被阳台上的“花展”给吸引了。

老兵郭爸爸个子高高的。他以挺直的腰板、和蔼亲切的笑容，热情地和我们打着招呼。这气质一看就是个领导。

柏合队长说：“我们是中华志愿者协会柏合暖兵服务队，今天代表大家来看您。”

老兵郭爸爸笑着说：“欢迎各位，大家都别客气，都坐下。”

柏合队长说：“郭爸爸，您的军功章和退伍证都在吧？”

郭爸爸直接从茶几底下拿出了各种军功章及证件，并介绍说：“我是1945年12月入伍的，当时虚岁才13，是在咱长春泉眼入伍的……”

之后，他顿了顿，又继续说：“我家族里有10个人都是当兵的，我和我二哥是1945年入伍的，现在儿子、亲侄子、女婿都加起来一共10个人了。可惜呀，我二哥现在已不在了，我现在也退休了。在职的时候在多家单位任过局长，身体也累得不行了，直到现在才真正退了下来。”

柏合队长笑着说："那我们就称您局长老兵吧。"大家都笑了。

◎你们太了不起了，这真是个好事啊，我支持你们

柏合队长接着说："郭爸爸，我向您汇报一下我们暖兵行动的宗旨吧。"

郭爸爸笑着说："我确实好奇，真想知道你们是怎么回事？"

柏合队长拿出中华志愿者证书，给郭爸爸看了看，接着，又简要地介绍了一下柏合新家7年多来关爱老兵志愿服务以及目前的暖兵行动等情况。

柏合队长说："我们今天的寻访，叫作暖兵行动。是柏合志愿者协会暖兵服务队与中华志愿者协会、微孝暖夕慈善基金、吉林省慈善总会和长春市退役军人事务局联合发起的暖兵行动。这次行动，表面上是寻访慰问，而实质性工作是以寻访老兵足迹、讲好英雄故事为主要内容，把踏查慰问的100户高龄困境抗美援朝老兵当作寻访对象，搜集整理这些老兵的故事。最终目的是从中选择70位典型老兵，完善其纪实性故事文稿，拟编一书，献礼抗美援朝70周年……”

郭爸爸听完，高兴地说：“你们太了不起了，这真是个好事啊，我支持你们。”

柏合队长说：“一方面，希望郭爸爸给我们多提建议，帮助我们把暖兵的工作做得更好；另一方面，就是请您给我们讲讲抗美援朝的故事。我们正在编写故事书，希望把老兵精神传承下去，让下一代人记住我们今天的幸福生活是先烈们用生命和鲜血换来的，人人都应加倍珍惜。”

郭爸爸听了柏合队长的这番话，由衷地点点头，建议柏合暖兵活动多与政府部门合作，有了政府的支持，才能帮助到更多的老兵，因为这也是国家的事。提完建议后，郭爸爸就讲起了当年的故事。

◎没牺牲在解放战争，却牺牲在朝鲜战场上了

郭爸爸说：“我13岁就参军了，可以说是共产党培养了我，我是吃共产党的饭长大的，我把一生都交给了共产党，我爱党、忠诚于党，我是有60多年党龄的老党员了。”

柏合队长说：“中国共产党是伟大的党，带领劳苦大众闹革命，赶走了侵略者，推翻了旧社会，建立了新中国。就像那首歌里唱的：‘没有共产党，就没有新中国。’郭爸爸，感谢你们老一辈为我们打江山。您还记得在朝鲜战场的故事吧？”

郭爸爸想了想说："1951年10月，我随部队去的朝鲜，我是63军的汽车兵。1952年5月，我就回国了。我在朝鲜只待了7个月，一次澡也没洗过。朝鲜战场是没有前线后方之分的。当时我们一出去，就是一个连队，我是修理工，也会开车，有时就是司机。说实话，那些参加抗美援朝的人比抗战时的经历更苦，也有好多同志都是国内打完解放战争后，又马不停蹄地奔赴抗美援朝保家卫国的战场。好多好多志愿军战士没牺牲在解放战争时，却牺牲在朝鲜战场上了，这经历太苦了，不堪回首啊！我们一定要让后代知道和了解这段历史，不能忘了这些先烈们啊！所以我说你们做这件事太了不起了。"

柏合队长欣慰地点点头，说："请放心，郭爸爸，我们一定会坚持做下去的，不管遇到多大困难。当年那么苦那么难，只有小米加步枪，毛主席都能指挥打胜仗。现在我们中国富强了，在习主席的英明领导下，一定能打出更大的'胜仗'。"

郭爸爸说："其实第五次战役我们已经打胜了，但我们没有航空权、航海权，只好放弃，退回来了。所以我们的国家必须强大，海陆空要全面发展，才不受欺负。上甘岭战役我们牺牲了多少战士啊，这不是什么大战役，但打得很苦、很壮烈。1952年回国后我就上学了，一直到大学毕业，后来一直在机关单位工作。我所有的成绩都是共产党教育培养出来的，所以，我要把毕生的精力献给党和国家。"

郭爸爸讲得铿锵有力，一旁的家人用手势向我们比画，意思是到了郭爸爸吃午饭的时间了。

柏合队长说："已经12点了，我们该告辞了。"

可郭爸爸却笑着说："没事，再聊会儿。"

怕影响郭爸爸休息，柏合队长说："郭爸爸，您多保重身体，改天我们再来看您，听您讲故事。"

郭爸爸要送我们下楼，我们好说歹说才答应送到门口。等我们到楼下的时候，老兵郭爸爸趴在窗户上，探出身子冲我们挥手："再见了，志愿者们！"我们感动地向老兵郭爸爸回敬军礼。

老兵郭庆春的梦想：把老兵精神传承下去，让后代记住历史。希望祖国强大，不再受欺负。

后记：这是一名干部老兵，用一个老党员的精神鼓舞着我们，谢谢局长老兵！谢谢郭爸爸！我们一定会把"柏合暖兵行动"坚持做下去！一定！一定！

第45位 88岁王文治

时间： 2020年7月25日 星期六 雨转晴

地点： 吉林省长春市南关区民康街道西门里社区抗美援朝老兵王文治的家

陪同： 长春市南关区西门里社区志愿者原玉超

◎好珍贵的手绢啊

中午，志愿者原玉超在家里为大家做了炸酱面，大家吃得特别香。

下午1点30分，暖兵服务队顶着31℃的高温，来到老兵王爸爸的家。

王爸爸怕我们找不到他家，就拄着拐杖，戴着遮阳帽，早早地来到路口接我们。

老人家看到我们停下车，热情地向我们招手。我们看见老兵拄着拐杖，本以为他和其他老兵一样，腿脚不好。结果王爸爸说他每天都锻炼，上午3000步、下午3000步，这么多年来从未间断过。

老人走起路来，步伐稳健。他一路带大家上了五楼，推开门，第一个映入眼帘的是一幅毛主席的巨照。我们恭敬地给主席像敬了礼，然后把大礼包抬进了王爸爸的小屋里。

王爸爸的老伴热情地搬来一个大西瓜，切开让大家吃："天太热了，你们辛苦了，赶快吃点西瓜吧。"

大家都说不渴，不吃。暖兵服务队有规定，不准接收任何馈赠。

王爸爸看着柏合队长说："你让大家吃吧，听说今天你们要来我家，我和老伴起早到早市买的大西瓜，可甜了，大家吃点儿凉快凉快吧，这是我们老两口的一点心意呀。”

柏合队长这才点头，让大家接过老妈妈手里的西瓜。

随后王爸爸从柜子里拿出一个布包，放在床上，小心翼翼地打开，里面有好多的军功章和纪念章，有解放战争的，有抗美援朝的。特别是那个小布包，一个角上还印着“抗美援朝保家卫国，中国人民赴朝慰问团敬赠”的字样。

柏合队长拿起手绢，一边仔细地端详着，一边说：“好珍贵的手绢啊！”

王爸爸笑着说：“这都是在抗美援朝的时候留下来的。”

◎国家领导人亲自接见过我

柏合队长说：“王爸爸，您是哪年去的朝鲜啊？”

王爸爸思考了一下，说：“小时候家里很穷，没有衣穿，没有吃的，给人家放牛，冬天冻得脚都肿了，看到牛拉屎，赶快跑过去，把脚插进牛屎里取暖。那时候，过的日子真苦呀。直到共产党来了，给我家分了地、分了房子。我知道，只有共产党才是穷人的大救星。所以，就义无反顾地去报名跟部队走了。当时我才14岁，去朝鲜的时间是1950年12月末，调入63军189师陆军部队。1952年12月末，部队从陆军中挑选飞行员，我有幸被选中，回到祖国。在学习飞行过程中，因为学习刻苦，8个月没出门，成绩卓越，被部队评三等功一次。执行飞行任务29年没有飞行事故，又被评了三等功一次。我带领的飞行大队从未出过飞行事故，被评了集体二等功一次。头些年还被报纸报道出来了，标题是《放牛娃出身的战斗机飞行员》。国家领导人亲自接见过我，可惜照片丢了，不能让你们看看了！”

说到这里，王爸爸拿出了那张报纸，让我们看，整版都是他的报道。王爸爸说感谢共产党给他这么高的荣誉，一个放牛娃也能飞上蓝天，这是做梦都没有想到的事情，却真实地发生了。

王爸爸又高兴地说：“在80岁生日的时候，我写下了一首概括自己一生的诗：春乏露贫弱幼苗，夏逢阳耀身云霄，秋怀志报效祖国，冬入暖安居温巢。”

柏合队长竖起大拇指，说：“王爸爸，您不但有胆有识，还有文才啊，把春夏秋冬藏头诗都概括到您的诗词里了。春乏露，夏逢阳，秋怀志，冬入暖，巧妙地描述了您的人生四季。”

王爸爸听了高兴地说：“哪有，是写着玩的。”

柏合队长说：“王爸爸，给我们讲讲您在朝鲜战场上的故事吧。”

◎他只剩下了一条腿

王爸爸想了想，接着说：“有一次，连队接到换防命令，我们就火速赶往前线阵地。其间，我们还要到一个临时兵站领取弹药。所谓兵站，只是在一个山沟的树林中，临时停放的几辆拉送弹药的马车。我们这次领的是子弹、手榴弹、反坦克雷，每人一箱，我扛的是一箱子弹。我们带着枪支弹药，连夜急行军，争取按时到达指定地点，换下兄弟部队。

这时变天了，阴沉沉的漆黑一片。我们沿着梯田中的羊肠小道，一个紧跟一个，摸索前进。这时左前方突然一串串红色信号弹射向天空，不知是谁大声叫道：‘有特务！’排长立即命令道：‘不准大声说话！’鬼子飞机不长时间就来了，一排排照明弹，像天灯似的，挂在空中，把地面照得通亮……连长立即命令：‘原地卧倒，注意防空！’我怀抱着枪和子弹箱在道边蹲下，只听爆炸声跟雷鸣似的，借着爆炸的光亮，我看见那炸弹、汽油燃烧弹像下冰雹一样倾泻下来，瞬时我感觉像腾云驾雾似的，离开了地面。我被炸弹的气浪冲到下边的梯田里，耳朵嗡嗡直响，什么也听不到，啥也看不见，我想这回可能是真死啦……祖国呀，战友们，我将革命进行到底啦！咱们永别了！我在那里迷迷糊糊地胡乱想了一阵后，伸伸胳膊，能动，不痛，又动动腿，也能动，好像没死呀，就试着爬行，一边爬一边摸我的枪。枪没摸到却摸到一个人，我推了推他，他没动，就顺着他的腿向上摸，什么东西，黏糊糊的，像是血？呀！他只剩下了一条腿！再一摸他的嘴，没气啦。又一个战友为了保卫中朝人民的安全，献出了他年轻宝贵的生命！我离开牺牲的战友，又摸到了一个战友，他拉了我一下，让我跟他走。天快亮时，我们找到了自己的连队。班长问我：‘小王，你的枪呢？’我说：‘昨夜里敌机轰炸，把我和枪与弹药箱都炸飞了，我摸了半天也没找到。’他听后，瞪了我一眼，照我的胸脯狠狠地击了一拳，打得我向后退了两步，差一点没摔倒，他还大声说：‘你没枪拿怎么打仗？！’这时排长马上过来问明情况后，把他的一支美制卡宾枪递给我说：‘可不能再丢了。’我接过枪，仔细看了一下，真好，又小又轻，又好使。我挨了一拳，换支好枪，值得！这时排长又问我：‘小王，你腿上咋有血呀？’我低头一看，裤子破处有血，拉起裤腿才看到是腿受伤了，这才感到有些痛。你说怪不，排长没提醒之前，我咋一点也没感到疼痛呢！这次换防，我们又失去了几位好战友，我是命大，和死神又一次擦肩而过。”

太精彩了，王爸爸的这段故事，我们都听得入神了。这时王爸爸老伴又给我们端来一盘西瓜。柏合队长谢过老妈妈后，问王爸爸：“您能给我们讲讲您的恋爱故事吗？”

◎她跟着我，受苦了，我欠她的太多

王爸爸看了一眼老伴的背影，说：“我们是经人介绍结婚的，没有恋爱经过。我因飞行任务太忙，顾不上家，一切难事、苦活她全包了，她跟着我受了不少罪，吃了不少苦啊！随军后，她住在一间‘三无’的郊外小屋里：一无上下水，二无厕所，三无暖气。天寒地冻，零下30℃的大东北，这样的冷房子可怎么住呀！一个从南方来的女人，寒冬腊月，地冻如铁，她跑到野地里捡干树枝回来烧火墙取暖；大雪纷飞，寒风刺骨，她挺着大肚子，到一里地以外的小村里去担水吃；生大女儿时，无人照顾，她从陆军医院借了件旧大衣，把孩子包裹好，自己带着孩子回家，住在冷屋子里。

“大儿子生病住院，有段小肠发黑，接近坏死，在病情正严重时，领导让我去上海接飞机，她二话没说，含着泪花，把我送走。小儿子出生才5天，我因工作调动，又远离她而去。她一个人在月子里，带着一个7岁、一个5岁、一个才出生5天的孩子艰难地生活着。她为了能让我一心扑在工作上，为国家多培养飞行员，吃的苦太多太多，真是一言难尽！

“因为我的工作性质特殊，天天都有危险存在，天气、身体、机械、技术，哪一方面出问题，都有丧命的可能。我目睹过多次机毁人亡的事故，多名战友葬身火海。我爱人跟着我，不但吃了不少苦，受了不少罪，还为我的工作整天提心吊胆。

“幸运的是我和我所在的单位，顺利安全地飞行了30年。从教官、中队长到大队长、团长，几十年的任职中，为国家培养了1000多名红、专、健的飞行员。下属立了集体一等功，我本人荣立二、三等功共3次，我还上过天安门观礼台，进过人民大会堂，受到过国家领导人的接见。这些荣誉一大半应归功于我的爱妻王淑琴。我有这样一个妻子，喜也！福也！”

老兵王文治的梦想：健康长寿100岁，希望自己的故事能教育更多的年轻人，能鼓舞更多年轻人参军保家卫国；大女儿帮他写个人专辑，希望能得到暖兵服务队的支持。

后记：王爸爸在部队30多年，创下了1354小时的安全飞行记录，这与老伴的支持是分不开的。王爸爸一直在感恩老伴的付出。

在我们寻访的100余位老兵当中，王爸爸和王妈妈给我们的感觉是最幸福、最健康的一对老夫妻。他们相敬如宾，相互感恩，相扶到老。这使我又想起柏合队长和我说过的一句话："人啊，不管在什么时候，一定要知足，一定要感恩。只有知足和感恩的人，才能体悟到幸福的滋味。"祝福王爸爸和他的老战友们永远健康幸福！

第46位 89岁魏永德

时间： 2020年7月28日 星期二 雷阵雨

地点： 吉林省长春市南关区自强街道平康小区抗美援朝老兵魏永德的家

陪同： 长春市南关区自强街道自强社区党委书记李文静和网格长马超

◎这张照片，我要洗出来，放到墙上

下午，我们去寻访慰问家住自强街道自强社区平康小区的抗美援朝老兵魏永德爸爸。

此时天空灰蒙蒙的一片，大块的乌云慢慢地向前移动。柏合队长一边开车，一边说："你们看天空那么大一块乌云，会不会下暴雨啊？"

大家都抬头看着天空，说："感觉大雨马上就来了，要不我们就避一避雨再走吧。"话音刚落，倾盆大雨就下起来了。

柏合队长继续开着车，雨刷器快速地摆动着，地上很快就有了深深的积水，车开过去，轮胎犁起两条水垄，溅起了很高的水花。

柏合队长说："我们暖兵服务队是经得起风雨考验的，再大的雨，也挡不住我们寻访老兵的脚步！"

雨太大了，天地之间就像笼罩着一层纱帐，恍恍惚惚的什么都看不清。为了安全，柏合队长把车开得很慢。

将近下午2点30分的时候，我们来到了自强社区。天公作美，此时，大雨变成了零星小雨，基本不用打伞了。联络员简单地向我们介绍了一下老兵的情况，就带我们去往老兵魏永德的家。

一进门，魏爸爸就热情地跟我们打招呼。

柏合队长说：“魏爸爸您好，我们是暖兵志愿者，看您来了。瞧，我们还给您带来了‘养生大礼包’，祝您健康长寿！”

魏爸爸乐呵呵地点着头，说：“好，好啊，你们快都坐下，坐下。”

柏合队长拿出印有暖兵标识的军绿纯棉文化衫，捧着递给魏爸爸，说：“魏爸爸，您看这件暖兵衫好看不？是纯棉的，贴身儿穿，特别舒服，我们从初选20多个颜色中最后才定下来的这款军绿色，您看这个颜色喜欢不？”

魏爸爸高兴地说：“好、好、好，我就喜欢这个军绿色，看着就亲切。我穿上试试大小、肥瘦。”

柏合队长马上帮魏爸爸穿上暖兵文化衫，人一下子就精神了许多。

柏合队长说：“您穿上这件暖兵文化衫真精神啊，魏爸爸，您去过朝鲜吧？有没有纪念章、军功章、退伍证，拿给我们看看好吗？”

魏爸爸回答：“我立过三等功，我去朝鲜了，有军功章呀。”

他说完就让保姆拿出了军功章、退役证件。

柏合队长说：“魏爸爸，您是当年的志愿军，我是现代的志愿者，来，咱们志愿军和志愿者代表先合个影。”

魏爸爸高兴地说：“好啊，好啊！这张照片我要洗出来挂到墙上。”说完高兴地与柏合队长合了个影。

◎我们3个人好歹活下来了

柏合队长和老兵魏永德聊起了抗美援朝的故事。

魏爸爸回忆说："1949年2月10日我参军了，入伍中国人民解放军独立团。1950年8月，编入163师队伍中，1950年10月入朝参战。我是1954年6月12日退役的，立过一次三等功。"

"在朝鲜我们部队负责给前线押运物资，当时美国飞机就盯着我们物资车，一直轰炸，想断了给前线的军需物资补给。"

柏合队长说："魏爸爸，您那次三等功是怎么立的？"

魏爸爸挠挠头，不好意思地说："这么多年没人问我，都忘了，想不起是什么事给我评的三等功了。"

柏合队长问："魏爸爸，那您在朝鲜战场上还有什么最难忘的事，给我们讲讲？"

魏爸爸说："有一件事我记得最清楚，也是我最难忘的一次亲身经历。那次我们接到任务，往前线运输一批军用物资。去的时候很顺利，可回来时遇到了敌人的轰炸机。我们车上一共12个人，分布在车子的前、中、后押车。当我们的车头刚上清川江桥时，敌人的飞机就飞过来了。那种飞机我们都叫它小野马飞机，特别灵活，飞得很低，离地面只有几米高。我们的车是车皮火车，没办法隐蔽。敌机来得突然，见到我们的火车，就直接'轰隆''轰隆'地开炸了。前几节车厢瞬间就被炸得起了火，我们亲眼看着战友和车一起掉进了清川江里。当时我们3个人在车尾，一看不好就迅速跳车了，趴在老百姓的稻田里，躲过了敌机的轰炸。但我们的两位战友跳车时小腿都摔骨折了，我的脚也崴得很严重，落下毛病。我们3个人好歹算是活下来了，其他的战友都牺牲了。"魏爸爸说到这里，眼里已经噙满泪水。

柏合队长说："魏爸爸，那你们都受伤了，后来是怎么找到部队的？"

魏爸爸擦了一把眼泪，说："我们仨后来躲在了当地老百姓家里，让老百姓偷偷地给我们部队送个信儿。上级让我们先在老百姓家养伤，等上级通知再归队。一天来通知了，让我们早点吃饭，然后有车回国拉上我们。我一听赶紧做了一锅疙瘩汤，想吃饱了，赶快回国。刚做好，正端着锅，准备喊战友吃饭的时候，鬼子飞机又来了，吓得我把盛疙瘩汤的碗扔地上，赶紧隐蔽起来。等敌机飞走了，我一看，疙瘩汤都洒了一地，我就赶紧从地上收了收，还带着草棍，战友们嫌埋汰不吃，我没管那么多，活命要紧，就吃了起来。刚吃完车就过来了，路上走了几十个小时，没有吃的，把没吃饭的人饿得到了国内都站不起来了，我因为吃了在地上收起来的带草棍的疙瘩汤，路上一点事都没有。"

柏合队长感慨地说："战争年代，保住命要紧，其他的就不要讲究了，魏爸爸，您是最懂这个道理的，所以您吃下了带草棍的疙瘩汤，留住了精气神。看您现在的身体比其他同龄的老兵好多了。魏爸爸，我破例问您一个问题，这是我以前想都不敢想的问题，您在朝鲜的时候有没有过让您感觉有点幸福的事？"

老兵魏永德笑了笑，说："敌机轰炸时，能活下来就是最幸福的事了；饿得眼冒金星时，能吃上一顿饭，就是最幸福的事了；在山洞里睡一夜，第二天还能见到太阳，就是最幸福的事了；冬天冻得直哆嗦，有一件棉衣，就是最幸福的事了；部队打胜仗，就是最幸福的事了。"

魏爸爸停了一会儿，又说："当然，最最幸福的事，就是停战了，不用再打仗了，我们的志愿军战士终于能回家见到亲人了！"

◎你们把我这个老兵的心暖了

柏合队长沉默了一会儿，问道："魏爸爸，您还有什么梦想吗？"

老兵魏永德说："我只有一个心愿，能身体好，就满足了，别给党和政府添麻烦，不给退役军人事务局添麻烦。"

魏爸爸在跟我们谈话时，偶尔咳嗽几声，看得出他身体不太好。

柏合队长说："看您的气色和咳嗽声音，好像肺功能不太好啊？"

魏爸爸说："是啊，好多年了，总有点上不来气儿的感觉。"

柏合队长说："那我教您一个自愈疗法，不用打针吃药，一不用出门求人，二不用花一分钱。"

魏爸爸眼睛一亮，说："那是啥疗法啊？我这么大岁数了还能学会吗？"

柏合队长笑笑说："能学会，比您岁数大的都能学会，不受年龄限制，不受地域限制，不受民族限制，不受环境限制，这就是'柏合养生三三疗法'，我用这个疗法帮助过好多人。"

魏爸爸急不可待地说："那你快教我吧。"

柏合队长耐心地和魏爸爸讲解"柏合养生三三疗法"，即每天保证"三壶养生水，三千养生步，三首养生歌"。

柏合队长详细地给魏爸爸讲解着每一个养生法的操作和注意事项，当介绍到养生歌时，魏爸爸说："我这嗓子也唱不了歌啊。"

柏合队长说："没关系，你喜欢啥歌就先唱啥歌，等把肺活量调动起来了，再按照规范唱。"

魏爸爸一听迫不及待地唱起了“雄赳赳，气昂昂，跨过鸭绿江……”

柏合队长笑了笑说：“这不唱得挺好的吗，您就这么练习唱。”

魏爸爸说：“原来我身体好的时候，还会唱二人转呢，也会扭秧歌，现在身体越来越差了，唱不了了。”

柏合队长说：“魏爸爸真了不起，还会唱二人转。您唱歌有底子啊，好好练习，等以后有机会，我给咱老兵组织一场联欢会，大家一起唱歌比赛，谁唱得好，我给他发大奖。”

我们要告辞了，老兵魏爸爸拉着柏合队长的手，说：“希望能经常看到你，我能感觉到你是从心里敬重我这个老兵，从你的眼神里我就看到了。你的话语和笑容我都记在心里了，其实你们拿什么慰问品都无所谓，最重要的是你们能理解我，我们老兵需要的就是理解和肯定。今天我知道了你们为啥叫暖兵行动，你们真的把我……”说到这里老兵魏永德拍了拍胸口：“你们把我这个老兵的心，暖了！”

老兵魏永德的梦想：有一个健康的身体，多多参加柏合暖兵活动，经常能见到暖兵志愿者。

后记：活下来就是幸福；吃上一顿饱饭就是幸福；能见到太阳就是幸福；有一件棉衣就是幸福；不打仗了就是幸福；能回家见到亲人就是幸福！

试想一下，这些幸福对于我们现代人来说，都像家常便饭一样，再平常不过了，可在当年抗美援朝保家卫国的老兵身上就是奢望。相比之下，我们现代人是不是“身在福中不知福”呢？

第47位　92岁迟永耀

时间：2020年7月28日　星期二　雷阵雨

地点：吉林省长春市南关区平康小区抗美援朝老兵迟永耀的家

陪同：长春市南关区自强街道自强社区党委书记李文静和网格长马超

◎好多年没见军绿色了

柏合暖兵服务队继续走在寻访老兵的道路上。据自强社区联络员介绍，我们要去见的这位老兵一直独居，目前雇了个保姆给他做饭。

下午3点30分，我们来到92岁老兵迟永耀的家。

一推门，我们就看到老兵迟永耀坐在床上，正在聚精会神地看电视。我们把视线转移到电视上，电视屏幕上一个人拿着枪正在瞄准……保姆说："他就爱看打仗的战斗片，你们快进屋。"

老兵迟爸爸看到我们来了，关闭了电视，站起来，和我们每个人握手。他的手劲很大，人不胖，高高的个子，耳朵有点背了，因没有戴助听器，交流有点困难。

柏合队长就把保姆叫过来，告诉她养生礼包里的东西怎么给老人用，然后拿出暖兵文化衫，趴到迟爸爸耳边，大声说："迟爸爸，您看这件暖兵文化衫好看吧？喜不喜欢，咱穿上好不好？"

"好，好喜欢这颜色，军绿色，我好多年都没有见到这个颜色了。"

老兵爸爸穿上暖兵文化衫，显得格外精神。迟爸爸高兴得嘴巴都合不拢了。

柏合队长说："军人就是军人，穿上军绿衫就是搭，我们给老兵爸爸敬个礼！"在柏合的提议下，我们一起给老兵爸爸敬了一个军礼。老兵爸爸立马也回敬了一个军礼。

因为耳朵不太好，迟爸爸嘴里一直叨咕着说："你们能来看我，我高兴啊！太高兴了。"

柏合队长又趴在迟爸爸耳边，大声说："老爸爸，您有军功章、退伍证吗？拿来看看好吗？"

迟爸爸痛快地回答："有啊！我什么都有，我大功、小功都有，我给你拿去。"他说着就站起身来，去另一个房间，柏合队长赶快搀住老兵爸爸，和他慢慢地去找军功章。结果没找到，老兵迟爸爸急了："我的军功章呢？我的退伍证呢？"

这时，保姆说老兵的军功章让他闺女拿走了，怕他弄丢了。

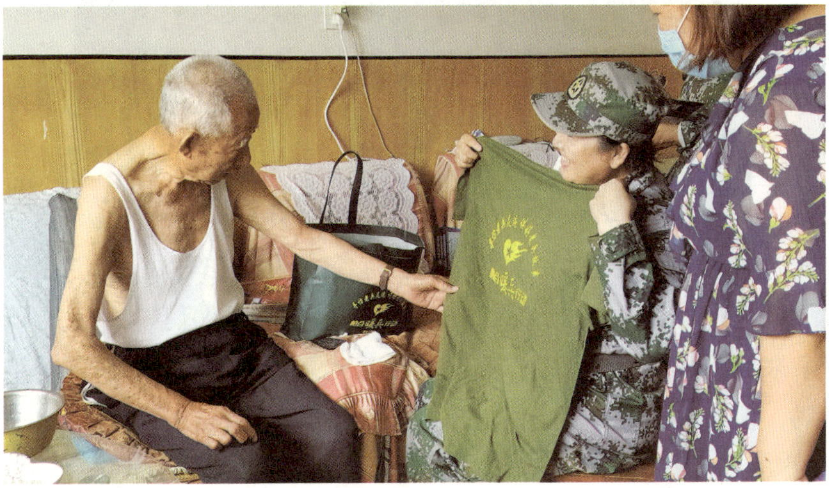

◎我欢迎死你们啦，我高兴啊

柏合队长拉着迟爸爸坐在床边，又趴到他耳边说："迟爸爸，咱不着急，没有就不看了，您给我们讲讲您打仗的故事吧！"

老兵迟永耀苦笑了一下，摇摇头说："不讲了，讲那些事有啥用！没用，没用啊！"

柏合队长说："迟爸爸，这些可有用啊！教育下一代传承老兵精神呀。"

老兵迟爸爸还是一个劲儿地摇头，说："唉！说那些没有用了，现在的人谁爱听呀，电视上演点打仗的事，年轻人都不喜欢看了，好像都忘了那些事啊，不说那些了，不说了……"

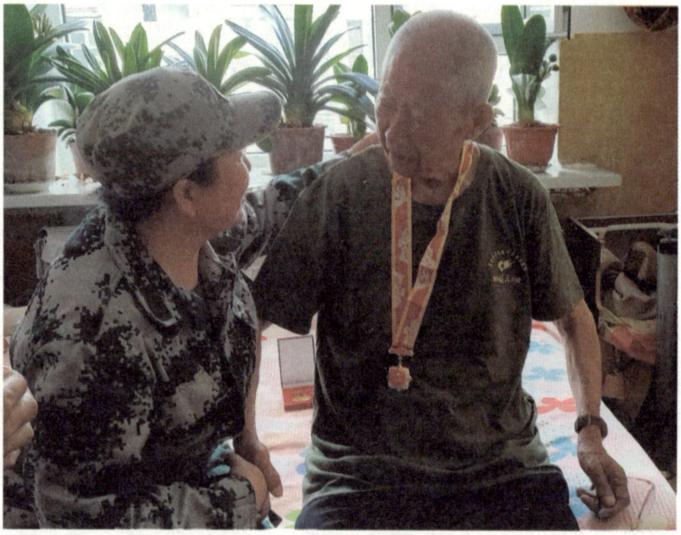

柏合队长一边轻轻抚摸着他的后背，一边趴在耳边说："迟爸爸，党和国家没有忘记你们，我们志愿者也没有忘记你们，今天这不是代表大家来看您了吗？历史不能忘，社会也不会忘，没有你们当年的浴血奋战，哪来现在的幸福平安？迟爸爸，大家都很关心您，您是老英雄啊！"

迟爸爸听着柏合队长的话，眼泪一滴滴地掉了下来。他拉着柏合队长的手，说："这么多年了，我是第一次听到你说的这些话呀！第一次呀！真的是第一次听到啊！我以为我们都老了，没有用了，不用我们打江山了，社会就把我们都忘记了……"

柏合队长说："迟爸爸，我们永远都不会忘记你们那一代功臣的，是你们用鲜血和生命换来了祖国的幸福平安！”

老兵迟爸爸说：“是啊，抗美援朝牺牲了多少志愿军啊？多少年轻的生命倒在了那里，再也没有回来啊……”迟爸爸的记忆似乎被慢慢激活了。

因为没有军功章和退伍证，我们只能从老人断断续续的记忆中记录资料。

迟爸爸说：“我是1948年2月入伍的，在207师。我当时是步兵，在朝鲜差点把脑袋掉了，有次在火车上待了3个月（有待考证）。第三次战役你们知道吗？我们把美国鬼子都打怕了，中国志愿军真威风，真勇敢！”老兵说着双手紧紧地握成了拳头。

柏合队长几次引导迟爸爸说一个具体的战场上的故事。可是迟爸爸就像没听见一样，依然自说自的。老人的记忆是碎片式的。柏合队长看迟爸爸实在是想不起来完整的故事，所幸就当一个乖乖的听众。只要他高兴，就让他讲。等迟爸爸刚停下来，柏合队长就说：“迟爸爸，你们那一代人保家卫国，个个都是英雄，人人都会唱那首《中国人民志愿军战歌》对吧？‘雄赳赳，气昂昂，跨过鸭绿江……’”

柏合队长说着就唱出来几句。老兵迟永耀抓住柏合队长的手说：“你这一唱呀，就给我唱醒了，我这心里敞亮多了，我真得谢谢你啊！”然后又冲着大家说：“我欢迎死你们啦，我高兴啊，太高兴啦！”老人用手使劲拽住柏合队长的手。

柏合队长说：“迟爸爸，看您的手劲比年轻人都大，长命百岁没问题。”

老兵迟爸爸高兴地说：“你去公园问问，大家都知道有一个老头手劲很大，那就是我，哈哈哈。”老兵迟爸爸坐在沙发上仰脸大笑。

我们该道别了。柏合队长说：“迟爸爸，我们要走了，改天再来看您，您要好好休息，下次再来听您讲故事，好吗？”

迟爸爸点点头说：“好的，我一定完成任务！今天是我好久以来最高兴的一天。”

看到迟爸爸真的高兴了，我们也很欣慰。

老兵迟永耀的梦想：社会不要忘记他们那一代人，经常有人陪他聊聊天，有存在感。

后记：应该是好久没有人和迟爸爸聊天了，所以他的内心已经尘封了。这次柏合队长把迟爸爸的心门打开了，也打开了他误以为被社会遗忘的心结。所以，迟爸爸高兴的心情溢于言表。

看到迟爸爸开心地笑着，我们也很高兴，虽然迟爸爸没有纪念章、军功章、退伍证，没有讲出一个完整的战争故事，但是我们给予迟爸爸的耐心和敬重，他都收到了，感受到了。这就是“柏合暖兵行动”的宗旨，暖兵志愿者所到之处，就要给予老兵足够的敬重和温暖！

吃水不忘挖井人！这个道理谁都懂，可大家都在享受着甘甜的井水时，是否想过是谁给我们挖的这口幸福平安的井？

第48位 92岁刘景斌

时间： 2020年7月28日 星期二 雷阵雨

地点： 吉林省长春市南关区平康小区抗美援朝老兵刘景斌的家

陪同： 长春市南关区自强街道自强社区党委书记李文静和网格长马超

◎没有电梯爬上7楼

傍晚5点，暖兵服务队来到老兵刘景斌家的楼下。联络员说刘爸爸住在7楼，没有电梯。

我们一听那么高，心里有点打怵。跑了一天，用筋疲力尽来描述也不为过。而柏合队长既要开车，又要与每一位老兵做深度沟通，更累。尤其是她那条残障的腿肌肉还在萎缩。但是，她在我们和老兵面前从来没有表现出累的样子。

柏合队长抬头看着7楼，说：“你们先上楼，别等我，我在后面慢慢上去。”即便是拄着拐杖，柏合队长上7楼也是很艰难的。

大家分头拿着慰问礼包，来到7楼老兵刘景斌的家。这时柏合队长还没上来。

我们进屋时，看见一家人正吃晚饭，气氛其乐融融。

刘爸爸的家人说：“都来吃点饭吧。”

社区联络员笑着说：“不了，你们先吃，我们在这屋等会儿，今天我们就是过来看看老兵。”

刘爸爸的儿媳说：“我们都吃完了，你们到我爸房间里来吧，你们都是哪个单位的？”

这时，柏合队长也上到了7楼。联络员说：“这是我们柏合队长，让她给您介绍吧。”

◎我不知道，你们还要和老爷子聊故事

柏合队长坐在刘爸爸身边，说：“刘爸爸，我们是柏合暖兵志愿者，我们与吉林省慈善总会、长春市退役军人事务局联合开展寻访老兵足迹活动。”

刘爸爸懵懵地看着我们。我们看到老人的表情也很诧异，这到底是怎么回事？

儿媳过来说：“老人耳朵听不到了。”

刘爸爸冲儿媳妇指着自己的耳朵，儿媳妇明白了，赶紧帮刘爸爸把助听器拿过来。

等老兵刘景斌戴上助听器后，柏合队长重新告诉老兵爸爸：“我们是柏合暖兵志愿者，今天过来看看您，您看这是我的志愿者证。刘爸爸，把您的退伍证、军功章拿给我们看看好吗？”

老兵刘景斌说：“好啊。”这时，他儿媳妇说：“他的证都在那屋相框里呢，你们过去拍吧。”她说着，便引领着摄影志愿者过去拍照。

“大嫂，请您过来一下。”柏合队长叫过刘爸爸的儿媳妇，说：“这是给刘爸爸带来的‘养生大礼包’。您应这样给老兵爸爸用……”她讲解完毕，又拿出暖兵文化衫送给刘爸爸。

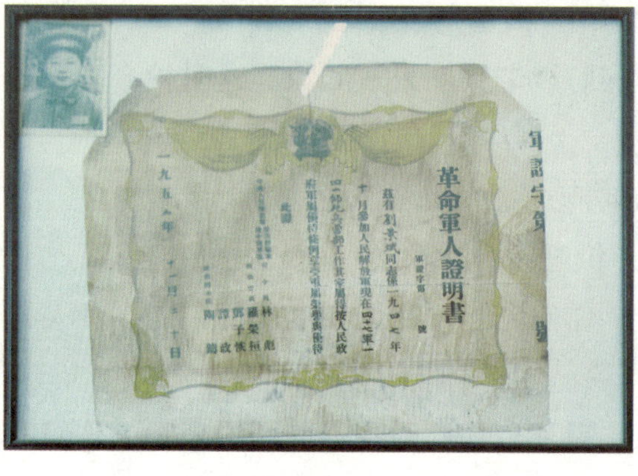
革命軍人證明書

老兵刘爸爸高兴地穿上这件暖兵文化衫，自己反复看了看说：“这颜色好看。”

柏合队长拿着中华志愿者会员证和老人合了影。这时刘爸爸的儿媳妇说："好了，没事了吧。"意思是我们可以走了。

柏合队长笑着说："我们是暖兵行动，不是简单的慰问，还要和刘爸爸聊聊当年的故事。您有事就忙您的，我们在这儿和刘爸爸聊聊。"

刘爸爸的儿媳妇有点尴尬地笑笑说："对不起，我不知道你们还要和老爷子聊故事，我还以为和以往的慰问一样，放下东西、拍个照片就结束了呢。可是他什么都记不清了，你们试试看吧。我就在隔壁屋，有事就叫我。"

柏合队长说："好，谢谢您的配合。"

◎这么多年，都快忘了自己曾是一个兵了

柏合队长看着刘爸爸说："刘爸爸，您是哪年入伍的？"

刘爸爸回答："我1947年10月入伍的，那时我17岁，是47军141师炮兵团的通讯员。"

这时刘爸爸的几位家人站在门口说："真是奇怪了，平时问他啥，啥都想不起来，人家一来，他还能记得这么详细呀。"

柏合队长说："刘爸爸的心里永远记得自己是一个兵，这是平常人都不理解的，现在请大家都不要说话，我们听刘爸爸自己说。"

为了引导刘爸爸多聊一些过去的故事，柏合队长耐心地和刘爸爸介绍了很多关于暖兵行动的宗旨和意义，还讲了几个刚慰问过的抗美援朝老兵的故事。

刘爸爸听了，激动地拉着柏合队长的手，说："孩子，你们做的这些事情很了不起啊，这么多年我都快忘了自己曾是一个兵了，具体的事也没有人问过我呀，好多事我都记不起来了！"

柏合队长说："没事的，刘爸爸，能记起多少，咱就说多少。"

刘爸爸说："记得我是1950年入朝参战，是炮兵预备手，我们部队是第一火线。我耳朵就是在朝鲜打仗时震聋的。"

柏合队长心疼地拉着老兵的手，说：“刘爸爸，您受苦了，那您还记得是哪一场战斗中，耳朵被震聋的吗？记不记得立过什么功啊？”

刘爸爸想了想，又摇摇头，说：“不记得了，太久了，几十年了，也没人问过我呀。唉！那段时间真是苦啊，天天打仗，在朝鲜战场上死了那么多志愿军，都是20多岁的战友啊！这些事情几十年都没提过了，都忘得差不多了。”这时老人的眼神有些茫然。

柏合队长马上说：“刘爸爸，您不想说的事，咱就不说，想起的事，咱就唠唠，好吗？”

柏合队长说完，老兵刘爸爸叹口气，摇摇头，半天也没有想起来一个故事……

◎老兵，仍然是我们最可爱的人

柏合队长看刘爸爸实在是想不起什么故事来了，就安慰刘爸爸说：“您现在身体都好吧，看您和家人一起，团团圆圆，坐在一起吃饭，多幸福呀。”

刘爸爸听后笑了笑，说：“现在国家政策好呀，我啥都不愁，过得很舒坦。我要争取活100岁呢。”

“没问题，您老一定行的！”柏合队长轻轻拥抱了一下老兵刘景斌。

老人又笑笑说：“谢谢你们今天来看我，社会没有忘了我，没有忘记我是个老兵！”

柏合队长笑着说：“刘爸爸，请您记住，老兵永远是我们学习和尊敬的榜样。志愿军过去是最可爱的人，现在老了，仍然是最可爱的人！”

刘爸爸高兴地说：“我这是第一次听说，我们是最可爱的人，第一次呀。”

临别时，柏合队长说：“我们要走了，过段时间再来看您，您还记得我叫什么名字吗？”

刘爸爸立刻回答说：“我知道你叫柏合。”

哇！他的家人立马围过来说：“老爸今天记性怎么这么好啊，平时说多少遍，都记不住啊！”

刘爸爸非要家人陪他送我们到楼下，柏合队长坚持不让：“刘爸爸，您就送我们到家门口吧，我们就在门口道别。”

走下楼梯的转角处时，我回头一看，见老人还站在门口望着我们呢……

老兵刘景斌的梦想：健康长寿100岁，和老战友见见面。

后记：在回来的路上，我问柏合队长：“这个老兵只说了一点他当兵的信息，他的故事可怎么写呀？”柏合队长说：“这位老兵已经变成了一位老人，这么多年没有人和他提及这些事，我们突然问他，他确实也想不起来了。我看刘爸爸过得很幸福，想不起来那些痛苦的往事也好，毕竟90多岁的人了，还是让他幸福吧。”

柏合队长是最懂老兵的，也是最爱老兵的人……

第49位 89岁张锡奎

时间： 2020年7月25日 星期六 雨

地点： 吉林省长春市南关区民康街道西门里社区抗美援朝老兵张锡奎的家

陪同： 长春市南关区民康街道西门里社区网格长张卓和志愿者原玉超

◎我在朝鲜一年没洗过澡，半年没理过发

早上7点30分，暖兵行动服务队准时出发。

此前，我们已经完成了100位老兵的寻访慰问任务。“柏合暖兵行动”一路走来，得到一些社会的关注，也曾陆续接到过他们的邀请。是的，他们希望身边的老兵得到暖兵服务队的关爱。有的民众了解了我们的情况后，留下了联系电话，邀请我们去看看他们家中的老兵，希望家里的老兵也能得到暖兵服务队的关怀。柏合暖兵服务队为了满足大家的期盼，再次踏上寻访老兵的征程。

9点前后，我们和西门里社区网格长一同来到了老兵张锡奎的家。

老兵张爸爸听说我们要来，早早地就和老伴在家中等着我们。

张爸爸有严重的听力障碍，正常与他说话，他听不见。可是，他看见我们抬着大礼包进屋时特别高兴。他激动地上前拉着柏合队长的手，指着墙上的照片，说：“看看我这些照片，我都好好保存着，还有好多纪念章我都珍藏起来了，我看到照片我就像看到了当年的战友，他们都牺牲了，我一辈子不能忘记他们。我这些纪念章不是我一个人的，每个纪

念章都是战友们用鲜血和生命换来的，全国各地的烈士纪念碑上都有我的战友啊。”

柏合队长说：“张爸爸，请您坐下给我们好好讲讲您当年的英雄故事。”

老兵张爸爸听不见柏合队长说的话，继续拉着柏合队长的手说：“当年我们打仗保家卫国都是应该的，战地记者魏巍写的《谁是最可爱的人》，志愿军呀，志愿军就是最可爱的人。这句话一直让我铭记在心呀！当年志愿军将士在朝鲜吃了多少苦啊，1950年刚去朝鲜那会儿，因没有穿棉衣，好多人被冻死了，或被冻成了残疾。而在大夏天，还有好多人穿着棉衣棉裤……我在朝鲜一年没洗过澡，半年没理过发。每天都打仗，每天都经历生死，真苦啊！我们吃一把炒面就一把雪，由于营养不良，好多战友得了夜盲症。住的都是山洞，下雨天时，外面下大雨，洞里下小雨，太阳出来了，外面不下了，洞里还在滴滴答答下个没完。我们睡觉盖的东西都能拧出水来，有的战友得了严重的风湿病。也有战友身上生疮，溃烂流脓的。最可恨的是……”

◎万一我回不来，你一定把这个军功章挖出来给我妈妈

柏合队长看老兵爸爸这么激动，就趴在他耳朵边说："老爸爸您坐下继续说，我喜欢听。"

这时，老兵爸爸才拉着柏合队长的手，面对面坐在椅子上，可嘴里一直没停："最可恨的是，那些美国鬼子居然用细菌战，用毒蚊子、毒苍蝇、毒老鼠害我们志愿军，我们那时只要看到蚊子、苍蝇、老鼠就打，但我还是被蚊子叮了一下，当时发高烧40多度，怎么也好不了，后来查出是中了细菌病毒了，被送回国内。医院把我穿的衣服换下来全烧了，理了发，转了好几个医院，经过长时间治疗才保住了命，我很幸运，可有多少战友被细菌战夺走了生命啊。"

老人气得都握紧了拳头。柏合队长深情地看着老兵张爸爸说："张爸爸，你们那代人付出的太多了，您把这些都说出来，让我们后辈都记住那段战争史。"

老人的情绪缓和了很多。他笑了笑，说："我打仗的故事可长了，今年我已经89岁了，我是1947年入伍的，我在40军当通讯员。1950年10月去的朝鲜，后来在政治部做行政工作，少尉军衔。立过三等功一次，小功五次。我经历过的和看到过的战争比较多。我参加过东北战役（即辽沈战役）、华北战役（即平津战役）、中南战役（即淮海战役）、海南岛战役，还有抗美援朝。我亲眼看到很多战友倒在了战场上。到现在，我都没忘记我的一个战友，他和我一起在解放海南岛后回到了安州，可是，还没到10月10号，我们就一起出发去朝鲜了。临出发前，我这个战友把军功章埋在了安州的一个公园里的大树下，并跟我说：我老家还有一个老妈妈，本想胜利了回家看老妈妈，可现在又要出发去打仗了，万一我回不来，你一定要把这个军功章挖出来，给我妈妈寄回去，告诉她儿子回来了……"

讲到这一节，老兵张锡奎的神情凝重起来，我们的心也跟着提了起来。这时，他接着说："万万没想到啊，我的这位战友真的在朝鲜第五次

战役中牺牲了，永远没有回来。”此时，泪水从张锡奎的眼角流下来：“我活着回来了，可我没有找到他的军功章啊，这个遗憾让我难过一辈子呀，我的军功章都保存得好好的，不是为了邀功，而是为了可以经常拿出来看看，怀念我各个战场上死难的战友，因为他们为了祖国、为了人民，献出了自己年轻的生命啊。”

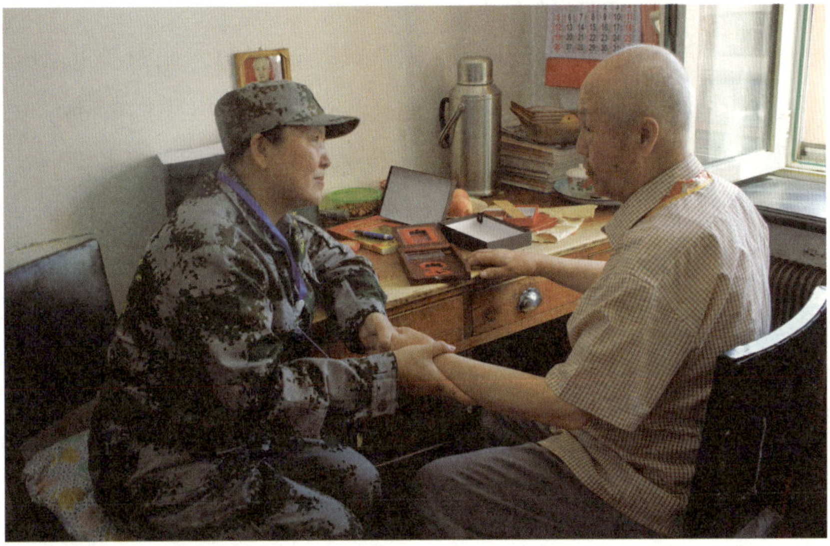

◎走浮桥，去朝鲜，摸黑行军

柏合队长说：“张爸爸，您是哪年去的朝鲜，在朝鲜待了几年？”

张爸爸说：“我是1950年去的朝鲜，在朝鲜待了3年。当年我们去朝鲜时，鸭绿江桥被炸毁了，过江时，走的是工兵搭的浮桥。那晚过江时，浮桥上有很多我们的部队，两侧是步兵，中间是炮兵、汽车兵、工兵。一些战友掉到江里被冲走了。过了江，到了新义州后，天太黑了，根本看不到人。我们就胳膊上捆上白毛巾，一个挨一个地往前走，前面的人说跟上啊，身后的人回答说跟上了，一个一个传下去。那个深夜，我们正走着，突然，一个人报告说他后面的人不见了。连首长命令大家原地不动，派人回去找走丢的部队，结果是后面的班排走到岔道上去了。你们能想象那天有多黑吗？后面的人看不到前面的人，以至于彼此看不见，走到岔道上……”

◎敌机疯狂地往稻田里扔炮弹

柏合队长一直仔细地倾听着，不时地点头回应。

老伴在一旁让他停一会儿，听柏合队长说几句，张爸爸也不看他老伴，只管一个劲儿地说：“还有一次，天刚蒙蒙亮，我们的部队就隐蔽在路边稻田里，刚隐蔽好，敌人的飞机就过来了，有100多架呀，其中有50多架是野马式的轰炸机。这个飞机可厉害了，最低能飞到离地面三四米的高度。我们趴在稻田里，能清楚地看到敌机驾驶员在往下看，寻找目标轰炸。敌机疯狂地往稻田里扔各种炮弹，那些炮弹杀伤力很强呀，当时就牺牲了很多志愿军，可惜这些战士刚到朝鲜就牺牲了。我们当时很愤怒，可也没办法，当时咱们的武器装备实在是没法和美国鬼子比。”

◎保家卫国是责任，是应该的

说到这里，老兵张锡奎叹了一口气！这时柏合队长说：“张爸爸，您把军功章拿出来让我们看看吧。”

张爸爸这才停下来，庄重地从一个木箱里拿出一个印着“抗美援朝”的手帕，里面一层层包裹着一枚枚军功章，一边拿给我们看，一边说：“这只是我当兵的经历，看到这些军功章，我就想起那些牺牲的战友，我认识的战友倒在了全国各地的土地上，有的倒在朝鲜的国土上，我想他们呀……”睹物思情，老人的思绪再一次被军功章拉回到战争年代。

柏合队长拿起一枚军功章问：“老爸爸，这是解放海南岛战役的军功章吧？”

张爸爸点点头，说：“你们知道这个军功章是多少生命换来的吗？好多战友为了掩护主攻部队，用身体堵住了枪眼。在锦州有一个很大的无名烈士墓，有很多牺牲的战士都不知道是哪里人，叫什么名字，就都埋在这个无名烈士墓了，每场胜利都是用鲜血和生命换来的。”

柏合队长说：“张爸爸，我们记住了那些无名英雄，也记住您这位老兵英雄！”

张爸爸说：“我跟你们讲这些，不是我居功，你们也不要宣扬我。我说的这些是真实的战场，没有瞎编，是我亲眼见证的历史，我这辈子没当什么大官，只是一个普普通通的老兵，保家卫国是责任，是应该的。”

在谈话中，张爸爸一直在说38军是最苦的、牺牲最大的部队，他们才是英雄。老人讲述了很多故事之后，心情平复了下来，看我们都穿着迷彩服，就问柏合队长：“你们是哪个部队的？”

我们都笑了，柏合队长想了想，说：“我们是柏合暖兵部队的，你们当年去朝鲜是中国人民志愿军，我们现在是中华暖兵志愿者，快过‘八一’了，代表大家来看看您。”

张爸爸说："我刚才光顾自己说了，我说的这些事情，别人都不爱听的，可你们一直都在认真听，太谢谢你们了。"

柏合队长赶快说："老爸爸，您说的故事太好了，我会写到故事书中，留给后人看。没有你们当年的浴血奋战，哪会有我们今天的幸福生活呀，所以我们希望您身体棒棒的，经常给我们讲讲战斗故事。"

老兵爸爸摇摇头，说："老了，身体不行了。"

柏合队长说："您是一个老兵，您现在的任务就是健康长寿。"

柏合队长这时把"养生大礼包"拿过来，拿出人参含片告诉他怎么用，并且告诉他今后还会来看望他老人家的。

而张爸爸看到礼包里全是老人养生需要的东西，就对柏合队长说："你们想得太周到了，谢谢你们没有忘了我们这些老兵。现在咱们国家强大了，生活水平越来越好了，政府和社会没有忘记我们，我知足啦。"

老兵张锡奎的梦想：老寒腿快点好，和我们一起讲老兵故事，能找到战友那枚军功章，和老战友聚聚。

后记：老兵张爸爸一直在说自己就是一个普通的兵，不要宣传他，他只是那段历史的见证者，要多关心农村那些困难的老兵，多为他们做点事情。

多么可爱可敬的老兵啊，保家卫国、无私奉献、不居功名的老兵精神，再一次在张爸爸的身上闪闪发光。

致敬老兵，致敬打天下的那一代功臣们！

第50位 92岁谭洪深

时间：2020年7月29日 星期三 雷阵雨转中雨

地点：吉林省长春市绿园区普阳街道花园社区抗美援朝老兵谭洪深的家

陪同：长春市绿园区普阳街道花园社区党委书记张玉侠和网格长赵书焕

◎这颜色我喜欢，我现在就穿上

上午9点，柏合暖兵服务队来到老兵谭洪深的家。

老兵谭爸爸92岁，一个人生活，屋里有点乱。听社区的人介绍，老兵不愿意和儿子住一起，他很要强，也很倔，不想给儿女找麻烦。

我们看到老人一只眼睛好像看不到东西了。柏合队长进屋后快步走上去，拉住谭爸爸的手说："您好老爸爸，我们是中华志愿者，来看您来了。"

谭爸爸说："谢谢你们了，快请坐吧。"

谭爸爸的卧室很小，服务队一行的几名志愿者只好坐在小客厅里听柏合队长和他聊。柏合队长打开"暖兵大礼包"，问谭爸爸："我把食用方法告诉您，能记住吧？"

谭爸爸笑着说："我能记住。"

柏合队长把每种保健品的用途和方法详细介绍完毕，谭爸爸激动地说："你们送来的都是我最需要的东西呀，尤其对眼睛有好处的这个，我是真的需要呀。"

柏合队长说："老爸爸，食补胜过药补。这是我们针对高龄老兵身体健康状况而做出的精心安排，就怕买得不合适，搭配错了，老兵用不上。”

谭爸爸激动地说：“让你们志愿者费心了，真把我当亲人了！太让我感动了。”

柏合队长像变戏法一样，拿出了暖兵文化衫给谭爸爸看：“您看这件暖兵文化衫喜欢吗？”

谭爸爸高兴地说：“这颜色我喜欢，我现在就穿上。”

穿上了暖兵文化衫，老兵精神了许多。

◎我是汽车兵

柏合队长说：“谭爸爸，请您把军功章和退伍证拿出来，让我们看看好吗？”

谭爸爸说：“唉！我都弄丢了，就剩下一个纪念章了，不过部队给我开了证明，我拿给你们看。”

老兵从柜子里拿出了一沓证明文件，其中还有3个三等功的证明。

柏合队长说："谭爸爸，您是位英雄老兵啊！"

谭爸爸说："我是1950年10月入伍的，当时在吉林省长春市前进汽车学校学习驾驶汽车，刚考完试，就来了一个通知让我们去部队，还让带行李去，我们就都打好行李包出发了。到了沈阳，让我们换上了军装，这才知道要去朝鲜打仗了。我们是晚上秘密坐车到宽甸，从宽甸的河口去朝鲜的。当时被分配到40军某部汽车营。我们连当时没有汽车，就给我们发了枪和子弹，训练射击。后来有车了，熟悉了一下，部队就给我们派任务了。成天往前线运军需物资，枪支、子弹、炸弹、服装、被褥、粮食……什么都有。"

柏合队长问："谭爸爸，你们往前线运送物资，经常遇到危险，是吗？"

"那是啊，相当危险了！敌人想切断我们的军用物资运输线，所以飞机不分白天和黑夜，天天撵着我们炸呀，白天一遍又一遍地巡逻，见到人炸人，见到车就炸车；晚上一拨一拨地扔照明弹，见到什么就炸什么……这鬼子真坏。刚开始的时候，我们很害怕，因为分分秒秒就可能被炸飞了，不过后来就不怕了，怕也没有用，还不如把脑袋别在裤腰带上，和他们往死了磕。我在朝鲜10个月，敌机一次也没炸到过我，否则今天我也见不到你们志愿者了……"谭爸爸自豪地讲着。

◎一个晚上，荣立3个三等功

柏合队长说："谭爸爸，讲讲您那3个三等功吧。"

谭爸爸说："这三等功啊，都是拿命换来的。记得那次是刚打完一个大战役，牺牲了不少志愿军，受重伤的志愿军太多了。部队下命令，为了抢时间急救重伤员，不管遇到多大困难，当晚必须把重伤员运送到火车站，第二天送回国医治。谁能安全将一车重伤员送到火车站，就给一个三等功，拉一车记一个。我在朝鲜运输过程中，抓住了敌机的规律，就是飞机来了，看见信号弹，我们就迅速关闭车灯，靠里边隐蔽，等飞机飞走了，我们就摸着黑，玩命地开着汽车跑。那天晚上，我们汽车兵全都出动，敌机在路上巡视扔照明弹，好几个战友驾车转运伤员都被敌机炸毁了。我用经验拼命地跑，往回拉重伤员。一晚上，我来回拉了3车重伤员，都安全送到了火车站。部队领导表扬了我，还给我荣立了3个三等功。这功是我拿命换来的，也是这些重伤员福大命大造化大，保佑了我。”

柏合队长瞪大眼睛看着谭爸爸，竖起大拇指说：“谭爸爸，您这哪是一般的老人啊！太勇敢了，太智慧了，简直就是神勇超人啊。我给您点一万个赞！您在那个晚上救了100多位战友，真是功德无量啊！”

◎夜里拆件，抢修汽车

谭爸爸欣慰地笑笑说：“一次，我们班的汽车零件坏了，车不能开了，这可怎么执行任务呢？不把子弹和炸药及时送到前线，前方战友这仗可怎么打呀？正当大家一筹莫展的时候，我突然想起在某一路段有辆废弃的汽车，那是我上次执行任务回来留意到的。想到这个，我就对班长说，某某地方有一辆被炸毁的汽车，我要去那车上拆卸零件，给咱们车换上。班长一听我的主意不错，就高兴地和我一起出去了。那个晚上，我和班长背了好几次零部件回来。天快亮的时候，我们就把车修好了。这次我和班长还受到了部队的表扬。”

◎妈妈，儿子再也见不到您了

柏合队长说：“谭爸爸，您真了不起，还会大修汽车，真是个有勇有谋的全才。您还有更好听的故事吧？”

谭爸爸说：“还有一次把我吓得够呛，我们班3辆车往前线送炸弹，我开第三辆车，刚开出没多远，就被敌机发现了。那炸弹一串一串地往下扔啊，眨眼之间，我前面那两辆汽车和军火就被炸没影了，车没了，人也没了，全炸飞了。我大喊一声：‘我豁出去了！妈妈，儿子再也见不到您了！’我抱着必死的念头，加大油门，往前线方向猛冲过去。不知道是老天保佑，还是我命大呀，竟然安全地冲出了封锁线，把一车炸弹及时地送到了前线。当时前线的战友们激动地把我举起来扔向空中。领导说：‘你来得正好啊，正需要炸弹呢。’那次回来部队就又表扬了我。唉！只可惜那两辆车上我的战友尸骨无存啊！没死就都是故事，在朝鲜就是不要怕，得找规律，和敌人也得斗智斗勇。”

◎我们能感觉到抗美援朝留给谭爸爸的痛苦记忆

柏合队长说：“谭爸爸，您是哪年回国的？”谭爸爸想了想说：“我是1952年回国的，回国时我们都不知道。当时我正在修车，连长过来说有命令，立即行动，马上上车。我说得把这台车修好了呀。连长说不行，立即执行命令。我马上放下手里的活儿，跟着战友就上了车。我们坐了好久好久的车，下车一看，到了沈阳。让大家签字时才知道，我们已经完成任务回国了！”

柏合队长说："老爸爸您是英雄啊！"

谭爸爸说："我哪是什么英雄啊，那些在前线打仗的战友才是英雄啊！"

谭爸爸的身上体现了那一代的老兵精神，不邀功，不给家人和国家添麻烦。

◎暖兵，没有尾声

柏合队长问："谭爸爸您自己生活，这一日三餐都您自己做呀？"

老兵谭爸爸说："唉！可不自己做嘛，我这眼睛就剩一只了，就不爱做饭了，社区要是有个食堂该多好啊！你们能不能帮我找个做饭的？"

柏合队长说："好的，谭爸爸，我替您想想办法！"

谭爸爸紧紧抓住柏合队长的手，说："我是毛主席的兵，咱不说谎话，自从朝鲜回来，从没有人像你们这样来看过我，也没有人像你们这样耐心跟我说话。你们这样关心我，这是几十年来的第一次呀！孩子，太谢谢你们了，我看到这件暖兵文化衫就会想起你们的，我穿在身上，暖在心里呀……"

老兵谭洪深的梦想：每天能吃上可口的饭菜，能有人陪着聊聊天。

当年的英雄战士保家卫国，如今的暮年老兵需要暖心陪伴！

柏合暖兵行动，请大家快快加入吧，让我们一起用一颗感恩之心来陪伴老兵……

第51位　91岁刘义善

时间： 2020年7月29日　星期三　雨

地点： 吉林省长春市绿园区普阳街道花园社区抗美援朝老兵刘义善的家

陪同： 长春市绿园区普阳街道花园社区党委书记张玉侠和网格长赵书焕

◎穿上这件衣服，还怪好看的

中午，柏合暖兵服务队在联络员的引领下，来到了老兵刘义善的家。一进门，刘爸爸热情地和我们打着招呼。

刘爸爸和老伴住在一楼，家里收拾得干干净净。

老兵刘爸爸的身体很好，腰板挺直，老伴笑呵呵地陪在身边……一眼就能看出来，是幸福的老两口。

看着我们都穿着迷彩服，刘爸爸问："你们是哪个部队的？"

柏合队长笑笑说："刘爸爸，我们是中华志愿者柏合暖兵服务队，关爱老兵、寻访老兵足迹的。"

刘爸爸笑着说："啊，你们是志愿者呀，快请坐，你们都辛苦了。志愿者无私奉献，你们了不起呀，太谢谢你们啦。"

柏合队长拿出暖兵文化衫，说："老爸爸，这是送给您的，您看喜欢吗？"

老兵爸爸接过暖兵文化衫，用手抚摸着说："喜欢，这军绿色我最喜欢了。"

柏合队长帮刘爸爸穿上。他老伴凑过来，说："穿上这件衣服，还怪好看的。”老太太说话，带有山东口音。

柏合队长说：“我们想写一写您的军旅故事，刘爸爸，麻烦您，找一找军功章和退伍证等相关的证件吧。”

刘爸爸拿出一个小布包，说：“这是我的宝贝，也是我最爱的东西，看到这些物件，就想起打仗的经历。”

◎您是“三战”老兵啊

刘爸爸说：“我是山东人，1929年9月出生，1945年7月1日入伍，1964年退役的。我16岁时参加了山东地方部队谊都龙山区中队。到区中队不到一年，就去了县独立营，在独立营又待了一年，解放战争就开始了，和国民党开始打仗了。国民党当时重点进攻山东。当年我被分到鲁中军区的一个旅。”

柏合队长听到这里说：“刘爸爸，抗日战争、解放战争、抗美援朝您都参加了，那您一定有很多惊险的故事吧？”

刘爸爸说：“那故事就太多了。解放战争时期我已经是排长了。作为排长，每次都要冲在最前面，受伤是家常便饭，那会儿轻伤不下火线，我这脚脖子至今还有弹片在里面呢。”

刘爸爸说着，撸起裤腿让我们看，脚踝上还有弹片伤痕，右脚后足跟处是一块黑黑的伤疤，左脚脖子从内踝骨上至三四指的高度（三阴交穴）都是黑紫色，而且都爆皮了。显然，是经络不通所致。

老伴在一旁咳了一声，说：“啥都挺好，就是这腿脚，医院也没办法啊！老遭罪了。”

柏合队长说：“刘爸爸您受苦了！我是中医经络按摩师，您的这条腿，我会帮您的，等我把这次寻访任务完成后，就安排时间帮您做理疗。您为了革命，受了那么多的苦，应该享受一下我们这代人对您的感恩与回报了。”

刘爸爸老伴乐呵呵地说：“哎呀，那可太好了，先感谢你了，孩子。”

◎军用背包像盾牌一样，救了我的命

刘爸爸继续说：“我最难忘、最惊险的一次是解放山东潍坊的时候，当时，我们在一个山区打阻击战，作战目的是阻止国民党部队跑往济南。当时我们部队设了一个包围圈，我带领一个排，把敌人引到我们的埋伏圈里。敌人被我军包了饺子，战斗打了整整一个晚上，最后全部消灭了敌人。清理完战场，我们累得不行了。部队命令就地休息。我和战士们困得就想睡会儿觉。当我打开背包时发现，背包里裹着三颗子弹，原来是在战斗中敌人射的，打进了我的背包里，是行军被子救了我一条命！多险呀，想想都后怕。战友们都开玩笑说，子弹都累了，进到军被里，就不想出来了。”

柏合队长说：“我听着都后怕，刘爸爸您的命可真大啊，在枪林弹雨中能活下来，太不容易了。”

刘爸爸笑了笑，接着说：“1948年我们部队升级，参加了二野兵团。

之后就进入了淮海战役，然后渡过长江，南下成都，后来又和部队开始剿匪。”

◎我还有用，还能为社会做点事

“1951年我从成都来到长春部队，在姥姥屯那里练习训练坦克员，准备去朝鲜。但由于我们在成都收编了国民党的一个坦克部队，领导鉴于起义成分太大，原国民党兵员多，就没敢让我们部队去朝鲜。后来我又来到长春坦克学校，配合教练为学员做实操训练。我当时在南方已经是坦克连的连长了。后又调到北京坦克学校深造学习3年，毕业后我才去了朝鲜，那时都停战了，我是1957年8月去的朝鲜，我们的任务是替换驻守‘三八线’的部队，在朝鲜我们被编入16军46师，平时除了训练，就是帮助当地老百姓建设家园，修水库、修铁路、修火车站、架桥等。1958年我们部队撤回国来，又回到长春姥姥屯驻军。当时，上级给我们倒出来一个车库，休整一段时间后，我又到了南岭坦克学校。”

刘爸爸说话很利索，思路也很清晰。柏合队长说："刘爸爸您今年都91岁了，思路还这么清楚，真是难得呀，还有老伴陪在身边，您是老兵当中最幸福的一个啊！"

刘爸爸说："身体还行，就是这腿不太好。"

柏合队长说："这样吧，等我忙过这阵子后，安排个地方，我帮您好好地把这老寒腿调一调，我自己这条腿就是经络不通、肌肉萎缩，您看我这不都站起来了吗？"

刘爸爸一听这话，眼睛马上就亮了，紧紧抓住柏合队长的手，说："你假若能帮我把这腿脚按摩好，我就听你的，你让我干啥，我就干啥。"

柏合队长笑笑说："好，那我们一言为定，我帮您理疗老寒腿，您和我们一起到各地讲老兵故事。"

"行、行、行，那可太好了，我一定完成任务。"老兵刘爸爸说着，就抬手向柏合队长行了个军礼，又眼含热泪说道："这么多年了，我感觉自己没有用了，现在都是年轻人的时代，我们老了，又不懂互联网，说话人家都不爱听了。今天是我第一次感到社会的温暖，我还有用，还能为社会做点儿事，我这心里真的太高兴了。”

即将告别了，我们在雄壮的《中国人民志愿军战歌》声中留下了珍贵的合影。

老兵刘义善的梦想：腿脚好，和柏合老兵故事宣讲团一起讲老兵故事，能融入社会实现一个老兵的价值。

后记：我真的太佩服柏合队长了，每一位老兵的身体情况不同、战争经历不同、家庭背景不同，但是柏合队长能用不同的办法，让老兵感到无上尊重、超常温暖、真切关注。

柏合队长给予老兵的关爱不是谁都能做到的。这种关爱远远超越了金钱和物质。

我什么时候也能做到柏合队长那样子呢？

第52位 89岁罗文革

时间： 2020年7月29日 星期三 雷阵雨转中雨

地点： 吉林省长春市绿园区普阳街道花园社区抗美援朝老兵罗文革的家

陪同： 长春市绿园区普阳街道花园社区党委书记张玉侠和网格长长赵书焕

◎激情饱满的服务队

10点50分，柏合暖兵服务队寻访到了老兵罗文革的家。

罗爸爸的家在4楼，没有电梯，大家都担心柏合队长爬楼梯，腿会吃不消。“没事儿，别忘了我比你们还多一条‘腿’呢！”柏合队长幽默地说。

这几天，柏合队长的腿一直肿着，但她的精神头是足的、激情是饱满的。看她的笑脸，你永远都想象不到她是个二级残疾人。

但是，当你看到她那条平时肌肉萎缩得像手脖一样细，活动时又肿得胖胖的、像莲藕一样的脚脖子，你会对她心生一种敬意：她竟然是这般刚强的一位中年女性——为了暖兵活动，她忘我地工作着……

◎怎么想得这么周到啊

我们分开大礼包，每人分别拎着礼物，来到4楼。罗爸爸的儿子打开门，笑着说：“欢迎大家来看我爸爸，辛苦了！”

这时罗爸爸走过来，说：“快进来，快进来，都坐下，都坐下。”听

口音罗爸爸像是陕西人。

柏合队长说："罗爸爸，您先请坐。"罗爸爸说啥都不坐，还说："客人不坐我哪能坐下啊。"

柏合队长忙说："罗爸爸您先坐吧，《弟子规》里不是说'长者先，幼者后'嘛，您先坐，我们就都坐下了。"罗爸爸这才坐在沙发上。他儿子把洗好的葡萄和切好的西瓜放在茶几上，说："大家别客气，都吃点吧。"

柏合队长说："您就别忙了，我们给老爸带来了养生礼包，您记好怎么给老爸爸用。"

罗爸爸的儿子认真地听完柏合队长的介绍，满脸不解地说："你们怎么想得这么周到啊？这礼物对老年人非常实用，连我这当儿子的都没你们想得细啊，太感谢你们的爱心了。"说着还竖起了大拇指。

柏合队长又把暖兵文化衫拿过来，双手递给老兵罗文革："罗爸爸，再送您一件暖兵文化衫，也不知道大小合不合身？"

罗爸爸接过来说："我喜欢这颜色，我穿上试试。"

儿子在一旁，似乎感觉爸爸像小孩一样，他看着老爸笨手笨脚穿衣服的样子，捂着嘴乐了。

老兵穿上暖兵文化衫，高兴地说："我好像又当兵了。"大家都笑了。

◎由大西北开赴丹东，转而入朝

柏合队长和罗爸爸聊起了当年的故事。老兵罗爸爸说："我今年89岁，1948年8月15日入伍西北野战军一野1军2师。我一入伍就进医院了。

当时的我就像现在的中学生那么大，在外科手术室协助医生收治那些从战场上下来的伤员，处理枪伤和炸伤。”

柏合队长说：“罗爸爸，您说的这段是解放战争的故事吧？去朝鲜是哪年啊？”

罗爸爸说：“1952年下雪的时候我们入朝了，是从青海的西宁坐火车一直到西安，又到了丹东。一路上只有到锦州时是个饭点，可以吃饭，其他时候都没吃的。我们的医院驻扎的地方叫山城镇，就在一个很大的俱乐部里，我们都搭地铺，演习防空知识，等待部队通知。这一天部队来通知了，让全体去车站等着，我们等了一天车都没来，大家心里都很着急。当时我们都穿着单衣，东北都下大雪了，冻得不行呀。车终于来了，是闷罐车，车站里有好多牛肉罐头和压缩饼干，让大家随便装。压缩饼干太硬了，根本咬不动，但也不能光拿罐头不拿饼干呀，我们各种吃的都拿了一点儿，还拿了炒面和生面。入朝的那天，是夜间过鸭绿江的。到朝鲜第一站就是黑桥，当时是晚上，因为美国的飞机就是要封锁志愿军的运输线，天天往运输线上扔炸弹，坐火车是很危险的，路炸断了，工兵和老百姓赶紧抢修好。火车又继续走，终于到了沙其里停下来，我们全部人员赶紧下车，等我们下车后火车马上钻进防空洞里藏起来。我们下车后看到满车站都是物资，很多人都在抢运物资。我们分头住在老乡家里等候通知。”

◎在独立一分队医院的日子里……

“我记忆深刻的是朝鲜的一次年夜饭，因为后方交通给封锁了，年夜饭也没有东西做了，医院就分一人一盒鱼肝油，厨房就把鱼肝油收回来与仅剩的一点花生煮在一起，这就是我们的年夜饭。当时真的太苦了，我们属于后方，前线战士们就更苦了。到了朝鲜，我们部队番号都变了，我们是战字2092信箱，独立一分队医院。我是1954年7月从基浦医院回国的。”

这时他儿子在一旁说："爸，快12点了，该收尾了。"

刘爸爸连看都没看儿子一眼，继续说："我还得说一件事。我记得最残忍的是美国鬼子扔炸弹，把朝鲜的一个女同志给炸伤了，一侧胳膊带着半个上身全炸了，血淋淋的。人还活着，抬到我们手术室里时，都没法包扎了，我们所有人都掉泪了，太残忍了，战争太残酷了。

"在朝鲜是没有前方后方之分的，美国鬼子的飞机肆无忌惮地在天空随便扔炸弹呀。有一种叫'油挑子'的飞机，特别厉害，飞得特别低，能看清楚地面的人和东西。我们都讨厌这种飞机，杀伤力特别大。我们包扎的战士大多都是被它炸伤的，受枪伤的很少。

"当时是医疗物资特别匮乏，没有麻醉药呀，有时我们就自己配麻醉药，有的轻伤只能让战士自己忍着了……可手术后感染的症状很严重呀，没有消炎药，盘尼西林相当贵，是从美国鬼子那里缴获来的……是稀缺品！

"再就是朝鲜的毒蛇多，不到两尺长的小蛇，三角的头，一不小心就被毒蛇咬伤了，好多战士的脚脖子都被蛇咬了，严重的都截肢了。为防毒蛇咬伤，后来我们志愿军的服装都有改变，袜子都是双层底的、高腰的，裤腿都有抽筋（以收紧衣服）了。这样就防止了毒蛇的攻击。"

说到这里老兵的儿子又提醒说："爸，你别说了，这都晌午了，大姐她们还没有吃饭呢。"

◎护理伤兵之外的事儿

还没等柏合队长说话，老兵罗爸爸抢着说："我再说件护理伤兵之外的事儿……"

柏合队长冲老兵儿子做了一个手势，意思是先别打扰罗爸爸，让他继续说吧，不用担心大家午饭的事，我们继续听罗爸爸讲下去。

罗爸爸顺着刚才的话题继续说："停战后，朝鲜的老百姓胆子越来越大了，妇女都敢出来了，她们用头顶着苹果来到我们医院的防空洞周边吆喝叫卖。"罗爸爸说着就学起了朝鲜话高声喊"哈唏有"，然后又给我们解释意思是"要不要"。罗爸爸继续讲下去："当时我们的人民币她们都不要，我们又没有朝鲜币，怎么办呢？后来我们就用一些日用品，比如牙膏、香皂、香烟和他们换苹果。"

"还有个稀罕事呢，朝鲜的老牛吃熟食，冬天把玉米秆切成一节节的用锅煮热了喂牛。"

老兵罗爸爸越讲越兴奋……

◎不得已，打断了罗爸爸的谈兴

他儿子从厨房出来说："平时没有人听他啰里啰唆地讲这些事，今天你们来了他高兴，刹不住车了，终于找到倾诉对象了，这可劲地说呀。"

中午12点多了，考虑到罗爸爸需要吃饭和休息。柏合队长说："罗爸爸，我知道您还有很多故事，但由于时间关系，今天咱们就先聊到这儿。您也该吃午饭了，改天我们还来看您，您把故事都给我们留着，等我们下次来再给我们讲好不好？"

罗爸爸乐得嘴巴都合不上了："好的，我等你们，举双手赞成你们暖兵行动，谢谢你们了。这么多年也没人问我这些事，我以为都忘了我这个老兵了，有时候就想把这些经历都带走得了，没想到今天你们来了，还愿意听我啰唆。"

老兵罗爸爸紧紧抓住柏合队长的手舍不得松开……

老兵罗文革的梦想：有人耐心地听他讲故事。

后记：多么可爱可敬的老兵啊，罗爸爸尘封的故事闸门被我们打开，宁可不吃饭也要和我们讲述故事，儿子怎么说都阻止不了他。

老兵，多么需要倾诉啊！

第53位 85岁宋恩波

时间： 2020年7月29日 星期三 雷阵雨转中雨

地点： 吉林省长春市绿园区普阳街道春草社区抗美援朝老兵宋恩波的家

陪同： 长春市绿园区普阳街道春草社区民委主任周立杰

◎贪晌，冒雨，寻访

12点40分，天上又下起了大雨。柏合暖兵服务队的代步车冒雨行驶在寻访老兵足迹的路上。接下来，我们即将拜访的是老兵宋恩波。

联络员引我们走到小区门口。可小区不让进车，天还下起了大暴雨，我们又没带伞，人淋湿了没事，给宋爸爸的礼品不能湿啊。没办法，只好在小区门口等雨小点了，再去宋爸爸家……

雨哗哗地下着，我们坐在车里等着……

雨终于小一点儿了，联络员就下车跑过去跟门卫沟通，门卫一听是来慰问老兵的，就破例给开了门，让我们的车开进了小区。

宋爸爸的家也在4楼，柏合队长的第三条腿又得上岗了。联络员敲开了门，宋爸爸迎出来："这大雨天的，还来看我，太感谢了，快进屋。"

◎用写字板交流

宋爸爸个子不高，人很精神。柏合队长介绍说："宋爸爸，我们是中华志愿者协会柏合暖兵服务队，今天特地来看您来了。”

宋爸爸怔怔地看着我们没有答话。

这时旁边的女儿走过来，拿了一个写字板笑了笑说：“我爸爸耳朵基本听不到了，我们和他写字沟通。”

原来是这么回事啊！柏合队长也在写字板上写了起来，他看着写字板，一直在点头微笑。

柏合队长把暖兵文化衫拿出来给他看，没想到宋爸爸特别高兴地说：“嗯，真好看，我现在就穿上。”

柏合队长帮他把暖兵衫穿上，宋爸爸立马变了一个样，更精神了。

柏合队长嫌写字太慢，就趴在宋爸爸耳边大声说：“老爸爸，您今年高寿啊？”

宋爸爸说：“唉！老了，都85岁啦。”

他闺女奇怪地说：“这是怎么回事？我和爸爸说话比你这声音都大，他都听不到，你是怎么让我爸爸听到的？”

我们都笑了……

◎宋爸爸是红二代，也是剪纸艺术家

柏合队长给宋爸爸介绍柏合暖兵行动已经慰问了100多名老兵的时候，宋爸爸感动得落泪了。他说：“这么多年我这是第一次呀！”

然后，他像一个小孩子一样，拉着柏合队长，指着一个相框说：“你看当年我和毛主席、周总理和十大元帅照的照片，还有这一排是我在部队一步步成长的过程，一直到退休。”

大家都凑过去看相片，他指着一张军人照片介绍着：“那些都是我的，这张不是我的，是我父亲的。他是1940年入伍的，是四野的，叫宋庚山，参加过抗战，记得我父亲回来时，我都12岁了。”

柏合队长说：“原来宋爷爷也是当兵的，那么，宋爸爸的家是红色家族啊。我记得小时候经常听爸爸说‘老子英雄儿好汉’，宋爸爸，这句话说的是不是您啊？”

老爸爸一听更兴奋了说：“我去拿荣誉证书给你们看。”然后去柜子里拿出厚厚一沓荣誉证书。

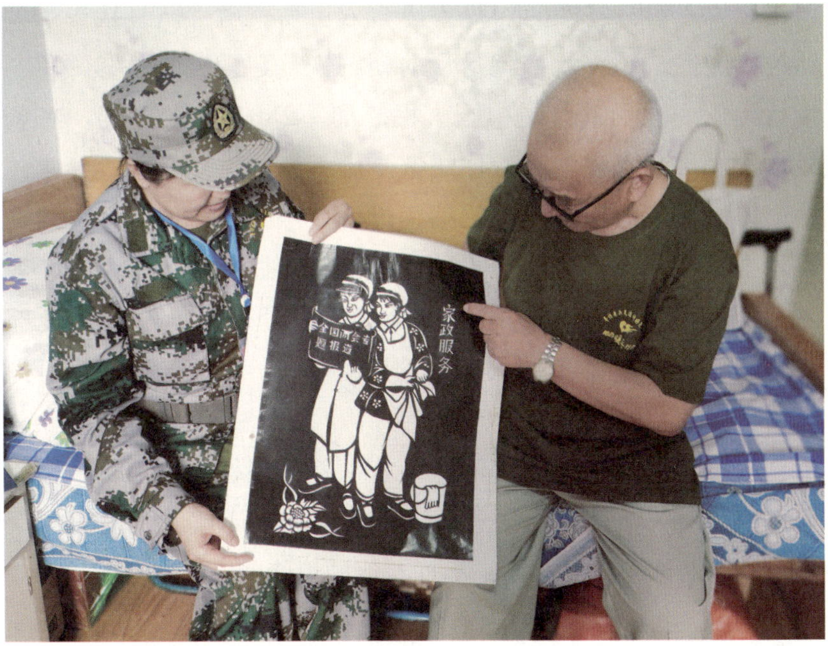

柏合队长问："宋爸爸，您这是什么作品得了这么多奖呀？"

宋爸爸的女儿说："我爸是个多才多艺的人，心灵手巧，很多作品都获过奖，今天这是高兴了，像个小孩似的给你们显摆呀！"

柏合队长问："宋爸爸，您这是什么作品啊？"他女儿说："是剪纸！"

宋爸爸从床垫底下拿出一幅标题为《家政服务》的剪纸画，说："送给你们暖兵服务队留个纪念。"

柏合队长恭敬地接过来说："宋爸爸，您这手艺太好了，剪得真漂亮。这手艺可不能失传啊！"

宋爸爸笑着，看了一眼女儿，说："没有人愿意学啊。"老人摇摇头，透着温和与些许的无奈……

◎入朝，援建

柏合队长和宋爸爸坐下聊起了当兵的故事。

宋爸爸说："我是1956年4月入伍，入伍后就随部队直接去了朝鲜。那时朝鲜已经停战了，我们就是帮助朝鲜恢复建设家园，修铁路、修水库，维持治安。我们部队是中国人民志愿军280部队警卫连。在朝鲜那会儿经常设潜伏哨，驻地附近住的都是南朝鲜的家属，半夜经常过来搞破坏。记得一次我们正在下潜伏哨，过来一个人，我们一问'口令'，他回答不上来，撒丫子就跑，结果被我们逮住了。经审问，这个被抓的原来是个偷军人服务社的小贼。我们无权处理，就交给当地部门处理了。记得那个人一个劲儿地磕头不走，因为我们有纪律，不打骂犯人。"

柏合队长知道宋爸爸听力不好，就拿着手写板认真地做个倾听者，只是用表情和肢体语言配合宋爸爸，需要和宋爸爸确认的就拿起手写板写上，尽量让宋爸爸自由发挥，不打断他的思绪。

◎参军，空军漏子

宋爸爸接着说：“记得1956年4月那年招空军，要求条件是家庭三代成分要干净，就是要三代都是贫农无产阶级，体重100斤，身高1.6米，我正好符合条件，就报了名。当体检时，我们舒兰地区就选上了两名。我是‘空军漏’，就成了志愿军，当时很多人说不去了，我想出去闯一闯，就跟部队走了。我们先去丹东，给发了服装，就坐火车去了朝鲜。到了朝鲜的时候是晚上，一看从山脚下到山顶全是灯，我们高兴了，以为是楼房呢，结果走到了一看，傻了眼了，全是废墟呀。在朝鲜尽修水库了，可苦了，用筐背石头，山上都是羊肠小路，背石头中途不能停、不能歇，你一停，后边的同志也得停下。我们都把肩膀磨掉皮了，太苦了。歇一晚上，第二天再背石头。那背和肩膀疼得钻心呀……在朝鲜那段时间，除了军训，就是背石头了。”

◎回国，搞军事测绘

宋爸爸接着说："回国后我去了北京军测局，一直搞军事测绘。复员后，当地对口的专业单位接收了我，当时被安排到吉林省测绘局。后来说我不是在长春地区走的兵，我是舒兰地区的人，就给退回舒兰地区了。最后我给部队写了个材料汇报，部队又和吉林省人事部门沟通，在人事部门的帮助下，才安排到省测绘局工作，但职位降了两级。虽然这样，我在测绘局还是积极工作，立过一等功，受到过多次嘉奖，多次被评为先进工作者。我很感激我的部队，很怀念当初的战友。"

柏合队长说："宋爸爸，您是好样的，无论干什么工作，都是一把好手啊。"

宋爸爸开心地笑了："谢谢你们了，听我啰嗦这么多，暖兵志愿者，我记住了，和你们唠嗑，我这心里特舒服！"

◎宋爸爸再圆剪纸艺术梦，宋女儿加盟暖兵团队

柏合队长说："宋爸爸，您还有哪些梦想吗？"

宋爸爸凝重地说："唉，不敢想啊，老了能经常有人听我唠叨，就心满意足了。要是能有人经常组织和老战友见见面就更好了。"

我们告别出来时，宋爸爸一直拉着柏合队长的手，不舍得松开。柏合队长说："宋爸爸，等以后我们建立一个暖兵乐园，把您请过来教大家剪纸，好吗？"

宋爸爸立马说："当然好啦，我一定去。"

我们出门都走到楼下了。宋爸爸女儿追出来说："柏合队长，你们的暖兵活动太好了，我爸爸可高兴了，你们这活动太有意义了，我可以参加做志愿者吗？有什么条件和要求吗？"

柏合队长笑着说："做志愿者只有一个要求，就是有一颗干干净净的爱心，再就是要有无私奉献的精神。"

宋爸爸女儿高兴地说："就冲你们今天对我爸爸的爱心，我就能感觉到你们是真正关爱老兵的，我爸爸他一般情况下都不爱说话，但是他今天可真是高兴了。所以，我一定要加入你们的组织。"

"好的，我们志愿者协会欢迎你！"柏合队长答应宋爸爸女儿加入志愿者协会。

老兵宋恩波的梦想：有人懂他，倾听他的故事，有人传承他的剪纸手艺。

后记：我能感觉到老兵宋爸爸还有好多话要和柏合队长说，就像一个小孩子碰到一个懂他的小伙伴一样。他女儿说爸爸好久没有说过这么多话了，是不想说，还是没有倾诉对象呢?

第54位　95岁姜隆钧

时间： 2020年7月29日　星期三　雷阵雨转中雨

地点： 吉林省长春市绿园区普阳街道春草社区抗美援朝老兵姜隆钧的家

陪同： 长春市绿园区普阳街道春草社区民委主任周立杰

◎文化衫“穿”出老兵的笑容

下午2点半，天空总算有点亮堂了。

柏合暖兵服务队来到姜隆钧姜爸爸的家。

姜爸爸一开门，看我们都穿着迷彩服，还扎着腰带，戴着军帽，就笑着说：“你们好，辛苦了，哪个部队的，怎么全是女兵啊？”

我们都笑了。

柏合队长搀着老爸爸坐在沙发上，笑着说：“我们是暖兵服务队的，今天来看您来了。”

老兵高兴地说：“欢迎啊，欢迎大家。”

姜爸爸高高的个子，瘦瘦的身材，有点驼背了，虽然是95岁高龄了，仍很健康。

柏合队长拿出暖兵衫继续说：“老爸爸，我给您带来一件暖兵衫，咱穿上，看看好看不……”

没等柏合队长说完，老兵姜爸爸就高兴地接过暖兵衫说：“好看呀，这颜色太好看了。我马上穿上，军人爱绿色呀。”

我们至此发现，每位老兵爸爸都喜欢暖兵衫。

穿上暖兵衫，老兵爸爸显得很精神。他儿子这会儿端过来水果，放在茶几上，说：“快吃点水果吧，呀，老爸穿这衣服挺精神的呀！”老兵爸爸听了，开心地笑了。

◎姜老写过自传

柏合队长说：“老兵爸爸，您有啥军功章呀、退伍证呀拿出来让我们看看吧！”

老兵的儿子说：“这些东西都是老爸自己放着呢，那是他的宝贝。爸，快拿出来让大家看看吧！”

姜爸爸站起来，慢慢走到自己房间拿他的宝贝去了。过了一会儿，老兵拿出了一大堆本子，有退伍证还有一本厚厚的书……

他儿子说：“我爸喜欢写东西，这是他写的家谱和自传。”

柏合队长笑了。她拉着老人家的手，说：“想不到姜爸爸还写了自传呀，了不起。”我们慢慢地了解了老兵姜爸爸的很多经历。

“1947年2月，我加入中国人民解放军第九纵队汽车营第三连。当时需要有文化的人统计枪支、弹药，因为我上了几年学，多少有点文化，于是我就到27军师部军械股做股员了。1947年4月，孟良崮战役的时候，我当班长了，为前线部队运输枪支弹药。1948年在昌潍战役中，我立了四等功一次；1949年11月11日在淮海战役中立三等功一次。1950年11月中旬，我跟随团长韩念龙去了朝鲜，是在中国人民志愿军俘管营，当时在大学里调来20多名会英语的学生，我为团长韩念龙当警卫员兼司机。从沈阳走的时候，给我发的手枪是美国手枪，负责保护韩念龙团长。入朝是从集安过的鸭绿江。到朝鲜后，我们在中国人民志愿军军团政治部指导下开展工作，该政治部驻朝鲜的江界市东县，我们住在附近老百姓家。韩团长整天和大学生们研究怎样和俘虏谈话，我和李秘书、罗秘书、丁秘书负责警卫和打饭。有战俘需要谈话的时候，韩团长就带着我们和大学生过去。因为来回路途很远，韩团长让我到军部看看有没有车可借来用。当时有一个朝鲜兵带着我去军部，一路颠簸，到了之后，见到我原部队老熟人杨兆慧。他刚看见我时没认出来，因为我脸上一脸的灰。后来，我认出了他，喊了他的名字。他问我：‘你怎么来朝鲜了？’我说：‘和韩念龙团长来的，在俘管营那边，团长的车子坏了，看军部这边有没有车子可借用。’杨

兆慧赶紧给军部打电话说明了情况。可是当时刚刚打完居一里战斗，汽车营孔营长牺牲了，车都被敌机炸坏了，没有几台好的了，不能借给我们。没办法，没有车我就返回来了。刚回到我们住的地方，上级来了一封电报，把我们往国内调。出国前我们是准备去巴基斯坦的。我们撤回北京，然后又被安排去巴基斯坦大使馆了。我还是韩念龙团长的警卫员兼司机。”

[韩念龙（1910年3月—2000年6月2日）杰出的外交家、原中国共产党中央顾问委员会委员，外交部原常务副部长。贵州遵义仁怀人，1935年参加革命，1936年加入中国共产党，新中国成立前长期从事军队政治工作，曾任中国人民解放军三十三军政委、上海警备司令部副政委、中国人民志愿军俘管团团长。1949年12月进入外交部，历任驻巴基斯坦、瑞典大使，外交部部长助理兼办公厅主任、外交部副部长等职，1994年10月离休。中共十二、十三大中央顾问委员会委员。2000年6月2日在北京逝世，享年90岁。]

◎暖兵，真暖到我的心里了

柏合队长问：“姜爸爸，您是哪年入的党？”

老兵姜隆钧回答：“我是1949年2月入的党。”

柏合队长说：“您的党龄比新中国还长啊。”

姜爸爸笑了……

我们要告别姜爸爸了。我在一旁提醒柏合队长，还没给姜爸爸介绍“养生大礼包”怎么用，柏合队长笑了：“光顾和老爸聊天了，忘了这事了。”

柏合队长于是向姜爸爸的儿子和儿媳详细介绍了养生礼包的用法和功效。姜爸爸的儿子说：“你们想得真贴心啊，都是老人最需要的东西，谢谢你们了。”

姜爸爸说："如今这志愿者都这么伟大呀！暖兵名字是谁起的，太贴切了，真暖到我的心里了！"姜爸爸一边说一边伸出大拇指。

老兵姜隆钧的梦想：健康长寿，经常有人听他聊故事，最好有个老战友相见的地方。

后记：姜爸爸等人随中国人民志愿军俘管团团长韩念龙赴朝鲜，在比较特殊的"俘管营"。在我们寻访的100多位抗美援朝老兵中，还是第一次听说这个部门。

抗美援朝不只是帮助朝鲜人民打败了联合国军，停战后陆续派出志愿军帮助朝鲜人民重建家园，坚守"三八线"。1953年停战，1958年志愿军才全部回国。

第55位 87岁金玉顺

时间： 2020年7月29日 星期三 雷阵雨转中雨

地点： 吉林省长春市绿园区普阳街道抗美援朝老兵金玉顺的家

陪同： 长春市绿园区普阳街道升眉区社区主任王丽颖

◎金玉顺：是位英雄妈妈

15点30分，柏合暖兵服务队在联络员陪同下来到升眉区社区抗美援朝老兵金玉顺的家。

为我们开门的是一位老妈妈，她热情地说："快请进，快请进！你们辛苦了。"

进了门，我们满屋瞧了瞧，柏合队长纳闷地问："老兵爸爸在哪呢？"这时开门的老妈妈笑了："你们要找的老兵就是我呀，我是一个抗美援朝回来的老兵。"

联络员说："柏合队长，忘记告诉您了，老兵金玉顺是位女战士，就是这位老妈妈。"

太让人振奋了，居然是位老兵妈妈！柏合队长激动地和金妈妈紧紧地拥抱在一起，高兴地说："我们一路走来，抗美援朝的老兵都是爸爸，今天终于有了一位英雄妈妈了，您可是我们女性的骄傲啊！"

金妈妈笑着说："来，孩子们快坐下，看你们都是女兵，听你们叫我妈妈，我这心里真是高兴。我就两个儿子，没有女儿。"

柏合队长拉着金妈妈的手，高兴地说："那我们就做您的闺女吧。"

老兵金玉顺笑了：“好啊，我一辈子就想有个闺女呢！”

刚进门才多大一会儿呀，这干亲就认了！大家为此都笑了……

“老妈妈，我给您带了一件暖兵文化衫，您看喜欢不？”柏合队长一边说着，一边把暖兵文化衫捧给金妈妈。

金妈妈欢喜地接过来，立马穿在身上，嘴里一直说：“闺女送我的，我都喜欢。”

大家再次被金妈妈的话逗乐了。

柏合队长又把“养生大礼包”送给金妈妈，告诉她怎么服用，金妈妈说：“闺女，你们做得太好了，为老兵想得这么周到，我替所有老兵谢谢你们。”

柏合队长说：“金妈妈不要说谢我们，应该说谢谢的是我们这代人，我知道金妈妈一定有好多抗美援朝的故事，今天就给我们讲讲吧。”

金妈妈说：“好的，那我就给大家说点当年的故事吧，都是我的亲身经历……”

◎3车重伤员都光荣了

金妈妈回忆着：“那是……那是1950年11月，我们做了体检，但一直等到1951年1月23日才正式通知我入伍。我被分配到中国人民志愿军一分部二大站七院任护士，1954年10月份回国。在朝鲜待了4年，立过三等功一次。”

柏合队长说：“金妈妈。您是入伍后就去朝鲜的吗？”

金妈妈说：“是的，入伍后，我们接受了一下简单的培训，就被分配到战地医院做护士。那时朝鲜战争正激烈地打着，所以我们直接去了朝鲜。在朝鲜那会儿，工作量特别大，每天都有大量的伤员从前线转下来，我们每天都紧张地包扎，根本没有休息时间。有时，有的重伤员需要输血，我们就抢着撸起袖子献血。只要血型对了，我就毫不犹豫地给自己的同志输血。那时人的心里只有一个信念，为了祖国不怕牺牲，死了也光荣。”

柏合队长说：“金妈妈，你们那代人真的很了不起呀！我不记得是谁说过‘战争让女人走开’的话。可您却代表女性参与了战争。”

金妈妈笑了笑，说：“不同年代的人，想法是不一样的。记得那次我们正在吃饭，前线来信了，让我们做好接收伤员的准备。我们各就各位，严阵以待。一会儿来了3辆大卡车，院长大声喊道：‘快，抢救伤员。’我们所有的战地医生、护士便呼啦一下围上去。可当我们爬上车一看，都惊呆了！满满一卡车的志愿军啊，都是缺胳膊少腿的，而且全都没有了呼吸……我们顾不上悲痛，赶快爬到第二辆车上，结果也是这样的。第三辆车上也没有一个人存活……孩子，你们能想象到吗？满满3辆车的志愿军重伤员啊，没有一个活下来的！我们再也忍不住了，大家抱在一起痛哭起来……送伤员的同志也哭着说，抬上车的时候还都有气呢！最后，我们挖坑，把这些牺牲的烈士掩埋了……”

说到这里，金妈妈忍不住流下了泪水。屋里静悄悄的，所有人都流着眼泪……

柏合队长哽咽着说：“我们现在安宁的生活是无数烈士用鲜血和生命换来的呀！没有当年浴血奋战，何谈今日幸福平安？！金妈妈，我们永远都不会忘记您的故事，我会把它写到故事书里，让全社会都了解每一位抗美援朝老兵背后的故事。柏合暖兵行动的使命就是寻访老兵足迹，讲好英雄故事！”

柏合队长一直轻轻抚摸金妈妈的后背督脉穴位，安慰着老人家。

◎朝鲜特务给志愿军饭里投毒

金妈妈稳定了一会儿情绪，继续说：“在朝鲜真的不知道什么时候就会把命丢了，每时每刻都有牺牲的可能。还有一次特别惊险。我们阵地医院转移，坐的是运物资的火车，底下是运往前线的物资，我们就趴在物资上，美国鬼子的飞机过来了，我们就赶快跳下去，往山上跑，有的脚崴了，有的胳膊摔断了，火车没停也没法隐蔽，就继续往前开，刚开出去不远，鬼子飞机就疯狂地往下扔炸弹，把火车都炸飞了……”

柏合队长说：“金妈妈，在那样战火纷飞的情况下，您能活下来真的不容易啊！”

金妈妈说：“我们那会儿都习惯了，要命的事情随时你身边发生。记得还有一次火车不走了，我们就下车了。当时朝鲜的特务特别多，我们正在做饭时，一个女的往锅里偷放东西，被烧火的发现了，一直在追问她。她开始就是不承认，最后承认是毒药，给志愿军投毒，原来是个女特务。当时我们就把她抓走了。据了解，她是朝鲜人，被美国人收买了。你说多危险，随时都能丢命，防不胜防呀！能活着回来真是不容易呀！”

柏合队长说："金妈妈，您讲的故事太好了，还有吗？"

金妈妈想了想说："闺女，没有了，我想不起来了，这么多年，我从来没有讲过，今天这是第一次讲。"

柏合队长说："金妈妈，咱得讲呀，教育下一代，要让现代人牢记那段历史，珍惜当下，开创美好未来。"

金妈妈说："好的，闺女，我会尽最大的努力配合你们，这暖兵行动真好，是一件利国利民的大好事。我今天真的很开心，捡了你们几个闺女，我这心里真舒服。"

老兵金玉顺的梦想：有贴心的女儿陪伴，身体健康，参与暖兵活动，讲老兵故事。

后记：金妈妈是一位真正的女英雄，我们很荣幸能做金妈妈的干女儿，我们一定要向金妈妈学习，和柏合队长一道孝敬金妈妈，让她的晚年更加幸福！

第56位 87岁王国桢

时间： 2020年7月30日 星期四 雷阵雨

地点： 吉林省长春市南关区桃源街道文庙社区抗美援朝老兵王国桢的家

陪同： 长春市南关区桃源街道文庙社区赵政凯书记和网格长刘桂芹

◎躺着—坐起—笑了

下午，柏合暖兵服务队在联络员的带领下来到老兵王国桢的家。

一进门，就见床上躺着个老人。他看我们进来了，就从床上坐起来，和我们打了打招呼。这就是王国桢爸爸。

王爸爸看起来很瘦，不太爱说话，面部表情始终如一。

柏合队长主动拉住王爸爸的手，说："王爸爸，我们是柏合暖兵服务队，马上到'八一'了，来看看您。"

王爸爸喃喃地说："你们是社会志愿者呀，来看我这个老兵来了？"

这时，王爸爸的儿子从外面回来了。柏合队长说："大哥你回来得正好，我把'养生大礼包'用法给你讲讲，你替老爸记着怎么用。"

柏合队长细心地介绍了一遍。王爸爸的儿子说："这'养生大礼包'全是我爸爸需要的东西呀！谢谢你们了！"

柏合队长又拿出暖兵文化衫给王爸爸看，王爸爸轻轻地说："看着挺好的。"

柏合队长帮助王爸爸穿上了文化衫。再一看，老人家立马像变了一个人似的。

联络员在一旁说："还别说，这衣服老爸爸穿上真挺好看的。"

大家都夸王爸爸穿上很帅。王爸爸也低着头笑了。

◎荣立6个三等功

柏合队长让家人找一下王爸爸的军功章，家人说军功章不见了，把后补的资料拿给我们看。柏合队长接过资料一看，立刻惊讶地睁大眼睛，大声说："王爸爸，您太了不起了，从解放战争到抗美援朝您一共立了6个三等功？！"

1949年6月在解放军64野战医院人山河战斗中因抢救伤员立三等功一次；1949年10月在解放军64野战医院解放吴忠市战斗中因抢救伤员立三等功一次；1950年9月在解放军64野战医院因在陕西省宝鸡市对伤病员服务好立三等功一次；1951年6月在解放军64野战医院抗美援朝五次战役中抢救伤员立三等功一次；1952年11月在解放军64野战医院反击马良山战斗中抢救伤员立三等功一次；1959年12月在解放军568团兽医所因兽医防疫工作成绩显著立三等功一次。此外，还分别在1962年、1963年、1982年、1985年、1987年被单位评为先进工作者和"五好"干部。

王爸爸木然地说："那些事，都不要提啦。"

这时，他儿子说："他啥都不记得了，人老了，记不住了。"

至此，王爸爸给我们的印象是"缄默其口"。他仅仅是不想提及当年的战争吗？还是讳莫如深，另有什么隐情呢？诸多疑问，我一时无法找到答案。我想，能不能听到他的故事，要看柏合队长的了。

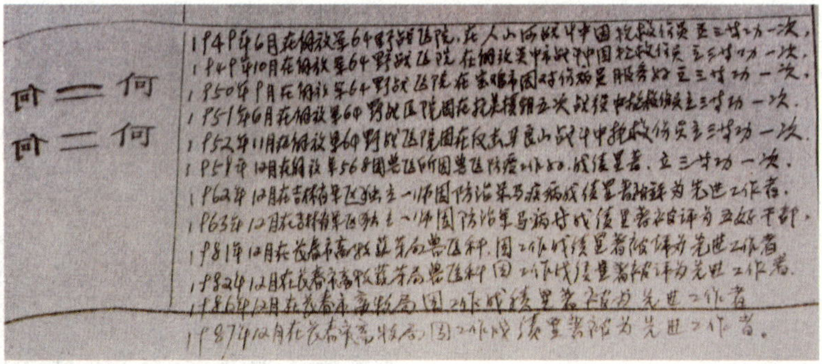

◎打开记忆的闸门

柏合队长说：“我们来帮助王爸爸打开记忆的闸门，大家都别说话，让我和老爸慢慢唠。王爸爸，您是什么时候入伍的呀？”

王爸爸低下头，说：“不记得了。”

柏合队长拉着他的手，说：“您一定是记得的，只是不想说，是吗？是平时没有人陪你说，也没人听您说，对吗？他们不爱听，可我爱听，王爸爸您说吧，今天我们就是来听您讲故事的。”

王爸爸看着柏合队长，说：“我是1948年10月9日入伍的，1950年在64野战医院入的党，我70年党龄了。”

柏合队长笑着说：“看老爸记得多清楚啊，日期都记得清清楚楚。谁也不许说王爸爸老了、什么都记不住了，谁再说这话，我就跟谁急。”

王爸爸看着柏合队长微微地笑了笑，接着说：“在锦州战役中，我当护士，协助医生动手术，我们有时也去前线抢背伤员。那时候也不知道害怕，害怕也不行，大家都时刻准备着为祖国献出生命，就算死了也光荣。1950年在朝鲜我就是护士长了，当时是抓组织工作，我管3个班呢。我们在医院工作，有时前线下来重伤员动手术，需要输血，大家都是争着抢着说：‘输我的血吧，输我的血吧！’有时候战地医院转移，也会遇到美机轰炸。那时候敌机拼命扔炸弹，好像他们的炸弹都不要钱似的。

我是幸运的，没有被炸成重伤过。朝鲜战争非常惨烈，从来没有前后方的分别，也经常有护士被炸死的。”

◎活着的若居功，愧对那些牺牲的战友啊

柏合队长说：“那时的三等功可不是好立的，不是普普通通就能得到的，而是拿命换的，您得了6次三等功，说明您至少死里逃生不止6次。”

王爸爸笑了：“那当然啦。小功、表彰都好得。”

王爸爸脸上露出自豪的笑容：“还有一次，敌机来轰炸了，我不能隐蔽，必须指挥大家把伤员转移，还得保护医疗器械。敌机飞过来，就疯狂地扔炸弹。当时，我们战地医院一片火海啊。我被帐篷架子给护住了。等飞机飞走了，我爬出来大声喊大家的名字，没有人回答我，都不说话了。最后就剩一个领导和我活下来了，其他人都死了。那次最惨了，全院就剩我们两个人了。敌机飞走了，我俩坐在废墟上好久都没有说话……”

柏合队长说：“是啊，战争是残酷的，记得有位老兵爸爸和我说，不打仗多好啊！志愿军不死多好啊！”

王爸爸动情地说：“立功受奖谁都高兴。但我不能居功，要不，咋面对那些牺牲的战友呢？”

“有麝自来香，不用大风扬，不求功来功自来。王爸爸，您是不是常常以感恩的心，回报自己有幸活着啊？”柏合试探着问王爸爸。

“你说对了。只要活着，干再多的工作，吃再多的苦，我都觉得值得，也愿意干。所以，工作自然表现得出色，多次被单位评为先进工作者和‘五好’干部……”王爸爸说出回国后又取得若干荣誉的秘诀。

我们都被他的操守感动了……

◎王爸爸唱起歌来

“王爸爸，我们从6月份到现在已经慰问了100多名老兵，还录了视频，王爸爸，我给您放出来看看好吗？”

王爸爸眼里露出期盼的眼神：“好啊！我看看这些老战友！”

柏合队长打开手提电脑，播放起我们慰问老兵的真实片段。

王爸爸的眼睛紧紧地盯着荧屏。当他看到老兵们唱歌的场景时，也跟着唱起来：“雄赳赳，气昂昂，跨过鸭绿江，保和平，卫祖国，就是保家乡……”

我们都跟着王爸爸唱起来。王爸爸的声音很洪亮，也很有力，似乎又回到了抗美援朝的战场上……

王爸爸的儿子说：“我老爸平时在家都不说话，几乎没有声音，今天是说得最多的一天了，想不到还能唱起歌来了。”

因为我们还有两位老兵的寻访任务，所以不得不告别了。

老兵王国桢一直拉着柏合队长的手，送我们出来，看着我们上车，还一直冲我们挥手，不停地说着“希望有时间再来啊”……

老兵王国桢的梦想：能和老战友交流，能有人陪伴聊天，能有人懂他！

后记：老兵王爸爸经历了解放战争和保家卫国的抗美援朝战争，先后荣立了6个个人三等功，但他却淡淡地放下了。看似老兵老了，什么都不记得了。但是，他们多么希望有人记得他们啊！多么希望有人耐心地倾听他们的故事啊……

第57位 87岁王克孝

时间： 2020年7月29日 星期三 雷阵雨转中雨

地点： 吉林省长春市绿园区普阳街道抗美援朝老兵王克孝的家

陪同： 长春市绿园区普阳街道升眉区社区主任王丽颖

◎当天寻访的最后一位老兵

下午5点18分，柏合暖兵服务队继续走在寻访老兵的路上。联络员说今天寻访的第七位老兵名叫王克孝。

来到老兵王克孝家的楼下时，我们发现王爸爸住在4楼的女儿家，这时不知道是谁说了一句："今晚，柏合队长得拽猫尾巴上床了。"

柏合队长笑了笑，没说话。她默默地拄着拐杖，吃力地跟在大家的后面……

大家分别拎着礼物，来到4楼。王克孝老人家推开门，热情地迎接我们："辛苦了，你们辛苦了，快进来，快进来。"

大家陆续换鞋进屋。这时柏合队长也爬上来了，和大家一起进了屋。

老兵王爸爸高兴地给大家安排座位，拿出矿泉水给大家。

◎弃笔从戎的卫生兵

柏合队长坐下，喘匀了几口气，说："王爸爸，您身体挺好啊？"

王爸爸笑了笑，说："还行吧，还能自己伺候自己。"

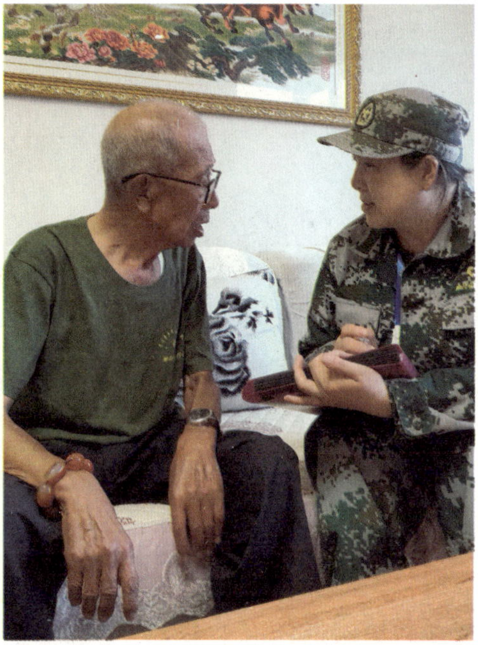

柏合队长拿出了暖兵文化衫，说："王爸爸，您看这是啥？喜欢不？"

王爸爸笑着说："这是给我的吗？这颜色我喜欢，军绿色，看着就亲切。"

柏合队长说："那您就穿上看看？"

王爸爸马上换上了暖兵文化衫，大家都说王爸爸穿上真精神。王爸爸也说："挺好，挺好。"

柏合队长说："王爸爸，您的军功章、退役证等都有吧，方便拿出来看看吗？"

王爸爸说："有。"然后起身去了卧室。

柏合队长看了看王爸爸的纪念章和退伍证，说："王爸爸，您给我们讲讲在朝鲜战场上的经历，好吗？"

王爸爸乐了："我没什么丰功伟绩，我只是一个亲身经历了那场灾难的普通战士。"

"1950年11月15日，我入伍50军150师，成为一名卫生员，当时我17岁。参军之前，我在齐齐哈尔卫生专科学校学习，差6个月毕业的时候，报名参加志愿军，去了朝鲜。当时抗美援朝的战争已经开始了，报名后直接从丹东入朝，在朝鲜待了5年，1955年回的国。"王爸爸非常淡然地讲了这段终生难忘的经历。

柏合队长说："王爸爸，您在朝鲜待了5年啊，那抗美援朝所有的战役您都经历了吧？"

王爸爸说："基本都经历了，攻打汉城战役，朝鲜顺川战役，上甘岭战役，东海、西海战役都参加了。战争太残酷了，每天都在死人，抗美援朝志愿军牺牲得太多了。尤其是上甘岭战役，是最苦的，没有水喝。你们知道吗？苦到什么程度？我是亲身经历的，战士的尿都得留着，给重伤员喝。在这么艰苦的环境下，我们还得优待俘虏，对俘虏特别好，让他们喝汽水吃面包，这些物资都是我们缴获的。我们的政策好，思想工作做得好。记得一个俘虏从我们这里回去，就领了十几个鬼子来投降。我党的政治思想工作做得太好了。上甘岭战役中，死伤惨重，我们在山上，鬼子在山下和江岸边。一场战斗下来，那江水都染红了，岸边上全是血沫子，真惨呀！那场战役最后是我们的战士摸到美军的军火库，把它点火烧了，整整烧了7天7夜呀！鬼子没有储备物资了，才投了降。上甘岭战役的时候我在后方医院，我们就是抢救伤员。当时医疗条件真的太差了，医疗器械都没有，伤员多数都是炸伤和枪伤，有的炸断腿了，可筋还连着，我们就用大剪刀剪断筋，包扎好直接抬上车送回国了。战地医院也不安全，只要是美国鬼子发现了我们医院，我们就得赶快换地方。每个人都得背着伤员往山里隐蔽。有一次我背着一个伤员往山里跑，怎么感觉背着越来越重了呢，叫他'同志'也不答应了，放下来一看，已经牺牲了。我赶紧放下他，顾不上掩埋，赶忙跑回去，再背另一个伤员。那会儿每天都在死人，死人都是分分秒秒的事，我们都不知道害怕了，根本没时间想乱七八糟的事，就是执行命令，抢救伤员。虽然经历了那些战争，但我不后悔当志愿军，再有机会，我一定还去当兵，保家卫国。现在就是老了，部队不要我了。”

柏合队长拉住王爸爸的手，说：“王爸爸，你们虽然人老了，但是你们的精神永远不老，要永远传承下去！”

王爸爸说：“人不服老不行。我各方面还行，就是耳背了，腿走路有点费劲……”

◎彼此话别

天黑了。我们要往回走了。

王爸爸拉着柏合队长的手，说：“感谢暖兵服务队来看我，好多年都没提过这些事了，今天和你们聊聊，我心里真的挺高兴的。”

我们要和王爸爸告别了，他坚持下楼送我们。柏合队长说：“王爸爸别送了，您送我们下楼，我们担心您上楼，是不是！您老好好保重身体，有时间我们还会来看您的。”

王爸爸不舍地点头：“好的，我等着。”

我们充满了不舍……

老兵王克孝的梦想：听力能好一些，老寒腿快点好，能和老战友见见面，有人陪伴听故事。

后记：回来的路上，我们都基本没有说话——寻访了这么多老兵，我们深深感悟到一个事实：老兵不怕牺牲，就怕被遗忘！

我们无论如何都不能忘了那段历史，不能忘了保家卫国浴血奋战的英雄们啊！

第58位　87岁王文明

时间： 2020年7月30日　星期四　小雨

地点： 吉林省长春市南关区桃源街道办事处文庙社区抗美援朝老兵王文明的家

陪同： 长春市南关区桃源街道办事处文庙社区网格长曹聪颖

◎老兵王文明与女儿一起生活

下午4点30分，在联络员的引领下，柏合暖兵服务队来到文庙社区抗美援朝老兵王文明的家。

“快请进，快请进。”王文明老爸爸亲自到门口迎接我们。

大家抬着大礼包进屋，柏合队长拿出暖兵文化衫送给王爸爸。王爸爸高兴地穿上身，说：“这暖兵衫瞅着就顺眼，有点找回当兵的感觉了。”

柏合队长又给他女儿介绍了“养生大礼包”的使用方法，王爸爸听了笑着说：“让你们这些孩子费心了。”

柏合队长笑着说：“一点心意，王爸爸您不用客气，今年是入朝参战70周年，我们今天来主要是听您讲故事的。”

王爸爸叹口气，说：“唉！时间真快呀，一晃都70年了！从来没有人让我讲过，想不起来多少了。”

柏合队长说：“王爸爸，咱能想起多少，就说多少吧。”

◎尖刀师插向敌后

1950年10月，王爸爸入伍三野27军81师，是步兵，当时17岁。1951年2月随部队入朝参战，1952年回国。

王爸爸说："我印象最深的是参加第五次战役。当时我们师是尖刀师，上级给我们部队的任务是快速行军往敌军后方穿插，分割敌兵团与其后方的联系，阻断他们的退路，配合大部队，一举消灭敌人。为了快速到达目的地配合大部队行动，我们昼夜行军。朝鲜都到处都是山，我们走的是盘山道，整个部队的指战员都戴着用树枝编的草帽，伪装自己。当我们正走到盘山道的拐弯处时，就被敌机发现了，开始敌机以为我们是自己的部队，后来发现不对，就疯狂地扔炸弹。把我们前面一个班的战友全都炸死了……"说到这里，王爸爸忍不住呜咽了。

柏合队长说："王爸爸，好在我们最后打败了美帝野心狼，您的战友在九泉之下也会庆贺我们的胜利！"

王爸爸继续说："那次牺牲的战友里有我一个表哥，是农安县龙王乡联合村的。当时我们去了7个人，其中就包括我表哥，他比我大两岁，他

家兄弟4个。我是独子，国家有政策，独子不让去打仗，我是主动要求去的。我当时是民兵连长，正在集训，听说大队干部正在动员报名参军，我和表哥就主动报名了，没想到他去了，却没有回来。”

柏合队长说：“王爸爸，你们遇到敌机拦截轰炸，损失了兵力，后来完成任务了吗？”

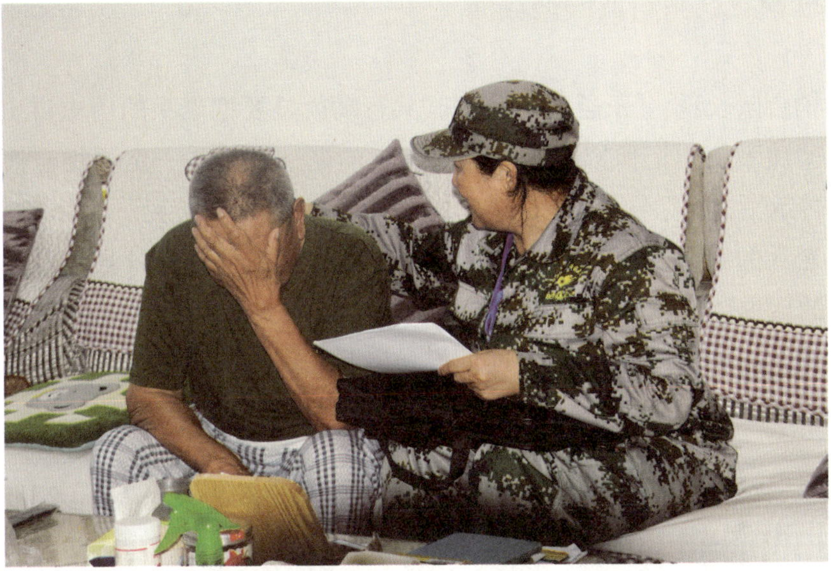

王爸爸说：“我们隐蔽到晚上，敌机飞走后，大家下定决心：一定要为战友报仇！我们连夜行军，最后按时到达阵地，按照上级的指示穿插到敌后，切断了敌军的后撤之路，与正面的部队一道对敌人形成一个包围圈。我们部队就一个师，堵住了李承晚的4个师。当时他们的武器装备很先进，我们的武器太落后了，但我们不怕他们。我们死死堵住他们的退路，不给他们留一点逃生的机会。那一仗打得太壮烈了！我只知道我们这个连最后就剩30来个人了。在朝鲜牺牲了多少志愿军战士呀，还有不少战友都没超过20岁。其实美国鬼子最怕我们志愿军吹冲锋号，只要一吹冲锋号，敌人就闻风丧胆。我志愿军战士多数都是从抗日战争和解放战争过来的，战斗有经验。这群人大都三四十岁，打老美根本不在话下。美军就是武器先进，论经验根本不行，我们冲锋号一响，美军用不了多久就会举枪投降。唉！那时候是真苦啊，我们没吃的、没穿的。当时朝鲜是最冷的时候，零下40多摄氏度，我们部队穿的单衣，想想有多冷，冻死了好多战友，现在想想我还心疼啊。这些事我都不愿回忆，太惨了……”王爸爸又落泪了！

◎暖兵队与老兵倾情交流

柏合队长说：“王爸爸，我们暖兵行动就是要把老兵的历史讲出来，让后辈决不能忘记保家卫国、浴血奋战的老一辈们，一定要把志愿军的精神传承下去。”

老兵的家人说王爸爸有心脏病，走路多了胯骨轴子（当地胯骨与股骨头的俗称）好像没油了一样难受。

柏合队长说：“我们这段时间寻访老兵了解到从朝鲜战场回来的人都有老寒腿，等我完成任务后，帮你们好好调理一下。”

王爸爸说：“谢谢你了，孩子，我就不用啦，你们多关心关心偏远山

区的老兵吧，他们过得太苦了。”

王爸爸时时不忘自己是一名老党员，时时刻刻都在替别人着想。

柏合队长说：“王爸爸，我们刚刚从外五县慰问老兵回来，我们还录了视频，您想看看不？”

王爸爸高兴地说：“想啊，太想了。”

柏合队长打开笔记本电脑播放出农村老兵的慰问纪实。王爸爸看过，由衷地说：“孩子，你们做了一件很了不起的事情啊，我替所有老兵谢谢你们了。希望你们能把这个活动坚持下去……”

告别了王爸爸，我们又向下一个老兵的住地出发。

老兵王文明的梦想：希望乡村的老兵过得好，希望我们把老兵精神传承下去，希望自己的老寒腿、心脏病快点好转。

后记：老一辈革命家受的苦是我们这一代人无法想象的，只有好好地学习和工作，好好地珍惜这来之不易的平安幸福生活，好好地付诸行动，才能对得起仅剩不多的老兵们啊。

老兵给我们的时间真的不多了，千万不要等到老兵不在的时候，才想起来感恩！那时，一切就都晚了！

第59位 91岁赵文生

时间： 2020年7月30日 星期四 小雨

地点： 吉林省长春市南关区桃源街道办事处文庙社区抗美援朝老兵赵文生的家

陪同： 长春市南关区桃源街道办事处文庙社区网格长任艳红

◎饭做好，却不吃，只为等待

晚上6点多，我们来到老兵赵文生的家。

家人已做好饭菜，可赵爸爸就是不吃，为的是等待我们的到来。

一进门，赵爸爸就热情地迎了上来。

赵爸爸家收拾得很干净，桌子上摆了两盘水果。

老人家和蔼可亲，说话干脆、利落。

柏合队长说："抱歉，赵爸爸，这么晚了，来打扰您，耽误您吃晚饭了。"

赵爸爸说："没事儿，你们志愿者这么辛苦，我很敬佩呀。"

柏合队长拿出暖兵文化衫，送给赵爸爸。

老兵接过来看了看，说："这是军队的颜色呀，我好多年没穿过这种色的衣服了，我现在就穿上它，找找感觉。"

赵爸爸说着就穿上了暖兵文化衫，人立马精神了很多。

柏合队长又向赵爸爸介绍"养生大礼包"："大枣、红糖、阿胶，适合老人补气补血。"赵爸爸听后眼睛一亮："你们想得可真周到啊，这个

‘养生大礼包’我也喜欢，这几天我正想去超市买袋红糖，这礼物送到我心坎里了。”

柏合队长欣慰地说：“侍老莫过女，心有灵犀，让柏合做事能对赵爸爸的心思。赵爸爸，如果方便，就请您把军功章、退伍证拿给我们看看吧。”

老兵赵爸爸去另一个房间拿来退伍证，说：“不好意思，我的军功章都让孩子们拿去帮我保管了，怕我弄丢了。”

柏合队长笑着说：“没事，没事，赵爸爸，那您就给我们讲讲当年的故事吧……”

◎当年那一幕幕……

老兵赵文生是1948年10月入伍，是成都军区的一名战士，当年不满18岁。

赵爸爸说：“我参加了解放战争，从东北到西南，从战士、班长、排长、指导员到连长，后来又到了武装部。”

“1950年10月入朝后，我们部队编入了50军149师，那时候我是班长。1955年4月回国，1978年退伍，在朝鲜战场上立了小功3次。”

“我在朝鲜参加过4次战役，就是第五次没参加。第一次战役没打好，是不会打，刚到朝鲜就不知该怎么打，连万岁军38军刚开始都没有打好，刚去不会打呀。”

“1951年1月3日，那次战役打得真苦啊，当时是汉城北高阳与英军27旅和29旅打，两军在没有准备的情况下遭遇了。双方直接交火。一排长、二排长、三排长都英勇牺牲了。我们从天不亮就开打，一直打到下午2点。后来我们部队攻下了英军的布板阵地（英军在布上印上大大的字铺在地上给自己部队飞机当信号用的）。敌机若看见布板在就知道是自己的部队，不会往下扔炸弹。我们就死死守在布板的位置，谁也不许破坏。敌机多次飞过来看见布板，以为是自己部队就飞走了……可时间长了敌机发现不对劲了。有一天一架敌机低空飞行，发现了我们是志愿军，就开始疯狂扔炸弹。”

“我们7班老班长朱子君，当时被炮弹炸掉了半个脸，我都没有办法给他包扎了。他就用手沾血写下了最后3行字：‘小赵，我不行了，中国共

产党万岁，毛主席万岁！’之后就牺牲了。更可怜的是4班班长，他是一个四川人，负伤了被英军抓住，被可恶的英军用汽油活活地烧死了，最后烧得像个小烧鸡似的……太让人心痛了。别提了，当时我们打得班不是班、连不是连，都打乱了。我们正在拼死征战的时候，指导员喊撤下来，快撤下来。我刚撤下来，一发炮弹就在我前面爆炸了，我眼看着有个战友的腿被炸飞上了天，‘吧唧’又掉下来，正好掉到我的面前，那脚上还穿着大头鞋呢。我的心就甭提有多难受了……那次遭遇战，我们部队死了太多的人了，别提有多悲壮了。但还是毛泽东主席说得对：人不犯我，我不犯人；人若犯我，我必犯人！为了保家卫国，军人的牺牲永远是值得的！”

柏合队长一直默默地听赵爸爸讲述着。

赵爸爸接着说：“第四次战役以后，我们部队过了汉江之后马上整训，为第五次战役做准备。我们的部队善于守，不善于攻，后来上级把我们部队调回了后方休整。在朝鲜我们还有一个大问题，就是军需供不上，饿得战士肚子瘪瘪的，还得坚持和武器装备一流的联合国军打仗，我们在后方心里那个着急啊……”

◎第二次、第三次入朝鲜

“1951年6月，我第二次入朝，准备让我们修平壤机场，后来又让我们部队修防空工事。1953年我被部队派回国，到齐齐哈尔步兵学校学习。1954年，我又第三次入朝，直到1955年和部队一起回国。我在朝鲜战场上没有受过大伤。我是1949年6月入的党，今年已经是71年党龄了，我永远不忘党对我的培养！小时候我家是雇农，最穷的家庭成分，家里很穷，孩子多，经常吃不起饭，饿肚子，我要过饭，卖过报纸，卖过豆腐，当过童工，各种苦活我都干过。我感谢毛主席，他领导我们穷人翻身做主人！感谢共产党，共产党把中国建设得多好啊！”

柏合队长说：“赵爸爸，我们暖兵行动服务队慰问寻访了100多名老兵，您是最奇特的一位老兵，当年多少人一次入朝参战就把生命留在了那里，您竟然是三入三归，还能健康长寿至今，您真是一名了不起的老兵啊！赵爸爸，请您把这三入三归的时间给我们讲讲好吗？”

赵爸爸笑着说：“你这孩子，还给我总结了一个‘三入三归’的名词。第一次是1950年10月25日我随部队入朝，打了几次硬仗，1951年2月全师回国整训。第二次是1951年6月随部队入朝，继续执行任务，1953年7月组织精选我和孙汝海回国学习，我们两个都是一个团的骨干，但不是一个营的，他是排长，我是副排长。第三次是1954年8月入朝，帮助朝鲜恢复建设，1955年4月我所在的部队全部回国。”

◎大学生志愿者的祝福视频

柏合队长一边拿出笔记本电脑一边说：“赵爸爸，好多大学生听说我们暖兵行动后也都加入进来了，他们非常想亲耳听一听老兵爷爷讲当年的故事，由于疫情的原因，他们不能跟随我到您的身边来，但是他们用另一种方式表达对您的崇敬。来，我给您播放大学生自己录的小视频给您看，这是农业大学绿野志愿团队的学生对您说的话。”柏合队长把学生们录的小视频放给赵爸爸看。

赵爸爸眼睛盯着笔记本电脑上一张张青年的笑脸，听着：“亲爱的老兵爷爷：您好！感谢您那一辈人为我们打下江山，如今你们老了，作为新时代的我们应该多多地孝敬您……”赵爸爸一边含笑点头，一边用手擦着流下的泪水，嘴里还喃喃地说：“好孩子，好孩子啊！”赵爸爸看了视频后非常感动，紧紧地握住柏合队长的手说：“你们太了不起了，把思想工作做到大学校园里去了。这太有价值了。现在有的年轻人崇洋媚外，这些工作不好做啊，柏合队长你肯定下了不少功夫吧？”

不等柏合队长回答，一位暖兵队员幽默地说：“柏合队长坚持10年了，为了做公益她把房子和车都卖了，现在她就剩下一颗爱心了。但是我们都愿意跟着她做公益慈善，她是领着我们干实事的队长。”

赵爸爸又一次紧紧地握住柏合队长的手，说：“你们竟然不怕吃苦受累，顶着酷暑烈日到处温暖老兵，还坚持10年做好事，一次两次谁都能做，这10年可不是谁都能坚持下来的。孩子，你们很了不起啊！但光靠你们的力量不行，这么大的国防事业，必须呼吁政府和社会各界力量。我也要加入你们队伍，配合你们活动，让全社会都行动起来。”

大家听到赵爸爸的话，都笑着说：“欢迎赵爸爸加入柏合新家公益大家庭。”

柏合队长笑着说：“谢谢您，赵爸爸，有您的支持，我们就更有信心了，再苦再累我们也会坚持下去的！”

老兵赵文生的梦想：勿忘国耻，中华自强；把老兵故事讲到校园、企事业单位、街道和家庭之中，从而让更多的人接受爱国主义教育。

后记：一名3次入朝的抗美援朝91岁的志愿军老兵，和刚刚相识的一名二级肢体残疾的暖兵志愿者，他们的年龄、身份、职业、爱好虽然各不相同，但是因为彼此内心的同一份爱国情怀，竟然聊得如此默契和开心，在一个半小时的谈话中，他们没有一句话是为了自己，而是为了一个共同的爱国主义理想和目标，最后紧紧地拥抱在一起……

第60位 96岁陈福

时间： 2020年8月16日 星期日 晴

地点： 吉林省伊通县伊通镇东新村抗美援朝老兵陈福的家

陪同： 伊通县退役军人事务局优抚科负责人胡洋，伊通镇退役军人服务站站长李洪涛，东新村会计李占海，伊通县烈士陵园管理中心主任张法

◎目标：伊通，寻访老兵

今天，柏合暖兵服务队再次踏上寻访老兵——伊通县11位高龄抗美援朝老兵——的征程，计划两天寻访完毕。

这次暖兵服务队新增了胡凤连、王润霞两位志愿者成员。

我们清晨5点从长春出发。

在朝霞的映射下，高速路两旁绿油油的田野发出养眼的光。大片的水稻、大片的玉米在眼前一闪而过。成片成片的玉米长势都非常喜人：两米多高的植株，结着粗而长的玉米棒子。苗好七分收，又是一个丰收年，好兆头啊。

车，匀速行驶着；风，呼呼地吹进车内；人，神清气爽。

半路上，我们与新立城水库流域的多雾区相遇了。能见度越来越低，前面的车都打着双闪，车速减到了时速50千米左右。越走雾越大，柏合队长全神贯注地盯着前方，双手紧握方向盘。大约10分钟，车终于驶离了大雾区。

8点钟前后，我们与伊通县的联络员依次会合，最后由村里的联络员带领大家一起来到老兵陈福的家中。

◎老人家很吃力地坐着

一进到院子里，陈爸爸家的小狗就摇着尾巴欢快地蹦跳着，还一个劲地叫唤，好像是在告诉主人：来客人了。

我们进屋的时候看到陈福爸爸躺在炕上，家人把我们引到陈爸爸的房间。陈爸爸坐了起来，看看大家，说："你们从哪里来？我也不认识你们呀。"联络员告诉陈爸爸说："这是暖兵志愿者，今天起早从长春赶来特意看望您的。"

柏合队长坐在陈爸爸身边说："陈爸爸，我们是暖兵志愿者，从2014年开始做关爱老兵志愿服务的。您是抗美援朝老兵，对吧？"

陈爸爸自豪地说："对，名副其实的抗美援朝老兵。"

随后，柏合队长打开礼包，嘱咐陈爸爸家人如何食用营养品后，又拿出《荣军院里的老兵》一书。陈爸爸眼睛一睁，伸手接过故事书。因为老人家很瘦弱，坐着很吃力，柏合队长就顺手把陈爸爸身边的一个小被子叠起来，给陈爸爸垫在后背上。老人家舒服地倚靠着柔软的被垫，翻看着书中的彩页。柏合队长盘腿坐在陈爸爸身边，说："陈爸爸，这书，您以后慢慢看，现在我们聊聊您当年的故事吧。"

◎在朝鲜时执行的任务很多

陈爸爸又动了动身子，很舒服地靠在墙上，这才慢慢地说："1950年9月，我参军到38军113师当战士，同年12月就入朝了。"说完这句话，陈爸爸停了下来。

柏合队长说："陈爸爸，您在朝鲜都负责什么任务啊？"

陈爸爸说："我们警卫连性质特殊。除保卫团机关司令部以及各位首长的行动安全外，还执行很多机动性的勤务和战务。说白了，就是啥都干，如取子弹、修防空洞、发射炮弹等。我个人在执行首长下达的任务之外，还帮助团机关炊事班做饭、打饭、打菜等。有时，新战士拆被子，我也帮着洗、缝。半夜，我还帮助班长查铺查哨，发现小战士被子盖不严，我就给盖上。"

柏合队长笑着说："陈爸爸，这么说您当年就是部队的一块砖，哪里需要哪里搬啊！"

陈爸爸笑着说："在部队就是一切行动听指挥，领导让咱干啥，咱就干啥。记得那是1952年的时候，连首长对我说：'小陈，给你个任务，去前沿阵地取500发子弹，能不能完成？'我举起拳头大声说：'一定完成任务！'连首长给我一支美国枪和30发子弹。之后，把一张地图铺在桌子上，让我熟悉哪是封锁线，哪是炸药铺，怎么走。我虽然不识字，但是地图能看懂。我把子弹装进弹夹、关上保险之后，挎上枪，一手拿着手榴弹，出发了。我心想，如果有敌人打枪过来我就先扔手榴弹，把他们炸翻天。那天，我很幸运，躲过了好几拨敌人，最后顺利地取回了500发子弹。首长给的任务咱掉脑袋也要完成，不能当狗熊。"

◎冰天雪地挖交通壕

柏合队长说："陈爸爸，您真勇敢，那年您多大啊？"

陈爸爸说："25岁。在朝鲜作战的时候，敌人最怕我们38军了。听说38军上来了都不敢惹。我们那儿有一条不大的水沟，这边是咱们部队，那边就是敌人的部队，都用这里的水做饭，有时候都走碰头了，但谁也不说谁。好多事情我都忘了。对了，想起来有一次是281.2高地守备战，我们在朝鲜西海岸，那儿有座山，我们挖交通沟，宽度是需要4个人抬担架能在里面走，但外面看不着的那种沟。那年冬天雪很大，到处都是白茫茫的一片。我们挖出来的土扔在雪面上赶紧用雪埋上，要不黑乎乎的一大片被敌人的侦察机发现就惨了。大家正挖得起劲呢，敌人的侦察机来了，连长赶紧下令隐蔽，每人一块白单子盖在了头上。敌机轰轰地绕了两圈，然后在山东坡扔两个炸弹就飞回去了。幸好我们是在山的西坡，没有被敌机发现。"

柏合队长说："好险啊，这要是被敌机发现，不但战壕白挖了，人也得被炸了。"

陈爸爸又笑着说："在朝鲜修飞机场的时候，我背的石头最多，推土也是比他们跑得快，他们推两车，我就能推三车。那次完成任务后立了一个小功。庆功大会上我们全团1000多人都去了，团长说：'给陈福一个小功。'"

◎两次有惊无险

在女儿的提醒下，陈爸爸又讲了两次有惊无险的经历。他说："有一次，我们正在执行任务的时候，敌机来了，连长让赶快撤离，我们就跑，交通沟两边埋的都是死人，我一脚就踩到死人肚子里了，尸体腐烂了，可臭了呢。与躲敌机的轰炸相比，踩死人肚子，根本就不算危险。还有一次是守备战，当时是晚上，我们隐蔽待敌，班长和我们开玩笑说，镶金牙的都别张嘴啊，别暴露目标。敌人侦察机果然来了，扔了几颗照明弹，照得四周通亮通亮的。还好，没有发现我们，否则就会扔炸弹。那时候，我们就感觉那照明弹都跟着我们走似的，好多次都扔到离我们不远的地方，但我们都是有惊无险。我在朝鲜待了将近4年，我们部队是1954年秋天回国的。唉！现在挺想我的那些战友啊，也不知道还剩几个了。"

◎不得不终止老人家的讲述

这时，陈爸爸的家人轻声地对我们说："老爷子气管不好，话说多了该喘了。"

柏合队长说："陈爸爸，我知道您还有好多好多故事没有讲完，今天我们就先讲到这里，改天我们再来听您的故事好不好？”

陈爸爸笑着点头，说：“好！好！好！下次我再给你们讲，谢谢你们大老远地来我家，听我唠叨。”

其实，我们与陈爸爸聊得很开心。老人家也很有谈兴，说话的力气劲儿也挺大的，但是由于家人对陈爸爸气管儿有些担心，柏合队长不得不终止老人家的话题。

老兵陈福的梦想：身体健康，见到老战友，经常有人听他讲故事。

后记：柏合队长一直耐心地倾听着陈爸爸碎片式的记忆。96岁的老人了，还能记住这些，已经很了不起了，这都是他亲身经历的场面。也许时间和地点有误差，但事绝对不会有错。

离开陈爸爸家，在去访另一位老兵的路上，我的心情像有了荷载一样，很沉重：我们一方面理解老兵心里有话送知音的心理情愫；一方面也理解家人对老人家健康的担心和关切。如果，我说的是如果在10年前甚至20年前就开始寻访老兵足迹，会怎么样呢？

第61位　88岁李风春

时间： 2020年8月16日　星期日　晴

地点： 吉林省伊通县伊通镇二道村塔老屯抗美援朝老兵李风春的家

陪同： 伊通县退役军人事务局优抚科负责人胡洋，伊通县烈士陵园管理中心主任张法，伊通镇退役军人服务站站长李洪涛，塔老屯文书田勇

◎我也能写进书里啊

大约10点钟，我们进了伊通县城，在联络员的带领下，车穿过伊通县最宽的一条马路，又拐了两个弯，来到了老兵李风春家。

刚进门，就见老兵爸爸穿着黑白格衬衫，拄着拐杖，正要出门迎接我们呢。

“您好，李爸爸。”柏合队长迎上前去向李爸爸问好，拉着李爸爸的手一同走进屋里。

柏合队长向老兵爸爸敬赠了暖兵文化衫，介绍了“暖兵大礼包”，而后把《荣军院里的老兵》递给李爸爸。李爸爸双手接过书，左手托着书，垫在膝盖上，右手抚摸带有八一军旗的红色封面，而后，翻开书，看里面的彩页……

柏合队长说：“李爸爸，这书里都是老兵的故事，下一本书就有您的故事了。”

李爸爸听了，激动地用手抹下眼泪说：“我也能写进书里啊？我做梦

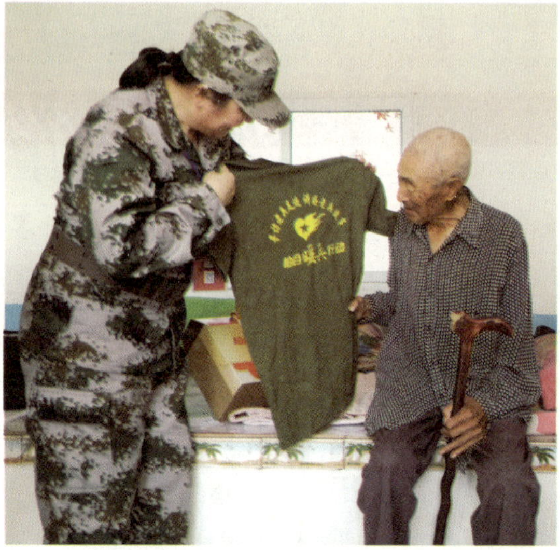

都不敢想，老了，老了，还能被你们写进到书里啊！”

柏合队长说：“李爸爸，我们是暖兵志愿者服务队，专为老兵写故事的，您是抗美援朝老兵，我们找到您可不容易了，我先帮您穿上暖兵衫，然后再一起聊故事。”

柏合队长帮李爸爸穿上了暖兵文化衫。李爸爸左看看、右看看，说：“还别说，穿上挺合身，还是这个颜色好啊。”

柏合队长说：“李爸爸，您穿上这暖兵衫和刚才判若两人，您能喜欢我们太高兴了。这回您找到当年的感觉了吧？那我们就聊点当年的事吧。”

◎完成任务后就剩下两个人

李爸爸想了一会儿，才说：“我记得是在1950年八九月份的时候入伍的，在0948部队（38军），军部驻地在吉林通化。当时我17岁，1950年10月38军随13兵团首批入朝。入朝后，我被编在113师。1953年7月，38军从朝鲜回国后驻吉林省通化市。我在朝鲜待了差不多3年。”

“当年我家里穷，总挨饿，我的身子骨小，到了部队都没有合身的衣服穿，后来是战友给我裁剪了衣服才穿上的。部队去朝鲜过鸭绿江的时候，敌人在前面拦截打枪，桥面木板也都被敌人炸坏了，就剩下铁链子。我是紧紧地抱住铁链，慢慢地爬过去的。我的前面、后面都有战友‘噼里啪啦’地掉到江里，就像下饺子似的，眼看着就被江水冲走了，那个惨啊。过了江就开始打仗，没黑没白地打，那仗打得太激烈，但是我都想不起来细节了。”

这时老兵李风春的儿子过来提示说：“爸爸，你忘了我小时候你经常给我讲的那些故事？”经过儿子再三提醒，李爸爸终于想起了一件事。

李爸爸说：“有一次，我们班6个人护送郭忠田去军里开会。3个战士在郭忠田前面、3个人在郭忠田后面保护着他。突然敌机扔的炮弹落在我们的前方爆炸了，前面的3名战士当场就被炸飞了。我们3个在后面赶紧保护着郭忠田向侧面的山上跑。刚跑出不到100米，一颗炸弹在我们前方爆炸。我们3个人又牺牲了一个，就剩下我们两个人，我们都受了轻伤，我俩一前一后保护郭忠田，就地隐蔽起来。等了好久，敌机到山顶盘旋了好几圈没发现我们，这才飞走了。我俩看看没有危险了，才小心翼翼地把郭忠田安全护送到志愿军的军部……”

◎护送路上有惊无险

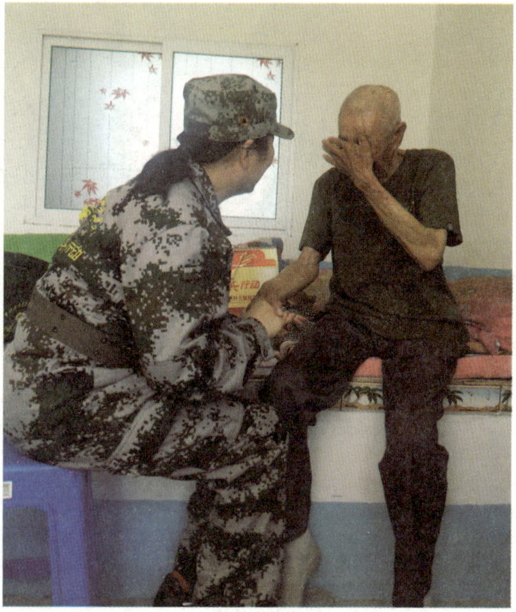

李爸爸接着讲了一段政委负伤的经历。

“那是1952年，在400高地的阻击战中，敌机疯狂向我们阵地投炸弹。卢勋科政委亲自指挥作战。我们3个警卫员手持冲锋枪紧紧跟随在卢政委身后。突然，一架敌机飞到我们头顶上空，我大声喊：‘不好，快卧倒。’敌机一溜烟似的扔下十多颗炸弹，在我们周围爆炸，爆炸崩起来的土，把我们都埋了起来。我们都被炸弹震得晕了过去。当我醒过来时，看到卢政委身上被土埋着。我还好，没有受重伤，我赶紧从土里爬出来。当我用手扒开卢政委身上的土时，发现黏糊糊的，原来卢政委被炸伤流了好多血，血把土都浸透了。我赶紧叫来另一个警卫员，一起小心翼翼地把卢政委从土里扒出来。我把身上的衣服撕成条，简单地为卢政委包扎了一下，就背着卢政委下山了。直到医疗队用担架把卢政委抬走时，他还没有醒过来，也不知道他是死是活，从那以后我就再也没有见过卢政委。”

李爸爸说到这里，眼里噙满了泪水。

柏合队长安抚着说：“李爸爸，您真是命大啊，能从抗美援朝战场上活着回来太不容易了，你们都是历经多次生死幸存下来的人，能活着就很了不起了。”

李爸爸停了一会儿，又说：“还有一次，我们班6个人护送一位首长，要绕过敌人的阵地。途中，我们遇到了鬼子，敌人离我们很近，他

们不知道我们有多少人，我们也不知道鬼子有多少人。他们就试探着向我们这边开枪。我们6个人拉开距离形成一个扇面回击敌人。敌人以为我们有很多人，而我们觉得敌人好像有一个连。我们跳跃着打枪，寻找时机脱身。我们打一会儿，就停下来，隐蔽着听鬼子打枪。等敌人枪声停了，我们再猛烈开火，然后再停下。后来听到敌人那边一连片的枪声，我们想这下可坏了，敌人的大部队上来了。我们要跟鬼子拼了！安排一个战友赶紧保护首长下山绕道走后，我们另外5个人向首长敬了个礼，又向那位战友交代了一下家里的事，大家都做好了牺牲的准备。这时听见鬼子那边没有了动静。我们把枪上满了子弹，准备拼死拦截鬼子的大部队。但当我们冲上山顶时，发现敌人全被打死了。咦，这是怎么回事？正在我们感到莫名其妙的时候，看见我们的增援部队过来了，他们在鬼子后面包抄上来，是他们把鬼子消灭的。”

柏合队长一直聚精会神地听着，这时一颗悬着的心才放下。她笑着说：“李爸爸，您真是福大命大造化大啊，又一次有惊无险，假如增援部队晚来一会儿，你们5个人的处境就很难预料了。”

李爸爸也笑着说：“可不是嘛，若是鬼子知道我们只有五六个人，那我们早就上阎王爷那里报到去了。”

◎那想，那想，那太想了……

柏合队长说：“李爸爸，您还有什么梦想吗？和我说说？”

李爸爸叹声气说：“咳，啥梦想都没有了，能活着就知足了。”

柏合队长笑着说：“很多老兵都想去北京天安门看看升国旗、看看毛主席遗容，上军事博物馆看看当年用过的三八大盖枪。这些您都不想吗？”

老兵李爸爸开心地笑着说：“那想，那想，那太想了！我特别想去看看毛主席啊！”

李爸爸激动地流下了泪水。儿子说每次看电视里升国旗他都会流泪。

我们要分手了。柏合队长问李爸爸还会不会唱那首雄壮的《中国人民志愿军战歌》。李爸爸摆摆手，说想不起来了。柏合队长说完就唱了起来。李爸爸听了几句后，便自然而然地打起拍子，最后也跟着唱："……中华好儿女，齐心团结紧，抗美援朝，打败美帝野心狼！"

我们离开了李爸爸家，走出好远，但我从倒车镜里看到李爸爸和他儿子还在不停地向我们挥手……

老兵李风春的梦想：身体健康，有机会到北京瞻仰毛主席遗容，亲眼看看升国旗。

后记：是啊，鲜艳的五星红旗是无数革命军人的鲜血染红的。抗美援朝，保家卫国，那段历史给那一代人留下的记忆，是永远难以忘怀的。

第62位 94岁李金福

时间： 2020年8月16日 星期日 晴

地点： 吉林省伊通县二道村塔老屯抗美援朝老兵李金福的家

陪同： 伊通县退役军人事务局优抚科负责人胡洋，伊通县烈士陵园管理中心主任张法，伊通镇退役军人服务站站长李洪涛

◎寻、讲、传，仍在路上

柏合暖兵服务队的爱心小车继续走在寻访老兵的路上。正午的太阳火辣辣地烤着大地，路边的草丛里发出阵阵蝉鸣声。大家都热得满头大汗，后背的衣服也已经湿透。

我们坐在车里还可以放松一下，柏合队长还要聚精会神地开车，她紧紧地跟在联络员的车后。因为乡村小路弯道和岔路口很多，稍不注意就会走错了，路又很窄，掉头都很费劲。

说话间，车穿过一片片绿油油的玉米地，又走上一段稍好一些的乡道……中午11点，我们终于来到了老兵李金福的家。

李爸爸的家就在拐进村路口的道路边。

一进屋，就看见李爸爸笑呵呵地在迎接我们。李爸爸的牙都没有了，笑的时候就露出了牙龈，像和蔼可亲的慈父。

李爸爸身上仍保留着军人的气质——看见我们来，尽量地挺着腰板，尽管手里还是扶着拐棍。一位94岁的老人，双肩担过多少岁月？皱纹中藏匿了多少沧桑？这般刚强，又这样站得直、走得稳？这精、气、

神中，流淌着怎样的能量？……

“他们是谁？”“他们是中华暖兵志愿者，从长春看您来了。”我内心正迸发出的一句句感慨，被李爸爸的问话和联络员的回答打断了。

李爸爸听说是中华暖兵志愿者大老远地从长春来农村看望他，他笑得像过年一样开心。

柏合队长拿出礼包送给李爸爸，接着拿出《荣军院里的老兵》给李爸爸介绍。李爸爸接过书一边翻看着，一边说：“我也不认识几个字啊，这里还有图，哎呀，都是老兵啊！”

联络员指着书说：“没准在书里能看到您的老战友呢！”李爸爸一听眼前一亮，紧紧把书抱在胸前说：“等你们走了，我一定要好好看看。”

柏合队长说：“好的，李爸爸，这书就是送给您的，如果在书里真能看到老战友，您就给我打电话，我给你们来联系相聚。现在咱们聊聊您的故事吧。”

◎解放战争扛起枪

李爸爸坐下来想了一会儿，说：“我是1948年2月当兵的，那年22岁。当时是东北民主联军，后来改成中国人民解放军39军116师，我是重炮手。我于1950年入党，1951年随部队入朝参战，那时我们就归入特种兵部队了。”

柏合队长说：“李爸爸，您是1951年去的朝鲜，那可是打得最激烈的时候，您一定参加了很多次战役吧。快给我们讲讲战场上的故事吧。”

李爸爸高兴地看着柏合队长，说："这么多年没有几个人爱听我这陈芝麻烂谷子的事，人家都爱听明星的事、赚钱的事。"

柏合队长笑笑说："我跟他们正好相反，我对明星的事和赚钱的事都不感兴趣，就对老兵的故事情有独钟，您快给我讲讲吧。"

◎上甘岭作战，我说："放！"

李爸爸听了柏合队长的话，笑眯眯地点点头，便打开了尘封已久的故事闸门。他抬眼望着窗外慢悠悠地说："孩子，我给你讲一段刻在我骨头里的战争故事吧。那是在上甘岭战役中的一次战斗，我们要守住一个重要的山头。那座山底下是我们部队的重要防空洞，部队接到任务，誓死保护这座山头。上级领导在调集部队前来支援，让我们一定坚持住，阻击敌人，千万不能让鬼子把山头占领。这时敌人已经攻到山脚下了。敌人在山那边还修筑了临时指挥所，好像要和我们对抗到底。也许敌人知道这座山头下有我们的重要防空洞（指挥中心），我们在山的这边，以一个连的兵力死死地守住这里，一次次打退了敌人的攻击。当然我们部队也损失惨重。当时我们一个连只有4门炮，刚刚打退了一次敌人的攻击后，我们赶快准备下一场阻击，一门炮又发了30发炮弹。我们刚刚准备好，敌人就又一次冲上来。'真是找死！'炮长一声令下，我们4门炮就陆续开炮，第一拨敌人被我们瞬间炸飞了。紧接着又上来一波鬼子，炮长又一

声令下，我们迅速开炮，第二波敌人又被我们送上了西天。这时敌人开始慎重了，隔了一会儿，敌人上来一小波儿；之后再隔一小会儿，再上一小波儿……‘啊，敌人是换战术了。’炮长命令我们4门炮一个一个地开火，当第一、二、三门炮都打完了，炮长忽然喊停下。而我负责的这门炮，刚装上炮弹，炮手问我放不放？我看了一眼敌人阵地的方向，说‘放’！完了，这就‘放山’了。”

柏合队长问：“李爸爸，什么是‘放山’了？”

李爸爸摇摇头，擦了一把眼泪说：“我当时犯错误了，炮长喊停，就是不让放炮了，我又喊放了。前面有指挥所，排长、连长、营长、团长都在指挥所呢。这时副连长就过来了，招呼我过去，我知道自己错了，副班长就从后面踢我一脚让我立正，我就立正地站着。我这是不服从命令了。这时营长过来和我说：‘小鬼，你这一炮打得挺准啊，把敌军的指挥所都消灭了，打死了十多个敌人的指挥官。本应给你记一大功，现在也不给你功了，也不处罚你了，将功补过吧。’因此，我还得了个外号叫‘大愣子’。”

柏合队长听完李爸爸的这段故事，竖起大拇指，笑着说：“李爸爸，您真了不起，一炮就打死十多个敌人指挥官，就算不要大功也值得。您应该高兴才对啊。”

李爸爸说：“孩子，你不知道，军令如山，违抗军令那可是犯大错误了。这件事给我吓坏了，从那以后我就胆小了，想起来就后怕。我在1954年回的国，1956年退的役。在海伦县学习了3个月。现在，我虽然不能再上战场上打敌人了，国家依然这么照顾我，我很知足，很幸福了。现在右耳能听到一点，左耳啥也听不见了，都是当年炮弹震的。”

◎别给当兵的人丢脸

这时联络员对柏合队长说：“李爸爸前几天还帮了我们一个大忙呢。”

柏合队长问：“帮了你们一个大忙是怎么一回事？”联络员说：“自从国家成立退役军人事务部门，很多退役军人和老兵都来咨询政策。李爸爸前几天也来咨询政策，正好碰上一位1954年以后入伍的老兵，不知道听谁说的国家现在给老兵补助好多钱，他嫌自己的补助少，来多要钱。还说没有我们打天下，哪有你们今天？我们怎么给他解释政策，他都不听。当时李爸爸正好在场，就问他多大了，那位老兵说84岁了，李爸爸说：‘我都94岁了，共产党不给你钱你就不活了？我们抗美援朝老兵也没资格上政府这儿来要待遇啊，国家对我们够关爱的了，别给当兵的人丢脸，赶快哪来的回哪去。’那位84岁的老兵一听李爸爸都94岁了，人家也没有卖老啊，看看自己惭愧地低下了头，马上灰溜溜地走了。”

柏合队长再次为李爸爸竖起了大拇指：“李爸爸，您真棒，几句话就帮助退役军人事务局解决了问题，您真是老兵中的杰出代表，老兵们要是都能像您这样想，那该多好啊！”

李爸爸说：“其实老兵都没有这个心眼，经历那个年代的人都不贪，从苦日子过来的人很容易知足，大多数老兵都是被家人和外人指使的。”

◎舍不得的分别

我们要走了，李爸爸一直拉着柏合队长的手，把我们送到马路上：

“谢谢，谢谢，谢谢你们大老远地来看我！”老人家不停地对我们道谢，舍不得我们走。直到我们车子开走了，他还站在那里向我们招手呢。

老兵李金福的梦想：特别想和抗美援朝的炮兵老战友聚聚，让柏合队长帮助理疗老寒腿和耳聋。

后记：车子开出很远，我摇下车窗回头看，李爸爸没有拄拐杖，但依然是那么高大。我抬手不停地向李爸爸挥手告别，心中默默地祝福他老人家身体健康，希望有一天我们能给他找到炮兵老战友。

其实，老兵就是想和懂他们的人聊聊当年的故事。这就是所有老兵最大的幸福了。

第63位　87岁张宝伦

时间：2020年8月16日　星期日　晴

地点：吉林省伊通县头道村高家屯抗美援朝老兵张宝伦的家

陪同：伊通县退役军人事务局优抚科负责人胡洋，伊通县烈士陵园管理中心主任张法，伊通镇退役军人服务站站长李洪涛

◎这是送给我的吗

离开上一位老兵家已是中午12点，联络员和暖兵小组在当地农家院快速地吃了午饭，13点18分来到头道村高家屯张宝伦的家。这是今天寻访的第四位老兵。

老兵张爸爸热情地接待了我们，并拿出一张珍藏多年的十大元帅年画，说："画上这些人我都见过了，因为老伴去年去世了，3年之内不能贴画，所以我就把画收起来了。如果想战友了，或是睡不着觉的时候就拿出来看看！"张爸爸一边说着，一边抚摸着画中十大元帅的每一张脸。

柏合队长说："张爸爸，咱们把画先收起来，看我给您带来什么了？"她说着展开暖兵文化衫给张爸爸看。

张爸爸看暖兵文化衫，念道："寻访老兵足迹，讲好英雄故事，柏合暖兵行动。"之后，他睁大眼睛看着柏合队长，用手指着自己说："这是送给我的吗？"

柏合队长笑着说："当然了，这标识和文字，是我们志愿者设计好印上去的，颜色也是我们精挑细选的，您喜欢不？"

张爸爸点头笑着说："喜欢，喜欢。"

柏合队长说："那我帮您穿上吧……"

联络员在一旁说："张爸爸穿上这暖兵文化衫年轻了好几岁。"

张爸爸和柏合队长坐得更近了，老人家的暖兵文化衫，柏合队长的迷彩服，相映成趣，和谐统一。

他们聊起了抗美援朝的故事——

◎我的心都快跳到嗓子眼儿了

张爸爸说："1954年，我入伍后直接去了朝鲜。当时在中国人民志愿军司令部警卫营，我们是上等兵，是司令员杨勇的警卫。我们部队协助在朝鲜建设一个杨德医院，就是给受伤的战士就医用的。1956年那时候都停战了，我们主要任务就是站岗——守卫司令员的安全。1958年我们部队回国。1959年我还参加了国庆十年庆典。在朝鲜时我被评为'五好战士'。(五好战士要符合五个条件：政治可靠；工作积极；团结同志；帮助后进；劳动肯干）那时我们一年评比一次，一个班就一个名额。”

柏合队长说：“张爸爸，您是停战之后去的朝鲜啊？一直到1958年才回来？在朝鲜待了4年？”

“是的，我们部队是停战之后去的朝鲜，配合朝鲜恢复家园建设。”

柏合队长若有所思地说：“张爸爸，那您在朝鲜这4年，肯定也会有很多记忆深刻的事吧？”

张爸爸点点头说：“有，在朝鲜最难忘的就是1958年见到周恩来总理。那是周总理和郭沫若一同去朝鲜，我荣幸地参加迎宾仪仗队，光是走正步我们就训练了3个月，每天腿要直直的，端着枪，向右看，然后甩腿，腿都甩肿了。我们当时和天安门检阅三军仪仗队是一样的。司令部里42个人去火车站迎接周总理，都是军官站岗，其中包括尉级军官的排长、连长和营长。朝鲜的金日成主席亲自到车站迎接周总理。为了周总理的安全，在火车站周围的山上架起三架喀秋莎大炮，并时时监视周边的情况，以防危险发生。我们礼宾队早早地就等在火车站出口处。等周总理一行人走出火车站，由部队领导和礼宾队队长引领着向我们这边走来。快走到我们身边的时候礼宾队长大声喊：‘向右看，敬礼！’周总理面带微笑，向我们挥手致意。当周总理从我们身边走过去时，我的心都快跳到嗓子眼了。等周总理和金日成上了车走后，我们的任务就完成了，回到部队后腿都站得酸酸的，但心里却是一直在激动。”

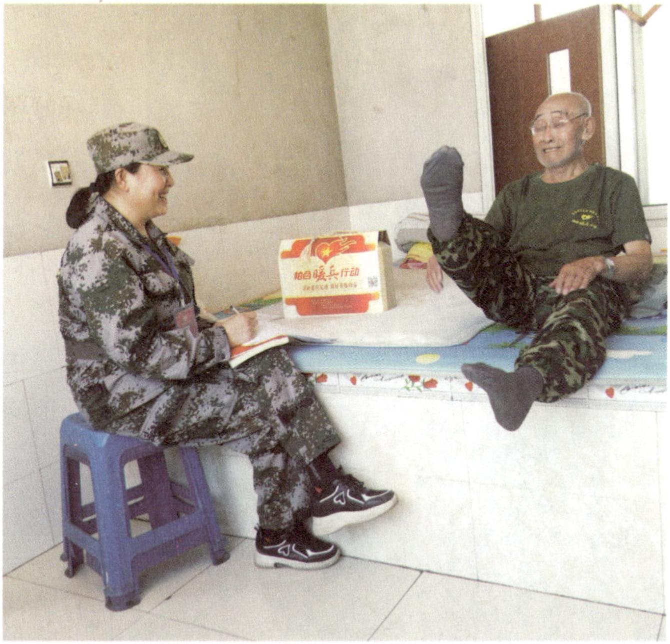

◎退伍不褪色，继续发挥余热

老兵张爸爸回忆：“回国前我们都得学习跳舞，因为朝鲜人民欢送我们都跳舞，不会不行啊。回国后我们就被分配到北京中国人民解放军总后勤部，并参与了建设解放军军事博物馆，军事博物馆从最底下的地下室到最上边的五角星都是我们建的。”

“1962年我退役回家的，在村上当民兵营长两年，后来又当副大队长，又当大队长。1968年我入党后当了副书记兼大队长，一直干到1986年才退休的。”

柏合队长竖起大拇指说：“张爸爸，您自从退役后一直在为乡亲们服务，没有离开老百姓，没有离开黑土地，没有辜负国家的培养，退伍不褪色，继续发挥余热，您给退役老兵做出了榜样啊。”

临走时，柏合队长没有忘记给老兵爸爸介绍“健康大礼包”的使用方法。特别是张爸爸的眼睛不好，就嘱咐张爸爸：“一定要按时喝花青素茶，这个对眼睛非常好。”

老兵张爸爸一个劲儿地点头说：“好！好！好！我一定好好喝，好好喝。要是这眼睛看东西方便了，就能看书读报了。”

我们和老兵张爸爸照了一张合影。老兵爸爸紧紧握住柏合队长的手不舍得松开，一个劲儿地问啥时候还来……

炎炎烈日，我们仍要向前。暖兵服务队爱心小车又穿梭在乡村的道路上。我们的目标是寻访下一位老兵爸爸。

老兵张宝伦的梦想：腿脚好，眼睛好，能和老战友聚聚。

后记：老兵张爸爸虽然没有参加抗美援朝的战争，但是却随部队在朝鲜待了4年，帮助朝鲜人民建设家园。老兵张爸爸一生最荣幸的就是参加迎接周恩来总理的礼宾队。他回国后投入军事博物馆的建设，退役后又投入家乡建设，这就是我们最敬爱的一名普通的返乡老兵的一生啊。

第64位 90岁窦景生

时间： 2020年8月16日 星期日 晴

地点： 吉林省伊通县伊通镇头道村抗美援朝老兵窦景生的家

陪同： 伊通县退役军人事务局优抚科负责人胡洋，伊通县烈士陵园管理中心主任张法，伊通镇退役军人服务站站长李洪涛

◎不单单是慰问，还要写书

柏合暖兵服务队的小车跟在联络员的车后面，继续走在玉米地边的土路上。一个小时后，我们来到老兵窦景生的家。

我们一进院子就看到一排大缸整齐地摆在一边，一共有十多口缸，都用塑料布封着盖呢。我们以为是东北的大酱缸。老兵的儿子说："这是我家做的发酵酒，自己喝点，再卖点贴补家用。我爸爸在前院洗澡呢，马上就回来了。"

大约10分钟，老兵窦爸爸拄着拐杖，一瘸一拐地回来了。要进屋的时候大家上前要搀扶老兵，窦爸爸甩开大家的手说："不用扶，我自己能行的。"

柏合队长开了一天的车，残疾腿累得坐下就站不起来了。

窦爸爸一进屋看见大家，就笑着说："我刚洗完澡，听说你们到了，就急着赶过来。你们这是打哪来的呀？"

联络员赶紧向老兵窦爸爸介绍我们是暖兵服务队，从长春来的，不单是慰问，还要把他写入故事书呢，请他好好配合。

看着老兵窦爸爸头发还是湿漉漉的，只穿了一件跨栏背心，家人赶紧找衣服给窦爸爸穿上。

柏合队长说："不用找了，我这有，都给您准备好了。洗完澡正好穿上。"柏合队长说着，就从礼包里拿出暖兵文化衫来，帮助窦爸爸穿上。老人立刻就精神了许多。

柏合队长拉着窦爸爸坐在床边上聊起了抗美援朝的故事。

◎参加过解放战争和抗美援朝

1947年，窦爸爸入伍东北民主联军，成为一名战士。窦爸爸参加过四平战役、锦州战役、辽西战役、平津战役。1950年4月18日渡海去的海南岛。1950年10月19日从安东（丹东）入朝鲜，入朝后被编入40军118师。

说起在朝鲜的经历，老兵窦爸爸说："我参加过好几个战役呢，有龙古洞战役、秋场战役、三八线战役、原山战役、大德山战役、马良山战役，我还立了一次三等功。到朝鲜我换了好几个岗位。刚到部队时，连首长让我吹号，可是吹了两天没吹响，然后让我背步话机，光步话机的一个电池就20斤，看我太瘦小怕背不动，又让我做战地通讯员，还要学英语，我就从ABCD学起。后来又把我调到卫生队当骑兵通讯员。再后来部队缺司机，就把我调到军里当司机的助手，就是司机开完车，我给车加个油，检查一下车，日常

维护一下车。”

◎炸死3个敌人，又咬断电话线

柏合队长笑着说：“窦爸爸，您在朝鲜的经历也太丰富了。好好想想，有没有您最难忘的事啊？”

窦爸爸想了一下说：“在朝鲜期间，有一天晚上，部队接到命令，立刻准备打伏击战。侦察兵报告，有一伙被打散的英国部队要从我们这边路过，让我们准备配合加强连打好伏击战，一定要把这股敌人消灭掉。当时天空黑黑的，还下着小雨，我们趴在路边的草丛里隐蔽着。间隔15米左右有一个人。我们等了好久也不见鬼子的踪影。有的战友因连日作战实在是太累了，趴着就睡着了。我心里有事就没睡。半夜不到12点，英国步兵从山梁上过来了。大家以为是王班长呢，他总过来看我们睡了没有，所以就都没有动。后来听脚步声不对劲，抬眼一看坏了，是敌

人，眼看到我身边了，我迅速地往边上一滚，就滚到一个小土坑里。敌人听到动静，端着枪冲我这边晃晃，没看见我，就继续往前走了。我当时在土坑里一动不敢动，听他们的脚步声渐渐地远了，这才站起来，跟随敌人后面向加强连方向走去。刚走出200多米，忽然就听见激烈的枪声，加强连和敌人交火了。就在这时我看见几个敌人一个劲儿往后退，马上又快退到我身边了，我赶紧卧倒隐蔽，掏出手榴弹就扔了

出去，因为天黑没看清目标，手榴弹在敌人附近炸了。我暴露了目标。就在我扔出去的手榴弹爆炸那一瞬间，我看清了敌人的方位。决不能让敌人跑掉，我目测了一下距离，又把身上3个手榴弹绑在一起，心里想：小鬼子，这回我看你往哪里跑！我把3个手榴弹紧紧地绑在一起时，敌人已经朝着我的方向摸过来。我用尽全身的力气把3个手榴弹扔到了敌人身旁，就听见‘轰隆’的一声巨响，震耳欲聋。手榴弹爆炸后再也没看见敌人，也没有动静了。这时听见加强连那边的枪声也停了。远处隐隐约约有战友说我们把敌人都消灭了，快一起清理战场吧。这时候我才跳出土坑，发现3个英国兵都被我炸死了。有一个炸掉半个脑袋的，有一个炸掉膀子的，还有一个炸掉两条腿的，都死了。这次伏击战我立了三等功。”

柏合队长说：“窦爸爸，您真勇敢，如果当时您还是一个手榴弹一个手榴弹地扔，就不会一次炸死3个敌人，那敌人就会有机会和你进行肉搏战，弄不好我们可能都见不到您了。”

窦爸爸笑着说：“对，一个手榴弹威力太小了，如果给敌人喘息的机会，我活的机会就小了。我们清理完战场回营地的时候，又发现了敌人的电话线。当时手里也没有工具呀，这要是敌人通上话，知道我们把他们的一个部队消灭了，肯定会马上派兵袭击我们的，怎么办？我当时来了虎劲，抓起电话线就用牙咬，战友们都看傻了。那时候我年轻牙也好。我使劲儿地用牙磕着电话线，不一会儿就把电话线咬断了。大家顺起电话线卷起来40多米，扔到路边沟里。这样加强连和我们就不会被敌人发现了。”

柏合队长笑着说：“窦爸爸，你这牙口也太好了，竟然能把电话线咬断了。现在您的牙口怎么样了？”

窦爸爸摇摇头说：“现在不行了，连辣椒都嚼不动了。”

◎不能给政府添麻烦

这时老兵的家人说：“我爸这房子冬天可冷了，看看政府能不能帮助给修修啊？”

柏合队长说：“冬天冷您可以申请去荣军院啊，那里都是老兵，吃住都是免费的。”

窦爸爸老伴趴在窗户口说：“别提了，我们问过了，那里不让带老伴，我俩都这么大岁数了，再分开让子女多操心啊。”

窦爸爸说：“村里人和孩子都让我去找政府，我说不能去找，现在国家防疫都挺难的，咱要是有钱还得捐点，不能给政府添麻烦。”

柏合队长一听就竖起了大拇指：“您真是我们学习的好榜样！您说得对，我们不能给政府添麻烦，现在习主席可惦记咱老兵了，政策越来越好。您一定要保重身体，等我们把老兵乐园建起来，您和老伴一起过去住，我们要老伴。”

窦爸爸的老伴趴在窗户口

一听乐得合不拢嘴，高兴地说："太好了，老头子你听见没有啊，咱俩不用分开了，那我还借你光了。"屋子里的人都笑了。

老兵窦景生梦想：早日和老伴住进老兵乐园，能和抗美援朝的老战友们聚聚。

后记：窦爸爸说做梦都想见到老战友，要是能见到更多的老战友，和大家聊聊战场上的事，那他会开心得不得了啊！窦爸爸一辈子都没坐过飞机，当问起想不想坐飞机时，老兵很幽默地说："当年在朝鲜，天天头上都有飞机，瞅着飞机就眼晕，现在一提起飞机我还打怵，那飞机飞得那么高，要是有个事啥的在天上连个抓手都没有，可咋整啊？"老人家的话逗得大家哈哈大笑……

窦爸爸心态很乐观，思想境界很高，虽然家境困难，但是时时刻刻不忘自己是一名军人，坚持不给政府添麻烦，还牵挂着疫情，不愧为一名军人。向窦爸爸致敬！

第65位 88岁于泉恩

时间： 2020年8月16日 星期日 晴

地点： 吉林省伊通县盛宇花园抗美援朝老兵于泉恩的家

陪同： 伊通县退役军人事务局优抚科负责人胡洋，伊通县烈士陵园管理中心主任张法

◎戴上军帽，迎接我们

夕阳西下，柏合暖兵服务队从乡村返回伊通县城，继续寻访街道社区的老兵。穿过伊通县内最宽的那条公路我们进入县城，来到盛宇花园于泉恩老兵的家。

听联络人介绍，老兵于爸爸今年88岁。当我们看到老兵那一刻感觉他很精神，像70岁。看见我们进屋，老兵于爸爸的女儿一边从衣架上摘下一个带红五星的帽子帮助老爸戴上，一边说："这是我爸爸最喜欢的帽子，有重要场合他都会戴上。"

联络员向老兵简单介绍了一下情况。

柏合队长放下礼包，拿出暖兵文化衫给于爸爸穿上，于爸爸还向镜子里照了照，把军帽又整理了一下，这才精神抖擞地坐在靠椅上，和柏合队长聊起了故事。

1950年10月，于泉恩入伍38军133师，是步兵。1951年2月入朝，荣立三等功4次，朝鲜板门店谈判那天随所在部队回国。

柏合队长说："于爸爸，您在朝鲜立了4个三等功，肯定经历了很多终

生难忘的场景，给我讲讲吧。”

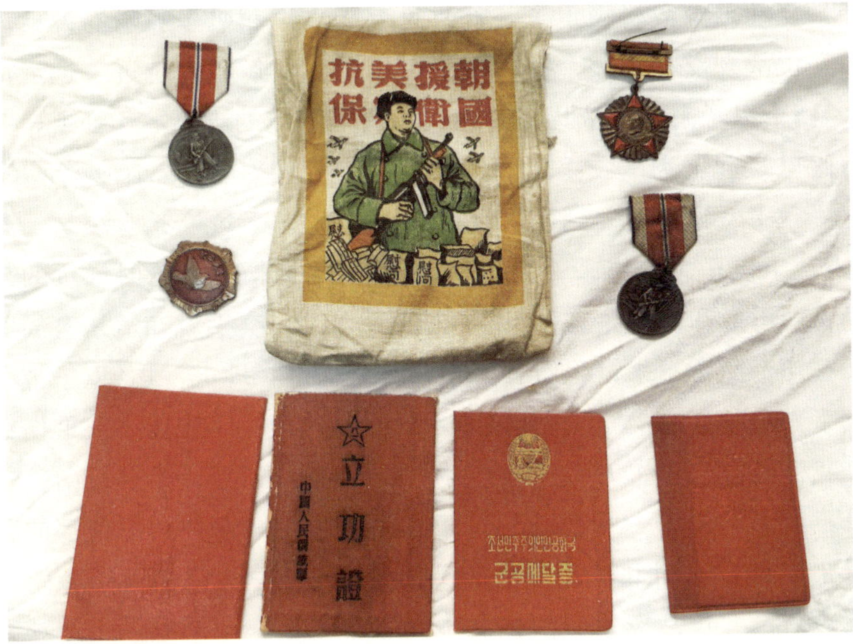

◎王牌军38军吓破鬼子胆

于爸爸抬眼看着柏合队长说：“难忘的事太多了，我想起哪段就和你唠唠哪段吧！记得那次是和美国鬼子打突击战。凌晨3点多就开始打，天下着小雨。刚开始不知道敌人在哪儿，等开枪了才知道敌人的方位。我是步兵尖刀班班长，带着全班战士打头阵，冲在最前面。敌人的炮火很凶猛，还有飞机配合扔炸弹。战场上到处狼烟四起。当时是在石岩洞北山打主攻，我们一个连共100多人，后来都打散了。我们班12个人最后就剩了7个。我们这边刚一停火就接到上级指令，配合附近其他部队攻打190.8高地。我们马上又转移到190.8高地，这时鬼子正在和另一队志愿军打得很激烈。我们从敌人的后边包抄上来，给敌人打了个措手不及。这时的敌人兵分两队，一队继续向前打，一队回头和我们打。敌人还叫来了轰炸机，往我们阵地一串一串地扔炸弹，瞬间阵地上火光冲天，很多战友都被炸死了。我和身边的几位战友趴在一个低洼处的土坑里不敢轻举妄动。等敌机飞走了，就听见有脚步声和叽里呱啦的说话声，我和几位战友交换了一个眼神。等待鬼子离我们越来越近，远远地看清了是5个鬼子来检查战场，拿着刺刀看见炸死的志愿军还补上一刀。我们眼里燃起了为战友报仇的熊熊烈火，我向7位战友小声说：'一个不留。'眼看鬼子就要到我们身边了，我大喊一声：'杀呀……'我们7个人从土坑里飞跃出来，和5名鬼子展开了肉搏战。这时候拼的是战场经验、勇敢和体力。这5个鬼子人高马大，一交手就知道是有经验的老兵。几个回合下来，我们有两个战友重伤倒在地上，1名鬼子被我们消灭了。我们还有5人，鬼子还有4个人。眼看着战友被敌人重伤在地上，我已经眼红了，大喊一声：'我们是38军尖刀连，不要俘虏，一个活口不留。'鬼子一听我喊38军王牌军，吓得一愣神，眼睛都向我这边看来，就在这时几位战友把刺刀迅速刺向鬼子，3个鬼子躲闪不及当场毙命。几位战友紧紧围住剩下的一个鬼子，那个鬼子迅速从腰里拉响一颗手榴弹，只听'轰隆'一声巨响，等硝烟散去，一看几位战友和鬼子同时都被炸死了。我和身边的一位战友也被炸晕了。等我们醒过来天刚刚亮，战斗已经结束了。我们在战地医院里，伤口已经被包扎好了。这次战斗我们班就剩下我和一位战友，其他人都牺牲了。这次战斗我立了三等功。"

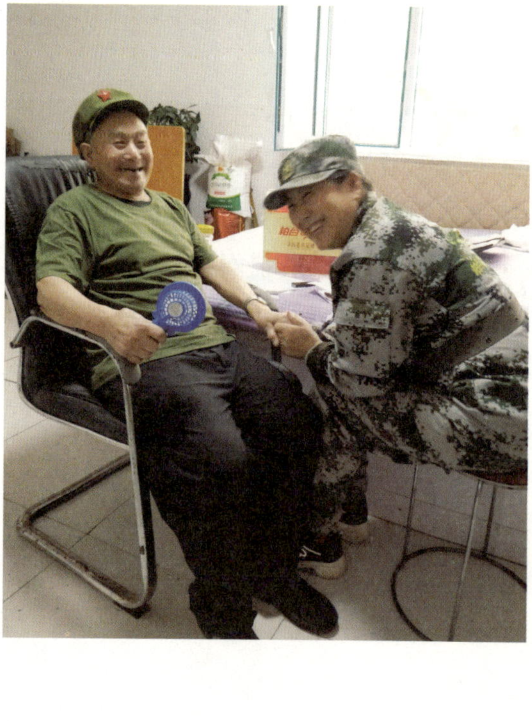

柏合队长说："于爸爸，是您的机智勇敢和38军王牌军的威名打败了敌人。想想都后怕呀！"

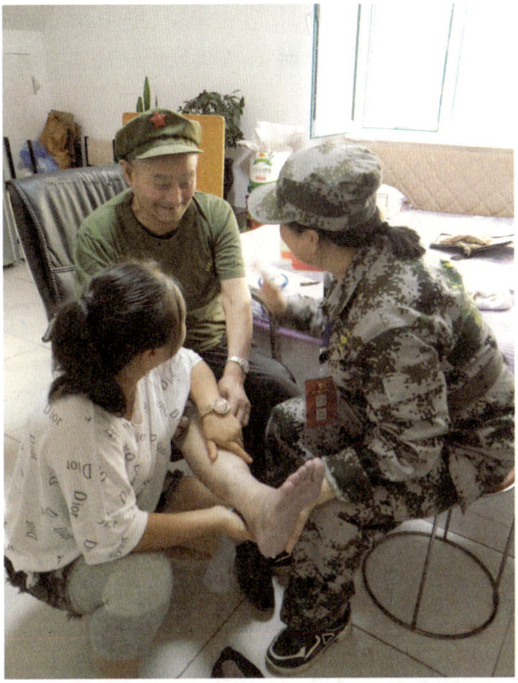

于爸爸说："身为一名38军尖刀班班长，我感到无比自豪。记得在上甘岭战役中，我在第二梯队当班长，时刻准备着战斗，只要缺人我们就上。那次战役打得太苦了，我都记不清死了多少人了，血流成河啊。最可恨的是1953年春节晚上，还没等我们包的饺子下锅呢，敌人飞机就飞来了，在我们营地空中来回转几圈，嗡嗡地叫，突然就在我们防空洞口扔了一个炸弹，刚包好的饺子都给炸飞了，洞口也给炸毁了。当时在朝鲜我们住的都是山洞，有一次快到秋天下了49天雨，防空洞里都是水。我们就架上木头睡在上面，下面都是水。现在我们这身体里都是风寒湿啊，特别是这两条老寒腿，下雨阴天别提多难受了。"

柏合队长看着于爸爸，想象着当年在朝鲜战场上英勇杀敌的尖刀班班长，如今已是年近百岁的老人，我们该用什么样的感恩之心回报他们啊——"于爸爸，您一定要好好保重身体，等我们慰问结束，我就帮您调理老寒腿。您还有没有故事讲给我听？"

◎用敌人尸体堆战壕

于爸爸想了想说："还有一次我们刚刚打完阻击战，消灭了敌人一个大部队，当然我们也牺牲了不少志愿军。还没来得及清点战场，敌人指挥部就又派一个部队疯狂地攻上来了。我们来不及挖战壕了，战士们就把打死的美国兵扛到一起，堆起来当战壕，又和敌人展开了殊死搏斗。虽然最后取得了胜利，但那次战斗我们部队也付出了惨痛的代价。清理战场时我们把牺牲的志愿军尸体捡回来埋上，师长带着我们围着去世的战士走3圈，大家都哇哇地哭啊！孩子，你们知道吗？朝鲜战争我们是和16个国家打仗啊！”

老兵于泉恩的梦想：老寒腿、哮喘病能得到缓解，想见见抗美援朝的老兵战友们，节假日政府多组织老兵聚聚、发些纪念品。

后记：老兵于爸爸最后和柏合队长说：“孩子，今天你们能大老远地来我家看我，我很高兴，带啥礼物不重要，我们老兵不怕牺牲，就怕被遗忘，我们也没有多长时间了，只要大家能想着我们就好……”于爸爸的话代表了很多老兵的心声！柏合暖兵行动，关爱老兵刻不容缓！

第66位　95岁张文成

时间： 2020年8月16日　星期日　晴

地点： 吉林省伊通县永宁街道瑞祥家园抗美援朝老兵张文成的家

陪同： 伊通县退役军人事务局优抚科负责人胡洋，伊通县烈士陵园管理中心主任张法

◎傍晚寻访老兵张文成

太阳马上就要落山了，天边一抹红霞迎接着落日。我们无暇欣赏这落日美景，因为今天还有一位老兵要去探望，联络员带领我们继续走在寻访老兵足迹的路上。

寻访慰问老兵张文成是我们今天的最后一站。这位老兵和女儿住在一起，女儿听说我们来看她爸爸，早早地来到楼下迎接了。

大家随着她来到家里，张爸爸不太爱言语，只是静静地倾听联络人介绍。最吸引我眼球的是老兵张爸爸的一对长寿眉。

柏合队长坐在张爸爸身边，给他介绍“健康大礼包”的用法，然后拿出暖兵文化衫给张爸爸穿上，最后拿出《荣军院里的老兵》恭恭敬敬地捧递给张爸爸。老人家双手接过书，翻看着书中的彩页。

他的女儿到柜子里拿过来一个包递给张爸爸。张爸爸打开包，小心翼翼地拿出军功章、立功证和退伍证，给柏合队长看。

柏合队长边看边说：“您有这么多奖章呢，一定打过很多仗了，来，我帮您戴上吧。”柏合队长恭恭敬敬地把军功章戴在老兵胸前，笑着说：

“张爸爸您一定经历了很多战斗吧？和我们讲讲吧。”

老兵张文成这才开了口：“1948年10月，我在四平入伍，叫什么部队我也记不住了。不到半年就去了北京，不长时间北京就和平解放了。然后部队就派我到山西战车3师1营2连学习打炮。1951年夏天的时候去了朝鲜，被编入志愿军3师。我是瞄准手。我们炮兵连是专门配合其他部队作战的。在朝鲜立过三等功一次。1955年从朝鲜回国就退役了。”

柏合队长说：“张爸爸，那您就给我们讲讲在朝鲜的故事吧。”

张爸爸想了一会儿，说：“在朝鲜，我们炮兵连大多数时间都是配合步兵打仗的。步兵部队需要我们配合，我们就得带着炮赶过去。一门炮有3个人配合，一个是瞄准手，一个是装弹手，一个是拉火手。一切都得听炮长的指令。先装好炮弹，然后对着方位瞄准，最后听炮长说开炮就拉线。”

柏合队长说：“这专业技术很强啊，要想完成一个任务3个人必须得紧密配合才行呐！”

张爸爸说：“是的，当时我们国家穷，武器也不先进，大炮那可是主要武器，宁可牺牲人都得保护好大炮。”

◎我们拼命地扒石头，手指头都扒出血了

柏合队长说："宁可牺牲，也要保护好大炮？！张爸爸，这是怎么回事？"

张爸爸说："那是我最难忘的一次战斗。1952年秋天，我们在朝鲜配合步兵部队打阻击战。由工兵提前在立陡的山体下面挖了4个山洞，其中一个山洞是战地指挥所，另外3个山洞是我们3门炮和炮兵隐蔽的场地。每一个山洞能装下一台汽车和一门炮，加上一个班的人。洞口用松树枝子隐蔽起来，我们随时待命。那天早上我们接到上级命令，配合步兵攻打附近的一个山头，阻击敌人大部队前行。我们立即做好战前准备工作，我们用的炮能打到20里地远的地方，敌人的大炮能打到40里地远的地方。炮长给我们每门炮发了30发炮弹，打完立即撤回来隐蔽，我们停火后步兵就紧跟着冲出去打击敌人。到了阵地找好方位一切都准备好，炮长一声令下，我们3门重炮一齐开火，炮声震耳欲聋。把压过来的敌人打得抱头鼠窜。我们打完30发炮弹，部队就吹起了冲锋号。这时步兵部队就一齐呐喊着向前冲，我们赶紧把炮装到车上，快速赶回山洞隐蔽起来。一位战友说，我们好像被敌人的侦察机发现了，赶紧把洞口隐蔽好。我们刚把带着绿松针的树干架在洞口，就听见敌机'嗡嗡嗡'地飞来了。他们在山顶上盘旋了好几圈也没有发现我们的洞口，于是就向山头猛烈扔炸弹。我们在洞里就听到头顶'轰隆隆'地响，紧接着石头就顺着山崖滚落下来落在我们

洞口处。不一会儿就把我们的洞口堵上了。好在有松树枝子挡住，还有一点缝隙。这时敌机好像飞走了。当我们刚要开始清理洞口时，又来了一波敌人的轰炸机。原来是那一波敌机没有炸弹了，又换了这一波敌机继续围着山头扔炸弹。只见我们的防空洞口最后的一点亮光都没有了，被石头和山土堵得死死的。我们在山洞里都缺氧了，呼吸都困难了，我和几位战友拼命地在洞口往外扒石头，手指头都扒出了血，最后我们因缺氧昏倒。不知过了多久，洞口有光照进来了，空气也进来了。我们这才慢慢地苏醒过来，如果再晚些时候我们都得闷死在洞里边。后来我们才知道，是隔壁的指挥部发出求救信号，部队派来工兵把石头扒开的，我们这才捡条命回来。那一次，我们差点没和大炮同归于尽。”

张爸爸一口气讲完这段故事，嗓子都讲干了。柏合队长一边递过水杯，一边说：“张爸爸您先喝口水，刚才您讲的这一段真是太危险了，亏得工兵来得及时啊，这要是指挥部不在你们这里可咋办啊？”

◎通讯员的两条腿都给炸飞了

张爸爸喝了口水，放下水杯，说：“工兵不来，我们都得闷死在防空洞里。还有一次是阻击战，阻击敌人的部队过一片桑树林。我们就在桑树林边上的山体挖防空洞，修工事，打埋伏。防空洞口白天用炮弹箱子做掩体，晚上用炮弹箱子搭铺躺上面睡觉。敌人的大部队来之前都会派侦察机沿路查看有没有危险。就在我们工事挖完的第二天，敌人的侦察机就飞来巡视，低空飞行时发现了我们的工事坑道，不一会儿就飞来一群敌人的轰炸机，向树林边的山上扔炸弹。轰炸了一波后看没有动静，就每隔一分钟往我们防空洞口扔一个炸弹。炮弹皮把洞口的木头箱炸得都是窟窿。我们在里边也不敢出来。这时指挥部派通讯员来报信了，今晚敌人大部队要过桑树林，让我们做好准备。通讯员报告完之后就要出山洞。我一把拽住他，告诉他敌人一分钟扔一个炸弹，要等他们刚扔完一个炸弹后马上跑出去。我俩话音刚落，就听洞口‘轰隆’一声，

通讯员趁着飞起的灰尘跑出山洞。没想到他刚出山洞，敌人又来了一个炮弹，把通讯员的两条腿都给炸飞了，我眼看着通讯员当场就牺牲了。唉，没想到这回敌人一分钟扔两个炸弹。”说到这里，老兵心里还在愧疚着。

◎可恶的小偷偷走了老兵的证明

张爸爸抬手擦了一把眼泪，说：“其实，1955年在朝鲜还没回来时就已经确定让我退役了，那时候我都30岁了，领导说我年龄太大了。我回国就办理了退役手续。之后分配到兵役局，让我去北京铁路局修铁道，一干就是6年。1961年从北京铁路局回到伊通。后来北京铁路局给我来了一封信，让我去北京办理相关手续。我在去北京的火车上被小偷给盯住了，等我下火车时就被偷了，背包里面啥东西都没有了，包括那封信。没有了那封信我哪里也找不着啊！我就在火车站附近找了好几圈，我寻思钱你拿走把信给我扔在旮旯胡同，找了半天也没有找到。当时气得我坐在地上大哭一场就回来了。也不知道当年的铁路局还有没有了，孩子你们要是方便，能帮我打听打听吗？”

老兵张爸爸的女儿说：“这是我爸爸的一块心病，他现在右眼白内障，看东西都是模糊的，老寒腿走路可费劲了，耳朵在朝鲜战场被炮震得都聋了，说话也费劲了。”

老兵张文成的梦想：找到当年的铁路局把6年的工作证明补上，老寒腿能理疗好，走路不费劲，耳朵、眼睛都好使，和老战友常聚聚唠唠嗑。

后记：95岁的老兵张爸爸记忆已经模糊了，抗美援朝战场上留下的老寒腿、耳聋和现在的多种老年疾病使老兵的身体每况愈下，但让张爸爸最纠结的是当年被小偷偷走的6年修铁路证明能不能给补回来。希望通过大家一起努力，帮助张爸爸补回当年的证明。

第67位 86岁李绍中

时间：2020年8月17日 星期一 雨

地点：吉林省伊通县伊丹镇大岭村抗美援朝老兵李绍中的家

陪同：伊通县退役军人事务局优抚科负责人胡洋，伊通县烈士陵园管理中心主任张法

◎逃荒时母亲死在半路上

今天寻访的老兵都在乡村，而且离县城都很远。我们的爱心小车一会儿走在水泥路上，一会儿又走在乡村的土道上。穿过一片片玉米地，终于来到了老兵李绍中的家。

老远就看见老兵李爸爸站在门口，联络员赶快上前介绍。大家一起跟随老兵进到院里。院子挺大，都是红砖铺的地面，左侧靠墙边种着玉米、豆角和大葱，一派东北农家小院的景象。

老兵李爸爸看起来身体挺硬朗的。“都上炕坐吧。”李爸爸让大家坐炕上。

柏合队长盘腿坐在李爸爸身边，展开暖兵文化衫给李爸爸看：“李爸爸，您穿上试试？”

“好。”李爸爸爽快地说。

柏合队长帮李爸爸穿上绿色暖兵文化衫后问：“李爸爸，您的军功章什么的都在吧？”

李爸爸遗憾地说：“都没了，都丢了。”

柏合队长说：“您是哪年入伍的？”

李爸爸挺挺腰板，说：“我是1950年10月入伍，当时只有16岁，怕部队嫌我小不收我，就报了17岁。因为我14岁那年就成了孤儿。在解放军围困长春的时候父亲就去世了，母亲带着我逃出来，可是她连饿带病死在了半路上。多亏当地老百姓帮我把母亲埋在公路旁了。后来我自己就讨饭吃，走了几天就走到这个屯，多亏一户姓杨的好心人家收留了我。从那以后我就给他家放牛，总算有个落脚地。”

柏合队长说：“李爸爸，您的命可真苦啊，那您是怎么当上兵的？”

李爸爸说：“那年村里招兵，村长见我一个人挺可怜的，就和我说你去当兵吧，这放牛啥时候能有个家呀？所以就报名当了兵。可到县里验兵时说我还没有枪高呢，太小了不要我，我当时就哭了。验兵的说你哭个啥呀？我说我帮人家放牛没有家，今天偷着跑出来了，现在你们不要我，我就没地方去了。同来的村长和几个参军的也帮我说好话，最后验兵的看我可怜就收下了我，让我去伙房帮忙。入伍后训练3个月，1951年1月，我们就去了朝鲜。我在的部队是38军113师338团。”

柏合队长说：“我们慰问的上一位老兵就是38军337团的，您是38军338团的。”

李爸爸高兴地说：“我们338团的营房和337团营房就挨着，中间只有一个过道。有机会我们见见面，聊聊。”

柏合队长亲切地说：“有机会我帮你们联络，现在我们聊聊朝鲜战场的故事吧。”

◎一脚踢出了个三等功

李爸爸整理了一下暖兵文化衫，说：“我们在朝鲜那会儿总打伏击战，都是晚上去骚扰敌人。有一次连长带领着我们一个班下阵地巡视，走到开阔地的时候发现了敌人，接上火就打上了。敌人不还击就后退，连长一看说，不好，我们中计了。话音刚落，敌人就在我们两边开始打枪，我们被敌人包围了。连长说：‘我们不知道敌人多少兵力，不能恋战，我们要突击出去，听听周围哪边火力弱。’大家侧耳听了一会儿，说东边火力弱。连长说那好吧，我们就从东边突击。第一次突击没有成功，被敌人挡了回来。连长赶紧拿出突击方案，3人一组在前面猛烈射击，后面3人紧跟上继续开火，再后面还是3人紧跟上猛烈开火。这次必须突击出去，只要突击出去，敌人就不敢紧追我们，因为我们大部队就在附近。如果我们不能突击出去就得全交待在这里了。听了连长的安排，我们马上组成了各自的小组，迅速一组接着一组往外突击。就在我们刚刚冲出包围时，敌人的一个手榴弹落在了我和连长的面前，还冒烟呢。我一个箭步冲过去，一脚踢开了冒烟的手榴弹。同时向连长喊‘快卧倒’。我双手抱着脑袋也卧倒了，就听见‘轰隆’一声爆炸了。我起来的时候发现右手中指被弹片炸伤了直淌血，我就用手使劲儿地捏着。连长也受了小伤。我们还牺牲了一位战友。不过，我们伤亡不大。回到营地后，连长拍着我的肩膀说：‘小鬼还挺勇敢，还敢用脚踢手榴弹呢，给你提个三等功。’”

柏合队长问：“李爸爸，您手指伤得不重吧？”

李爸爸说：“没事儿，小伤，离心大老远呢。后来这个手指又受伤感染了，最后就锯掉了一节手指。那时候麻药紧缺，战友摁着我，医生给锯的。那时候都是钢铁战士，这都不算是伤，要是现在，哪有不打麻药的？！”李爸爸说着，伸出少了一截中指的右手给我们看。

◎死也要死在无名高地上

李爸爸停了一下，接着说："1952年的时候，我们部队与41军换防，接收了一个阵地，对面一个无名高地有敌人在把守着。我们是晚上到达阵地的，第二天早上，从山洞出来，就听见对面高地上有唱歌、跳舞和喊话的，我们也不知道啥意思啊。上个军留下的人给我们讲，这是敌人安排的，每天都唱歌、跳舞，用大喇叭向我们宣传，说我们太苦了，吃得不好，穿得也不好。他们那里吃的是罐头，穿的是应季的新衣服。营长一听这敌人也太嚣张了，干掉他们，我们要拿下这个无名高地。连长带着一个连晚上下山，计划天不亮就开始攻击。没承想第一次攻击失败了。因为敌人碉堡的火力太猛。第二次攻击主要就是爆破碉堡，没想到也没有成功。这时团长来电话问二营长，你行不行啊？不行我就赶紧换部队。二营长说：'请团长放心，我就是死也要拿下这个无名高地。'当天晚上，我们就和营长一起研究炸碉堡。营长问大家这回谁去？我立即站起来说我去，排长却把我摁倒，说：你连炸药都扛不动你去个啥？我们班长说他去。营长知道班长是四平战役的爆破英雄，就点头让班长负责爆破组，并嘱咐班长不管到没到敌人碉堡跟前，只要顶不住了就把炸药拉响，拉响后我们就冲上去，只要其他部队听到炸药拉响你们就吹冲锋号，从三面向山上冲，一边冲一边扔手榴弹。大家都记住怎么配合了。第二天夜里我们发起了第三次攻击。班长带领爆破组夹着炸药包，匍匐着爬向山坡。我们在下面看得清清楚楚，在离碉堡不远的时候，班长被发现了，一颗炮弹在班长身边爆炸，班长拖着受伤的身体继续向那个碉堡爬去，眼看快到碉堡跟前了。营长赶紧喊：拉响炸药！这时爆破组把拉着了的炸药包扔了出去，后面的大部队及时吹响了冲锋号。激烈的战斗打响了！就在大部队往上冲的时候，一颗炮弹炸伤了营长，他的腿站不起来了。医疗队冲上来，要往下抬营长，营长说啥也不上担架。教导员来了问怎么回事，抬担架的说营长不让往下抬，非要上去。教导员说那就往上抬。等把二营长抬上去的时候，我们已经拿下了这个无名高地。教导员说：营长啊，这回该下去了，我们胜利了。这次战斗我们牺牲了30多人。教导员说赶紧把碉堡炸了迅速撤离，怕敌机一会儿来报复我们。真让教导员猜着了——我们刚下山，敌机就飞来了，黑压压的一大片……”

柏合队长说：“好险啊，李爸爸，您是哪年回国的？”

李爸爸想了想，说：“1953年停战那天回国的，我们在火车上听到了停战的消息非常兴奋。当时我们回来是保密的，不能让敌人知道38军回国了。”

柏合队长说：“38军是王牌军，最厉害了。”

李爸爸笑着说：“还行吧。”

临别的时候，我们和老兵李爸爸又唱响了那首老兵最熟悉的歌：“雄赳赳，气昂昂，跨过鸭绿江……”

老兵李绍中的梦想：健康百岁，能见到抗美援朝的老兵，特别是38军的战友，如果有可能，就去北京天安门看看升国旗。

后记：老兵李爸爸非常谦虚，非常感恩。感恩共产党和部队培养了他，感谢暖兵志愿者来看他。李爸爸还说，现在生活水平提高了，很想多活十年八年的，再看看祖国未来的发展，看看人民过的幸福新生活，那多好啊！

第68位 88岁宁相山

时间： 2020年8月17日 星期一 雨

地点： 吉林省伊通县新兴乡前城子村抗美援朝老兵宁相山的家

陪同： 伊通县退役军人事务局优抚科负责人胡洋，伊通县烈士陵园管理中心主任张法，前城子村退役军人服务站站长郭玉发

◎您这是直线上升啊

出发时天空下起了小雨，我们就冒雨又走在坑坑洼洼的乡道上。中午我们来到了前城子村抗美援朝老兵宁相山的家。

老兵宁相山看到我们的车在门口停下来，赶紧走出来迎接我们。

宁爸爸个子不高，背有点驼。老兵的儿媳妇把我们让进屋。坐下后，柏合队长拿出“暖兵大礼包”送给宁爸爸。宁爸爸幽默地说：“这礼包要是装一袋子钱，那就行了。”

柏合队长又拿出暖兵文化衫，宁爸爸笑着问：“你们还给发衣裳？是给我的吗？”柏合队长双手捧着暖兵文化衫，说：“是给您的，来，宁爸爸，咱穿上，看看合不合身？”

宁爸爸个子矮，暖兵文化衫肥瘦正好，就是长了点。他像整理军容风纪一样，整理了一下衣服，之后坐在炕沿上，与柏合队长聊起了他的军旅往事。

柏合队长问宁爸爸是哪年入伍的，宁爸爸往炕里凑了凑说：“我是

1950年入伍的，部队是19师，10月去的朝鲜。当时我16岁，在炮兵班。但因为我那时个子小，很机灵，会来事儿，就把我调到连部当通讯员。后来被营长相中了，我又被调到了营里，给营长周宝江当警卫员兼通讯员。”

柏合队长说：“宁爸爸，您这是直线上升啊。那就讲讲您当警卫员、通讯员的故事吧。”

◎穿过3道封锁线送重要信件

宁爸爸说：“有一次，营长派我给所属连队送一封重要的信，必须经过3道敌人的封锁线。敌兵死死地守着封锁线，硬闯肯定不行。我就看着封锁线的敌人，观察了一下周围的地形，趁着停火换岗的瞬间就溜边跑过去。听到枪声我就趴下隐蔽，到第二道封锁线时已经中午了。我趴下观察，发现就一个敌人拿枪站岗，这时有个鬼子出来叽里呱啦地冲站岗的鬼子说话，我趁他俩没注意赶紧跑过去了。到了第三道封锁线的时候，我刚要跑，炮弹就来了，蹦起的一个大土块砸到我的背上了，幸好没砸断后背骨头。我赶紧趴下隐蔽，等了好久，终于等到鬼子换岗，我瞅准机会小心翼翼地爬过最后一道封锁线。在天黑前我终于把这封重要的信递送到了指定地点。因为我这封信送得及时，调整了大部队的作战计划，减少了人员伤亡，部队给我记了一个三等功。”

柏合队长说：“宁爸爸，您真是机智勇敢，不然肯定完不成这次任务。”

宁爸爸笑着说：“都是被鬼子逼出来的。我告诉你，那时候我们的防空洞经常被敌人炸毁。正常来飞机的时候部队都给我们来信号的，有一天没收到信号，敌机就飞来扔炸弹了。太突然了，我赶紧扑到连长身上保护连长，这是警卫员的责任，好在我们都没有受伤。还有一次，我们送两个重要人员上前线，一个是机枪连的神枪手，另一个是二排的一名班长。我们快到阵地了，就遇到一伙敌人拦截我们。我们马上就向敌人开火，正打到激烈的时候敌机就飞来了，向我们扔下十多颗炸弹，他俩当时都被炸死了，我也受了伤，最后只有我回来了。”

◎我们活着就是幸福

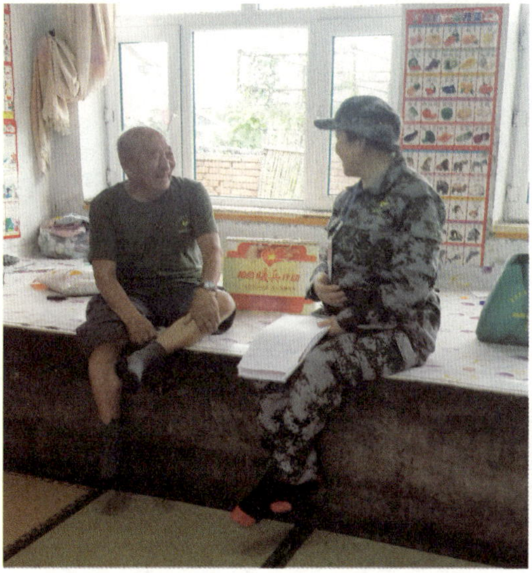

柏合队长问老兵宁爸爸：“您还有什么梦想吗？”

宁爸爸沉默了一下：“唉，想也白想，他们都要我去政府找找，能不能多给点补助，我不想给国家添麻烦了。”

柏合队长想了想说：“宁爸爸，我们活着就是幸福。您看抗美援朝有多少人都牺牲在战场上，连毛主席的儿子毛岸英都留在了朝鲜。即使活着回来的老兵，现在健在的也没有多少了。党和政府越来越重视老兵的待遇，我们志愿者也来关爱老兵，咱就不纠结了。您啊，只管好好地活着享福。您是志愿军，我们是志愿者。当年志愿军是保家卫国，今天志愿者是无私奉献，咱们都是自愿的，对吧？谁爱说啥就说啥去，您可不能动心啊！老兵在我们心中那可是无比崇敬的人，您可不能做有损老兵的光辉形象的事啊！”柏合队长一番话把老兵说乐了，一个劲儿地点头。

老兵宁相山梦想：身体健康，政府多给些关爱，能见到更多的抗美援朝老战友。

后记：一路走来，我亲眼见证了柏合队长用她特有的暖兵方式，安抚了很多老兵及家属，让老兵既感到温暖又能接受。

因此，我们呼吁社会各界都要动起来，积极关爱老兵，为老兵多做些力所能及的志愿服务，要配合政府做好老兵优抚中拾遗补阙的工作，缓解老兵及其家属的情绪，这更是不可或缺的。

第69位 87岁王志全

时间： 2020年8月17日 星期一 雨

地点： 吉林省长春市新星宇和润小区抗美援朝老兵王志全的家

陪同： 无（这位老兵是柏合暖兵行动中遇到的线索）

◎返程，顺路探望抗美援朝英雄陈妈妈

去伊通县寻访慰问老兵活动圆满结束。在返回长春市的途中，柏合队长带领我们到郭家店荣军院看望她的英雄妈妈陈玉兰。

柏合队长说，陈妈妈是她在2017年编写《荣军院里的老兵》故事书时认的老干妈，她们娘儿俩处得特别好。今年，因为疫情的关系，好几个月没有见面了，所以，这次柏合队长专为陈妈妈准备了礼物。

到了郭家店荣军院，娘俩一见面就紧紧地拥抱在一起。陈妈妈激动地说："闺女，我可想你了！你不知道啊，我得了不好的病，我最担心再也见不到你了……"老兵陈妈妈边说边抹眼泪。

柏合队长拉着陈妈妈的手进了屋。过了一会儿，就见娘儿俩笑呵呵地拉着手出来了。这就是柏合队长动之以情的力量，不到10分钟就把陈妈妈温暖了。

"我们必须赶回长春。因为长春那边还有一位老兵在等着我们呢。而且路程还有100多千米。"因为时间的关系，我们不得不匆匆地与陈妈妈告别。

路上，有位队员试探着和队长说太晚了，可不可以明天去慰问王

爸爸呀？“不行的。”柏合队长边开车边说，明天她还要闭门整理老兵故事；还有非常重要的一点，是和王爸爸约好了，他在家等着我们呢。队长特别心疼我们，她说这几天大家都累坏了，让我们在车上先休息一下，等到了目的地，再叫醒我们。

此时天空又下起了雨。我想：柏合队长是不是钢铁做的呀，我们这些天坐车都是腰酸腿痛的，可从来没见她喊累。

毕业証明書

学员 王志全 在本校第一期訓練班汽車技术使用与修理专业学习一年期满，考試成績及格，准予毕业。此証。

吉林省交通学校 校长

副校长

一九五九年十月二十九日

我们急着回长春要寻访慰问的老兵叫王志全，户口在文庙社区。前几天，他听说柏合暖兵服务队去社区慰问抗美援朝老兵，就去社区了解情况——此次寻访老兵活动计划名单里没有他，因为他搬离了这个社区，到新星宇和润小区居住了。王爸爸听说柏合暖兵服务队为抗美援朝老兵写书，一定要见一见我们，所以我们要连夜寻访王爸爸。

◎这可有纪念意义啊！

到了长春，已是晚上8点。我们来到老兵王志全家——摁响了门铃。

开门的是一位阿姨。老兵王爸爸开心地说：“这么晚了，还来看我们，你们辛苦了。”

阿姨给我们倒水、拿水果，像妈妈一样不停地忙活着。王爸爸戴个眼镜，个子不高，说话利索。

柏合队长从“暖兵大礼包”里拿出暖兵文化衫展示给老兵看。王爸爸戴着眼镜贴近暖兵文化衫，一字一字地念着：“寻访老兵足迹，讲好英雄故事”，念完直起腰，说：“这可有纪念意义啊！”

“来，老爸，您穿上试试。”柏合队长边说，边给王爸爸穿上暖兵文化衫。

老兵爸爸说：“这个国防绿好啊，穿着也正好！”看得出王爸爸很喜欢这件暖兵文化衫。柏合队长又介绍了一下“健康大礼包”的用法，然后与王爸爸聊了起来。

◎自悟修水箱为排里解决大难题

柏合队长问：“王爸爸，您是哪年去的朝鲜啊？”

王爸爸说：“我是1951年4月入伍的，入伍后就被派到桦甸县学习汽车驾驶和修理。学了不到6个月，也就是9月份，校长说朝鲜那边要人了。所以，我们的学习也就结束了，算是毕业，之后就被部队拉到沈阳苏家屯，第二天我们就去了朝鲜。我被分配在中国人民志愿军后勤五分部。1951年9月入朝，1954年10月回国，在朝鲜3年，立了一次三等功。我是1958年2月7日退役的。”

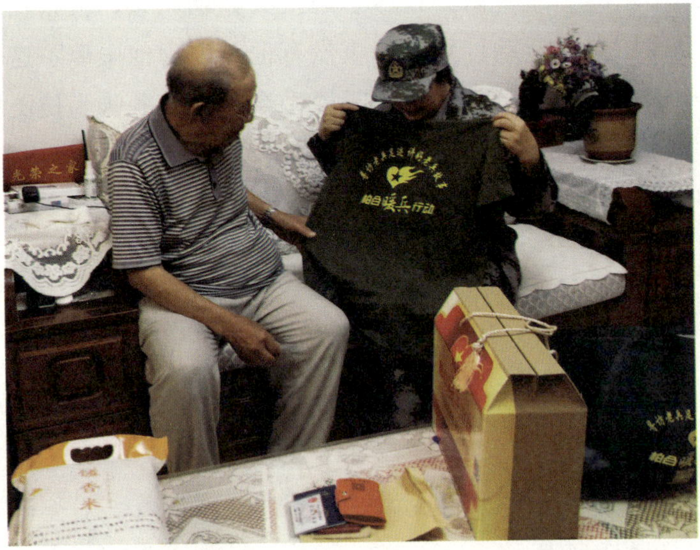

柏合队长说："王爸爸，您讲讲是怎么得的三等功啊？"

王爸爸说："当时我给汽车班长当助手，有一次我俩执行任务出去一宿，回来发现水箱漏水了。我就和班长说，这水箱这么漏水也不行啊。班长就让我把水箱拿到修理连维修。我扛着水箱爬过两个山头，到了修理连，修理工用铜烙铁烙了两下，沾点焊锡，就不漏了。修好了水箱，我得往回背啊！一个水箱有四五十斤，一个来回，把我肩膀都磨破了皮。所以，我就和班长说，总这么背也不是个事儿啊。班长说，那你有啥办法？我说我看修理工焊水箱时很简单，我来试试吧。你先给我准备两个铜烙铁，喷灯、呛水、焊锡就行了。我先不跟你出车了，白天我也不睡觉了，我就不信琢磨不明白。我用了3天时间，就修好了好几个水箱和油箱。排长看了，高兴地说：小王很聪明嘛，以后我们连的汽车问题就不用到修理连了。我笑笑说不用去了，小问题我都能解决。排长拍拍我的肩膀说，你可给排里解决了一个大问题。在那年的庆功会上，部队就给了我这个三等功。"

柏合队长说："王爸爸，没想到，您还是个能工巧匠啊。听了这个故事，我想起一句话：世上无难事，只怕有心人。"

◎我还有几个难忘的故事

王爸爸笑着，又挠挠头，说："我还有几个难忘的故事。有一次执行任务我们差点交待了。那是1953年7月24日晚上，我们汽车连三台车往营地送炮弹。刚走到黑桥那段路就被敌机发现了，不一会儿，呼啦啦地来了一大片飞机，不停地往下扔炸弹，把我们前面的车都炸飞了。这时一颗带火的炮弹皮子落到我们车上，我们车上也都是炮弹啊！这要是着起火来一爆炸，我们就得车毁人亡。眼看车上的苫布冒火了，班长说，小王，不行我们跳车吧。我回头一看说，不能停，你快点开。我拿着大斧子，站在脚踏板上，把苫布上的绳子砍断了，这时班长加大了油门，汽车跑得飞快，苫布就被车带起来的风给吹掉了。我们跑出了危险区，才停下来，回头一看，那两辆车都没有跑出来。我和班长向牺牲的战友敬了个军礼，继续把仅剩的一车炮弹送到了营地。”

柏合队长都听得入神了，等王爸爸讲完这段，她才放松一下，说：“您这也太惊险了，那可是一车炸弹啊，您要是不及时砍断绳子，后果不堪设想。”

王爸爸说：“敌人有专业侦察机侦察我们后方配送部队，特别是运送军火，一旦发现那就实施毁灭性的轰炸。我记得还有一次，是1952年秋天的一个晚上，我们汽车班接到任务，去平阳北马兰车站装炮弹。白天火车也得藏在山洞里，晚上推出来。我们汽车班分成前、中、后三组前行，每组间距两千米左右，防止被敌机发现全军覆没。我们当时排在第三组最后。当时第一组已经到了，正排队装炮弹，敌人的轰炸机就飞来了，是B29重型轰炸机，炸弹一个接一个，像一条线一样，从飞机上扔下来，瞬间一片火海呀。前面的战友当场就牺牲了。第二组和我们第三组的车没有被炸到，我们赶紧隐蔽。那次伤亡30多人，被炸毁4辆车。在开追悼会时我们都落泪了，昔日的战友瞬间就阴阳两世了……”此时，屋里的人都沉默了，好像在为逝去的老兵默哀！

我们离开老兵王爸爸家时都快夜里10点了。

老兵王志全的梦想：多和老战友聚聚，能多参加柏合暖兵服务队活动，自己和老伴的身体都健健康康的，早日看到有自己故事的书。

后记：老兵王爸爸很知足。他很喜欢柏合暖兵行动，也希望以后能多多参与进来。王爸爸的儿子很孝顺，买的新房子装修好后，先让爸妈住着享福。

我们一路走来，寻访了130多名老兵，每一位老兵都有着不同角度的抗美援朝故事。真心祝福所有老兵健康长寿。希望社会各界都能读到这本书，这里不但有70名抗美援朝老兵的故事，还有他们的梦想和心声。让我们一起助力老兵圆梦吧！

第70位　93岁陈茂芳

时间： 2020年8月26日　星期三　晴

地点： 长春市繁荣路抗美援朝老兵陈茂芳的家

陪同： 无（这位女战士是柏合暖兵行动中遇到的珍贵寻访线索）

◎柏合新家孝亲日寻访英雄妈妈

今天是长春市柏合助老志愿者协会柏合新家第103个孝亲日，也是柏合暖兵服务队寻访老兵足迹以来寻访慰问到的为数不多的一名女英雄老兵的日子。老兵叫陈茂芳，是通过柏合助老志愿者协会秘书长朱老师联系到我们的。

柏合暖兵服务队如约来到了老兵陈妈妈的家。陈妈妈的女儿、女婿都在家。我们一进屋就看见陈妈妈正坐在床上等着我们呢，老人腿脚不好，走路靠助行器。

柏合队长见到陈妈妈特别高兴，好像早就认识一样。她拉着陈妈妈的手坐下。

陈妈妈耳朵背，她女儿告诉我们，要大声说话才能听见。柏合队长就靠近陈妈妈的耳朵说："我们服务老兵好多年了，老兵爸爸很多，可老兵妈妈特别少。您是我们女性的骄傲啊！"

陈妈妈听柏合队长说服务老兵多年了，就用山东口音说："你这孩子咋这么好呢！"

在聊天中得知，陈妈妈是山东临沂人。她是一名参加过抗日战争、

解放战争和抗美援朝战争的英雄女战士。

陈妈妈讲述道："我小时候随父母给地主家做童工，拉磨，妈妈给地主家做饭，爸爸给地主做短工。1945年1月，我加入山东沂水县十四区妇救会村民抗日自卫队，做帮助送信等地下工作。1945年8月15日，我在马元花的介绍下加入中国共产党，并调入县大队工作，参加山东鲁中军区卫生部培训两个月。1946年11月1日在山东沂水由地方武装入伍正规部队，分配在26军后勤手术队，是陈毅元帅的部队。在1948年淮海战役中我荣立一等功，被评为优秀模范党员。接受表彰时，陈毅司令员亲自给我戴上光荣花。1950年11月随部队去朝鲜。在朝鲜荣立二等功两次。"

柏合队长听了陈妈妈的介绍，激动地说："陈妈妈，您就是我们寻找的英雄妈妈。快给我们讲讲您的故事吧。"

◎第一个举手报名做试验

陈妈妈想了想，说："我们在朝鲜的时候经常去战场上抢救伤员，给伤员做包扎。那时候部队特别缺少药品。好不容易运来些医疗物资，弄不好又被敌人给炸了。最后部队就从国内运来浓缩的原材料，我们在战地医院自行调配盐水和葡萄糖水。我们要到大山里找干净的泉水，回来加工调配好后，还得先做试验，看看有没有不良反应。试验安全后再给伤员使用。当时就得用我们医生和护士做试验，但都是自愿的。当院长动员大家报名做试验时，我第一个举手，因为我是党员，得起到带头作用。在我的带动下，大家纷纷报名，愿意为救助伤员拿自己做试验。那次配药很成功，挽救了一大批重伤员，为部队解决了大难题。为此，部队给我荣立二等功一次。”

柏合队长说：“陈妈妈，您当时想没想过用自己身体做试验有生命危险啊？”

陈妈妈毫不犹豫地说：“那时候我们都不怕死，这也是我们医疗队应该做的。”

柏合队长伸出大拇指：“陈妈妈，您真伟大！”

◎炸弹把班长肚子炸开了花

陈妈妈接着说：“还有一次，在‘三八线’附近的阻击战刚结束，我和班长正在一个木头房子里给刚刚在战场上受伤的战士包扎上药，敌机就又飞来了。大家喊我和班长赶紧撤退隐蔽。班长让我快配合她把这位战士包扎完再撤退。我赶紧拿绷带和班长快速为战士包扎。就在这时，一颗炮弹落在我们小木屋顶，当时就把小木屋炸塌了。炸弹把班长的肚子炸开了花，肠子都出来了，在运回营地半路上就牺牲了。我被炸塌的小木屋埋上了，后来战士把我扒出来，只受些了轻伤，捡了一条命。”

“还有一次，我们在防空洞里开会，好像被特务发现了。会开到一半时敌机飞来向我们防空洞口扔了个大炸弹，当时就把防空洞口给埋上了，好几个小时我们都出不来，里面缺氧了。后来部队派工兵过来把我们扒出来。在朝鲜那会儿天天都有危险，今晚躺下，明天能不能起来，谁都不知道。对了，还有一次我在防空洞里捡到一个7岁的朝鲜小男孩，他的父母都被飞机炸死了，孩子吓得一直哆嗦着不敢看人。我把他抱到战地医院，管理员给他剪了发，我给他端来一碗热乎饭，他狼吞虎咽地吃下后就不害怕了。我又帮他洗干净了衣服，3天后把他送到朝鲜人民军那里。”

柏合队长说：“陈妈妈，这位7岁的小男孩要不是遇到您把他救回来，他可能会很危险的，您真是菩萨心肠啊。”

陈妈妈说：“我小时候受了很多苦啊，9岁时就给地主家拉磨，也许是同病相怜吧，所以我看到那孩子可怜就把他抱回来了。”

◎改天我给您这老寒腿做做理疗

柏合队长问陈妈妈：“您是哪年退役的？退役后都做过什么工作？”

陈妈妈说：“1955年从朝鲜回来就退役了。当回国到抚松桥时我们抱在一起大哭啊，那是高兴的泪啊！我们终于回到祖国了！我退役后到烟台，做了6年居委主任，没工资，后来到绣花厂工作了。”

很晚了，我们怕影响陈妈妈休息，就准备告辞。可陈妈妈拉着柏合队长的手说：“还没和你唠够呢，要不今晚你就住在我家吧。”

大家听了，哈哈哈地笑了起来。

柏合队长说：“陈妈妈，改天我带着理疗工具和中药精油来，给您好好理疗一下，让您这老寒腿舒服舒服。今天我得开车把他们都拉回去。”

陈妈妈看看大家，说：“你们咋都不会开车啊？”

大家又一次笑了。

看来陈妈妈是真的舍不得让柏合队长走啊！

老兵陈茂芳的梦想：台湾早日回归，祖国统一；老寒腿快点好，走路不用助行器；耳聋能缓解，能正常和家人聊天；经常能看到柏合队长。

后记：一群女兵，历经战争的洗礼，回到祖国大家高兴得抱在一起大哭！那是什么样的心情啊！陈妈妈女儿说每天一到新闻时间，妈妈都要看国家大事，谁都不能给换台。

汶川地震，陈妈妈让儿女们到社区捐款。疫情期间，她再一次让儿女们代表她捐款。

部队当年发残疾证她也不要，说不争那个。做了6年居委主任没有工资，也没算工龄，她说不许去找。

多么伟大的老兵妈妈。不争，知足，乐善，好施，就是她幸福的根源。宽厚待人，严于律己，知足常乐，不攀不比。现在的人，如果都能像老兵陈妈妈这样，就不会有烦恼、抑郁和困惑了。

后记

题记：习近平总书记在纪念中国人民志愿军抗美援朝出国作战70周年大会上的讲话中指出，“我们要铭记抗美援朝战争的艰辛历程和伟大胜利，敢于斗争、善于斗争，知难而进、坚韧向前，把新时代中国特色社会主义伟大事业不断推向前进。”

在中国人民抗日战争暨世界反法西斯战争胜利75周年和中国人民志愿军抗美援朝出国作战70周年之际，长春市退役军人服务中心与柏合暖兵服务队关爱军烈属家庭，弘扬爱国主义教育助力强军，携手打造新时代拥军优属“政府部门+社会力量”的创新模式。在2017年整理出版《荣军院里的老兵》的基础上，2020年6月15日柏合暖兵服务队又开启了慰问高龄老兵的“柏合暖兵行动”，旨在温暖老兵心灵，颂扬老兵事迹，传承老兵精神。各县（市）区退役军人事务部门积极参与，历时66天时间，行程6500多公里，志愿者们顺利寻访慰问了136名老兵，精选出70位抗美援朝老兵口述史，整理编写了《您尽忠，我尽孝》故事书。

烽火已熄，记忆犹存，每一位抗美援朝老兵的口述都承载着一段入朝参战时期的血泪往事和悲壮历史。如今老兵已老，行动不便，他们在享受政府关爱的同时，也需要社会各界的温暖。柏合暖兵服务队的寻访对老兵们来说仿佛一场春天的细雨，温暖滋润。他们为每一位老兵送来的不仅仅是一份真切关怀，更是一份对历史的尊重与敬畏，一份对老兵精神的颂扬与传承……在队长李桂梅（柏合）的带领下，志愿者们勤恳寻访，不图功名利禄，只愿让老兵们的心温暖起来，让尊崇尊敬的氛围浓厚起来。

寻访慰问过程中，志愿者们为老兵们洗脚、剪趾甲、按摩、理疗老寒腿，和老兵们聊天，听他们讲述战火纷争中一段又一段难忘的激情岁月，耐心整理着一个又一个可歌可泣的英雄故事。正是这样用心用力用情的实际行动，才带动起更多社会爱心人士参与到“暖兵行动”中，不仅让老兵进一步感受到全社会的关爱与尊崇，也让志愿者乃至全社会更加珍惜今天的幸福美好生活。

《您尽忠，我尽孝》虽已完结，但新时代拥军优属“政府部门+社会力量”的创新模式刚刚起步，柏合暖兵行动永无止境，英雄故事将代代传承。就在写下这篇后记的同时，柏合暖兵服务队的“暖兵行动”又一次踏上征程……

在全民族共同奔赴中华民族伟大复兴的历史进程上，我们不会忘记这些老兵，让我们以无比崇敬的心情，向为和平盛世付出血泪生命的老兵致以最崇高的敬意，也向共同完成此书的所有志愿者表示由衷的感谢！

长春市退役军人服务中心

2021年1月28日

鸣谢单位

长春市退役军人事务局

长春市退役军人服务中心

长春市朝阳区退役军人事务局

长春市南关区退役军人事务局

长春市宽城区退役军人事务局

长春市二道区退役军人事务局

长春市绿园区退役军人事务局

长春市经开区社会发展局

长春新区社会事业发展局

长春市汽开区退役军人事务局

长春市净月高新区社会事业发展局

长春市莲花山区退役军人事务局

中韩（长春）国际合作示范区民政局

长春市双阳区退役军人事务局

长春市九台区退役军人事务局

榆树市退役军人事务局

德惠市退役军人事务局

农安县退役军人事务局

伊通县退役军人事务局

暖兵敬老饺子宴支持单位

中央新闻单位驻吉机构

吉林广播电视台公共频道

长春市慈善总会

中华志愿者协会

吉林省志愿服务联合会

长春市服装服饰商会

佐丹力健康产业集团

绿色军旅集团

道心素食餐厅

长春汉唐文化传播公司

长白山酒业集团有限公司

吉林省阳铭医生管理集团

珲春华瑞参业生物工程股份有限公司

吉林省环球医疗护送服务有限公司

吉林省动影传奇影视制作有限公司

吉林省功能食品协会

吉林省锐池科技有限责任公司

吉林省壹毫米建筑装饰有限公司